秋风醉了

刘醒龙　著

开明出版社

图书在版编目（CIP）数据

秋风醉了 / 刘醒龙著 . -- 北京 : 开明出版社 , 2019.3

ISBN 978-7-5131-4543-5

Ⅰ . ①秋… Ⅱ . ①刘… Ⅲ . ①中篇小说—小说集—中国—当代 Ⅳ . ① I247.5

中国版本图书馆 CIP 数据核字 (2018) 第 102033 号

责任编辑：卓玥

秋风醉了

著　　者：刘醒龙

出　　版：开明出版社

　　　　　（北京海淀区西三环北路 25 号　邮编 100089 ）

印　　刷：北京市玖仁伟业印刷有限公司

开　　本：880×1230　1/32

印　　张：13.375

字　　数：280 千字

版　　次：2019 年 3 月第 1 版

印　　次：2019 年 3 月第 1 次印刷

定　　价：49.00 元

印刷、装订质量问题，出版社负责调换。联系电话：(010) 88817647

目　录

001　/　棉花老马

064　/　浪漫挣扎

117　/　秋风醉了

192　/　菩提醉了

275　/　清流醉了

351　/　农民作家

棉花老马

一

来吧来吧就这样说定了!

电话那头的丁解放大声嚷着。他肯定在用手机,声音大了,才会断断续续。

这是丁解放派在北京的联络员吴小咸告诉我的。我从她那里得知,手机最适合与女孩调情,声音轻柔时,普通电话机不可能有的低音环绕效果就会释放出来。所以,用手机对女孩诉说那有玫瑰味的三个字时,虽然不能百发百中地击中女孩,命中率怎么低估也不会少于百分之九十。吴小咸来北京一年就将北京土话的精髓领悟到家。她对我说这些充满暗示充满暧昧的话时,妻子一点也不生气,还不失时机地说,吴奇做梦都盼望有部手机,可就是没人上门腐蚀他。两个女人并排坐在我家的沙发上,只有北京土话才能使她们将足以改变自己命运的话题说得如此轻松。第二天,吴小咸就将一只摩托罗拉掌中宝手机送到我的办公室。我明白她一定请示过丁解放。我打开手机拨了自己办公室的电话号码，吴小咸在我的示意中拿起电话，我对着手机说了声谢谢吴小姐，谢谢丁市长。吴小咸则说，不用谢，往后电话费得由你自己来付。认识这些人的原因是我曾在他们的县里当过工厂秘书。他们县想改为市，许多人都往民政部跑，包括跑国务院。我虽然只是个坐公汽、住大杂院偏房的副处长，还是被他们在茫茫人海中找出来，并加以认识和利用。丁解放那时还是县长，他亲自跑了三次北京，每一次我都请他吃顿饭，内容分别为羊蝎子、涮羊肉和烤羊肉。从他吃得兴高采烈的模样中，我能读出他在别处受到的冷遇，他们县里有三十七个在北京工作副处级以上的人。他后来对我说，每次来北京首先想到的就是我。

放下电话不到五分钟，电话铃又响了。

我和妻子对视一阵后，还是由我拿起电话。

一听是吴小咸的声音，我和妻子都松了一口气。

吴小咸是奉丁解放的指示，敲定我们去他们那儿过年的行程。妻子拿过电话告诉吴小咸，要去也是吴奇一个人去，她自己带着孩子回长春。

在她们的商定中，我成了一个没有意志的人。

我告诉妻子，结婚都五年了，希望一家三口能在一起过个年。妻子还同以往一样，说我们还年轻，而父母则年事渐高，能陪一次算一次。妻子的父亲在长春一个局里当过局长，曾经被公认为最有希望进入下届市政府领导班子的人选。但是，就在我们结婚的第二天，妻子的父亲突然被调到市人大常委会做了一个专门委员会的副主任。那时候他才五十二岁。自那以后，他向自己的女儿下达命令：不许我进他的家门。其中原因，我相信妻子确实不知道，否则她会向我解释清楚的。她知道我是不会做不利于她和她的家庭的事。

就在妻子让吴小咸给我和她自己买好车票后，那个让我们感到恐怖的电话又打到卧室里。一个男人重复着我们已经听过的话，他不会饶过我们，他要让我们过不成年！

夜里我们本来准备做一场夫妻小别之前的欢娱，为此妻子还熬了一碗事后饮用的桂圆汤。我坚持问那男人到底是在哪儿得罪了他。那男人只说要我们在睡觉前再背一遍陈毅元帅的那首报应诗。后来，我与妻子在枕边反复相互询问，对方是否在什么时候收了别人的贿赂而没替别人办事。我只收了吴小咸的手机，但他们欲将县改市的目的也达到了。妻子同我一样，在另一个单位宣传处工作，这种地方，犯不了太大错误。那种职业性的大话假话已被人习以为常，根本就不去追究。除非倒霉透顶，撞到那支能不拿出来就决不拿出来的枪口上。

早上起来，妻子将那碗桂圆热了端给我时，我抱歉地对她说，无功受禄不好意思。妻子开始还笑，到真要出门时，她突然烦躁起来，无端地打了孩子一巴掌。幸亏孩子只顾看院子里纷飞的大雪，没心思去体会疼痛。

阵阵雪花在天空中毫无头绪地飘舞。我抱着孩子站在北京站外厚厚的积雪中。好不容易找到一句话，我说，长春的雪肯定比北京大！

再大也砸不死人！妻子毫不留情地瞪了我一眼，过了一会儿她又说，这次回去我要拼尽老命做老爸的工作，如果他还是不肯认你这个女婿，过完年上班我们就去将离婚手续办了，免得心里的疙瘩像雪球一样越滚越大。

我假装轻松地回应道，没问题，结婚都五年了，是该换个老婆。

说完后我开始认真留意妻子的表情。

往年妻子回家过年时，总是怂恿我到南方去度假，那里开放这么多年了，男人的天空特别广阔。我知道妻子的劝说其实是试探，便特意上街买回足够整个假期吃的包子、馒头和馍，将冰箱填满，然后寸步不离地守着北京城内数不清房屋中，属于我和妻子的那一间。结果，每一次都感动得妻子提前回来，哭哭啼啼地扑到我怀里，待孩子刚一睡着，就迫不及待地自动倒在床上。

妻子的表情很平静。在车站入口处，趁她伸手接过孩子时，我抓住她的手，很想多握一会，被她一使劲后，还是抽走了。她在茫茫人流中抱着孩子头也不回的样子，很像革命电影中，妻子与参加了地下党的丈夫在车站告别时一样。不同的是，盯我的梢的特务只假想于妻子的心中。妻子上星期刚看过一本挺时尚的杂志。杂志上有篇文章教女人如何对待有红杏出墙趋势的男人，办法之一就是像妻子现在这样，抢在男人之前表示对男人的冷淡，这样做，会刺激男人内心的占有欲，反而比吵闹更能有效地将男人拴牢捆紧。

在没有别的理念之前，我暂时将妻子的行为视为受了那时尚之说的蛊惑。因此我有理由不去深究，这样的文章我一天可以写出两篇。不写的原因是，不能让别人找着理由将我打入将被精简的那一半人员里面去。

在从北京站通往北京西客站的路上，我确实有一种如释重负的感觉。然后打量着一街又一街的赶着回家过年的人，在心里替他们累。这是一种让天下做妻子的女人暗自担忧的感觉。

这些年，大家都有共识，只要见到当干部的，心里就马上警惕：这家伙是不是腐败分子？现在看来，全国上下还有第二点共识：到了腊月底，都得人模狗样地回家过年。

西客站的风雪特别有劲，那些背大包、拎中包、挎小包的打工男女，浑身热气腾腾地堆在列车车厢门口，没有一个人吼叫，所有力气全都用在手脚上。他们的样子使我认识到列车确实有出轨的可能。站台上临时增添了许多警察，他们对这样的秩序也是毫无办法，腰间挂着的警棍，像是一根多余的尾巴。

我站在软卧车厢门口随口说了句，简直威风丧尽。

前几天高峰时，样子更惨。门边的列车员接过我的话。

彼此心领神会地一笑后，我觉得自己是在为那些打工男女像洪水一样冲破西客站冰冷的秩序而幸灾乐祸。

上车后，久等不见吴小咸的人影。

列车已在缓缓起步了，我打开手机等了半个小时，直到驶出北京疆界也不见她给我个消息。在我瞅着本来属于吴小咸的下铺出神时，房间的门被拉开，进来一个极有风度的男人。他嘘了一口气，毫不客气地将密码箱扔在那空着的下铺上。他一坐下来就去拿开水瓶。

怎么没有水？他摇了摇水瓶。怎么连开水都没人打？说过之后，他冲着我和另两位同房间的人笑一笑，犹豫地拎着水瓶出门去了。对面下铺比我还显年轻的男人用不大不小的声音吐出三个字：土皇帝。

那人回来后模样有些变化，他问我们要不要喝水，我们都朝自己的矿泉水瓶示意一下。他给自己的杯子里倒满水后，便开始问我们的去向。弄清我的大致身份后，他马上表明了自己的副县长身份。他那地方口音太重，我听不懂他是湖北哪个县的。他说自己来北京办点事，我完全明白这时节不管因公还是因私到北京，其任务除了进贡还是进贡。我实在不想再忍耐，就问他的车票在哪儿买的。他想也没想就告诉我，县里有人常驻北京，除了政治局的会议记录，什么都能搞到。他说了一个每星期都能在《人民日报》头版上读到的名字，并打开密码箱，让我们欣赏他索要的一幅字：在那幅字底下，我们还看见了十几扎人民币。他有些不好意思地用那幅字遮住那些钱。我们看不见那些钱了。不过"清风两袖"四个字确实能显出书写者功夫不浅。

这时候门又被拉开，一个中年女人将一只脚伸进房间，对我们说，对不起，我是到北京上访的，你们都是有身份的人，所以才有软卧睡，麻烦看一看我的申诉材料。

还在整理那幅字的副县长下意识地回下头，说，怎么是你？

中年女人一怔，也说，真是冤家路窄，到哪儿也能碰上。

副县长镇静得很快，他说，上访完了干吗？这么急着往回赶，看看北京人是怎么过年也很有意思嘛。

中年女人说，我才不那么苕，我还想初一早上到你家拜年哩。

副县长说，那我要先准备好红包。

中年女人将一份打印的材料递给我，说，看看吧，小心这个旅伴逼着你们向他行贿。

中年女人将门甩上。副县长尴尬地向我们解释，这女人有神经病。

一直躺在对面上铺不说话的中年男人忽然说，这种女人哪儿都有，像是绿苍蝇。

这话让我们听起来像是同病相怜。我不好意思当面看那份材料，刚将它放到小桌板上，对面的小伙子就拿过去。

刚看完一页，小伙子就咋呼道，诬告，完全是诬告，你可以告她诽谤罪。

在我们的惊讶中，小伙子又说，这上面说的事怎么会是你干的呢，明明是我单位头头干的嘛！

我忍不住笑起来。小伙子挺认真地声明，他说的完全是实话，不信可以去他单位去查证。他告诉我们一个电话号码。我感到很耳熟，几天之后才在看电视时发现，那是电视新闻中公布的举报电话的号码。

小伙子将那份材料放回到小桌板上。

我没有再碰它，这种东西在北京见得太多了。

夜里，手机响过两次，但接不起来，信号太弱了。我知道是丁解放在找。原准备到了郑州后，下到站台上去给他回话，结果睡过了头。醒来时，列车快到目的地了。就想干脆出了站再说。那个副县长告诉我，在我睡得正香时，我的手机又响过两次。我注意一下房间四周，那份材料已不见踪影了。小伙子一眼就看出我在找什么，他指了指心窝说，在这儿。

列车一到站，副县长就抢着下车。他走得很快，一副要将我甩下的样子。我在后面叫道，能搭你的顺风车吗？他全然不理。我看了看，四周没有他不愿见到的那个中年女人。站台很长，从车厢里吐出来的人群比蝗虫还多。我在人流中孤独地走着。

冷不防一旁冲过来一个女人对着我耳朵说，先生，要发票吗，可以报销！

我一闪身，跟着笑起来说，吴小咸，你玩什么鬼！

吴小咸连忙向我解释，之所以没有同我在火车上碰面，是因为有急事，昨天傍晚乘飞机先一步离开了北京。

是不是送政治局文件，我笑着问她。

吴小咸不懂这话的弦外音，她轻轻抛出一个媚眼。我注意到她的眼窝有些发黑。吴小咸在前面带路，穿过一处人堆时，我发现同车厢的那个副县长站在路旁四处张望。我正想上前去打招呼，从一辆出租车上跳下一个二十来岁的女孩，将一束玫瑰塞到他手里，副县长的脸上顿时灿烂得像手里的玫瑰花。

你的车票后来到了这个人手里。我低声告诉吴小咸。

吴小咸望了望正在往出租车里钻的一对男女说，不冤枉，一张票能救他们的急。吴小咸顿了顿后，又告诉我，像他这种身份的人，如果带一个女孩乘出租车，那一定是有情况。

吴小咸将我领到停车场。她拍了拍一辆奥迪轿车车门，正在打瞌睡的司机连忙将车门打开。车内有股香水味飘出来。我问这车是不是丁解放的。吴小咸不明白我是因何判断出来的。我告诉她，丁解放信奉的吉祥数是3，这辆车的牌照号正好是3个3。丁解放认为3是螺旋状，而最正确的人生与历史道路都是螺旋上升的。司机说我对丁市长太了解了。吴小咸在后排对我稍稍做了个不认同的表情。也许司机从后视镜里发觉了，他又说，当然最了解丁市长的人还是吴主任。司机的话让吴小咸表现出清清楚楚的不高兴。

我们来到丁解放下榻的饭店。听司机说，丁解放是昨天下午来省城办事的，说好在房间等我。我们去时，房间里只有几个做清洁的服务员。等了一个小时也不见丁解放的人影。临近上午十点时，丁解放在外面打电话，他要我原谅他的失礼，实在是有要紧的事脱不了身。他让司机和吴小咸先送我回市里。吴小咸在听丁解放的电话时，像一只温顺的小猫。放下电话后，吴小咸从衣柜里拖出一只旅行箱，三个人呼呼啦啦地往外走。

上了车，吴小咸对我说，她想睡一会儿。说罢她一歪脖子，将头枕在我的肩上，转眼就睡着了。片刻后，她那轻柔的鼻息就将我心里撩得火烫。我试探着将手放在离她的手只有半根手指距离的地方。结果吴小咸的手指像蚂蚁的爪子一样，慢慢爬上来。

吴小咸的手指准确地停在我的掌心里。

大约半个小时后，我看到了久违的长江。

二

　　闯进心里的那份感觉，不是吴小咸给的。吴小咸的手只会让我心里发痒。望到长江我就有一份额外的沉重。我是一九八九年秋天从大学里拿着报到证到后来由丁解放当市长的地方报到的。虽然毕办的人对我说，那里会给我安排一个不错的工作，但让我下决心闯一下的是父亲的话。父亲得知我在那年春夏之交的所作所为后，要我无论如何也要珍惜这个机会，到基层去多交些朋友。大学里的朋友将我送到长江边时，说了许多现在想来挺幼稚的话。我们分手是在长江边的柳林里，当时我将长江作了易水河，连同自己一起，大家都很矫情地扮演舍命去刺秦王的荆轲。

　　丁解放到北京活动县改市时，有一次，正在吃涮羊肉，他突然告诉我，是他力主将我分配到汽车配件厂去的。他说那时那样做是对我最好的保护。在上千工人中，谁也不会计较我曾经说过什么，做过什么，而且汽车配件厂本来就是最自由化的地方。他还举了个例子：一九七五年，这个厂就发生了两起男女群居的案子。丁解放说，假如那时我被留在县里泡机关，肯定不会有今天。机关里的干部多，喜欢汇报的人也多，搞不好就要倒霉。丁解放那时在人事局当副局长。他说的话我不能不相信。我在汽车配件厂工会干了三年秘书后，赶上国务院头一回公开招考公务员。我咬咬牙跑到北京试了试，结果真的中了红榜。当丁解放找到我在北京的家门后，妻子不止一次说，假如我是现在被招进国务院，县市两级官员恐怕会组织一个庞大的欢送车队，沿 107 国道浩浩荡荡地北上。丁解放那时正在省里上党校。他说，如果他在家，说什么也不会让我冷冷清清的离开。那顿涮羊肉丁解放执意买了单，还响亮地告诉服务员不用开发票。出门时，他感叹地告诉我，如果没有朋友，一个破县长到北京来，简直与在街上站着卖烤红薯的人差不了多少。他连续三次在我面前提到，前几天去一个部门办批复，一个二十郎当岁的女孩就是正处级干事，弄得他看自己就像看一条可怜的老狗。那几天，他心情一直很不好。直到吴小咸从上海飞来，他才开始对着北京笑，然后极有心得地说，当干部，处级以下的必须去地县才有滋味。

一想到丁解放那天在王府井大街上射向吴小咸的目光，我连忙将自己的手从吴小咸的手底下抽出来。吴小咸突然醒过来，她一点也不在意地说，你的肩膀真好，能给女人安全感。

我摸了摸自己的肩头说，十几岁发育时锻炼少了，没有丁解放的肩膀结实。

司机回了一下头说，丁市长一直在家做哑铃操，身上的肌肉像乔丹一样。

我望着吴小咸，等她说些什么。

吴小咸很机灵，眼睛没眨一下就说，丁市长的肩膀必须让全市人民都觉得安全才行。

我说，你这话可以写进政治局的会议记录。

吴小咸拍了一下我的腿说，你怎么一口一个政治局，别将做北京人的优越感带到乡下来。大过年的，闹得有人不快活可不好。

我连忙说，都快成了丧家之犬还优越个屁，连过年的家都没有。

吴小咸的弯转得飞快，她马上接着说，我看你岳父那里肯定有问题。过了一会儿，她又说，有问题也不能找女婿出气呀。

这时，兜里的手机响了。我以为是妻子打来的，接通后才知道是对方打错了。司机马上要给我讲一个打错电话的笑话。吴小咸拦住不让讲，她要司机小心前面的路。司机很听话，真的不再提那话题。车窗前面的路况很好，十五米宽的公路一色铺着水泥，隔不了多远，就能见到一个或几个卖烟花鞭炮的小摊。偶尔还能看见有性急的小孩趴在自家门前，用香火点燃鞭炮。司机憋着不讲话，我们也无话可说。而且我心里突然有一种感觉，此番过年的选择会不会是一个美丽的错误。

司机突然将车速提高到一百四十码。

隔着车窗，不远处的田野上有两个男人正朝着公路狂奔。他们跑了一阵又站在那儿大笑。司机也将车速降下来。几分钟后，公路上出现一块县际标示牌。司机吁了一口气，随手打开车内的录音机。我问他们刚才怎么像过封锁线一样。吴小咸告诉我，那一带确实像封锁线，从今年三月开始，就有一伙人专门拦在公路上砸奥迪轿车。司机说，因为有一辆奥迪轿车在那一带撞死一个人后，逃走了。他们才见着奥迪轿车就砸。

我问司机还讲不讲关于打错电话的故事。

司机笑着摇头说这故事太荤了，还是不讲为好。

公路两旁的房子越来越漂亮。同北京相比，这儿过年的气氛更浓一些。迎面而来的拖拉机和自行车上的人，全都抱着各式各样的年货。同前几年我在这儿的时候相比，人们脸上的表情仿佛重了一些。公路上的小汽车也比从前忙碌许多。这一点越靠近市区越显得突出。那些小汽车的后备厢盖，大多因放了太多的东西而盖不好。隔了几年，那些空旷的原野上竖起了一排排楼房，县城真的有点城市的模样了。吴小咸将高高在上的那栋房子指给我看。此前丁解放已多次向我描述过市政府办公大楼的位置，我在心里多次将它与从前最气派的汽车配件厂大楼做过比较，让我感到意外的是，不只是我，连吴小咸也找不到汽车配件厂大楼，它被新建的楼房淹没了。司机不无骄傲地说，丁市长眼光超前，市政府大楼是学的上海经验，一动手就建成了标志性建筑。

丁解放请我来时，曾说让我住在他家。

吴小咸却让司机将我拖到一家宾馆里。我们在三楼的豪华套间里站定后，吴小咸将匆匆进门来的一个少妇介绍给我。少妇姓徐，吴小咸说她是政府接待办副主任兼宾馆馆长。我开口叫了一声徐馆长，她有些娇羞地一低眉，再抬起眼皮时，眼里的柔光分外动人。徐馆长称我是国务院的领导，她非常希望在我走的时候确实有种回家过年的感觉。

两个女人同我说话时，司机先行告辞了，他要赶回省城去接丁解放。

我很快就弄清楚了，其实我根本没费力气，是她们自己说话时，很自然地流露出来的。徐馆长同她那教高中语文的丈夫离婚了，目前还是单身。

吴小咸也是嫁了人的女人，吃午饭时，我劝她先回家看看。

吴小咸马上开玩笑，问我是不是见异思迁，有了徐馆长连看她一眼都觉得多余。

我想说自己喜欢众星捧月，又不好意思说出口。徐馆长用挺好看的模样说我一定是个大老爷们，成天在家里等着老婆将热菜热饭端到炕上。我反问这是什么级别的待遇，怎么文件上没有。她俩似乎觉得我这话挺有趣，咯咯地笑起来。

去餐厅的路上，碰见两个男人。吴小咸和徐馆长称他俩为李书记和王副市长。叫李书记和王副市长的男人们，用不大不小的声音同她们说笑，特别是李书记连续两次说吴小咸与徐馆长是拔尖人才，她们二人便完成了全市全年财政收入的十分之一，价值比五年前的汽车配件厂还珍贵。

徐馆长马上说，我的胃都叫酒精烧烂了，李书记可得批准我买一份健康保险。

李书记眯着眼说，是不是还有其他毛病。

王副市长在一旁不正经地笑着。

徐馆长一点也不生气，她也笑着回答，李书记一定是在暗示，让我帮忙了解一下书记夫人的病根子在哪里，对吧？其实很简单，书记夫人的毛病不用去医院，只要你晚上少出差、少会客就会好起来。

吴小咸在旁边一直努力地保持着美丽的神态。

说笑过后，临分开时，王副市长望了我三眼，李书记只望了我一眼。他们一句多余的话也没说。吴小咸和徐馆长也没将我介绍给他们。

　　进到小包间坐下，两个女人对视时，不约而同地露出一份忧伤，然后拿起话筒唱起卡拉 OK。听了一阵，我就找出规律来。吴小咸点的歌都是董文华唱出来的，徐馆长则偏好彭丽媛的拿手戏。好几次，我在心里暗暗佩服她们唱歌的水平，以这样的条件，就是到北京也不愁没有活路。我一向认为自己身上艺术细胞不少，无论是在北京，还是在北京以外的地方，不敢开口唱卡拉 OK 的情况还是头一次发生。临到喝酒时，就更尴尬了。吴小咸说她要尽地主之谊，徐馆长说她与我是头一回见面，她俩共同的理由是代表丁市长为我接风洗尘。她们还大度地提出我每喝一杯，她们分别喝三杯。接着又说在基层工作不容易，上面的千头万绪，下面的万绪千头，都扭结在县市一级上，希望我能体恤她们。她们说话的声音细细的，让人心生怜悯。可惜自己酒量不行，充不了好汉，我只能答应她们的条件。大约是在喝到第五杯时，徐馆长开始谈论丁解放。在她的话语中，丁解放是市里自改革开放以来，最有政绩同时又是最清廉的领导。她举了个例子，市里有条不成文的规定，无论是谁，只要能从上面弄回财政拨款，当然是额外的，市里可以给他一定数额的活动经费，其实就是奖金。别人都拿了，就只丁解放一分钱没拿过。她告诉我，来餐厅的路上，为何没有将我介绍给别的书记市长，原因是市里领导之间都有默契，谁请来的客人归谁招待，特别是与市里工作没有直接关系的，彼此更是相互隔绝，要打听也是在背后进行。

　　我很快就注意到，徐馆长谈丁解放时，吴小咸什么表情也没有，后来她干脆出门像是去洗手间。吴小咸回来时，身后跟着李书记和王副市长。

李书记和王副市长各端着一只大酒杯，不容徐馆长介绍，就爽朗地对我说，这儿虽不是穷乡僻壤，但也拿不出什么好东西来款待客人，鱼肉烟酒全中国都一个样，不一样的是别处不会有这儿的人待客热情，敢把心掏出来暖客人的脚。边说话，他们边将桌上酒瓶里的酒倒进一只小酒杯里，然后又将小酒杯的酒倒进大酒杯里。他们往大酒杯里倒了三小杯酒。这些事全是亲自动手。李书记拒绝徐馆长的帮忙，比王副市长拒绝吴小咸还坚决。他们吩咐吴小咸和徐馆长，无论谁请来的客人，只要一进市界，便是全市人民的客人，要像接待克林顿一样，一视同仁。他们同我碰了一下杯后，真心叫我随意，自己则一张口将三杯酒一口气吞下去。见此情形，我准备将酒杯里剩下的酒全喝下去。李书记和王副市长伸手将我拦住，说等到了北京，他们再喝我的酒。

他们一句多余的话也没说就消失在门外。

我心里老觉得欠他们点什么，就问可不可以到那边去回敬一下。

吴小咸说，你没听见，他们知道你是从北京来的，你就要像个北京人的样子。

徐馆长也说，乡下就这规矩。紧接着她又说，怎么这臭的记性，县改市都三个月了，还是记不住自己是市民。

一会儿我就被她俩灌晕了。两个少妇不知什么时候脱下了外套，只穿着薄薄的羊绒衫。我已经听不明白她们中谁穿的是雪莲牌的，谁穿的是鄂尔多斯牌，只知道她们在夸奖各自拥有的品牌。语气中还有点争论的味道。我本意是想劝她们别争，一件羊绒衫的价格，哪怕是在北京也可以够一家人生活两个月，嘴一张，却说她们风姿这么迷人，衣服的品牌算个卵子。刚说完，我就意识到自己错了，后面的话只能对男人们说，我连忙说，醉了醉了，请别见怪。

徐馆长笑一笑说，牌桌上无父子，酒桌上无男女。

吴小咸则说，当今处世，坏一点才有人喜欢，才有知心朋友。

我有些不敢看她们的眼睛，低头说，说实话，除了老婆，我还没有在别的女人面前说过粗话。

徐馆长抓起酒杯说，我胃有点不舒服，要不喝了这杯都去休息。说话时，她拿眼睛看着吴小咸。

吴小咸说，这样最好，我也要回家看看去。

徐馆长和吴小咸各自夹了两块扣肉，迅速地咽下去。

出了餐厅，外面的阳光射得我眼睛发胀。

停车场里，一位司机正趴在一辆挂省城牌照的轿车上，捣弄着发动机。徐馆长叫了那人一声师傅，问车出了什么毛病。司机说化油器有些不听使唤。徐馆长让他开车出宾馆大门向左拐，见到十字街后，再往左拐，走两百米，有家名为棉花的修理铺，里面的师傅一个姓刁，一个姓万，修车技术奥得很，什么毛病都会手到病除。司机趴在车上不下来，声称自己会修理。吴小咸见状也走上去劝那司机，大过年的，别弄得一身油污回去，让太太见了心烦。吴小咸还伸手拿过司机手上的起子。司机从车头上跳下来，盯了吴小咸挺拔的胸脯一眼，答应去找棉花修理铺试试。徐馆长吩咐司机，去了后别提是她们让去的，就说是听省政府车队的老马特别推荐的。司机笑嘻嘻地从吴小咸手中接过起子时，顺便捏了一下吴小咸的手。他上了车后，冲着我们叫，没想到小地方里有这么多古怪。吴小咸说，不弄神秘点，你们来一次就不想来第二次了。司机说，有你们二位在这里，一年让我跑一百趟也不叫脚酸。

轿车远去的声音果然有些不正常。

吴小咸主动告诉我，这车是省民政厅的，他们派了一帮人下来搞慰问，李书记和王副市长陪的就是这帮客人。

吴小咸走后，徐馆长一个人送我回房间。

徐馆长在房间里给丁解放打了一个电话，告诉他，已将我安顿好。我接过她送上的话筒，同丁解放聊了几句。丁解放在那边像是遇到什么不开心的事，骂咧咧地告诉我，若是舍不得头上的乌纱帽，他就不是亲娘养的。至于原因，他答应回来后再当面细谈。不过回来的时间他不好说定，他必须在省里弄些钱回，没有四百万，恐怕到时候家里煮年饭的锅都会让人砸烂。

我宽慰他说，现在要钱比要乌纱帽还难，好在要钱是为了工作，什么话都可以说，要着了是胜利，要不着也不丢人。

徐馆长不知什么时候趴到床上去了。放下电话后，我见她在床上的姿势有些不对，就上去问她哪儿不舒服。她动了动腰，说胃疼得厉害。我帮她脱了鞋，将两只脚塞进被窝里。她抱着枕头轻轻嗯了嗯。我给她倒了一杯水，请她抬起身子喝几口，压压胃里的酒精。她无力地说没用，她这胃疼了多年。

我说，那你就不该这么样喝酒。

徐馆长说，市里的领导说过，对我和吴小咸必须实行一人两制，胸部以上是自己的，胸部以下是接待办的。丁市长专门嘱咐过我，说你同别人不一样，政治上很有潜力，我能怠慢吗？

我想不通，丁解放为什么会这么看好一个曾在一九八九年的漩涡中卷得很深的人。我告诉徐馆长，丁解放是拿话哄她。徐馆长不承认这点，她说自己当宾馆负责人整三年，上至中央领导，下至村民小组长，什么样的中国干部她都见过接待过，但像我这样的人实属凤毛麟角。丁解放看好我，是因为他同我的性子很接近。她再次提到丁解放是市里最正派的领导。

徐馆长将床头柜上的电话拿起来，对着话筒说，小侯，送瓶开水到301房间来。

不到一分钟，模样周正的小侯就拎着开水瓶进来了。

徐馆长在床上侧了一下身子，小侯连忙放下水瓶上去给她捶背。

徐馆长说，你是怎么来这儿工作的？

小侯小声说，徐大姐还不清楚，我这条命是丁市长救的。

小侯一开口，两行眼泪就出来了。

徐馆长让小侯走了才对我说，小侯是前任县长写条子安排到宾馆工作的。县长家有个痴呆儿子，他们要小侯答应嫁过去，小侯死活不同意，还吃过一次安眠药。那时丁市长还是副县长，但他在会上批评了县长，还说要向上汇报，迫使县长家里打消了这份念头。

说了一会儿话，徐馆长的眉头又紧锁起来。她将脸完全埋到枕头里，嗡嗡地要我从她的皮包里取出几颗胃药。那只精巧的皮包一直在我的视野里，在我走向它时，心里有种马上能见到陌生女人秘密的感觉。皮包轻轻一弄就开了。名牌皮包就是做工好，别看它复杂，开起来一点也不费劲。我将手伸进包里，扒开那些化妆品，拿出一只纸盒，见上面印着"小夜衣"几个字，脚底的血一下子全冲到头上来。我慌忙将它塞回皮包里。明明看见第二只纸盒了，内心的胆怯使我有点不敢去碰它。好在我到底不是不谙女色的男人，我按捺着心跳将胃药拿出来，徐馆长听见我的脚步声已到床前，她抬抬头说，三颗。我将三颗药丸送到她的嘴边，她一呶嘴唇就将药丸叼进嘴里。我正要端水，她已将药丸吞了下去。

我终于等到一个话题说，哪有吃药不用水的。

徐馆长说，都是一个人过日子养成的习惯。没人倒水，便练就了这本事。

我说，同你离婚的男人一定是天下最蠢的。

徐馆长说，错了，同我结婚的男人才是天下最蠢的。

眼前被一件羊绒衫裹着的腰肢，弯弯曲曲地舒展着。徐馆长告诉我，靠脊柱两侧有一对胃俞穴，按摩一下可以缓解胃病症状。她问我能不能帮忙按摩一下。我刚想到这样会不合适，应该让小侯她们来做，徐馆长就说，女孩子力气不够，非要男人才行。我犹豫着将一只手搁到她的背上。她要我双管齐下，两只手都用上。我用两只手按了几下，她马上发出舒适的哼唧声。我不由得想起那盒"小夜衣"。女人随身带着这东西，真是大大的刺激。那句遍地风流的话，是否暗指这些行为。薄薄的羊绒衫不仅能够透出女人身上的体温和体香，连那肌肤娇嫩的质感都能感觉出来。高档织物在手底与徐馆长的身子之间恰如涂上一层润滑液，又像隔着一道门窗看美人，心中的浮想更能打动自己，摇撼自己。我的双手让徐馆长安静起来。冬日的阳光从窗帘缝隙里洒到我的手上，周身的温暖让我第一次尝到南方的快乐与轻松。女人用形体语言表述的旋律，实在是太奇妙了。特别是身旁还有那小纸盒中的秘密在诱惑。

实际上，我的双手已超越了胃俞穴附近的区域，在徐馆长的整个后背上漫游。徐馆长只顾舒适地轻声呻吟。

好多了，不疼了。她终于回头对我说了一句。

我挪开双手后，她从床上爬起来，正好坐在我的对面。她的嘴唇几乎碰上我的嘴唇。一股潮湿温暖的鼻息吹过我的心头。她像风一样轻盈地跳到地上，穿上自己的鞋，对着镜子收收腰挺挺胸脯。同时告诉我，三点钟省里还有客人来，她要去接待，暂时不能陪我，但晚饭她会陪我吃的。

徐馆长走了半天，屋里还有股让人放不下的味道。

突然之间我想起同妻子约定，中午打电话到她妹妹家。我连忙打开手机往长春那边拨。铃响三声后，小姨子开始接电话。她先将我一顿好训，本来她家里就不肯接纳我，我还有什么臭架子可摆。她说没有女人会等我这么长时间，都三点了才来电话，再热的心也会凉。我知道妻子一定就在她家的沙发上坐着，茶几上正堆着她们翻过几遍的时尚杂志。这是她们姐妹的习惯，只要在一起，一定要比较那些杂志上说的，研究最能让她们美丽起来的服装。我请小姨子原谅，中午被这儿的地方官缠着喝酒聊天，并称就连这个电话也是躲在卫生间里才打成的。眼见这点谎话不够劲，我又加倍说自己现在胃疼得要命，特别想家，想家里人。小姨子还没作声，妻子急促的声音就传过来，她大声说，一定是酒喝多了，小心弄成了胃出血。还说我是坐机关的，不比下面的干部，都是久经（酒精）考验的。见她急了，我就实话实说，自己并没喝酒，只是想让她接电话。我对她说我很想念她。妻子一听生气地说了声，真无聊！然后在那边将电话挂了。我紧接着往长春拨打十几次，那电话没人接听。耳边似乎响起一种警报。好多次听别的男人说过，外面的事回家后不能全对老婆实说，太诚实的男人，更容易招来女人的怀疑。我老记不住这些至理名言。

　　我在留有女人身子痕迹的床上躺了一阵。又忽地爬起来，一个人出了宾馆。

三

　　小城大的格局没有变，街道还是那么几条。让我吃惊的是从前的林荫道，全部变成了光秃秃的马路。我问了一个摆水果摊的男人，才明白，撤县建市时，为了让街道亮起来，丁解放下令将那些高大的法国梧桐全宰了。

我叹口气后正要走开，那男人说，你是吴秘书吧？

我一怔，跟着点了点头。

那男人高兴起来，我一看像是你，我是你调走前半年进厂的，那一次从地区工业学校分来三个毕业生，其中就有我。

我想起来了，你是那个唱《牵手》唱得很好的邓楚吧！

对方摇摇头说，邓楚已经死了。我是文一武。有一回你说"五·四"墙报上的一首诗写得很好，作者就是我。

我拿起一只苹果看了看，怎么干起这个来了？

文一武说，工厂死了，我得活命呀。邓楚太惨了，他的女朋友开始在厂团委当干事，前年这个时候，邓楚发现她在宾馆里当小姐陪男人，就抱着她从厂办公室楼顶上跳下来。见我不作声，他接着说，厂里的年轻人前两年很想你，都说你若不走，肯定会领着大家上哪儿讨个公道回来。

我说，现在不想了？

文一武说，现在只想每天多卖几斤水果出去，马上要当老子了，我得养活三口人。没心思去想别的，甚至盼望搞腐败的人多一点，那样来买水果的人也就多一些。

这时有人来买水果，开口就要三整箱新疆香梨。

我走到一旁，文一武像上帝降临一样高兴起来。我强使自己认为，文一武这样活得也不错，他那高兴是发自内心的，并无深刻的辛酸。

有一种说法：现在过年比从前冷清，是因为大家天天吃鱼吃肉，不用一年到头只盼着年三十那顿团圆饭，所以过年就成了过大周末。凭着我在单位里公认最好的记忆力判断，街道两旁的店铺虽然比我在这儿的时节多了一倍，但买货的人少了许多。同北京城里越来越倩靓的时装相比，店铺里挂卖的衣服款式有点不如从前。我想，是不是因为款式新颖、价位也高而无人问津，才不敢进货。

胡乱走了一通，忽然发现路旁停着一辆眼熟的小汽车。午饭后同吴小咸说话的那个司机，在旁边盯着正在修车的两个男人。棉花修理铺几个大字赫然写在墙上。稍一留意就能发现被修理铺三个字盖住的是美容店三个字。棉花二字写得很有匠心，修理铺三个字则是信手涂鸦。

我上去同司机打招呼后，趴在车头上的男人下意识地抬起头来，我忍不住叫道，万师傅！

万师傅马上反应过来，小吴、吴秘书，你怎么回来了？万师傅踢了钻在车底的那个男人一脚，快起来，吴奇来看我们。

那人爬起来，用一卷报纸揩揩脸上的油污，我认出来他是汽车配件厂从前的劳动模范刁师傅。

刁师傅说，我还以为是市里下来搞调查的小吴，原来是一去不返的稀客呀！

我很高兴二位师傅身体还这么好，伸出手放在车头的盖板上。刁师傅会意地上来同我掰手腕，只坚持了十秒钟左右，我就败下阵来。万师傅在旁边说，白长了这么多年，还是扳不过我们。刁师傅对我说，在万师傅面前，他还是二号种子选手。

司机要试车了。他们丢下我，将耳朵贴到车身上细细辨听。

汽车引擎呜呜地响了几阵后，刁师傅将手中的工具往地上一扔说，好了，我保证一年之内这只化油器不会出任何问题。

万师傅马上说，别说过头了，得有前提，汽油要符合质量标准。我提醒你这位司机，现在加油站都在卖走私汽油，质量难得有保证，所以化油器才老出问题。最好是固定在一处加油，不然汽车的肠胃就会出毛病。

司机掏出两百元钱递给万师傅，要万师傅开三百元的发票。

万师傅不肯这么干，他问司机，既然是省政府车队老马让他来这里，难道没有讲清这里的规矩。

司机拿着发票离开时，万师傅说，代我们问老马好，谢谢他对我们的信任与支持。

在小汽车撩起的一股尘埃中，隐现着司机诡秘的笑容。

刁师傅和万师傅在修理铺内同我对面坐着。忙了一阵，脸上都有了倦容。铺子里的墙壁还能看见先前作为美容店的痕迹，特别是房顶，被从画报上剪下来的各种发型的男女头像贴满了。

我问这个店从前是谁的。

刁师傅看了万师傅两眼后，才告诉我，这儿从前叫棉花美容店，是万师傅的儿媳妇要开的，因为一些事小两口离婚了。万师傅一气之下，将它收回来改成修理铺。

说话时，有个女孩骑车过来，要给车胎打气。万师傅出门用气筒替女孩的自行车打好气。女孩扔下一角钱便骑车走了。我问万师傅干吗要替别人劳动，全中国都一个规矩，给自行车打气必须自己动手。万师傅说他不放心，多数骑车的人并不会给车胎打气，常常打得过重了而爆胎，生出些麻烦来。

街那边有一家规模不小的修理厂。万师傅和刁师傅不时扭头打量着。那边的生意很好，从门口就能望见院子里停着三辆汽车。

我问，厂里情况怎么样？

刁师傅哼了一声说，连我们都出来自谋生路。七级钳工，在马路边修自行车，我也弄不清这是谁在丢谁的脸！

万师傅用锤子在一只废轮胎上敲了一下。他说，厂里让我们退休，我们就是不退，没到六十，差一天也不退，我们要做工人阶级的一员，盯着那些吃工厂、喝工厂、玩工厂的人，到底如何将工厂腐败掉。

他们搞清我在北京干什么后，追问国家对下面的干部胡作非为有无新的政策和手段。这样的问题自然不是我能解释的。但我还是告诉他们，仅靠上面下文件规定，什么级别的干部才能吃几菜几汤是不行的。关键是群众监督。

刁师傅说，我们又不能去宾馆巡视，点人家饭桌上的碟子有多少。

刁师傅看着万师傅的眼神里另有一层意思。

万师傅避开他，扭头同我说，市里的干部要是都像丁解放那样，老百姓的日子就好过多了。

刁师傅接着说，还有，下岗的工人起码会少一半。

一辆拖拉机在门口停下来，万师傅起身迎出去。

刁师傅趁机小声对我说，万师傅先前的儿媳妇姓徐，因为开美容店交际太杂，老同丈夫吵架，她现在在你住的宾馆里当负责人。我心里一惊，明白这女人必定是那个徐馆长。刁师傅又说，外面传得很凶，说姓徐的女人同每个来市里的领导睡过觉。我心里有点不好受，就告诉刁师傅，千万别将所有干部都想象成坏人，也不要将那些在干部面前张罗的女人都想象成妓女，这世界复杂得很。刁师傅马上说，他没有这种想法，只是外面的说法让他不能不想这个问题。

万师傅在门外叫，将焊枪拿过来。

我抢在刁师傅之前拿起焊枪，出门后将它交给万师傅。拖拉机与挂斗联结处的销孔开裂了。

开拖拉机的人说，这种毛病马虎不得，一般的人哪敢让他焊。

刁师傅说，找到老万算你有眼光，他可是全市头一把焊枪。

万师傅冲着我羞愧地笑了笑，回头用焊枪夹起一根焊条，轻轻一点，一道蓝色弧光腾空而起。电弧发出的呼呼声像市郊山谷里刮过的风，在夜深人静时，一阵阵的回响，忽高忽低，忽隐忽显，忽缓忽急。关于万师傅的电焊技术，我在厂里时就听见过评价，最生动的是一个来厂里采访的作家的描述，他说当强烈的弧光让人闭上眼睛以后，突然听见一种摇撼着生命的旋律。他认为万师傅已将电焊技术变成了艺术。万师傅一点间隙也没有地将那条裂缝焊补上。刁师傅拿上铁锤将那焊渣敲掉，露出一道光滑平坦的焊疤。

开拖拉机的男人递过五十元钱说，焊得这么好，每次可多装一千斤货。

拖拉机走后，修理铺里安静下来。

刁师傅和万师傅陪我说着话的时间里，再也不见有生意来。

天黑时，他们一算账，收入了二百多元。他们很高兴，平常的时候，一天收入几十元就很不错了。关键是今天修了两台车。我们谈话时，不断有车辆驶进对面那家修理厂。万师傅说，开修理厂的人是市委李书记的小舅子，又买通了保险公司，所以市里的车辆有百分之八十都去那里修理。李书记的小舅子除了托人来请，还亲自上过两次门，要请他俩过去当技工。他俩不愿去的原因，是这个人从前也在汽车配件厂干过，那时扫地都没人要。万师傅和刁师傅都说，他们不能受这种小人的摆布。我劝他俩不妨一试，只要报酬合适，就是体现了自己的价值。他俩好久没作声。之后我们又谈起厂里其他人的情况。厂里只留下五百人，余下近千人全都下岗了，所幸这时节可以各显神通，虽然手里紧巴巴的，但还没听说饿着谁。有前些年的底子在那里，可以熬几年不添衣服，不买家具家电，光吃饭，这点钱还是能挣回来的。

我没有告诉他们，自己是来这儿过年的。刁师傅他们每月要交五百元钱的税费。我觉得自己住在宾馆里白吃，是在花这些纳税人的血汗钱。

天黑时，一个女孩给他们送来晚饭。

夜深的时候，偶尔有意想不到的生意来临，临近年关的时候，连夜赶路的车辆比平常多。他们得在铺子里守着。

送饭的女孩不到十岁，长得挺像吴小咸。她捡过一根废锯条，蹲在地上埋头锯着一节钢筋，我同他们告辞后，走到门口，忽然听见小女孩说，爷爷，妈妈从北京回来了，她说丁市长正在想办法让汽车配件厂起死回生。我回头看了一眼，刁师傅和万师傅正在往酒杯里倒酒。

刁师傅说，难怪今天的菜不好吃，原来是你妈做的。

小女孩抬头说，就好吃，就好吃，我妈做的菜就好吃！

万师傅连忙说，妞妞别生气，你爷爷老了尝不出味道来，以我说的为准，我说好吃就是好吃！

小女孩将握在手里的一只铁锤扔在刁师傅脚边。

顺着街道往回走，文一武的水果摊已经不见了。北风很紧。为数不多的霓虹灯挂在没有树的街道两旁，将贴满瓷砖的楼房照得如同都市里的公共厕所。

回到宾馆时正好碰上小侯。

我问，徐馆长胃疼好些了吗？

小侯说，她不会胃疼吧，上午我还听见她同李书记说，自己的胃是铁打的。

我想了一下还是问下去，她从前胃疼过吗？

小侯坚决地摇摇头，我只知道她经常头疼。

小侯替我打开房间时，冲着我暧昧地一笑。

我刚进屋，她就随手将门拉上。

屋里有股女人的香味。开灯后才发现床上趴着一个女人，开始我以为是徐馆长，随即就从那羊绒衫上认出是吴小咸。

吴小咸趴在我的枕头上抽泣不止。

我在床前站了一会儿，决定伸手将她的手捏住。

屋里有暖气，但吴小咸的手依然冰凉。

我松松紧紧地反复捏着吴小咸的手。

大约过了十分钟，她终于歇下来不哭了。又过了几分钟，她爬起来，侧对着我，拿起自己的皮包进了卫生间。

再见到吴小咸时，她已将自己伪装得看不出一点先前的痕迹。

在去餐厅的路上，我问徐馆长怎么没来。

一会儿不见，就开始想她了？吴小咸醋醋地同我开玩笑。在餐厅坐下后，她对我说，丁市长打电话将小徐叫到省城里去了。

我很少听见吴小咸将丁解放称为丁市长。她称丁市长时，我必定要在心里猜测一阵。吴小咸没有将卡拉 OK 打开，她忧郁地望着我，有些心里想的话，在她眼睛里打转转。

是不是家里发生什么事了？我主动问。

吴小咸自嘲地嗯了一声，我那家里旋风吹来，也掀不起几朵浪花。

弄清她丈夫在人事局工作后，我说，干这一行的人必须沉稳老练。

从前在汽车配件厂当工人时，也是磨子压不出一个屁来。吴小咸不满地说，不是我从中疏通，人事局才不会要他。

外面突然喧哗起来，吴小咸撩开窗帘，发现很大一群人正向餐厅涌来。她连忙扯上我，出了小包房，顺着走廊，从另一道门出了餐厅，然后回到房间。整个过程，自始至终她都抓着我的

手，坐下来后，她才松开。瓷器和玻璃被砸碎的声音接连不断地
传来。不时还有人大声吼着。我在这儿只待了两三年，又离开了
五六年，他们说方言，语速太快，我只听懂个大意。有几个词方
言语汇中可能没有，是从普通话里借用而来，所以我听得特别清
楚，也就是民脂民膏，贪官污吏等等。

走廊上响起一阵纷乱的脚步声。有人大声说，这鬼地方民风
太差，连饭都不让人吃，以后谁请我都不会来。还有人气呼呼地
像是招呼秘书说，小涂，叫姜师傅去准备车，我们回去。

吴小咸已经平静下来，她对我说，这种事几年前也发生过，
弄得后来一直没有客人敢来。今年刚有起色，没想到又重蹈覆
辙。他们总说，只要市里不花这些招待费，就能够养活几万下岗
工人。他们哪里知道，不花招待费是能养活几万下岗的工人，却
会造成新的几万下岗工人。

我说，怎么没人管？

有人管更会没完没了。吴小咸说，他们不敢冲政府机关，上
这儿来撒撒气，见没人管，就自己走了。气消了，回头就得自己
想办法过年。

我发现墙根上放着一箱香梨，就说，也许我不该来。

吴小咸说，是丁解放吩咐咐人准备的。她起身打开箱子抓了两
只香梨到卫生间冲洗一下，然后用茶几上早已准备好的水果刀，
将皮削了。

我咬了一口她递过来的香梨。

好吃吗？吴小咸脸上显出温柔。

　　我点点头。津甜的果汁让我心情也好起来，你得对我说实话，刚才为什么伤心。我坚定地说。

　　吴小咸慢慢地将一只香梨吃下去，并用面巾纸将手揩干净。盒子里的面巾纸，被她一张张地抽出来，每张面巾纸只擦了一个手指，就被扔进茶几前面的塑料篓里。十只手指都被擦过后，我突然想到明天服务员来打扫房间时，会不会想这些被糟蹋的面巾纸，是被我派了另一种用场。吴小咸开始重点擦那戴着红宝石戒指的右手无名指。我随着她打量，并得出结论，吴小咸的手形没有脸型漂亮。手背上的皱纹比脸上的皱纹多。

　　我等着她开口，外面的嘈杂声没有分散我的注意力。

　　终于，吴小咸的嘴唇被我的毅力撬开了。

　　你是一个对女人充满诱惑的男人。你在我们这儿肯定要留下一段故事。她一点不笑，认真地对我说。

　　你肯定不是因为这个伤心。我拿起纸巾盒向吴小咸亮了亮，里面的纸巾已用完了，我还不值得让你伤心。

　　丁解放打电话让我到省里去。吴小咸说话时，那枚戒指上的红宝石闪烁了一下。

　　这很好嘛。我说，市长在召唤，别人高兴都来不及。

　　吴小咸将一条腿架起来，他在省里要钱，遇到了肠梗阻，想要我去化解。她看出了我脸上的迷惑，就说，你不懂肠梗阻的意思。回头你会想明白的。

　　事实上，我还没回头，就明白过来。我差不多要为自己所处的庞大组织呕吐恶心。

这种毛病要漂亮女人来治。吴小咸将那只空纸盒扔到床上，让我伤心的是，丁解放竟然想到我。如果是李书记、王副市长想到我，我都不会伤心。丁解放这样做，我太伤心了。因为我爱他，他也爱我。

她用一种让人难忘的眼神看着我，像是从一场噩梦中醒来，那种惊疑游离在她的眉宇之间，那一年，我在天安门广场的帐篷里熟悉了这样的神色。

我说，你们的爱是没有结果的。

本来嘛，从一开始就约好了，我们都不离婚，只管享受过程。他这样做，可是连过程都不要了。吴小咸说得轰轰烈烈的。

有人在窗前大喊，不许剥夺我们过年的权利。

屋里的气氛动荡了一下。

吴小咸定定神说，我也明白，他是被逼得失去理智，才冒出这个主意，让我去陪有关人员吃喝玩乐。但我要的正是他在最困难的时候，也在维护着我们的感情。

有句话叫同舟共济，我知道，你如果能舍出生命来帮他渡过难关，那不就反证你对他的感情深度吗！我顺着她的话说了一句。

你们男人！吴小咸对我冷笑一声后，不再说什么。

我问她，徐馆长被召去省城是否与她的拒绝有关。吴小咸肯定地点点头。

四

后来，吴小咸在卫生间里大声地说，丁解放应该一开始就想到徐馆长，让徐馆长去。她申明自己已经在反省过去的所作所为。甚至隐隐约约地意识到，男人的可靠与男人的感情，二者之间，前者也许对女人更重要。她决定在我这儿洗个澡时，我身上先燥热起来。她刚开始放水，小侯就敲门进来。

小侯倚着门对我说，丁市长的爱人来看你。

小侯闪到一旁，一个女人牵着一个小男孩走进来。

丁解放的爱人望了望扔在床上的女人衣物，我告诉她是吴小咸后，她反而更加不安。她先说自己叫杨花。

杨花说，解放从省里打电话回，让我来请你上家里去住，这样好照应一些，免得一个人在宾馆里孤单。

我连忙说，这儿挺好，不必上家里麻烦。

小男孩忽然说，我叫丁丁。

杨花和我笑起来。我们不应该冷落儿童。我从行李箱里取出一支玩具手枪，递给丁丁。丁丁高兴起来，立即隐藏到席梦思那边，用刚刚得到的武器不停地向我瞄准，嘴里不时砰砰地发出响声。

丁丁说，你被打中了，应该投降。

我说，男子汉宁死也不投降。我做了一个死去的样子。

丁丁叹了一口气说，真没意思。一打中就死。要是你打我，我投降一百次也不会去死。你就不会假投降吗。我爸说了，假投降比勇敢去死的人还了不起。他将那只空面巾纸盒扔过来，砸在我的身上，说是炸药包。

丁解放向我介绍过，这个儿子是他在医院门口捡的弃婴，孩子有严重的先天性心脏病，市医院做不了这种手术，丁解放就让杨花抱上他到省城，治好了以后再抱回来。全部医疗费都是他们从储蓄中拿出来的。

杨花将丁丁叫到身边，撩开衣服，让我看那胸前比蜈蚣还粗大的伤疤。杨花告诉我一件丁解放没有说过的事。丁解放担心自己和杨花不能像亲骨肉一样对待丁丁，这几年，每到捡回丁丁的纪念日，就夫妻双双到医院去献血。杨花说第一次献血时，她真有一种分娩的感觉。说到这一点，杨花眼里现出对丁丁的深情。

我从杨花那里得知丁解放夜里就会回来。先前吴小咸说丁解放能赶回来吃年饭就不错了。两个女人的话，总会有一个是真的。我估摸应该是吴小咸的话更可靠。

窗外很安静，那些砸餐厅撵客人的人已撤走了。

卫生间里的水也不响了。

杨花有些不安。她将丁丁搂在怀里。我劝她，不用陪我，早点回家去。杨花解开外套的纽扣，露出里面穿的羊绒衫，同吴小咸脱在床上的那件羊绒衫一模一样。

突然间，我预感到杨花知道丁解放和吴小咸之间的事。

杨花老用目光打量废物篓里的面巾纸。凡是有过性体验的人，不用谁教，都会知道卫生纸与面巾纸的用途。不过，如此数量的废面巾纸团，必须经过特别的疯狂，否则不是奢侈浪费，就是女人有洁癖。杨花终于忍不住问我是不是感冒流鼻涕。我领会了她的意思，反过来说她为什么不问是否有人哭了一场。

杨花显然不想就这个话题继续下去。她换一个角度对我说，我现在不好回去，好多人都聚在院子里，等着解放要了钱回来给他们发过年费。

我正要说那一定是从这儿跑过去的。卫生间的门打开了。被热水泡过的吴小咸特别鲜嫩。

杨花站起来抢先说，吴小咸，怎么是你，我还以为吴处长从北京带了个小蜜来哩。

吴小咸一点也不吃惊，她款款地说，杨花，你一开口就暴露自己内心。

吴小咸当着我们的面，一件件地将衣物往身上套，当她将羊绒衫穿上身并整理好后，丁丁忽然说，吴阿姨，你长得像花仙子。

吴小咸说，你是不是很爱花仙子。丁丁点点头。吴小咸又说，那就叫你爸将她调到你们幼儿园。

丁丁不作声，他从杨花怀里挣出来，出其不意地用手摸了一下吴小咸的屁股。吴小咸刚一回头，丁丁又抢着拍了一下她的乳房。

杨花有些失色地叫道，丁丁，谁教你的？给我回来！

丁丁骄傲地说，你不是让我向爸爸学习吗？

杨花慌忙将丁丁的嘴巴捂住。

微笑着的吴小咸，像一朵美丽的泡沫，她那柔软的腰缠满了迷人的音符。

杨花怯怯地望着吴小咸。害怕丈夫情人的女人我在北京就遇见过，她们同杨花一样，万不得已非得同丈夫的情人见面时，总是自动后退成为一个彻底的弱者。这种女人的丈夫，无论是商场还是官场，得到的不仅比别人多而且还特别顺利。我研究过其中的原因，结论是，这种男人得益于身后有两个或两个以上的好女人。

吴小咸将杨花从沙发上拖起来，对着灯光打量一阵。杨花脸上的皮肤有些松弛，吴小咸向她推荐一种新品牌的缩肤水，还要她打电话给丁解放，让他在省城里带几瓶回来。杨花接过吴小咸的手机又递回去，她告诉吴小咸，已经来不及了，丁解放可能在回来的路上了。吴小咸脸上掠过一种不快，她掩饰地问，省里的拨款是不是已经拿到了。杨花点点头，说丁解放晚饭时打电话回，两百万的拨款书在他手里捏着。

像是回忆自己晚饭时在干什么，吴小咸从皮包里拿出一支香烟，刚要叼上，又出其不意地递给我，接过香烟，我将它放在茶几上。吴小咸继续在皮包里寻找。随后，她拿出半瓶缩肤水，扔到杨花怀里。

吴小咸说，赶紧回去往脸上抹一抹，迎接丁市长凯旋。

杨花仍是怯怯地说，老夫老妻的，不讲究这个。

吴小咸拿上皮包要走，我将她送到门口。看着她在走廊拐弯处停下来，点了一支烟。蓝色烟雾翻腾几下后，吴小咸就不见了。

　　杨花拉着丁丁也要走，说是回去熬点汤等丁解放回来。

　　她们都走后，我拿起电话拨打丁解放的手机。丁解放说话时显得很高兴，这个年总算能踏实地过过去。见丁解放真的在回来的路上，我忍不住问，你不是对吴小咸说，回来吃团圆饭吗？丁解放非常敏感，立刻听出我的弦外之音。他沉默不语时，徐馆长在那边接过手机同我说起话来。我问了一下情况，她说一切都很顺利，就像水到渠成一样。我问她晚饭时是不是又喝酒喝得胃疼。徐馆长轻轻一笑，说声你真有趣，手机信号就断了。

　　屋里暖洋洋的，我在离北京千里之外的地方独自躺在床上。屋子里飘着香梨的气味，在夜深时分，仿佛有心爱的女人在抚摸着自己。我老在想徐馆长说的水到渠成的含义，心里有种酸楚。我也想过在更加遥远的长春，妻子和孩子的情形，怎么想我都很平静，包括离婚后与孩子彻底分开，也不能搅乱这种平静。我老在想徐馆长，她不该有这样一些为达成交易而摊派给她的应酬。我知道在这万家团圆的时候，不应该想这样的女人，对妻子来说，这是不道德的。但我不清楚控制这些东西的关键在哪里。所有的人都不例外，包括男人和女人，独自出门后，很容易对异性产生幻想。

　　电视机里又在重播本市新闻，全是市里领导人到困难企业和困难家庭慰问的镜头。李书记和王副市长他们不停地向一个个人伸出激动的双手，那些被迫一样同他们握手的人，全都板着脸，拿着慰问金也还不领情。

　　我在等十一点钟。

　　到十一点时，我拨通了长春岳父家的电话号码。

　　铃声响了一下，我又将电话挂上。

　　这是我同妻子的第二种约定，目的是让她知道我平安，并且还挂惦着她。

　　半夜里，电话铃突然响了，我惊醒过来，下意识地抓起枕边的手机，等弄清是房间电话后，我听见杨花在那边满是歉意地问，丁解放是不是在我这儿。我说没有后，她又说，丁解放的车已经回来一个小时了。放下电话，正要继续睡，屋里突然响起徐馆长的声音，她说，丁市长在南山镇下了车，明天才回市里。

　　我翻身爬起来，打开床头灯。

　　徐馆长整整齐齐地坐在沙发上。

　　虽然我想念过她，但我对她的冒昧还是有些生气。

　　徐馆长用一只削好的香梨很快化去我心中的不满。

　　我说，这时候是不是不方便回家？

　　徐馆长说，不，要过年了，我想有个男人陪着。见过的男人中，我只信得过你。

　　她对我的情况已知道很多了。作为对徐馆长付出的回报，一路上丁解放肯定会出卖了我的隐私。我无法对她说清，岳父究竟为什么不理我，我刚同他女儿结婚，他就被削职为民。这是我能察觉的唯一背景，但妻子已对照《易经》反复算过，命相中我同他是不会相克的。

　　关于徐馆长的情况，我也了解得较为清楚。她说自己当初开了一家名叫棉花的美容店，生意出奇的好。不少男人很喜欢她的店名。请的几个小姐也挺卖力气，不仅邻县来了不少顾客，省城里的一些男人也会隔三岔五地慕名而来。正红火时，警察没管，公公老万反而出面管起来。做店面的房子是家里的，老万要收回去，口口声声哪怕下岗饿死，也不赚这种肮脏钱。同丈夫离婚则是她应聘当了宾馆经理后才发生的事。办美容店时，丈夫相信她同店里的小姐是划清了界线，有本质区别的。当经理后情形大不相同，有一天，丈夫借故来找她时，看见她正在同省里来的一位处长喝交杯酒，第二天他们就离了婚。

棉花美容店改换门庭做了棉花修理铺之事，在万师傅和徐馆长不同的叙述中，我有些相信后者。

为何大家不叫她经理，一概以馆长相称，徐馆长说是文化馆的人先行这么叫的。他们有文化，考究出民国以前，抽大烟，听戏和玩妓女的地方都叫馆。

得知我已到过棉花旧址，徐馆长说，你见到的小女孩就是吴小咸的女儿。

我那没有穿内裤的腿在被窝里不方便拿出来，只好让徐馆长倒了一杯水端过来。她没有回到沙发上，而是随意坐在床边。

徐馆长主动说，吴小咸的公公和我先前的公公讨厌我们，他们都在家里订有规矩，任谁也不许接受我们的半点钱物。我们是名声不好的女人；每年我们直接和间接从上面要回的钱有几千万，别人都说是我们用身子换回的。她突然捂住自己的嘴巴。

我将水杯递给她。她喝水的样子很让人爱怜。三十出头的男人本不会对三十出头的女人产生这份心理。我对自己感到奇怪。

我说，他们以为别人都在腐败。

徐馆长说，腐败是对我们的恭维，我们是腐烂。

一种痛苦的味道无声无息地弥漫起来。我将被窝里的腿靠上她的后腰。不是这样，就像这次去要钱，你只是陪那些人喝酒唱歌，我说。

不，我又叫胃疼了。她说着，低下头，伸手到背后抚了抚羊绒衫。那儿有个新出现的小窟窿。

怎么破了？我问。

她说，他们揉的，那家伙总在家替老婆洗衣刷碗，手上裂了一溜口子，老挂纱。

我将水杯夺回来，顾不上烫，一口气将它喝光。

你不该对我说这个，我说，真的，这对你没好处。

我有个目的，她说，我想让你带我走，这地方一天也不想待了。

我咽了一口唾沫，别这么幼稚，除了西藏的墨脱，哪儿都一个样。市场份额只有这么多，当然要用尽各种手段。

徐馆长抬起屁股朝我腿上狠狠坐了一下，站起来对我说，我是真的喜欢你，你同丁解放是一类的，同他们不一样。

她走后，我久久地想着她话里的"他们"范围有多大。

我对着枕头同妻子说了十次晚安，心里才平静下来。

五

已经是腊月二十九了，清晨的街道上几乎没人。我跑着步来到汽车配件厂门口，看见大门两旁贴着一副春联：反腐倡廉还我工厂新生，惩恶扬善——后面的字已被人撕了。紧闭的大门里十分荒凉。我掉头往棉花修理铺方向跑去。老远看见万师傅和刁师傅趴在一辆桑塔纳轿车上忙个不停。一盏电灯在他们头顶上亮着。

万师傅兴奋地朝我挥着手，修好这台车，过年的钱就齐了，万师傅说话时用手指拧了一下鼻子，鼻头立即成了黑的。

我说，又是那个老马介绍的吗？

刁师傅说，当然，只有老马真正惦记着我们。应该让他当省委书记才对。

看得出，桑塔纳轿车被人砸过。他们忙了一个通宵，仍然不能将痕迹完全消除。我问是不是昨晚在宾馆里被人砸的，他们只点头，不作声。

师傅们，小徐和吴小咸是挺不错的女人。我忍不住说。

他俩像是受了惊吓，手里的扳手和起子差点掉进发动机的缝隙里。

别在我面前提她，心烦，万师傅说，我是看在孙女的面上才忍着。

刁师傅也说，如果还是从前的吴奇，你就别肉麻了。

我说，女人活着本来就比男人累。

万师傅大起嗓门说，除了做小姐的，这个市里哪个女干部像她们。

可怜的老头，竟然不知道什么是代价。我在心里嘟哝，嘴里说，现在还提倡自我牺牲吗？

他们开始懒得理我。

我只好走开。

我要用自己挣的钱给孙女买一整套过年的新东西。万师傅在身后同刁师傅大声说着。

有人在一旁紧紧地盯着我。我知道自己眼睛里有股沉重的忧伤。他是在为我担心。而我却担心假如哪一天有关省政府车队老马的童话被捅破，这两位老工人将怎么面对自己的心灵。这种可能性随时都会发生，给领导开车的司机，翻起脸来，比正处级干部还厉害。

我一直跑到正在摆摊的文一武面前才停下来。他告诉我，昨天去宾馆闹事的是汽车配件厂的工人。我内心有愧，便对文一武说假话。当我说自己没在餐厅吃饭，而是去丁解放家里后，文一武笑起来，他不仅看见我同吴小咸一道从餐厅里逃出来，他还将一箱香梨送到我的房间里，当然钱是别人付的。他要我别不好意思，我回来，市里不招待，厂里也会招待，总归是公家花钱。

心里和脸上的那种臊，逼得我不得不说，我会如实付钱的。

临走时，我帮他将水果摊摆好。

一进大门，小侯就说，丁市长在房间等你。

爬上三楼，丁解放果然在房间里坐着。

吴小咸和徐馆长正在同他说笑，昨晚的阴暗情绪一点也找不见。

丁解放边同我握手边说，昨晚在南山镇听汇报晚了，就没有回来，将老朋友冷落了。

我不接这话，回头看了吴小咸一眼。吴小咸脸上表情很温柔。

我说，冷落我没事，这么好的部下，冷落她们简直等于犯罪。

丁解放马上说，你是想犯罪还是不想犯罪。

我的脸庞已感觉到徐馆长目光的抚摸。

假如犯罪，你们的监狱是几星级的，我问了一句。

这时，有手机响起来，我们都有所反应，最后确定是丁解放的手机在响。

丁解放说，肯定是老婆在查铺。他对着手机说话的语气表明确实是杨花打来的。丁解放说清行踪后就收了手机。

我们又在往餐厅走，丁解放和吴小咸的手在大腿旁轻轻捏了一下。餐厅里已被收拾得像是什么事情都没发生过一样。但客人只剩下几个。他们同丁解放打招呼时，都说吃过早饭就回去。早饭后，丁解放要带我到下面去走走看看，大家约好，晚上四个人再找地方聚一聚。

到了第一个去处后才知道，丁解放是下来送钱的。他给每个乡镇留下一张两万元支票。那些乡镇干部几乎要将他当成菩萨供起来。

翻过几道山，往西山镇去时，在一处不大的村子前面，一头猪在挺窄的公路上站定了不让路。几个人在稻场上围着一堆火粪冲着这边笑。司机下车赶猪时，丁解放也跳到地上。丁解放朝他们走去。火粪旁的一个女人惊讶地说，丁市长！丁市长来了，表哥表哥，丁市长来了！女人冲着村里高声叫着。一个男人从低矮的屋子里跑出来，身后还跟着一个女人。他们跑到丁解放面前，还没说什么，先行跪到地上。女人还哭起来，一边流泪一边数说。他们的话我完全听不懂。好在有司机在旁边解释。

我终于弄明白，这两个人是丁丁的亲生父母。他们没钱给儿子治病，只好将儿子扔掉。虽然早知道儿子被丁解放捡回去治好了病，他们不好往回要。现在他们仍不往回要孩子，孩子能找上这么好的人家是自己的福气，他们是代表孩子谢丁解放的恩情。丁解放答应请他们初二到市里看看孩子，还给了两百元钱让他们过年。

丁解放回到车里，深深地叹了一口气。

离开这个村子时，有七条狗和五个小孩跟在车子后面追了两里多路。山路很崎岖，司机说，如果下雪，这条路是不能走的。西山镇只是我们行程中的一站。我从未见丁解放对司机吩咐什么，每到岔路口司机都知道怎么打方向盘。

天黑时，我突然发现已身处邻县县城。

接下来，在一家夜总会的包房里，出现了吴小咸和徐馆长。

五个人在一起吃了饭便劳燕分飞。我和徐馆长去了隔壁的包房，司机则在外面的大厅里守着。

包房里的灯光极为糜烂。

徐馆长什么招呼也不打，就开始给自己点歌，她一口气将那点歌的键盘上全都弄上数字。等到电视上显示出图像来，我不由得大吃一惊。徐馆长竟会用英文唱《Right here waiting》。在我由惊讶转为沉浸时，她又唱起《Hotel California》。在北京的家里，这些歌碟摆满了抽屉。在这一点上，我永远同妻子一样发烧，同一首歌，我们最多有七个版本。如果在北京的哪个酒吧，那些将嘴唇涂得乌黑，头发染得焦黄，青衣黑裤，像动物世界中竖立的草原鼹鼠一样的女孩，这么唱，我不会坦然受听并且肯定要十二分挑剔。现在我是在区区一个小县城里，独自听一位经过婚变的少妇在歌唱。面对这样的歌唱，我在心里为之叹息，她让我带她走是最清醒的认识。

间歇的时候，我出去一趟。

丁解放和吴小咸的包房里一点动静也没有。

司机在大厅里警惕地抽着烟，他让我回去提醒一下徐馆长，别唱外国歌，这样太打眼。

《Rivers Of Babylon》顺着走廊淌过来。

我在门外等候，直到徐馆长唱完才推门进去。

也就在这时她才看了我一眼。

这也是这个晚上，她看过我的唯一一眼。

你可以去好莱坞发展。我微笑着对她说。

你可以搞一场个人演唱会。我又微笑着对她说。

你可以找家唱片公司包装一下，会走红的。我再次微笑着对她说。

她终于说了句，我想吃冰淇淋。

我再次来到大厅问司机哪儿可以买到冰淇淋。

司机说，今年没下雪不然可以到河里去取冰块回来。

刚说完司机忽然紧张起来。不好，有人在盯梢。他说，丁市长的对头派人跟来了。他拿出手机拨了一下又放回怀里。我们足足等了五分钟，丁解放的那间包房门才开了一道缝。司机拉上我，来到隔壁包房，他让徐馆长一刻也别停，继续往下唱，然后拧开一处电源盒，从口袋里掏出一只起子。只听"叭"的一声响，电弧一闪，夜总会的灯光和音乐声全没有了。

黑暗之中，司机快捷地离开了我们。

电灯重新亮了以后，我们发现丁解放不见了。

司机还在，他让我上他的车。吴小咸和徐馆长则是怎么来怎么回去。

上车后并不见丁解放。我问原因，司机说，丁市长的名声很好，市里有几个人不服气，总想找他的茬。

我说，谁这么胆大。

还不是班子里面的人。司机将车开到公路上，迅速跑起来，丁市长并不乱来，他是讲感情的人。

你当过侦察兵吧！我说。

差不多，在海军陆战队干过。司机骄傲起来，他们想玩游戏可找错了人，我一个人可以顶半个公安局。

走了几十里，在一处岔路口，我们停下来等吴小咸和徐馆长。司机却装作是内急了。一辆三菱吉普跟上来。有两个人下车同司机打招呼，顺便问我们去哪儿。司机一边系皮带一边说，奉丁市长指示，带从北京下来调研的吴处长看看民风民情。有人探头往车里望了一下。他们刚转身，司机就说，就是这几个家伙。我们等了半个小时，吴小咸她们车才跟上来。大家什么也没说，只是按了一下汽车喇叭。

我刚回宾馆房间，电话就响了。

丁解放在家里给我打电话，让我明天中午去他家吃团圆饭。

杨花还接过电话同我说了几句客气话。

我照旧往长春岳父家里发去一个信号。我知道没有回应的可能，洗完澡后倒头就睡。合眼之前，我对自己说，在这样的地方当市长也是活受罪。

六

早上起来，我突然感到一种冷清。

只有小侯一个人在宾馆里值班，堂堂八层楼里只有我和她。小侯领我去餐厅，餐厅里只有一名厨师和一名服务员。一个人面对这么大的空房子，胃口怎么也找不回来。我匆匆地就着当地人最喜爱的咸菜喝下两碗稀饭，啃掉一块软饼，便往回走。

才一会儿工夫，小侯就将自己的脸部描绘得空前灿烂。她替我开了房门，又替我倒茶水削香梨，还用羞涩的眼神不时打量我一下。这让我预感到除了她以外，今天不会有人来陪我了。小侯告诉我，她只有二十岁，此前从未喜欢过哪个男人。但她特别想嫁一个有过婚姻经历的男人。小侯进一步说明，曾经有过不幸婚姻的男人，最好不要找有相同经历的女人，这会在将来生活中制造很多阴影。被妻子抛弃的男人，只能找一个比较单纯的姑娘。

我们这儿的服务员，几乎都嫁给了省里的处长。小侯的普通话讲得像苏杭一带的软语，好听得让人难以拒绝。我有些愿意听她讲话。

怎么会是这样，都说处长这一级什么都靠不住。我问小侯。

你不了解服务员心理。小侯老练地说，我们见得最多的干部就是处长，他们虽然出门有点花，但对老婆仍然很好。譬如丁市长，不管对别的女人如何，对杨花仍然没有半点怠慢，所以大家对他的评价一直很好。

我问，你也这样想吗？

小侯点头说，你真的同妻子关系不好？

我连忙矢口否认。正好电话铃响了，丁解放让我十点钟上他家去。放下电话，我告诉小侯得出门了。小侯走后，我一看手表才九点半。我翻出徐馆长的名片，电话打过去后，铃响好久也没人接。我重拨一次，仍然没人接。我想不出她一个人过日子，这时候会去哪儿。

九点四十分我就出了门，小侯看我的表情有些不自然。我将手机调到待机状态，一个人走到街上。不少年轻人在放那种一甩到地上就炸响的鞭炮。他们故意将鞭炮往别人脚下扔。我在二十分钟里碰到三次，其余的都让别人碰上了。有两个人曾经冲着他们发火。他们一点也不怕，其中三个头发染成黄色，谁发火他们就对谁说，恭喜明年一炮走红，一鸣惊人。

马路中间有一摊让人触目惊心的鲜血。

我想可能是车祸导致的，同时又想，因为过年，没有扫马路了，这飞来横祸的痕迹只怕要在地上保留很久。

信步走来，又到了棉花修理铺门口。

万师傅和刁师傅像是挺忙，走近后才看清他们是在修理自己的工具。

万师博抬头看了看驶过门前的一台汽车说，本想歇一天，但又怕老马介绍他的朋友来时，找不到我们，得守信用，老马帮我们做了那么多的广告，我们不能丢他的面子。

我在心里摇摇头，嘴里说，宾馆里除了我，没有一个外来人，不会有车的，这时候谁还往外跑。

刁师傅说，你不是在外面跑吗，这时候下来的干部是好干部。

万师博不同意，他认为只有没有喂饱的狗，才会不择时间地跑出来找食。

我没有计较他的话，他们根本就没有将我当干部。

还记得文一武吗？万师傅忽然问。

见过，他在卖水果，生意像是不错。我说。

他让李书记的儿子开车撞死了，万师傅用镐头敲了敲铁钻说，早上出来摆摊时，一只苹果滚到马路中间，他跑过去捡，正好李书记的儿子开着私家车冲过来，当场就吐了一瓢血。

我想起马路中间的那摊血。

真的死了？我说。

刁师傅说，虽然往医院送得很及时，大家都说没救。

我得上他家去看看，我说。

我们两家紧挨着，回头你先上我家来吧。刁师傅说。

万师傅递了支香烟过来，我很自然地抽上了。

这是这辈子我抽的第一支烟。闹学潮那年，很多大学生学会了抽烟，我坚持下来了。

我心里很忧伤，你们还是退休吧，吃点安稳饭。

刁师傅说，晚了，厂里退休人员的工资，昨天晚上还没着落。

还是继续开着这店，有了收入，哪怕各样的腐败顺着大街流淌，也能有个坚持的地方。万师傅猛抽一口香烟后，被呛了一下。

小侯骑着一辆自行车不知从哪儿钻出来，你该走了，别让丁市长到处找。她减了一下速，接着又骑得更快。那辆自行车像是偷来的，她骑在上面一点也不合适。若是在北京，肯定有警察上前去盘查。

返回时我在文一武的那摊血旁站了一会儿，地上还有一只被压烂的苹果。我觉得自己的思维就像这只苹果。

我伸手按丁解放家的门铃时，已经十点五十了。怀里的手机像睡熟一样，一点动静也没有。隔着门就能闻到屋里熟食香味。门开后，出来的是一对不认识的男女。那女的回头对丁解放说，初几你家客人多，我们就不来凑热闹，今天先给你拜个早年。丁解放淡淡地说声谢谢，然后将我扯进屋里。

丁丁正在玩我送他的那支手枪。

杨花出来给我泡了一杯茶，又回到厨房里。

坐下后，我们相对笑了笑，像是对昨晚那件事达成某种默契。

在我们聊天时，丁丁往书房跑了几次，每次出来他都用一种不解的眼光看着我。等到丁解放终于提起徐馆长时，丁丁上前拉着我的手往书房里拖。丁解放让他别胡来，丁丁没有听。

进了书房，丁丁一本正经地对我说，你应该在这儿放一只红包，他用小手指指写字台上的玻璃台板，别的客人都这样，不然我爸就不高兴，说你不懂事。

我着实愣了一阵。

没有例外的吗？我蹲下来。

他显然听不懂我说的例外。

有没有不在这儿放红包的？我再说。

丁丁晃了晃脑袋，我爸是市长，谁不送我就撤谁的职。妈妈说了，我在家里的任务就是将红包从写字台上拿下来，交给她保管。他得意地说。

不会的，肯定有人没送红包。我说。

丁丁说，对，有一次来了两个像讨饭的男人，进门就给我爸磕头，他们没给。

我站起来，默默地从口袋里掏出一只没有封口的信封。

里面有两百元钱，给你，压岁的。我说。

丁丁先于我跑出去。

回到客厅刚坐下，杨花就出来说，你是北京来的领导，别兴这一套。

没事，压岁的。我又说了一遍。

别多说了，吴奇是朋友，不然怎会来家里过年，想怎么样就怎么样，自然点。我们应当是哥们了，对不对！丁解放先对杨花说，接着又对我说。

差不多吧。我没有彻底承认。

吃饭前，杨花问放多少响的鞭炮，是两万还是一万。丁解放只让她放两千。鞭炮一响，杨花就去打电话，她女儿在加拿大读高中不能回来过年，杨花要她在电话里听听家里的鞭炮声。

杨花打完电话来到饭桌旁坐下时，脸上全是泪水。

丁解放问，怎么啦？

杨花说，女儿问怎么只放这一点鞭炮，是不是家里有困难。

丁解放说，你没告诉她这是市委做出的决定，少放鞭炮是为了与市民同甘苦共患难。

杨花擦擦眼泪说，我都说了。

人少，年饭很快就吃完了。丁解放见我有些闷闷不乐，就自告奋勇要帮我打电话到长春去。他向我要了半天电话号码，我坚决不给他。推说只是有点头疼，想回宾馆躺一躺。

丁解放将我送回宾馆，他对小侯说，吴处长过年还在我们这儿视察，你的服务要热情主动一些。

小侯像是很高兴得到这样的指示。

丁解放走后，小侯送开水来时，身上多了一种香水的味道。

电视机在枯燥地响着，小侯将没有灰尘的屋子又擦了一遍。她甚至还脱掉束腰红色大衣，用各种姿势在屋里走动着。二十岁左右的女孩对男人永远是无法拒绝的，我心里极度不安。

别收拾了，我有点累，回头你再来吧！我说。

今天这样的日子，一个人待着更累。小侯踮着脚去擦墙上的镜子，露出雪白的一段腰身。

我诚恳地说，请原谅，我想一个人待一会儿。

她说，那我怎么向丁市长交代。

我说，我不说谁会知道。我会在意见簿上给你写一些表扬文字的。

那些话不用你动手，我们自己都会写。小侯慢慢走到我身边，你是不是嫌我太主动了，领导挑人员时，首先看重这一点。

我真想告诉她，男人只喜欢在床上主动的女人。

小侯伸出手来，用一个指头碰了碰我的胸脯。这正是我同妻子第一次做爱时，妻子做过的动作。我冲动地甩开小侯的手，请你离开我的房间。我严厉地说。

小侯怔了怔后，低头冲出门去。

我刚拿起水杯，她又冲回来，你会后悔的，我还是处女。她说。

小侯重重地将门关上。

我将一大杯水一口气喝下去。和衣倒在床上，我思索着假如小侯真是处女，会对我的一生产生什么样的影响。结论是，充其量只会让我多出一点窃喜。我只有这样的智力，别的怎么也想不到。

小侯这一搅转移了我的注意力。我本来是在想丁丁的事，我有两种恐惧：一是小孩子丁丁对送红包收红包的态度，二是丁解放作为老百姓喜欢的清官都这样了，别人变本加厉到几何，真是不敢想象。加上小侯这么单纯的女孩，内心竟藏那些本不该属于她的脏东西。我又多了一种恐惧。三种恐惧让我想得骨头疼。

电话铃响了。是小侯，她在那边一遍遍地唱着《真的好想你》，动情之处，真的像在哽咽抽泣。听着她的歌唱，我慢慢地睡着了。

不知从什么地方传来的春节联欢晚会的笑声将我惊醒。我爬起来，稍为收拾一下，拎起那箱香梨往外走。下楼后才发现那些笑声是从小侯的值班室里传出来的。小侯一个人对着屏幕大声笑着，没注意我出了门。

一路上分不清何处传来的鞭炮声震耳欲聋。大家的习惯还没有改，将联欢晚会当一道菜，边吃年饭边看节目。找到刁师傅家时，天上已经有小雨落下来。

七

正在收拾饭桌的吴小咸见我跟在刁师傅后面走进屋里，不由得轻轻哟了一声。她丈夫同我握了一下手后，就到里屋去了。吴小咸叫了声，爸，给客人上香烟。刁师傅很勉强地嗯了一声，将一支香烟递给我。我看了看上面白沙的商标。吴小咸又说，有玉溪的，抽玉溪吧。刁师傅说，抽白沙踏实，真没想到现在还会为搞腐败的人专门设计东西。刁师傅重重地咳嗽一声。

见情形不对，我提议先去文一武家看看。香梨留下后，我们两手空空。吴小咸让拿上些烟酒带过去。刁师傅硬邦邦地甩下一句，自己兄弟还讲这个。又不是干部，他想了想又补上一句。

文一武没死，身上的骨头被撞断了几根。

文一武的爱人正在家里同一个人谈着什么。

见我们进屋，那人就告辞走了。

文一武的爱人说那人是李书记的司机，来替李书记的儿子说情，只要答应私了，第一步先付给他们五万元现金，接下来将他们两口子安排到一个较好的单位去上班。

你答应了？刁师傅问。

还没有，不过我觉得我会答应的。文一武的爱人说。

他俩抬头看着我。

我说，这个方案不错。

可是，这样做等于卖国。刁师傅大声说。

我们必须在这个大市场中抢到一定的份额，没有占到份额，活着也像死了一样。文一武的爱人认真地回答。

不大的两间屋子塞得满满的。所有东西全是份额。那些快堆上屋顶的水果篮子及其浓烈的发酵气味，让我恍若隔世。

万师傅在外面叫起来，省政府车队的老马又给我们介绍生意来了。

万师傅的声音沙哑而兴奋。

太好了，我正不知今晚怎么过哩！刁师傅也很高兴。

半路上，我们同要去医院的文一武的爱人分手了。

万师傅要我跟上去，这是回宾馆的近道。

我没同意，我想同他们好好聊聊。

万师傅突然不高兴起来，每到一个岔路都要停下来劝我回去。在我不屈不挠地跟随下，万师傅终于说了实话，根本没有谁叫他来修车，是儿子吃年饭时提出想同徐馆长复婚，惹得他生气。儿子在预备再婚的期间同几个女人相处过，相比之下，还是徐馆长好一些。儿子还想学吴小咸的丈夫，通过妻子的特殊关系从学校里调出来。万师傅除了喝酒，年饭菜一口也没吃。

棉花修理铺门前站着一个人。开始我们没注意，顶着顺街的北风不紧不慢地走着，大家都缩着脖子无法多抬头。到抬头时，门前站着的那个人不见了。大街上除了我们，空空荡荡地不见人影。明明有个人，怎么转眼就不见了？我想。

三十晚上会不会有贼，我提醒一句。

万师傅说，说不准，现在大家都抢着犯错误，谁还有个禁忌。

刁师傅说，过去可不是这样，坏人都有金盆洗手的时候。

什么地方传来铁器碰撞声。我拔腿就跑。有人在偷你们的店，我说。

我撞开虚掩着的门，看见一个男人正在搬弄电焊机。我吼叫一声，扑上去揪住他。他挣了一下，甩开我，刚跑到门口，就被万师傅和刁师傅双双堵住。

怎么是你？万师傅惊讶地说。

狗子，你这是干什么，想找师傅下手！刁师傅说。

一声狗子让我想起：这人是万师傅的徒弟。果然狗子记得我曾经为他颁发过先进生产者奖状。

我将准备捆人的电线扔到地上。

万师傅说，是不是过不下去了，缺钱花？

狗子摇头否认，我在南山镇妻子家开了个修理店，但缺台电焊机。就想将你的电焊机偷偷拿去用一阵，等赚到钱后，再买一台新的赔给你。狗子说。

刁师傅气呼呼地说，你这话编得像领导们做的报告，怎么就不想想我们没了电焊机，难道用蜡烛去烧焊条？

我想了好久，你们家的吴主任和徐馆长都是大能人，几千万都能弄回来，一台电焊机难不倒她们。狗子理直气壮地说。

放屁，你怎么不去对门打主意，人家有市委书记做靠山，你拿走一台车也没问题。刁师傅被自己的话呛得咳嗽起来。

哎！万师傅叹一声，你不用在南山镇开店了，就来我们这儿搭伙，有省政府车队老马做靠山，每月挣个养家糊口的钱是不会有问题的。

师傅在市里是个名牌，靠上你我当然太高兴了。狗子真的笑起来。

我说，等赚够了，再回南山镇开个连锁店。

他们都开心地笑起来！

我心里一酸，便连忙告辞。

街两旁的阳台上放的冲天炮，像美国军队射向巴格达的巡航导弹。文一武留下的那摊血，在寂寞的除夕夜里，闪动着一种深刻的忧郁色泽。宾馆大门透出一股微光，我推门进去叫着小侯和侯小姐，都没有人回应。倒是门里的拉手上夹着一张纸，一个女人在纸上留言，让我回来后将门反锁上。我将那娟秀的字和纸一起撕碎扔进一只垃圾桶。

房间的门也没锁，我在门外就闻到一股女人气味。当我认定是小侯后，一按开关，电灯光划破黑暗，床上躺着的却是徐馆长。

我可以进来吗？她低眉落眼地问。

我说不出话来，心里对自己充满一种预感。转了一圈后，我才有了可说的东西。

你把小侯怎么了。我说。

被我撵走了。她拍了拍席梦思，那只戴着铂金手镯的手臂，仿佛伸到我的心里。

我让自己笑起来。你这是以权谋私。我说。

说爱护可能更合适。徐馆长说，同家人联系了吗？

我摇头说，不想打扰他们。我将手机掏出来，放在床头柜上。

你该问问我是怎么过这一天的。她将另一只手臂也从被窝里拿出来。

她说，早上五点醒来，我就吃了三颗安定，一觉睡到晚上九点，九点二十分就上你这儿来了。

我给你打过电话。我说。

她点点头，接着示意我将她的皮包打开。我又看见了那盒"小夜衣"，但我拿出胃药来，问她是不是又是胃疼。她要我直率点别虚伪，别装作不明白。我只好老老实实地将那小夜衣拿出来。在她的指点下，我进一步看清了已经很旧的纸盒尚未开封。

如果你想打开，就会发现它是三年前买的。她说，如果只算离婚后的经历，我也是处女。我很狡猾，装胃疼撩他们，让他们帮我在皮包里找胃药，见到这小纸盒后，以为我随时准备与他们上床，所以，找他们办事没有一个不爽快的。我就怕过年过节，一到这时就恨一切。我嫁给你好吗，只要不让我同他们打交道，我保证自己是个好女人。她平静地说。

听说有人想同你复婚。我说。

休想。他想通了，也晚了，我不想这样下去。她说。

徐馆长眼里闪动着电焊弧光一样的火焰，两条手臂在微微发抖。被窝里的身子动了几下后，覆盖着她的被子一点点地掉在地上。我无法抵挡下去。这样的夜晚是需要欢乐的，我不能放弃自己享受欢乐的权利。我告诉自己，已经是世纪末了，每个人都在按照自己最本真的思想在行动，连傻瓜都加入了这种行列，我无力拯救人类，就不必为人类操心。每个人都让自己过舒服了，人类也一定没问题。我拆开那只纸盒，行动起来后，我们胡乱叫嚷着，像是在互相谋杀。当我们一同从云端跌落下来，疲乏地躺在一起时，连她自己都不敢相信，在我们身下的床单上竟然有一汪鲜红。

你让我变好了。她温柔地说。

你还可以更好一点。我告诉她棉花修理铺的情况。

她不让我离开她的身子，笨笨地抓起电话，不知同谁说了一通。最后依旧吩咐对方必须说是省政府车队老马介绍去的。我没有问是谁。她主动告诉我，是从省里回来过年的一位记者。

我被自己的深情压得喘不过气来。

回北京我就离婚，然后来接你。我说。

我真有福，总算碰上一个好干部。她学着刁师傅他们的语气说。

徐馆长的额头在往我胸脯里钻，我身子里空空的，完全可以容纳她。我问她渴不渴，然后起床削了两只香梨。

回到床上时，她已经睡着了。

我刚咬了一口香梨，突然就想起妻子和孩子来。妻子名叫香篱。我还想起自己的前途。望着手机上闪闪的绿灯，我愣了好久。被子又掉到地上去了。徐馆长的身子再次完全暴露在我的身子旁边。我正要弯下腰去吻她，手机突然响了。

妻子亲昵地叫着我们热恋时她为我取的名字，并说祝我新年快乐。她连说了三声，想你！想你！想你！我敏感地认识到，影响我们婚姻，弄得我们如同一对腐败分子，不敢面对昭昭日月一样的政局，发生根本变化了。

徐馆长躺在我的怀里，均匀的呼吸洒在我的胸脯上。

我用耳朵听着充满北国冰雪质感的妻子的声音。

我一直盼着岳父能心胸广阔地接纳他女儿的丈夫。这时候可是有点晚。照妻子的语气，我完全相信岳父在事隔多年后，终于开始喜欢这个被遗弃的女婿。让我奇怪的是，岳父怎么也会在腊月底接到同威胁我的那个电话一模一样的电话。更让我奇怪的是，让岳父失去升迁机会的竟是我在认识妻子以前所写的一篇杂文。杂文所说的事是我在南方听说的，不料在山高水远的长春市，竟然有人借题发挥，将它安到岳父头上。而文中所说之事岳父确实做过。岳父憋了多年，直到两个小时前，妻子无意说了我被人威胁，躲到南方后，老人家才长吁一口气，说他就怕我真是个吃里爬外的家伙。老人家还婉转地告诉他女儿，他相信我现在与他有共同语言了。他要我明天就赶到长春，机票钱他负责给我报销，他有在京的重要关系必须赶在机构改革之前尽快告诉我。妻子的话将可以待机四十八小时的电池全耗光了。我深刻地感受到吴小咸所说的用手机听情话的优点。

放下手机，我拿起电话叫醒丁解放。

丁解放以为我寂寞，问我是怎么回事，那么好的女孩都看不中，要我别辜负他的一番苦心。

我打断他的话，要他马上派一辆车送我到省城去赶飞长春的航班。

我用五分钟起床穿衣收拾行李，然后悄悄出门。

我无法面对醒来的这个女人。

一路急行，来到棉花修理铺门口。

万师傅、刁师傅和狗子还在挑灯夜战。他们冲着我大声说，老马真是太好了，大年三十还给我们介绍生意。有老马这样的好人，我们就不会绝望。他们很高兴，忽略了我手中提着的行李包。直到丁解放派来的汽车出现后，他们才开始给我问候和祝福。我回答的只有谢谢。除了谢谢，我一无所有。上车后，司机递给我一个纸条，上面也写着谢谢两个字。我知道这是谁写的。

我问，她怎么样？

在哭。司机又说，放心，吴小咸在给她做伴。

司机一打方向盘，车子掉头往回走。

丁解放在什么地方等着同我话别。

他一定明白我还没有准备带到长春去的礼物。

走错方向了，万师傅在喊。

怎么转昏了头，刁师傅也在喊。

我们装作没听见。一辆迎面驶来的三星面包车上，有人招手问路，纯正河南话表明他们在找棉花美容店。司机恶作剧地指明去这家只存在于一种男人记忆中的名店的路线。他是不是想过几分钟后，三个满身油污、紧锁眉头的男人，会给这几个男人怎样的回答，我不得而知。窗玻璃在自动上升，凛冽的北风转眼间就成了同我们不相干的东西。

1999 年 4 月 8 日完稿于汉口花桥

浪漫挣扎

"你好！"

"你好！"

"你好！"

女人相同的声音在身后响了三次后，钟进才意识到自己可能与这陌生的问候有关。他在回头之前，仍然情不自禁地向那个走在自己身前五米远、并对自己毫不掩饰地流露出某种傲慢之气的男人深深地盯上一眼。钟进回头时，正好有一股北风吹过来，他眨了几下眼，这当中那女人已叫出了他的名字。

钟进愣了一下，随后也果断地叫出了女人的名字。

"梅林！"

他这么一叫，女人脸上立即笑开了花。

"我还以为你认不出我了。"

"是有点不敢认。"

钟进伸出手同梅林用力地握了一下，并顺势将她扯进宾馆大门。隔着一层玻璃，屋里像春天般温暖，走了几步后，他们在大堂中央站住，面对面地相互看着。只有极短的时间，两个人的脸上便都起了不少红晕。作为男人，钟进似乎兴奋得更快，所以脸色更红一些。

"你怎么来这儿了？"

钟进有些迫不及待地问，眼神里都出现了钩子一样的东西，想尽快地将自己想知道的东西掏出来。

"想来就来了嘛！"

"你还是那么让人猜不透。"

梅林的话让钟进明显地感到是在开玩笑，他说出猜不透三个字时，有一种沧桑般的伤感从内心流淌出来。梅林对他的话有些不以为然。

"其实压根不用猜的事，你总是往复杂处想。你还是戴隐形眼镜吧？"

钟进点点头。

"你是不是总觉得别人也同你一样都是戴隐形眼镜的家伙？"

梅林说着话自己先笑了起来。钟进也不去想这话里的意思，只管跟着一起笑，还打趣梅林。

"我记得前几年报上有条消息说，动物中也有近视的，好像还举了外国的一条狗做例子。"

"你可别以为《人民日报》会转发这样的新闻。"

钟进正要回答，别在腰间的手机响了起来。

钟进抱歉地冲着梅林说了声对不起，然后伸手从衣服底下抠出手机放在耳边上，随口问了声谁呀。听见回答后，他知道是县委办公室主任赵云。赵云带着几个人刚到市里，住在离钟进住的宾馆很近的另一家宾馆里。他告诉钟进，他们每天二十四小时都在房间里待着。随时等候钟进的指示。钟进要他们也别太紧张，该放松时还是得放松，只要不去洗桑拿就行。赵云说他们带了扑克来，可以凑在一起打"拖拉机"。钟进说自己若有空，也会去同大家一起打"拖拉机"。

收了手机，钟进再看梅林，心里不由得一动。

梅林在他冲着手机说话时，将披在身上的米黄色羊绒大衣脱了下来，挽在手上，显出富有弹性的腰身。

"你比从前胖了些!"钟进忍不住说。

"哪有你这样对女人说话的，应该叫丰满。"梅林不待钟进再说什么，接着又说，"你该去开会了，这样的会迟到不好。回头我再来找你，我知道你住在 302 房间。"

钟进看了看手表，已经是下午两点二十分了。他连忙钻进电梯，上到十三楼，开了房间，拿上皮包便匆匆往会议室跑。市属九个区县的书记，除他之外的八个都已经在各自的位置上坐好了，钟进坐下后见市委书记还没有到，心里就踏实起来。他将皮包里的笔记本往外掏时，坐在右边的邻县王书记将头凑过来。

"刚才在大厅里同你说话的女人真漂亮。"

"眼馋了? 心可别馋啰!"

这话脱口而出后，钟进就后悔起来。他觉得自己不应该将玩笑开到梅林的头上，就迅速将话题转移到别处。

"听说你们县经济形势不错，什么时候请我过去学习学习!"

"光你说学习，不算数，要市委书记开口才行。去年你也说向我学习，可结果你们的增长速度比我们高零点一个百分点。"王书记不无揶揄地说。

"这正是向你学习的结果，前年你们不也是高出零点一个百分点吗？"钟进的话里有些反唇相讥的味道。

"你这话是不是有三局两胜的意思？"王书记说。

"若是这样理解，那也应该是九局五胜才行!"钟进说。

王书记显然懂得钟进话里的意思，他伸手拿起面前的一只茶杯，灌了一口水在嘴里，将喉咙堵住不再接话。钟进真的是想告诉他，自己在县里从县长到书记一口气干了九年，而王书记在他们县里才刚刚干满三年。这两个县的自然条件差不多，一直是并列全市最后一名。除非是提拔，否则没人愿意往这两个县里调。当初钟进只有三十六岁，在团市委当书记，能被派下去当一县之长，心里有一种被重用的感觉。哪知从此便不再动窝，虽然后来又当了县委书记，但重用的感觉早被遭遗弃的感觉替代了。前两年每到年底还有些风声说要调他走，从去年开始，连这样的风声也没有了，仿佛要让他在县里一直干到退休为止。

刚好两点三十分，市委方书记推门进来，在他身后跟进来的一群人中，钟进一眼发现了梅林。梅林也看见了他，脸上不经意地笑了一下。

"你俩关系好像不一般？"王书记又凑过来说。

"正相反，不能再一般了!"钟进忽然多了个心眼，没有将真实情形说出来。他有点意识到，不让他人知道自己与梅林的关系可能更有利一些。

方书记落座后，第一件事是将梅林介绍给大家。钟进猛地听说梅林是《人民日报》驻本省的首席记者时，心中禁不住一阵惊喜，不过他竭力不让这样的心情流露出来，特别是不让正在察言观色的王书记察觉。其余的人是新华社和别的新闻单位的记者，钟进以前都与之打过交道。别的区县书记也对他们不陌生，但方书记还是很认真地将他们逐个介绍了一遍。这之后，方书记才宣布这次紧急会议的议题是研究解决各地企业职工生活困难问题。

钟进本来一直避免在会场上与梅林的目光相遇，听见方书记宣布本次会议的议题后，他心里暗暗惊讶，便忍不住看了梅林一眼。梅林也在看他，两人对视一下后，钟进就意识到梅林似乎要对自己说些什么。

右边的王书记表情突然轻松起来。钟进当然能想象出来，这样的会议议题，主要担子无疑是由市区的书记们来承担，各县的那些小企业只能是附带着提一提，最终总是由各县的头头回去自己想办法解决。像自己和王书记所在的县，那些产值只有几百万的小厂，根本就上不了方书记的笔记本。钟进心里也轻松起来，他马上想到赵云他们那一帮人这次是白来了。往年这时候市里开会，常常一天之内得准备十几种材料和数不清的数据，而且说要就要，所以他总是防患于未然，将有关人员带在身边，及时急用，不至于措手不及。

心里一放松，钟进便情不自禁地想起在大学里第一次见到梅林的情景，当时梅林用一根扁担，一头挂着一只木箱，一头挂着被窝洗脸盆等东西在学校门口问他，中文系报到在什么地方。钟进在头一天里已报过到了，但他一站到学校门口就恍恍惚惚地不相信自己真的被推荐上了大学。梅林问路时，他几乎将她当作一个上水利工地的女民兵。他告诉她如何走后，还一直盯着她看。梅林走开时，本来在肩上放得好好的一只担子，忽然沉重了不少，放在脸盆里的搪瓷缸，也叮叮当当地响了起来。钟进连忙跟上去，不由分说地将梅林肩上的担子接过来，并告诉她自己也是中文系的新生，快到中文系报到处时，梅林让钟进将行李放下来，她打开箱子拿出一套《安娜·卡列尼娜》递给钟进，面色红红地说："这是我在路上做的决定，谁是第一个我认识的同学，我就将这本书送给谁！"钟进此前只听说过有这么一本书在社会上悄悄流传，突然间不仅见到了而且还得到了它，这让他大喜过望。接下来梅林有些忧心忡忡地说："我本来以为能得到它的人一定是个女同学。"钟进记不起来自己说了些什么，他只记得梅林很高兴，居然冲着路边的学生宿舍楼响亮地喂了两声。钟进意外得到一本朝思暮想的书，他看了一遍后，觉得并没有什么特别了不起的。梅林要他再看一遍，他又看了一遍，感觉比第一遍还差。梅林没有像第一次那样失望，甚至还轻轻笑了笑，并让钟进从此将《安娜·卡列尼娜》放在箱底藏好，也许二十年后他才能看懂这本书。钟进扫了梅林一眼，心里琢磨那本书还在不在家里。在团市委工作时，自己还在家中书架上见到过，后来举家搬到县里，似乎就没见到它了。按照别人的规律，像他和梅林这样相遇，肯定会有一段爱情故事产生。他们同学四年，什么事也没发生。毕业时，他们也只是握握手，两个人都没再提那本书。

会场上的气氛有些沉闷，发言的人，光说些心酸心疼的事，钟进很奇怪方书记这一次竟然能如此大度地听任大家像倒苦水一样，将各自管辖的地方的困境滔滔不绝地倾泻出来。这同以往年终总结大家发言时一个个容光焕发的模样大相径庭，似乎过去总在夸耀的那些政绩全都消失了。方书记很有耐心，除了不时记上几笔以外，还不断插话让发言的人将正说着的事情说得更清楚些。

快五点钟时，钟进看见梅林将左手老在桌上举着，那样子看似无意间扶着额头，但在钟进看来好像是在暗示什么。他想了好一阵，终于意识到，读大学时同学们要求发言，总是这么懒洋洋地在课堂上举着手。钟进一想到梅林可能是在提示自己赶快抢着发言，就知道这个会开得有些玄机。刚好这时前面一个发言的人说完了，钟进想也没想就开口了。

"我来汇报一下我们县里的一些情况。"他说了这么一句后，赶紧喝一口水，用几秒钟的时间来梳理一下思绪，"方书记去过我们那里的汽车配件厂，它是县里的龙头企业，但这两年却是每况愈下。今年下半年更是糟糕，全厂有三分之一的人下岗，上半年亏损了一百多万，下半年估计不会少于两百万，十一月份的工资到现在还发不出来。"钟进说话时，睃了梅林几眼，见梅林一动不动地看着自己，像是得到鼓励，一狠心即刻编了一个故事，"上午接到开会通知时，我还在厂里向工人们做说服工作，那些下岗工人要抢厂里的大卡车，到市里来请愿。"说到这里，钟进看见方书记在本子上记了一笔。他继续说，"后来，我总算将他们说服了，他们答应给各级领导一段时间，在这段时间里，哪怕生活再苦。他们也会忍耐着。"

见钟进有些说不下去，方书记挥手止住他，然后问钟进右边的王书记有没有话要说。王书记说他们县里的情况还不错，有困难，但没有闹事的。方书记马上掐断他的话，自己做起总结来。他说市里知道各区县有困难，所以专门筹了一笔款子，用于解决困难企业中的困难职工的生活问题。他再三强调，元旦在即，年关也快到了，这种时节稳定是关键中的关键，只要大局能稳定，哪怕花点钱也值得。接着他就开始照着面前的笔记本，一个区，一个县，一个厂地宣布，给谁十万，给谁八万。钟进听见方书记宣布给县汽车配件厂七万元救济款时，那感觉就像是在大街上捡到一只钱包一样。王书记在一旁急坏了，一连说了两次，他们县里也有困难。方书记都不理睬。王书记像是吃了大亏一样，拿出烟来想抽又不敢抽。直到方书记最后宣布，除开先前的那些数目以外，再平均给每个区县十万，作为各自的机动款额后，王书记才平静下来。

散会后，方书记不让大家走，他已安排了晚宴，给梅林接风，饭后还有卡拉 OK。方书记开了口，自然无人敢走。

钟进回到房间正要给赵云那边打电话，电话铃先响了起来。他抓起话筒一听是梅林的声音。

"你好像比读大学时聪明一些了。"梅林笑嘻嘻地说。

"换了别人我可能不懂，对你我还是能懂一些。"钟进随手拿起电视机的遥控器，将进门时就打开的电视机关掉。

"你没有将我们的同学关系说出去吧?"梅林问。

"没料到同学四年，从没有一宗事能想到一起。分开这么多年后，反倒能想到一起了。"梅林慨叹地说。

"你住哪个房间，我来看你!"钟进说。

"现在不行，方书记马上来。还是我找机会来看你吧!"梅林说。

挂上电话后，钟进忽然心血来潮，给家里打了个电话，他本来想问问书柜里是不是还能找到那本很旧的《安娜·卡列尼娜》，一听到妻子的声音他又改了主意，只是问问家里有什么事情没有。妻子说家里倒没有什么变化，只是汽车配件厂的工人好像是下午上街闹了一通。钟进听了这话，顿时吓了一跳。妻子也说不清事情原委，她只是听大院里的人在议论。钟进马上给赵云打电话，让他立即了解一下，县里到底发生了什么事。赵云叫他放心，一定是大不了的事，否则早就有人报信来了。钟进在等赵云回话时，想到赵云的话很有道理。自己在县里待了九年，早已是树大根深，从县长金河开始，不说是百分之百的干部对自己尊重，百分之九十还是没问题。

十分钟后，赵云就打电话过来，说是没问题，下午在街上瞎闹的是汽车配件厂几个喝醉了酒的在岗工人，其余的人都是看热闹的，那几个人在大街中央撒尿，巡警过来干预时，他们动手打了巡警，好在现场的警察很克制，没有硬将他们往派出所弄，而是打电话让厂里来人，将他们先带回厂里，待他们醒酒后再做处理。

"我还以为自己是个乌鸦嘴。"放下电话后,钟进自己说了一句。

邻县的王书记在外面敲门,喊他去赴宴。钟进开门后,王书记盯着他看了几眼。

"你下午那段话竟值七万,真让人不敢相信。"王书记说,"我后来琢磨,一定是《人民日报》的那个梅林在给你打暗号。"

"你已是个成熟的男人了,难道还不明白漂亮女人不能多看,看多了就会想入非非。"钟进说这话时,又有一种不情愿,但他知道自己不能不说。

听他这么说,王书记好像放下心来了。

"我是多看了几眼,她哪像四十多岁的女人,稍不留神就错当成了二十几岁的大姑娘。"王书记说话时,眼睛又盯上了站在电梯门旁的女服务员。

在等电梯的时候,九个区县的书记都到齐了。大家都说,开天辟地没有的事,诉苦居然诉来一堆钱。大家议论时,都将目光往一个胖子身上集中。胖子是市里一个区的书记,同方书记私交不错。以往市里要开这样的会议时,他总能提前向大家提供一些信息。这一次胖子也在云里雾里,他叹息如果早点知道风声,自己还可以报出几十家特困企业来。电梯来了,九个人都挤进去时忽然响起尖厉的警报。大家都说胖子一人占了两人的分量,要胖子下去。站在门边的钟进一声不吭地退出电梯。电梯哗地一下关上后,将钟进孤零零地扔在那儿。

"钟书记，你资格最老，反而让着他们!"

钟进一回头，见是女服务员在同自己说话。他没有搭腔，只是微微一笑。

电梯再来时，门一开，里面只装着梅林一个人。

钟进本想问问梅林生活上的情况，但三楼到一楼只有很短的距离，他还没来得及开口，电梯就停下来了。在大堂里等候的王书记他们，见到钟进同梅林从电梯里出来，脸上虽然都挂着笑意，笑意背后都有些怪怪的东西。钟进看出了这些，往餐厅里走时，他有意落在最后，与梅林隔得远远的。

他这样做本来是为了疏远，哪知接下来的情形正相反，那先进餐厅的八个区县书记很自然地围了一桌。在旁边招呼的市委办公室的一位副秘书长很明确地说，八个人一桌，所以钟进没办法插进去，副秘书长一伸手，将他拉到梅林身边，让他坐下来。这时，别人还没来，这张桌子旁只有梅林和钟进两个人。钟进就有意大声说着话。

"有幸同梅记者共进晚宴，这也是我们这个穷县的光荣。"

那边的人没有一个答话的。

"你们再过来几个人吧!"梅林说，"免得等会儿方书记来点将。"

"要是你能保证我们县里的消息能上《人民日报》，我马上就过来。"这一次王书记抢先接了话。

"不管什么消息都行，是吗? 包括批评你们!"梅林说。

"批评我也乐意。可惜我们那里没有乱真的假货，否则，我怎么也要让你批评一回，那样就不愁产品的销路了。"王书记振振有词地说了一遍。

别的人跟着哄笑了一下。

在钟进碰见梅林之前，一直走在自己前面的那个男人从门口闪进来。胖子嘴快，马上喊他为吴秘书。吴秘书点了一下头后，对大家说方书记来了。大家赶紧站了起来。

方书记进来后，果然就点将，要那边桌上过来几个人。结果，胖子和王书记都挪了过来。其余的记者，还有像方书记的随从一样的人，正好将两张桌子填得满满的。

席间，方书记主要同梅林聊。钟进这才得知梅林从浙江那边调过来有整整一个月了，前一阵子一直在省城里跑，今天是第一次下基层，跑地市。梅林说她还很想到县里去走一走，尽快熟悉本省基层的情况。方书记马上指着钟进和王书记说，他们两个县过去很穷，这两年发展很快，经济增长速度一直是全区最高的，要去就先去他们那儿。王书记一听，马上就表态欢迎梅林早点去。钟进也跟着说欢迎，不过表情没有王书记热烈。方书记对钟进似乎有些不满意，他告诉梅林，现在全市各区县一把手当中，只有钟进在一个地方呆得最长，所以，真要了解情况，同他谈谈可能收获更大。梅林当即答应，这两天就安排时间，到钟进那个县里去看一看。钟进心里高兴，脸上还是淡淡地没有太多的表情。方书记见了就开玩笑说，钟进在县里当书记当久了，样子有些像老油条，肚子里的货还是不少。

因为都是有身份的人，酒席上气氛不算热烈。只是省报的两个记者，端着酒杯同每个人纠缠着敬了一杯酒，过后又归于平静。钟进也向梅林敬了一杯酒，说的是希望早日在县里见到她。

吃完饭，方书记就带着大家马不停蹄地上到六楼的卡拉 OK 歌厅。歌厅里早有一群女孩在等候着。方书记要大家放心，这些女孩都是宾馆的服务员。钟进他们细看时，果然个个面熟。他们来市里开会总住这家宾馆，见得多了，就记住了她们的面相。胖子第一个拿起话筒先唱一首老歌《草原之夜》，这是书记们开会时的老规矩，胖子的歌唱得的确不错。接下来方书记就要梅林来段越剧，梅林推却时，大家都不依，说从浙江过来的人不可能唱不了越剧。梅林没办法只好来了几句《黛玉葬花》。她只唱到半截就停下，但还是博得满场的喝彩声。轮到钟进同梅林跳舞时，钟进将这情形嘲讽了一番。

"其实胖子唱得比你好，你这是在享受拍马屁的待遇。"钟进说时轻轻捏了一下梅林的手。

"我还不清楚自己的半斤八两，他们是在为报社鼓掌。"梅林也轻轻回捏了一下。

"刚才我可是没鼓掌。"钟进说。

"没鼓掌并不等于你心里不想。"梅林说。

说了几句后，钟进以为梅林要问自己家庭情况，可梅林直到一曲终了，也没提及这方面的问题。梅林不问，他也不好反问。只是舞曲完时，他才说了句话。

"别人当记者老得很快，可你怎么保养得还像个大姑娘？"

梅林有一阵没有作声，直到钟进剥了一粒口香糖递给她时，她才重新开口。

"别人这样说说可以，但你不能这么说。"她顿了一下说，"你别以为这话会让我高兴，其实我心里比说我成了老太婆还难受。"

梅林没有再往下说，钟进心里似乎明白了什么。

这时省报的那个女记者过来请钟进唱《心雨》。钟进走到舞池中央，他唱了一段男声，轮到女声唱时，他回头环顾一下四周，梅林的座位上空空荡荡的，不见了人影。钟进顿时没了情绪，他硬着头皮将一首歌唱完。他刚回到座位上，梅林也回来了。

快九点钟时，先是胖子要走。接着王书记也要走。这也是规矩，书记们来市里开会，多数是吃过晚饭就往回赶，很少在宾馆里过夜的。他们走时，一边同梅林告别，一边同她交换名片。钟进最后一个上去，梅林除了给他一张名片外，还小声告诉他一个电话号码。钟进回到房间里，赶紧用笔记下来，然后用手机试着拨了一下这个号码。对方的铃声响了半天，没有人接。

钟进给司机小马打了个电话，问他今天想不想回去。小马在那边很奇怪，说走不走他都听书记的。钟进一想也觉得自己的话问得有些失身份，就马上决定今晚不走。他一个人在房间待了一个小时，总想门会被敲响，或者电话会响铃。到了十点半钟时，他有些憋不住，又想回县里去，再给小马打电话，可小马房间里无人接。他知道小马在市里有个相好的女孩，小马在这件事上也不怎么瞒他。加上小马将家里的事处理得特别好，他更不愿去管

这类扯不清楚的麻烦。找不着小马，他又开始找赵云。让赵云带
人过来，玩一把"拖拉机"。

赵云他们很迅速，不到十分钟就赶了过来。四个人将茶几一
摆，还没商量好谁同谁打对家，外面忽然有人按门铃。赵云正想
去开门，钟进将他拦住，自己亲自将门打开，门口站着的真是
梅林。

进屋后，听钟进一介绍，梅林更加大方，并要同他们一道玩
牌。钟进本想找借口让赵云他们走，自己单独同梅林好好谈谈，
他连说了两遍，梅林可能不熟悉他们这牌的玩法，但梅林坚持说
自己悟性极好，不管什么花样的扑克牌，只要打两盘，她就可以
掌握。钟进就同梅林打对家，第一盘上来就将赵云他们剃了个光
头。惹得赵云反复说，钟进与梅林是天生的一对。钟进担心梅林
计较这话，就打圆场说，赵云的嘴不是赵云自己的，而是办公室
主任的，私下说的话都是不算数的。梅林一点也不在意，只是说
要给赵云他们再剃一个光头。这一次是梅林做主家，她刚将底牌
扣下，钟进就用一对小王反了，他将底牌拿起来，挑了一阵再扣
下时，梅林迫不及待地用一对大王反了回去，赵云他们见了叫苦
不迭。果然一出牌时，梅林先来了个四连对。等到钟进得到机会
先出牌，竟一下子来了个五连对。赵云他们免不了又被剃个光
头，赵云摸着头发说，从没见到钟进有如此好的运气，一定是福
星临降，有贵人相助。

梅林虽然玩得兴高采烈，可一到十一点半，她就扔下扑克牌
回自己房间休息去了。

钟进以为她还会打电话过来，就将赵云他们撵走，可他瞪大眼睛等到半夜一点，电话也没响。

第二天早上吃过早饭他就往回赶。年底来了，县里事情太多，他不敢再在市里等着与梅林叙旧。钟进还将赵云带在车上，问他今年全县各方面的真正统计数字出来没有。赵云说，正在弄，不过很难，现在的人说困难时，困难比天还大。说成绩时，成绩也比天还大。钟进要他一定得想办法弄到比较可靠的数据。赵云还告诉他，自己在宾馆里无意中碰见邻县的办公室主任了，他们也住那家宾馆，但应付紧急情况的一班人比自己这边庞大，吃起饭来，一桌都挤不下。就这样王书记还说不够，王书记的要求是，任何资料报告都必须在半个小时内拿出来。

"除非他们带着电脑。"钟进说。

"那倒没有，但他们在宾馆服务中心租了一台电脑。"赵云说。

"这确实是个先进的办法。这样吧，回去后你去找财政局，就说我的意见，让他们想办法给弄一台电脑。要便携式的，出门时拿着方便。"钟进说。

"不是说财政局不敢听你的。但我怕会带来不妥。我们这边一配电脑，那政府、人大和政协不都会照着样子做？依我看，这一次你帮汽车配件厂随手要七万块钱，就让他们从别处挪一台电脑出来。"赵云说。

"你这主意好是好，就是有点黑心。这七万块他们都得发给工人，那电脑的钱可得自己垫。"钟进说。

"搞企业的人知道怎么屙银子。这一点不用我们操心。你点个头，我去操办就是。"赵云说。

"这年终总结会，肯定逃不过这十天，有个电脑，大家就不那么紧张。"钟进说。

赵云将这作为默许，他不再提这事，转换话题说起别的。

"王书记这人太精，这一次他恐怕又想在数字上压住我们。他那个办公室主任同我关系比较好，昨天他来房间看我，走时像是故意拉下一份材料。我看了看，是他们县里的概算，平均增长率是百分之八点九，比市里规定的正好高零点一个百分点。隔了半个小时，他又慌慌张张回来找。我知道他会回来的，故意弄了几滴墨水在那材料上。让他明白我看过了。"赵云说。

"你还会将计就计，真让人意想不到。"司机小马扭头说了一句。

"这套把戏骗不了我，别看那封面上印着机密两个字。其实是假的。我估计他们今年上报的平均增长率不会少于百分之九。"赵云说。

钟进忽然叹了一口气。

"每年一到上报统计数字的时候，各区县就比赛着玩猫捉老鼠的游戏。"钟进说。

"这有什么办法，上面就是根据这些数字来判断下边政绩。"赵云说。

"论玩数字游戏，我们这种鸡毛小县永远也赢不了别人。"钟进说。

车上沉默了一阵。公路上出现一块欢迎来到钟进他们县的铁皮做的门架子。司机将车停在门架子下面。钟进走下车，站在边界上向两边地里看了看，越冬小麦长得都差不多，分不出谁比谁的好。山上的树木也一个样，有茂密的地方，也有稀疏的去处，连农民盖的房子也像是一个模子印出来的。边界那边的小桥头，一个中年男人正坐在一架板车上低头抽烟。钟进走过去，递了一支红塔山给他，中年男人有点受宠若惊。钟进问他今年收入怎么样。

"没细算过，但用起钱来好像不如去年顺手。"中年男人将红塔山夹在耳后说。

"照发展规律来看，总该有点增长吧！"赵云问。

"这个得问我老婆，家里每一分钱的来龙去脉，她都记得清清楚楚。听她的意思，茶叶收入比去年好，粮食却差了，两相一抵，大概还能持平。"中年男人说。

"你住哪个垸子？"钟进问。

"那里！"中年男人伸手一指。

钟进心里一怔，他没想到这人是自己县里的。

"你是钟书记吧，我在电视里见过你。"中年男人说。

钟进点头算是默认了。

"你弄这板车干什么？"钟进问。

"碰巧从山上有些杂货下来，担不动的，我就帮忙拖一拖，挣几个工夫钱。"中年人说。

"垸里其他人家怎么样？"钟进问。

"我们家还算好的。想吃肉时，还能去买它斤把回来。别人家，要念叨好久，然后就像忍痛割爱一样，到镇上去拎点回来。"中年人说。

钟进和赵云被忍痛割爱这个词逗得笑起来。

钟进见时间还早，就想去中年男人家里看看。他一说，中年男人高兴极了，马上站起来，对着那边的垸子大声吆喝了几声。一直等到垸里传来一个女人的应声，他才喊道：

"秀珍，有客人来，快烧壶热茶！"

到这时，他们才问清中年男人名叫段文化。

段文化拉着板车，同钟进并排走着。他说自己只读了五年小学，但爷爷硬让他叫这个名字，每当别人叫他的名字时，他都不好意思。所以下决心让孩子读书，幸好两个孩子都还成器，现在一个读高二，一个读高一，老师说他俩考大学都很有希望。如此又让他着急，将来怎么能供养得起两个大学生。报纸上总在说农民富了，可在他们这儿再富的家庭只要出一个大学生，马上又要成为贫困户。钟进本想为段文化出点主意，他环顾一下四周，该种桑树茶树的地方都已经种上了，地里也很少有休耕的，全都种着油菜和麦子。赵云在身后小声介绍，这一带农民历来是全县最能吃苦，最勤劳耕作的。除了县城周边的菜农，这儿是比较富的地方。钟进没吭声，他当然知道这一点，他心里想的是最刻苦读书的是农村的孩子，但上不起学的也是农村的孩子。

司机小马在这种机耕路上开车，走得比人还慢。钟进他们都进了段文化的屋子，那辆黑色奥迪还在半路上慢慢地爬。段文化的妻子秀珍，一见客人是只在电视里见过的县委书记，慌得险些让正在往水瓶里舀的开水烫伤了手。屋里收拾得还算整洁，只是这一带的人都习惯将猪养在堂屋里，紧靠门洞便是猪窝。好在钟进在这个县待久了，已经习惯。哪怕现在椅子就摆在猪窝边，他也不太在意。他习惯了用炒菜的锅烧开水泡出来的茶，觉得另有一种香味。

"秀珍，你也不容易，养了两个上中学的孩子，外加一头大肥猪。"钟进呷了一口茶说。

"是不容易，才四十的人，看上去都快六七十岁了。我同他昨晚商量好了。"秀珍用嘴努了段文化一下，"反正我们最多只能供一个孩子上大学，他们俩谁先考上大学，还没考上的就得在家干活挣钱做贡献。"

"只能如此，伤一个，保一个，若想保两个，到头来一个也保不成。"段文化说。

"你们这想法倒也实际。"赵云说，"只是太残酷了点。"

"先别这样想嘛，事到临头，说不定我也可以为你们想想办法。"钟进说。

"钟书记能关心，我们领情了，可田地里只能有那么多收入，不是电视上说的，每年能增长百分之多少。"段文化说。

"这也是你在电视上老说的嘛，叫作在家庭内部引进竞争机制。"秀珍也说。

门外自行车铃声一响，秀珍就高兴地笑起来，说今天是星期六，孩子们回来了。果然，门口对着的那段路上，两个大男孩同骑一辆自行车，说说笑笑地往家里驶来。秀珍到门口接着他们，嘴里叫着：大毛！小毛！大毛进屋后，挺大方地冲着钟进叫了声钟书记，小毛只是腼腆地看一眼，低下头什么也不说，便一头扎进里屋。段文化做了半天工作才将他们都劝出来，同钟进说说话。

"你爸妈说了，将来两个孩子只能有一个上大学，这竞争很激烈呀！你们心里有准备没有？"钟进开玩笑地问。

"这事谁说了也不算，主要靠高考成绩。"大毛很自信地说。

"哥哥说得对，这事还得看各人的学习成绩。"小毛说时，眼神里掠过一丝忧郁。

"这事你们别太着急，还是先好好读书，有什么困难到时可以来找我。"钟进说。

"等他们毕业了，你不知调哪儿去了。"段文化说。

"怎么调也出不了中国吧！"钟进说。

这时，外面有人吵起架来，中间夹杂着小马的声音，赵云赶忙出去看了看，回来说，旁边的那户人家认为小马的车将他家的晒场压坏了，非让他赔偿不可。赵云还说那个男人有点像是从县城里下岗回来的工人。段文化马上证实说，的确如此，那人叫徐飞，是从汽车配件厂下岗回来的，平时在镇上摆个修理摊，给人修车补胎，一天挣不了几个钱，所以总在垅里骂人发牢骚。

钟进想了一下，便往门外走。

徐飞也是四十多岁的人了，他一眼认出钟进，马上将身子从小马面前正过来，对着钟进。

"徐师傅，我知道你并不是真的为了汽车压了晒场，你是想我出来同你说说话是吗?"钟进开门见山地说。

"没错。"徐飞也不含糊地说，"你说这是怎么回事，上面总在说什么都在好转，可我们日子却一天比一天糟。昨天在街上蹲了一天，连个补车胎换气门芯的人都没有。"

"这些情况，我们不是不知道，这次去市里开会，还专门为你们厂下岗职工要了一笔救济款。钱虽不多，但能先对付一阵。"钟进这一说，徐飞马上就静了下来。

旁边的人却又闹起来。说当工人总是老大哥，分财产总是优先，他们这些当农民的，一年到头只靠从泥土里扒几个小钱，却从来没人关心。还说前两年，这个时候家家户户都在晒腊肉了，可今年每一处屋檐下都是空的。钟进看了看垸里，各家的屋檐下果然什么也没有。

这时，段文化提高嗓门说了大家一通，他说，钟书记好不容易来垸里一回，大家便如此不讲情面，那以后还有谁敢到这垸里来。有人不服气，说当领导的就是要能听取群众意见，提提意见，发发牢骚，总比造反闹事要好。这人一说，别人也跟着说，现在村干部见了老百姓像老鼠见了猫一样，不是躲就是绕着走，镇干部成天到晚只顾往县里跑官，在家里偎老婆，县干部只是在电视里成天讲话做报告，想扯都扯不下来，好不容易逮着个对话的机会，他们当然不会放过。

"钟书记是我请来的客人，不管怎样，你们今天不能对他无理，否则我不答应。"段文化说着便将钟进扯进自己家里。

重新坐下后，钟进让段文化找几个人进屋来聊一聊。

段文化有些不情愿，但还是出门将徐飞他们几个叫到屋里。

真正心平气和地聊起来，也没有什么特别新鲜和重要的，他们所说的事钟进几乎都知道。比如像干部吹牛虚报哇，多吃多拿哇，等等。他们说话时，秀珍就开始烧火做饭了，钟进开始并没有意识到，等到秀珍从门外提了一只血淋淋的公鸡进屋时，他想说中午不在他们家吃饭已不行了，只好耐着性子同徐飞他们聊下去。

说到如何提高大家的收入，徐飞他们也没有什么高招，只知道要上面减轻企业和农民的负担，但他们并不能确定这负担一减，好日子就会像翻跟斗一样，一个比一个蹿得高。徐飞甚至还反对搞什么股份制，他说自己没钱，就是有钱也不去买什么股票，现在怎么说有困难还可以去找一找各级领导，那样一搞，领导便一下子将责任推得光光的，让各人去自谋生路，他可不上这个当。钟进同他解释了半天也没用，倒是小毛冷不防从里屋里走出来，说了一句。

"现在不管哪里竞争都是残酷的，除了自己没有谁救得了谁。"小毛像是要上厕所，手里拿着一张草纸和一本数学参考书。

"你懂个屁，什么时候不将手伸到爸妈荷包里掏钱了，你才有资格同我说话。"徐飞说。

小毛不理他，独自出门去了。

钟进见时间还早，就提出到屋后的山上去看看。

段文化连忙开了后门，大家相跟着往山上爬。走到半山坡上，段文化提醒钟进注意脚边有个深坑。钟进看了看，那坑足有一人多深。段文化说，这是大毛、小毛兄弟俩上小学时挖的，他们想在家附近找出一座什么矿，就偷偷地拿着工具每天放学后溜到后山上往下挖。挖了半个月段文化才发现，可段文化劝不了他们兄弟俩，后来还是学校的一个老师来告诉他们，在地球这个位置的相应的那一边，美国有个大油田，他们可以将地球挖穿将美国的石油取过来，可他们这一辈子什么也不做也挖不到美国，倒不如好好读书，几年后，考托福去美国，找机会在那儿开采石油，那就方便多了。老师的一席话才将兄弟俩的念头改变，从此他们读书特别勤奋。钟进觉得这个老师很不错，就问这个老师现在哪里。

赵云在背后扑哧一声笑着说："远在天边近在眼前。"

赵云这话将段文化说愣了，他看一阵又点头称是。

"只是胖了，高贵了，不敢认。"段文化说。

"你不说我还忘了，那时我还在这里当小学校长。"赵云说，"你这两个孩子是不错，将来会有出息的。"

大家绕过那土坑往山顶上走，刚到山顶，钟进的手机就响了，可他怎么也接不着，虽然到了这样高的地方，但信号还是太弱。钟进在心里猜这人可能是梅林，因为早上离开时，没有机会同她告别一声。当然，他也觉得不大可能。站在山顶一看，四周的情况更清楚明白，南山镇这一带的人真是很认真地伺候自己的土地，除了清一色的石板，只要有土的地方，总会种上点什么。钟进心里想得很透，这样的土地，这样的耕作，能在一种收入上稳定下来就非常不容易了，想让它以连年百分之十的速度增加增长，只能是用妙笔生花。

钟进望着山上山下，入冬的田野灰蒙蒙的，太阳照着那些还不能封行的麦子，有些无精打采。山坡上的茶树被霜打过之后，青青的叶子上有些泛黄。两个女人和一个男人正在不远处一面山坡上，往茶树底下挑土粪。都快腊月了，他们都还穿着单衣干活。钟进就想，一定要让梅林来县里看看，写篇无论什么样的报道，在《人民日报》上发一发。他差一点马上将这话对赵云说了出来。

下山时，钟进还在琢磨着自己来这个县九年了，这个县无论是好事还是坏事，都还没有上过《人民日报》，心里觉得不可思议，一不留神，几乎掉进那个大毛和小毛想找出矿床来的深坑里。幸亏赵云眼明手快，一把将他扯过来。

回到段文化家里，秀珍已将饭菜做好，满屋子飘着鸡肉香味。赵云开口就赞叹。

"还是家里做的鸡好，能闻到原汤原汁的味道，在酒店里，非要动嘴才能尝到，少了一样感觉。"

上了桌以后，见大毛和小毛还躲在屋里不出来。钟进就主动叫了两声，他们虽然应了，但还是不肯出来。段文化说这是他家的规矩，来了客小孩是不能上桌的。秀珍添了饭给他们送到里屋去。钟进刚吃了几口饭，小毛就在屋里叫妈妈。秀珍明白小毛是要好吃的，不好意思地夹了一块鸡肉又到里屋去了一趟。回来时，钟进问她怎么不给大毛也送点去。秀珍说大毛懂事，一向不争这些小事，但分数若掉下一些，便非常认真地同自己计较。

"将来还是大毛这样的孩子有出息。"段文化顺嘴说了一句。

"你不能这样说，让孩子听见了可不好。"钟进小声提醒。

"农村的孩子乱捶乱打惯了，不比城里的孩子娇气，没事的。"段文化说。

吃过饭后，段文化唤孩子出来送客，大毛出来了，小毛却不肯出来。叫了好几遍，小毛才在门后露出半张脸，并且什么也没有说。

小马将车一发动，徐飞就飞快跑过来，要搭便车回厂里去看看。钟进知道他是想回厂去等市里发下的这笔救济款项，就爽快地答应下来。段文化和秀珍不停地请钟进有机会再来家里坐坐。

车子驶完机耕路，上了公路后，小马的呼机和赵云的呼机，便响成一片。上面反复显示着一句话：你们在哪里，请同办公室联系。快到南山镇时，赵云才用手机同县委办公室联系上。其实也没什么事，只是那里的人担心车子在路上出了事，所以才这么着急。过了一会儿，小马告诉钟进，南山镇的李镇长在公路边站着。小马将车速一放慢李镇长就迎了上来。

钟进开门出去时，有一只小虫子或是飞尘什么的钻进了眼睛里。他用力眨了几下，李镇长反应飞快地从口袋里掏出一包餐巾纸递给钟进。钟进抽了一张揩过几下，没事后，才开口问李镇长是不是有什么事。李镇长说没事，只是因为县委办公室打电话来查询，有没有见到钟进的车子从镇里经过，他就一直守候在路边。钟进知道李镇长的心思，这家伙当镇长乡长什么的都快十年了，一直想到书记的位置上坐坐，或者调到县里去。钟进几次想过这个问题，但他从心里不喜欢这个人，特别是一见到他那高高大大的身子老是见人点头哈腰，心中就不舒服，觉得他身上的媚骨超过了骨气。

"让你辛苦了，这样吧，我捎你一程，回家去看看老婆孩子。"钟进不动声色地说。

李镇长有些喜出望外，连忙钻进车内。见到徐飞时，还愣了一下，然后问他今天怎么不上街补胎修车，今天的生意可好。李镇长没说假话，镇里路边的修理摊上，没有一处不是摆着几辆自行车等着修的。

"若是我们厂的生产也像今天修车的生意，那我才会真高兴。"徐飞冷不防这么说了一句。

钟进和赵云都没搭话，他俩都有些困，一个在前排，一个在后排，眯着眼睛睡着了。李镇长对钟进在这个时候打瞌睡显得有些失望。

小马开车技术非常好，徐飞在汽车配件厂门前下车时，都没能将钟进惊醒。当钟进在自己家门前醒过来时，有些责怪车上的人，徐飞下车时，不该没有叫醒他，至少让他同徐飞打个招呼。他泛泛地说着，小马、赵云和李镇长都以为是说自己的，又都以为是说别人的。听着钟进的话，他们的脸色都不大自然。钟进下了车后，让小马辛苦一下，再送一送李镇长。李镇长的意思本来是想跟着上钟进家坐坐，听见这么一说，他只好又回到车上。

一进家门，妻子王月琴就迎上来，伸手接过他的皮包，并拂了拂他身上的几根头发和一两点头皮屑。等到他在沙发上坐下，王月琴不仅已给他沏上一杯热茶，还给他抱来了呢大衣。在车里坐着有暖气，屋里却是没有的，只有一盆炭火，由于刚刚加上新炭，火势不旺，屋里清冷清冷，对这一切钟进早就习惯了，过去他总在部属们面前讲这些，要他们千万别见异思迁，只要有哪个女人在身边待着，自己觉得舒适就行。可今天，他却有点不一样。

"是不是你总打电话到办公室去问我在哪里?"钟进将一双手放在炭火上方向。

"大家都不知道你的踪影，我心里着急。"王月琴说。

钟进不再往下说，他坐了一会儿，就起身到书屋里，刚走近书架，就一眼望见那本有些发霉的《安娜·卡列尼娜》的书脊。钟进伸手将它取下来，打开来，梅林写的一行字猛地撞入心头：新的生活，新的感觉，新的喜悦。书上有梅林的签名与日期，但没有写送给谁。钟进这时清楚地记得当时梅林拿出这本书就送给了自己，那些文字显然是一开始就写好了的。钟进将书揣进大衣里，说是到办公室看看文件。这也是他过去的习惯。王月琴没说别的，只叫他一进办公室的门，就先将暖风机打开。

钟进一到办公室就看见案头上摆着一大堆文件。他将它们扒到一边，打开《安娜·卡列尼娜》，望着那一行字出神。在清醒的片刻，他忍不住问自己这是怎么啦，孩子都上高中了，自己怎么会突然对另一个女人产生一种目前还说不清楚的感觉。

还在胡思乱想，桌上的电话响了。他愣了一下，还是伸手接了，出乎意料的是，他听见的竟是梅林的声音。

"你怎么知道我在办公室？"钟进问。

"我只是想看看你这书记节假日还办不办公，然后再来判断一下你到底是用几分力气在干活！"梅林的语气有几分兴奋。

"你回省里了吗？"钟进问。

"我正在回省里的路上。喂，我告诉你，别以为你资格老，方书记可不太喜欢你。今天上午我和他又谈了一次。当然，我只是想了解一下全市面上的工作。一谈到各区县的工作，就免不了要涉及各区县的一把手。方书记很少谈及你，如果说他用三十分钟来谈另外一个人的话，那么谈到你的时间恐怕只能约计为一分钟，三十分之一这是不成比例的比例！连我都觉得方书记这样对你是不是太残酷了点。对你说实话，正因为他这样对你，所以，我有点不喜欢他。"梅林说了一大通。

"有些话，可能我们得当面说，电话里一时半刻也说不清。按道理，像我这样在县里干了这么久的人，起码对付上一级领导应该是游刃有余。可我总觉得自己在方书记面前吃不开，也发挥不好。好像他是我的克星。"钟进说。

"有个消息可以让你放心。方书记要调省里工作，可能近期就走。"梅林说。

"原来如此，他这么大发善心，将大把大把的救济金往下面扔，他是怕这期间工人闹事，会将自己升迁的事闹黄了。"钟进说。

"不管怎么说，这钱花在工人身上，总比像你这样的大大小小的官员吃掉喝掉要好！"梅林说。

"这倒是个大老实话！"钟进说，"我们县的财政收入现在连干部们吃喝都不够了。我现在正愁怎么给他们发过年费哩！"

"我想最近到你们那一带去调查研究一下，你说我是先去你那儿好，还是后去你那儿好？"梅林说。

"这个我不知道如何理解，但我想于公怎么都一样，于私就不好说了。"钟进有些开玩笑，"你知道我现在干什么吗？"

"我不想猜。"梅林说。

"那我告诉你——"

"你怎么这样笨，我不想猜也不想听！我知道你在干什么！"

梅林打断钟进的话以后，便将电话掐断了。

钟进对着窗口愣了半天，终于将那本书放到桌子上，随手抽了一份什么材料看了起来。他扫了一眼，见是南山镇今年全年工作的总结材料，便扔到一边不想看。他伸手去找别的文件材料时，心里又改了主意，重新将那扔了的几页文字捡起来。

这种材料的格式他早就熟透了，因此，他不看那些过渡文字，只看统计数字和事例。至于材料上说的经验教训，他更是不屑一顾，各乡镇的事他早就烂记于心，见到底下那些人关于这些事的文字时，他有时真像喝汤喝进一只苍蝇一样恶心。南山镇今年经济增长率是百分之十二点二，工业产值增长为百分之二百一，多种经济增长为百分之十三点七，粮油产量增长为百分之九点八。钟进对着这组数字笑了一下。他只相信关于工业产值增长的数值，虽然一年中翻了两番，但这是可能的，因为南山镇去年还只有一家年产几万元产品的根雕厂，今年则多了一个家具厂，一个只有一台车床加上一台钻床的修理厂。钟进忽然想到李镇长他们在设想这个数字时，一定将街上修车补胎的徐飞他们的收入也算成了工业产值。

接下来，钟进就见到了事例，他们说的竟然是段文化一家。说段文化农闲时一架板车跑运输收入约三千，茶叶蚕茧收入约四千，其他粮油生猪等收入约三千，而且还说像这样的万元户，在南山镇的今天已如雨后春笋般涌现出来。

钟进看到这里心情一下子糟透了，并不是他由此想到了大毛和小毛兄弟俩将来谁供养、谁上大学的问题，而是县里正面临着如何向市里上报今年经济增长情况。用赵云的话说，县里的工作没有巧，只要年终总结写得好。赵云早将今年工作的得失，概括出了新意，但这统计数字却怎么也定不下来。

钟进在办公室里闷坐了许久，依照各方面的情报来判断，别的区县今年虽然不会像去年报的那么高，达到百分之十二至十五，但决不会有哪个区县会少于百分之十。

这时，电话又响了。

钟进心闷，二话没说就抓起了话筒，没想到又是梅林打来的。

"钟进，我现在心情非常糟糕。你不会计较我刚才的态度吧！"梅林说。

"你这样算什么，我已经是久经考验了。上级心情不好，什么事我们都只能吃不了兜着走。"钟进说。

"人都有不如意的地方。你知道吗，我结婚只有一年零三个月，离婚却有二十整年了。"梅林说。

"这倒是真没让我想到。性格不合吗？"钟进说。

"说不清楚。恐怕主要是对对方都没有信心。而且在心里从没有沟通过。现在回想起来，还只有我们见面的那一次是这辈子回忆中的一个亮点。"梅林说。

"你若没出现，这些年简直就像没有这件事。"钟进说。

"所以，你一直就没来找我。别的同学可不是这样。你还记得班上那个总是举手问一些我们上小学就懂了的问题的那个男生贾志军吗，他回云南老家教书，都有办法找到我，让我给他发了一篇新闻稿，结果他现在当了地委宣传部副部长。"梅林说。

"不是没想过找你。那时你还在宁夏，我给你打过两次电话，都说你休假去了。还有一次，我在省里开会，碰见你们报社的一个记者，我向他打听你，他居然不知道，那模样还以为我是在跟他套近乎。我一想，天下还有几家比你们报社更优越的单位哩。再说也怕你一样的有了这种优越感。"钟进说。

"其实，这是你们这一类地方领导人的自卑心理。不过这也是正常的，如果你们都在方书记面前耀武扬威，那方书记还有什么戏！"梅林说。

两人在电话里这么说了一阵后，钟进在心里突然与梅林亲近了许多。挂断电话前，他居然对梅林说了声拜拜。梅林没有回应，只是轻轻一笑。钟进对这最后的一声笑格外地刻骨铭心，直到半夜里躺在床上还在回味着。

这个夜晚，前半夜他怎么也睡不着，后半夜却睡得特别的香。他第一次没有在床上躺着时，还要想想县里的工作。

天亮后，钟进到屋外散步半个小时，回家后，见王月琴的气色有点不对。吃饭时，他问她是怎么回事。王月琴起初不愿说，临开口时又声明要钟进别计较，自己才会说真话。

钟进答应之后，王月琴就说："我看见你眼睛里有另外一个女人！"

钟进顿时愣住了，不过他反应还是非常快。

"老夫老妻的，你怎么这样瞎猜！"

"我没有瞎猜。"王月琴固执地说。

"上午我要到下面去看看，等晚上回来再细说。"钟进说着就放下筷子往外走。

钟进这一天转了好几个乡镇，大家像是约齐了一样，一开始总是汇报今年工作上的成绩，仿佛一个地方比一个地方出色。等到将工作汇报完了，特别是上桌吃饭时，没有一处不是叫穷的，希望县里无论如何在财政上拿出点钱支持一下，否则就无法向辛辛苦苦工作了一年的乡镇干部们交代。钟进对这些心里早有准备，他像市里的方书记一样，只顾往笔记本上记，但他没有给谁一个明确的答复，只是说这些只能回去统筹研究。他还顺路看了几个普通人家，他们的情形看来还不如南山镇的段文化家。

晚上八点，钟进回到家里，一进门就看见赵云在沙发上坐着，陪同王月琴在看电视。

见到钟进，赵云就兴奋地告诉他，便携式电脑的事他已办妥了。他说他还算了一笔账，只要将这东西用上，往后到市里开会，就可以少带两三个人，要不了几次就可以将这笔钱省出来。钟进以为赵云还是花的县里的钱，听赵云解释是按照钟进的意思同汽车配件厂做的交易，他就说赵云怎么也说糊涂话，明明是可以省差旅费，却又硬说成是省下买电脑的钱。赵云就调笑自己，说每年一到这个时候，他总要被反复改来改去的数字弄得晕头转向。钟进正色地告诉他，这时节绝对糊涂不得，哪怕是零点零一个百分点也要搞得清清楚楚。

赵云忽然笑了起来。

"我昨晚做了一个梦，梦见王书记在向方书记做汇报，说他们县的增长率为百分之十一点四七。"

"你也太专心了，做梦怎么可以还想着这个？"王月琴插嘴说。

"前几年你也许更紧张，可那时并没有听说你做过什么梦？"钟进说。

"我有种预感，今年的总结好像特别重要。"赵云说。

钟进听出赵云的话外音是说他这个县委书记今年可能要往上动一动。他心里很喜欢赵云这样的说话方式。赵云同别人不一样，从没有在自己面前直截了当地说过哪怕别人传得很凶的关于他要升迁的消息，但赵云总有办法将这类消息及时地通报给自己。

"那我们是不是可以将增长率定为百分之十一点五？"钟进轻松地说。

"钟书记这种判断极有道理。"赵云马上说,"照今年的大形势,无人敢往百分之十二上面想。"

"那就这样,你们再照这个标准来确定一份总结材料的基调,拟个提纲给我看看。"钟进果断地说。

钟进还让赵云通知一下各位常委,明天上午八点半准时到小会议室召开常委会。

赵云刚走,钟进的搭档吕县长就打来电话,说自己从省城检查身体回来了,医生排除了脑部实质性病变的可能,还是在县医院查出的那样结果,只是有些脑供血不足。钟进安慰他几句后,先将市里开会的情况对他说了,然后又告诉他方书记可能要升迁。吕县长听了在电话里不大不小地惊讶了一阵。两人结束通话时,吕县长的口气非常谦逊。钟进在与吕县长共享情报来源时从不吝啬,只要自己知道的,总是马上告诉他。实际上,他从各处得来的灵通消息,让吕县长对自己更多了些许敬佩。

钟进随后一头钻进书房,像是准备明天常委会的事。

王月琴给他在书房里另生了一盆炭火,还吩咐他别熬得太晚。

夫妻俩似乎都忘了早上说过的话,谁也没有再提起。十一点过后,钟进上床时,明知王月琴没有睡着,却装着小心翼翼地怕弄醒她的模样,一钻进被窝就一动也不动,并且很快就睡着了。

常委会很快就将市里给的十七万救济款分了下去。各乡镇的问题却一点也没解决。钟进从方书记那里得到启发,将主要目标定在县城内几家工厂上。他对常委们说,对各乡镇,非要逼得他们拼命挣到腊月二十几，否则，再多的钱也填不满那些无底洞。吕县长还提了一下年内召开三级干部会的事。多数常委都没响应，钟进就说现在是该考虑明年的工作了，他要常委们在心里酝酿一下，下次会议要着重议一议。会议结束时，钟进说自己这两天要到省城去一趟，想办法上财政厅弄点钱。

钟进心里还有早点再见梅林一面的想法，他将行程定下来后，往梅林家打了几次电话都没人接，最后一次梅林接了，他却不开口说话，迅速地将压簧压上。钟进这样做了后，连自己都不明白原因。

黄昏时，钟进出了办公室往家里走，无意中扫了一眼，发现大院中间的空地上有一个男人在独自转来转去。钟进觉得面熟，细看下去，就认出是汽车配件厂下岗工人徐飞，他冲着徐飞叫了一声。徐飞高兴地快步朝他走来。

"找你真难，没有谁肯对我说你家住哪里。"徐飞说。

"你不是找到我了，有事吗?"钟进说。

"我在厂里将救济款的事说了，大家让我来感谢一下你。"徐飞说，"不过，大家对现在的厂长不太满意，听说他这两天又用厂里的钱同那天我见到的赵主任做了一笔什么交易，工人们反响很强烈。"

"这事我会注意的，不过你也回去同工人们解释一下，有些情况也不一定像传说的那样。"钟进说。

"这点我们也知道。但有个情况，我要说得你相信。赵主任昨天不知同什么人在酒店喝酒，他说他要做一个梦，让你接受一个什么数字，否则他就不能睡一个安稳觉。"徐飞说。

"你怎么知道？"钟进问。

"我的一个徒弟也下岗了，他在那酒店里打工，偷个耳朵听见了。"

聊了一阵，徐飞就要走。

等他走了以后，钟进情不自禁地自语了一句："赵云将来要吃亏的，太聪明了不好！"

他马上在心里决定，这次去省里不带赵云。但事先已说好，自己得找个理由才行。

晚上，钟进正在琢磨怎么不让赵云去省里时，赵云竟亲自上门送传真来。传真是市里发的，内容是关于年终总结会。钟进觉得真是天赐良机，他马上叫赵云明天不要去省城，就在家里将那几个笔杆子拢到一起，争取搞出一个高质量的总结材料来。

赵云听了，表面上很平静，但钟进能察觉到赵云的内心在起着波澜。

这天夜里，王月琴终于憋不住了，问钟进书柜里的那两册《安娜·卡列尼娜》哪儿去了。这个问题让钟进更加吃惊，他没料到一个女人竟会心细到这样的程度，一点点的线索都会被她一下子抓住。钟进无法回答，他只能说自己不知道。他这样说时，王月琴叹了一口气，接着又叹了一口气，然后什么也没有说，一个人钻进卫生间，将准备第二天洗的衣服，使劲地搓了半夜。

钟进有点沉不住气，他独自躺了一阵，还是爬起来走到王月琴身后，用一只手搭在她的肩上。

"我真的没注意到那本书，我连文件和材料都看不过来，哪有心思看小说！"钟进说。

"从不看小说的人，突然看起旧小说，说不定是心里有某种需要。"王月琴用沾满肥皂沫的手将钟进的手扯下来。

"你要想看，就去书店里买。"钟进说。

"我知道你不想说这个问题，你去睡吧！"王月琴有些冷冷地说。

钟进愣了一会，真的回屋里睡了。

王月琴对《安娜·卡列尼娜》的细心关注，让钟进的心境忽然不大好了。在去省城的路上，钟进没有说一句话，小马也知趣地不开口，一心一意地将车开得飞快。尽管提前二十分钟来到县里驻省城的办事处，办事处主任已经在门口接着他们。

吃过午饭，钟进让办事处的人打电话探路联系，自己在那间专为他准备的房间里睡一会。虽然昨夜他一直没睡好，一路上人很困，但这会儿头一落枕头便新鲜起来。躺了半个小时，他还是忍不住又将带在皮包里的《安娜·卡列尼娜》拿出来毫无目的地翻着。翻来翻去间，他忽然发现中间一页的那个友字下面有一只圆圆的黑迹。他看了片刻，心里想起从前读大学时，常听说的苏联间谍技术可以将一封密信微缩成一只墨点，伪装在书里。他将书举起来，对着亮光看了一下，墨点里什么也没有。钟进一个人笑了一下。他将书放下后，眼睛一闭，一会儿就睡着了。

这一觉一直睡到下午三点，还是让人叫醒的。醒来后，钟进马上爬起来往财政厅赶。所幸，去的正是时候，除了分管的副厅长以外，该见的人、该拜的菩萨都在，大家见了他还挺客气，一点也没有朝他拿架子。钟进知道，办事处主任事先一定是疏通打点过，所以他就放心地向他们谈县里的情况，并一口气递上五种要求拨款的报告。那些人将报告都接了过去，似乎没怎么看，就告诉钟进起码有两份报告的内容是他们可以考虑的。钟进听了心里不由得踏实起来。出了门，逮着机会他忍不住对办事处主任说，本来只想他们能批一份报告就心满意足，没想到还能让希望翻一番。他高兴地让小马将车直开东湖酒店。

钟进同办事处主任约好，自己只陪到八点。然后他先走。六点钟，财政厅的几个人准时来到东湖酒店。这几个人不怎么闹酒，端着杯子都极斯文，像是留着精力应付酒后的事。他便起身致歉说，省委有人约了自己八点半钟见面，所以必须先走一步。那些人也不怎么留他。钟进爽爽利利地出了酒店，让小马开车将自己径直送到省委大院旁的一栋小楼附近。钟进独自上到三楼，按了半天门铃都无人应声。他站了一阵，只好失望地往楼下走。走到二楼楼梯转弯处，迎面碰上穿着一身休闲装的梅林。

梅林见到他时吃了一惊。

"散步去了？"钟进心里并不镇定，只是装作镇定地问。

"不锻炼不行啦！"梅林望着他说。

梅林掏出钥匙打开门，很大的房子里空空的，只有很少的几样家具。梅林还让他看了卧室，卧室里也是简单地布置一下，连一般女人都要用的梳妆台也没有。

"这样也符合你们做记者的习性！"钟进不无悲凉地说。

"做女人的，其实都不愿这样。"梅林说，"昨天，我在富都家具城看中了一套家具，人家愿意五折卖给我，可我就是动不了掏钱的心。"

"这时，假如有个男人挽着你，你就会下决心的。"钟进说。

"是有这种可能。"梅林转过话题说，"你这么急来，有什么要紧的事？"

"来省里要钱，顺便看看你。"钟进说话时，从皮包里拿出那两册《安娜·卡列尼娜》。

梅林接过去，用手抚了半天，却一直没有翻开。

"连书都老了。"她叹口气说。

"内容并不老。"钟进说，"你怎么不看看当年写下的赠言？"

梅林起身拿了一包话梅，示意钟进拈一只尝尝。

钟进拈了一只放进嘴里，一股酸酸的甜味在全身弥漫开来。

"你们男人也许永远也懂不了女人的心。"梅林突然说。

钟进从梅林手中将书拿回，翻开扉页看了一下，又抬头看看梅林。

梅林脸上的神情静如止水。

"告诉你一个消息，省农业厅张副厅长下到你们那儿当市委书记。估计春节前就要同方书记完成交接班。"梅林说。

"谁当书记对我来说都是一个样。"钟进说，"我现在只想找个好单位预备将来退休养老。"

"你可不能这样想。我还准备帮你一把哩！"梅林说。

"我有时真觉得干得没意思。每年这个时候，为了考虑怎么上报增长率，连头都想破了。"

钟进将今年县里的大致情况对梅林说了一遍，他特别提到赵云做梦想到的那个百分之十一点四七。他没有将徐飞听到的话说出来。梅林劝慰他，也别太在心里计较这个，她早就清楚好多地方都是这么向上报成绩的，既然大家都一样，当然就应当坦然面对。钟进摇头不同意，他说自己坦然不了。如果大家都来真实的，自己输了那倒也罢，本事不够，工作没干好嘛，问题是做假做不过人家时，看到人家得表扬受赏识，甚至平步青云，这心里就非常难受。

钟进这么说时心里的确很难受。

梅林问他今年的数字想好了没有。

钟进说想是想好了，可就是担心压不住别人。

梅林叫他放心，最迟明天或后天，她就会帮他弄到他们市里各区县今年的主要统计数据，如果有必要她还能弄到全省的。钟进马上说不需要全省的，只要他们市里的就行。

两人对视一下后，突然不说话了。

钟进在心里鼓了鼓气才又开口。

"你说女人的心思男人不懂，真是不假。"他晃了晃手中的书，"这本书在书柜里放了二十几年，老婆她从来不闻不问，那天我刚将它翻动一下，挪了个位置，她就问这本书去哪儿了。真是太怪了。"

"我说清了你就不觉得奇怪。那天，我打电话到你家里去。是个女人接的。她问我是谁，我说是你大学时的同学。"梅林不动声色地说。

"原来如此，你怎么想到要往我家里打电话?"钟进问。

"好奇嘛! 你就没有想到要给我这里打电话?"梅林反问。

钟进不置可否地笑一笑。然后说了声对不起，便起身钻到卫生间里方便了一通。他出来时，见梅林一个人站在客厅中间。

"你是带着车来的吧?"梅林问准了后，又说，"别让司机在外面久等。"

钟进见梅林有送客的意思，只好拿上书告辞。梅林只将他送到楼梯口。

钟进回到车里，闷闷不乐地回想，从见面到分手，他同梅林连手都没有握一下。

小马对省城的路很熟，回去时他挑了近道，车到办事处时，正好是十点整。办事处主任还没回来，小马问钟进想不想打"拖拉机"。

钟进说今天累了，应该早点休息。

小马说他不累，他另外找几个人凑一桌。

钟进钻进自己的房间，灯也没开就倒在床上。

这么躺了一个小时，十一点刚过，手机忽然响了。他摸黑按了一下 YES 键，老大不高兴地问是谁。

"你到住处了吗?"

梅林在那边的询问让钟进一下子兴奋起来。

"一个钟头以前就到了。"他说。

"你真是当县太爷习惯了，干什么都带着车和司机。其实有时候，你可以叫辆出租车，想去哪儿就去哪儿，想待多久就待多久。"梅林说。

"这倒真的提醒了我。"钟进说，"我现在可以叫辆出租车来你那儿吗？"

"你也太活学活用了，下一次吧。有空你再翻翻那本书。当年毛主席还要江青读三遍哩！"梅林说。

"行，是不是该向你道晚安了？"钟进忽然心血来潮想到这样的问候。

梅林显然在那边开心地笑了。

"好多年没人向我问晚安了。我说一句话，然后你就将手机关了。你知道吗，本来我有两个选择，一是回北京，第二才是来这里，我选择这里，全怪那个念头，我想见一见你，看你是不是还像从前那样平常。你别说什么，快将手机关了。"梅林说。

钟进真的将手机关了。

过一会儿，他抓起电话打过去。

梅林问他怎么说话不算数。

钟进说，她只让自己关手机，并没有不准自己使用电话。

梅林愣了一下。

"难怪大家总说县一级干部像个土财主，你的确像土财主一样狡猾。"梅林的话里并没有贬义。

"你说的那话是真的吗？"钟进问。

"现在别追问，等我们有机会见面时再细谈。"梅林说。

钟进又说了几句别的后，主动将电话挂断了。

钟进放下电话，心里一高兴，便打呼机将小马唤来，再另找两个人，围坐在钟进的房间里打起"拖拉机"来。他们一直打到凌晨四点才收场。钟进让小马吩咐服务员，除了办事处主任，明天上午，谁也不要敲门打搅。

钟进想好好睡一觉，可第二天早上八点，办事处主任就将他喊醒，说财政厅的人让他们重拟一个报告，连报告的名目都指明了，这样批复下来会顺理成章一些。办事处主任已亲自将报告拟好了，他叫醒钟进让其过一下目，才能去打印。钟进看了一遍，连标点符号也没改一个就还给办事处主任。接下来钟进继续睡觉，虽然睡得不踏实，可他一直在被窝里待到临近十二点才重新爬起来。刷牙时，他想到这是今年睡的唯一的懒觉，心里竟有一种快感。

后来，他对小马说，睡懒觉的滋味比当县委书记的滋味好多了。

小马则说，睡懒觉也要有情绪才睡得好。

钟进很喜欢小马这样说话。

重新拟的报告，财政厅当天就批了下来，几项相加一共给了二十九万，虽然不是让人特别满意，可也差不多。照以往的习惯，钟进会马上赶回县里。他拿到批件后，却让小马打电话给县委办公室，说自己今天不回去。他的确有理由，梅林答应提供各区县的数据，怎么说也是正正当当的工作。

办事处主任见他不走，就要安排晚上的活动。

钟进拒绝了，说自己另有安排。

天黑后，他独自出门，叫了辆出租车，一下子就驶到梅林的楼下。可梅林不在家，打电话，按门铃都没有用，他以为梅林又出门散步去了，等到九点钟还不见人影。他像赌气一样，在寒风中坚持到十点十分，还是没有什么用处，满地的灯影树影就是不肯变成梅林的人影。他只好叫了辆出租车重回办事处。

隔了一夜，梅林突然在早上七点多钟打来电话。她先说自己现在钟进的邻县王书记那儿。随后才慨叹赵云的那个梦做得真怪，王书记这儿已正式确定上报的平均增长率确实是百分之十一点四七。钟进这时也被惊讶弄懵了，想着赵云这人也许真有点怪才。梅林说她有机会一定要会一会赵云。

说到最后，梅林才问昨晚他是不是又去找过自己。

钟进问她怎么知道。梅林说她是在心里感觉到的。

钟进就将乘出租车的经过都说了。

梅林什么也没再说，但电话挂断得非常温柔。

钟进回县后，一直等着梅林来。但梅林总不来。梅林绕着他们县转了一圈，钟进派赵云和小马去接了两次，都没接来。接下来，在方书记支持召开的全市年终总结会上，钟进又同她见面了。王书记他那个县一点不差地报个百分之十一点四七的增长率，比钟进报的百分之十一点五，少了零点零三个百分点。钟进报的这个数字在全市九个区县中也还是较高的。可是方书记在会议的最后总结发言中，仍然不肯表扬钟进和钟进所在县的工作。

这时，大家都知道方书记要走，张副厅长要来。因此无人特别在意方书记的总结。倒是梅林成了这个会上的主角，大家纷纷主动同她谈工作，想影响她手中写新闻的那支笔。会还没散，报上的文章就登了出来，让大家吃惊的是，全市九个区县中，唯一点名提到的是钟进所在的县。钟进因此对王书记说，这是因为梅林没有去过他的县，所以才以笔代足。王书记很不高兴，晚饭他不想在宾馆里吃，硬拉着钟进到外面去找个地方喝酒。

酒至半酣，王书记瞪着钟进说，他现在终于明白梅林肯定与钟进关系非同寻常，不然她不会那么屈尊，以采访的名义到他们县里去为钟进刺探情报。王书记说他不会对别人说出这个秘密的，只是希望钟进以后也能让梅林帮自己一把。王书记还说他知道将要来当市委书记的那个张副厅长是个喜欢标新立异的人，他有种预感，姓张的一来，钟进就会时来运转。

钟进不好同他多说什么，只能在嘴里应承，然后提防不让自己喝醉。尽管他非常想喝醉。

他俩很晚才回到宾馆，王书记虽然喝得很多，也还不太失态，在走廊上遇见梅林时，还结结巴巴地说了声梅记者晚安。

等王书记进房后，梅林才折进钟进的房间。

钟进以为她要坐一阵，哪知她只说了一句话便要走。

梅林告诉他，即将到任的张书记正在通过自己的途径了解各区县一把手的情况。她要钟进小心点。钟进不以为然，他说，做了的都做了，瞒也瞒不住，但他不怕，除了同大家一道虚报些数字以外，他没有别的污点。梅林对他这种坦然很欣赏。她告诉钟进，自己要等到张书记到任后，再去他们县里，这样可以帮他造点声势。

梅林走后，钟进心里才升起许多对梅林的佩服。

钟进回到县里，见赵云将那张《人民日报》用一块玻璃嵌起来挂在办公室墙壁上，关键处还用红笔描了出来。他对赵云说，这样做像是幼儿园的小朋友得了小红花一样。

赵云说，历史将证明，这是值得纪念的一种转折。

钟进不作声，一进到自己的办公室，就发现抽屉被人动了。他将赵云唤进来，问是怎么回事。赵云告诉他是王月琴来找什么亲戚的通讯地址。钟进心里明白王月琴是真的在猜疑。他不动声色地说，是自己让她来找的，自己竟忘了。紧接着他一转话题，夸奖赵云真有灵感，竟能将王书记他们县准备上报的数字猜得那么准，都精确到小数点以后第二位。赵云说这是上帝在假借他的嘴传播一种福音。

钟进在办公室待到所有人都走了才回家。

王月琴做了几样他喜欢吃的菜，说是祝贺中央党报对县里工作的肯定与表扬。

钟进像平常一样该吃的吃，该睡的睡，吃了睡了就往办公室或乡镇跑。

张书记到任的那一天，钟进正在南山镇同李镇长他们一道在那座小得可怜的家具厂里瞎琢磨。钟进手机铃声被电锯声压住了，响了好久他才发觉。接通后又听不清，李镇长让人将电锯关了，他才弄清是张书记亲自打电话来表示问候，同时也是向各位县太爷报到。这后面的一句话，让钟进觉得张书记可能真的有些不同凡响。

随后，钟进又接到梅林的电话。

梅林说张书记给各区县的一把手都打了电话，那八个人都在办公室，只有他在第一线。梅林说这是个好兆头。

隔了两天，梅林连招呼也没打，突然来到县里。正赶上徐飞和段文化从下面来找他，想申请在南山镇办个什么厂，他们谈得正火热时，梅林在门口出现了。

紧接着张书记也来到县里。张书记果然与方书记不同，他不要县里的头头陪，只让找上各部门的局长主任等人跟着他到处乱转。转完后只打个招呼便又去别的县。

梅林在县里待的时间有一个星期。钟进让小马开上车和赵云一起陪着她。自己只是抽空到招待所陪她吃吃饭。好几次黄昏时，钟进从自家窗户里看见梅林一个人缓缓地从门口走过去，又缓缓地走回来。眼睛不时往自己家方向看。钟进明白，梅林是想了解自己的家庭生活情况。但他们都没勇气直面这一点。直到梅林走，钟进也没说让她上家里去坐坐。而梅林也同样只字不提要上钟进家去看看。

梅林走时，钟进一直将他送到南山镇前面的县界上。

钟进下了车后，小马继续开车送她回省城。

钟进上了跟在后面的那辆车。上车之前，钟进往小桥上看了看，平时总在那里待着的段文化不在了。

梅林回省城的第三天上午给钟进打了个电话，告诉他张书记准备将他树为扎根山区干工作的模范典型。钟进先是惊喜，随后又苦恼起来，说这样一来自己又得在这个破县里干上几年了。梅林安慰他，说自己会在暗中替他使劲。

说到最后，梅林冒出一句：

"你家的王月琴，真像个克格勃。她到招待所窥视过好几次！"

"这个年纪的女人什么都迟钝了，就是对丈夫是否有外遇特别敏感！"

钟进说话的感觉像是真有怎么回事一样。

"如果当初我们把握住机会，她就没这个份了。"

梅林的这个玩笑开得涩涩的。

没过几天，张书记约钟进到该市里去谈话。一个星期后，市里的新闻媒体开始大张旗鼓地宣传模范县委书记钟进。钟进看着那些文章和材料，都不敢相信自己身上会有那么多的优点和长处。

这天，钟进正在办公室里看当天市里的日报，上面有关于他的连续报道之三，他刚看了个开头，赵云就领着失魂落魄的段文化走进来。段文化张开口却说不出话。还是赵云帮着说，段文化的大儿子大毛失踪快十天了。到处都找不着。钟进吃惊不小，简单地问了几句后，便亲自打电话给公安局长，让他们重点查一下。他让段文化坐下来歇歇，段文化刚坐下不到五分钟，就起身要走。孩子没找到，他怎么也放心不下。

天黑时，公安局长亲自上门来汇报，说是大毛找到了，是被他的弟弟小毛在自己家后山上活埋的，小毛承认是自己干的，理由是，他哥哥肯定能考上大学，那样自己就只能在家种田供哥哥读书，他觉得这样太不公平，所以就下手将哥哥除掉，小毛说这叫先下手为强。公安局长说时，钟进马上想到段文化家后山上那个深深的土坑。他实在有些不敢相信，曾经齐心协力地挖洞找矿的兄弟俩，怎么会自相残杀。

钟进同公安局长一道到现场去看了看，还同小毛见了面。

小毛一点也不惊慌地对他说，该出手时就要出手。

段文化和秀珍完全苔了，见谁都不认识，更不说话，只知道干号：天啦！天啦！

钟进吩咐赶来的李镇长，将段文化和秀珍弄到镇医院去用点镇静药。

回到家里，钟进怎么也睡不着。他想到那份称段文化为万元户的材料，心里忽然冒出一个念头。

这念头一起他就打电话给小马，让他开车过来，送自己到省里去一趟。王月琴问时，他只说有急事。黎明时分，他们来到省城。钟进让小马将车开办事处去等着，自己下了车，又上了一辆出租车。

钟进敲开梅林的门。梅林只穿着睡衣，头发蓬松地问他是不是出了什么事。

"我现在非常需要你的支持。"钟进说着话时，一把捉住梅林的手。

梅林的手在他的掌心里微微抖动。

钟进将大毛、小毛的事对她说了一遍。他说这事对他的刺激太大，因此，他想借此机会来个脱胎换骨之举，将以往每年虚报的数字全部推翻，在真实的基数上来发展县里的经济。

"你想过这会引起多大的震动吗?"梅林问。

"我一路在想这个问题。虽然有可能成为众矢之的，但有利条件也不少。第一，张书记刚上任，以前的事与他不相干，相反基数一降低更能体现以后的政绩。第二，我刚刚被树为模范，这样做会被人理解为敢讲真话。第三，我这样做的起因是大毛之死，将心比心，容易引起大家的同情。"

钟进还想往下说，梅林一下子打断他的话。

"还有第四，有我在舆论上对你的支持，对不对?"

"很对!"

钟进果断地说过后，梅林将自己的手从钟进的手里抽出来。她在屋子里来回走着，从睡衣低矮的领口中可以望见隆起的胸部。

"梅林!"

钟进深情地叫了一声。

梅林停下来不走了。

"你先回去，让我想一想再联系。"她说。

"我是坐出租车来的!"钟进说。

"我知道，请你让我好好想一想。"梅林说。

钟进有些百思不得其解地从梅林的屋子里出来。他没有回办事处，就在外面找了个避风的地方，等着兜里的手机响。

太阳都出来了，手机还没响。

八点时，梅林从楼内走出来，钟进连忙迎上去。

"我还准备到办公室给你打电话。你可以那么做。我也会在舆论上支持你。"梅林看着他一本正经地说。

"你这样说话好像不对劲!"钟进说。

"那你就错了,这才是真实的我!"梅林说,"当然,你这样做也是真实的你。"

梅林一招手,拦了辆出租车,扬长而去。

钟进一个人愣了好久后,才给办事处打电话,让小马开车过来,马上回县里。半路上,他就给赵云发话,让他马上准备一份县里各方面真实的数据材料。路过南山镇时,他去医院看了一下段文化和秀珍,两人的情况似乎更糟。

回到办公室,赵云已将材料准备好了。

钟进看也不看就叫他打印三十份,然后寄给包括张书记和梅林在内的各级领导和有关新闻单位。

赵云闪着贼亮的眼睛说他现在才领会到钟进的意图。

"太英明了!"

赵云第一次赤裸裸地对钟进进行恭维。

赵云一走,他就往梅林办公室打电话。

"我到底怎么啦?"钟进问。

"你很好。只是我又错了。我总以为世上只有你才有可能不会将心智全部用在权术上。哪想到你同别的男人一模一样!甚至比别人更可怕。"梅林说。

"说真话有时是很可怕!"钟进说。

"可你说真话是为了掩盖假话!"梅林说,"我知道,赵云会帮你弄一个具有爆炸性的材料来，我会尽力支持，你这样很好，以后有事就请打这个电话。"。

说着，梅林就将电话挂断了。

过了一会儿，她又将电话打过来。梅林只说一句话：

"二十多年了，你还是看不懂那本书！"

这天夜里，王月琴突然哭起来。

钟进开始心里很烦，后来见她哭得抽筋就不得不关心。问了一阵为什么，王月琴从枕头底下翻出那本《安娜·卡列尼娜》，然后一页页地翻，一页页地找那钟进曾经发现过的墨点。她将这些墨点标注出来的字，组成一段话：今朝我们相逢，命运会对未来做出什么安排？是友情、是爱情，是平平常常还是轰轰烈烈，或者只是傻傻地错过？

"你对我说清楚，你们之间到底是友情还是爱情？"

王月琴抽泣着说。

钟进真的有些傻了。

"你不说清楚，我就去找市委省委！"王月琴说。

"我若是不当这鬼书记，你就不会这么样了！"

钟进说这话时，简直在咬牙切齿。

1998 年春于汉口花桥

秋风醉了

一

电视播完晚间新闻以后，王副馆长才回家。

王副馆长进家门时，妻子仿兰已经搂着女儿睡着了。客厅里，老父亲还在地板上趴着，修补一双旧胶鞋，屋子里弥漫着一股胶水的香味。见儿子回来，父亲随口问他吃饭没有。听说儿子真的没吃晚饭，父亲连忙起身到厨房去弄吃的。

王副馆长在客厅沙发上坐了一会儿，忽然从胶水的香味里闻出煤气的味道，他赶紧跑进厨房，一把将煤气罐拧死。

父亲说："怎么关了？正准备点火呢！"

王副馆长说："你不是点火，是打算放火。跟你说了一百遍，要先将火柴点着，再开煤气开关，你总是记反了。"

父亲说："我见你媳妇也常常先开煤气，再划火柴。"停一下，又说，"要怪也只能怪她，因为怕女儿玩火，就将火柴藏得连我也找不着。"

　　王副馆长劈手夺过火柴，转身将门窗都打开，让风吹了一阵，这才将煤气灶点燃了，又随手将一只锅放上去，加了些水，说："煮点面条。"正要走，见父亲正在拿鸡蛋的双手黑黑的，上面还粘有些许从胶鞋上掉来的粉末，他连忙说："我自己来，你歇着去吧！"一边皱着眉头从父亲手里接过两只鸡蛋，一边将父亲推出厨房。

　　王副馆长将鸡蛋面做好了，盛到碗里，正要吃，父亲又转回来，冲着王副馆长说："我听说有件事对你不利。"

　　王副馆长搁住筷子问："你能听到什么重要事情？"

　　父亲说："下午，李会计的母亲送鞋来时，亲口对我这样说的。我问是什么事？她也只捡了一只耳朵，没听清是什么，反正是李会计在家里说的。"

　　王副馆长想了想说："你别瞎操心，在中间乱搅和。我的事你想关心也关心不了。"父亲说："我只是提醒你一下。"

　　吃完面条，王副馆长弄些热水将身上擦洗一把，正要睡觉，见父亲仍在客厅里补胶鞋，就说："一双破胶鞋，你想补出一朵花来？"父亲说："这天怕是要下雨了，人家到时要穿呢。"

　　王副馆长懒得再理睬，开了房门，就往床上钻。

　　仿兰仍旧没醒。王副馆长在床上倚坐了一阵，忍不住用手去摸妻子。摸了一阵，仿兰终于醒了，朦胧地问："什么时候回的？快睡吧！"

　　王副馆长说："有件喜事要告诉你。"

　　仿兰振作了些。王副馆长继续说："组织部约我明天下午去谈话，可能是要我当正馆长了。"

仿兰说："这也叫喜事？代馆长都代了快三年，人都累脱了几层皮。现在，你就是坐着不动，百事不做，也该送你一顶馆长帽子戴一戴。"

王副馆长说："话是这么说，可人家如果成心不让你升这半级，你也没办法。"

仿兰说："所以你就把这个响屁，当成了喜事。"

王副馆长说："你以为我当上国家主席才是喜事？这好比月月发工资，明知这笔钱是你该得的，可一到领工资的时候，人人都挺高兴，都把会计当成了菩萨。"

仿兰打了一个呵欠。女儿忽然叫了一声："我要屙尿！"仿兰连忙跳下床，抱起女儿要去卫生间。一开房门，见公公正蹲在客厅地板上，忙又缩回来，仿兰只穿着乳罩和三角短裤。她将女儿往丈夫身上一扔，回头钻进被窝里。

王副馆长抱女儿去卫生间。路过客厅时，朝父亲说了几句重话。待他从卫生间出来，父亲已上床睡去，破布、破胶皮撒了一地板。

关了房门，仿兰说："他又是没洗手脸就去睡了？下回，他的被窝你帮忙洗。"

王副馆长不作声。放好女儿，他又续上刚才的话题说："领一个月的工资，就说明自己有一个月的价值。让我当正馆长，也就说明我有正馆长的价值。不让我当，就意味他们不承认我有这个价值。"

仿兰猛地说一句：“就像母猪肉不是正经肉一样?”

王副馆长说：“差不多是这个道理。”

仿兰又说：“只有你把狗屎当金子。换了我，倒要先考虑考虑这个馆长能不能当。要当也得提它三五个条件。”

王副馆长说：“你是站着说话不腰疼。算了，睡吧！明天上午那一道难关，还不知道该怎么过呢！”

仿兰说：“谁叫你充好汉，领导要安排亲戚子女到文化馆，你答应就是，这个单位又不是你私人的。我们图书馆只有十个编制，却进了二十一个人，工资奖金反而比你们发得多。领导子女来是好事，可以通过他们走捷径找财政局要钱嘛。”

王副馆长说：“文化馆是搞文艺的，不考试就答应让谁谁谁进来，那怎么行?”

有一阵两人都没说话。王副馆长一翻身，胸脯贴到仿兰的背上。

他正要将手伸出去，仿兰又开口说：“你父亲和李会计的母亲关系怎么这密切，是不是在谈朋友?”

王副馆长一愣。仿兰继续说：“这一段你父亲经常带着孩子到李家去串门，今天下午，他又将李家的破鞋，抱了一大堆回来补。”

王副馆长记起父亲刚才说的话，他当时还以为父亲补的是自己家的鞋，但他仍替父亲辩解：“父亲当了一生的补匠。这两年不让他上街摆摊，他就像丢了魂似的。能帮人补鞋，就证明他活着有价值。你也别乱猜。”

　　仿兰说："又不是我的亲老子，我才不管呢！我只要你告诉他，别脏了我的屋子就行。"

　　王副馆长的兴致一下子全没了，他翻了一下身，将自己的背对着仿兰的背。仿兰说风灌进被窝里了，他也懒得理。

二

　　睡了一阵，王副馆长感到有人在推自己。睁眼一看，天已经亮了。

　　仿兰见他醒了，就不再推。说："快起床去看看，你父亲在外面哭呢！"

　　王副馆长一听，真的有哭声，就连忙起床，披着衣服冲出房门。果然是父亲老泪纵横地坐在小板凳上哭泣。

　　王副馆长说："你怎么啦?"

　　父亲抹了一把眼泪，却不说话。

　　王副馆长有些急："我的亲老子！你是伤是病，先开个口呀！"

　　父亲喘不过气来。王副馆长上去帮忙在背上捶了几下。

　　平缓后，父亲终于说："昨天夜里，他们狠狠地打了我一顿！"

　　王副馆长一惊："谁?"同时在心里判断，可能是李会计见父亲老是同他母亲在一起，就起了报复之心。

　　父亲说："你爷爷和奶奶，你太爷爷和太奶奶！"

　　王副馆长悬着的心立刻放了下来。"他们早已作古了，怎么

121

会打你呢?"

父亲说:"他们托梦给我,在梦里打我!说我不仁不义不忠不孝,所以王家香火在我手上断了,王家上千年的血脉让我毁了!"父亲指着自己的脸让王副馆长看,"我这张老脸都打乌了,伢儿,我好歹生了你这个儿子,你说什么也要还我一个孙子呀!"

房门一响,仿兰款款地走出来。

王副馆长刚放下的心,又悬了起来。

仿兰故意轻描淡写地说:"你老人家也不必如此伤心,只要你儿子愿意,我们就离婚,让你儿子再去娶个会给你生孙子的姑娘就是。"

王副馆长忙说:"仿兰,你少说几句行不行?"

仿兰说:"怎么啦,这话我说得不舒服,难道你们听了也觉得不舒服?"说着,就进了卫生间。

王副馆长好说歹说,总算劝得父亲歇下来,不再哭了。原本打算早起和父亲说,要他别给外人补鞋,别丢他的面子。父亲这一闹,王副馆长就不好开口了。

洗漱完毕,王副馆长到厨房去,想和仿兰说,做点父亲爱吃的泡蛋。进去后,才发现自己还没开口,仿兰就已经按他的想法做好了,王副馆长就放心地转身去给宣传部的冷部长打电话。

冷部长是县委常委,电话自然是公家安装的。王副馆长的电话安装得不明不白。文化馆准备将旧房拆了盖舞厅,几家建筑公司来抢这笔活。其中八建公司借口说为了便于联系,抢先给他家里安了一部电话。所以,他一拿起话筒,就感到当不当一把手,确实大不一样。

冷部长有个么姑娘叫冷冰冰，暑期参加高考，考了二百九十分。冷部长想到文化馆的干部只要有专长有才华，文化水平不高不要紧，就想将冷冰冰安排到文化馆工作。于是，他就让人将冷冰冰写的几篇日记和作文送给王副馆长"指教"。王副馆长没有细想，拿起笔正要评点，对方笑着暗示了一下，他才明白，冷部长是要他主动去要人才。

今天上午的这场考试，本是单独为冷冰冰安排的，不知是谁走漏了风声，说文化馆公开招聘文艺人才，搞得全县来报名的不下一百人，县委、县政府两个大院的干部子女就有十几个。弄得王副馆长骑虎难下，只得假戏真做，请了几个评委，将一百多人筛得只剩下十个，参加今天上午的最后面试。

王副馆长拨了一个号码，等了片刻，那边就有人声传过来，娇滴滴地问找谁。王副馆长就说："你是冰冰吧？我是文化馆小王，请你爸，冷部长接电话。"王副馆长等了好一阵，话筒里没有人声，只响过一阵公鸡的打鸣声。仿兰几次催他吃饭，可他就是不敢放话筒。那边终于传来了冷部长的声音。王副馆长先说自己昨天晚上在冷部长家等到九点多，见冷部长还没回来，就只好先告辞等等，然后，又说今天的面试已经全部准备好了，以冰冰的才华，名列榜首是一点问题也没有的。

这时，仿兰在客厅里大声呵斥谁："送什么礼呀送——王馆长不是见东西眼开的人，都给我提回去，凭真本事考嘛，何必来小动作。"

见声音太大，王副馆长忙将话筒上的送话器捂住，一转念头，他又放开了，并对着话筒说："评委都是我亲自挑选的，政治上绝对可靠，不会自行其是。"他说"政治上"三个字时，语气特别重。

等了一会儿，冷部长才在那边说："冰冰她病了，不能参加面试。"

王副馆长正要再说点什么，那边电话已经挂上了。他感到事情有些不妙，出了房门，冲着仿兰说："你刚才发什么神经病？"

仿兰说："其实没人送东西来，我想和你做个配合，让领导更相信你。"

王副馆长说："你是在画蛇添足。"

这一变化，让王副馆长食欲大减，只喝了两口粥就提着皮包上班去了。

三

文化馆办公楼与宿舍楼本是一个整体，只是将一半设计成宿舍，另一半作办公用。王副馆长从家里走到办公楼门前只用了两分钟。

还没到上班时间，看门的郑老头还没来，他从皮包里找出一把钥匙，将大门开了，人进去后，反手又将大门重新锁上。

一进办公室，王副馆长就坐在椅子上发闷。闷了一会儿，他记起下午要到组织部去谈话，就连忙找出笔记本，将代理馆长这几年的工作做了一些回顾。

一写到自己的工作成绩，王副馆长又兴奋起来。他推开门，走到阳台上，细细打量这一幢五层楼的建筑物。修建文化馆大楼的事，县里叫了十几年，馆长换了几任，都没建起来。轮到他代理馆长，只用了十四个月，大楼就竖了起来。县长在一些重要场合里多次说，要向文化馆学习，账上没有一分钱，却盖起了一栋价值八十万元的大楼。所谓文化馆，实际上就是指的王副馆长。

王副馆长朝下看时，见宣传部秘书科的小阎领着一个人，正在楼下观望。他就叫起来："小阎，上来坐一会儿吧！"

小阎和那人说了句什么，就在前面带路朝楼梯间走来。不一会儿，两个人就到了办公室门口。

坐下后，小阎分别做了介绍。王副馆长知道随小阎来的这人曾经是小阎的小学老师，听说文化馆公开招考干部，特来看个热闹。小阎的老师姓马，王副馆长看了几眼，总觉得有些面熟。老马看出他眼睛里的意思，就主动说，前年县里搞"金色的秋天"摄影作品展览，他有一幅作品入选了。他来文化馆拿入选证时，有些不好意思，就说自己是代人来领的。王副馆长记起有这件事，他还记得这幅作品名叫《秋风醉了》，作者是一位副乡长，作品本来很差，但名字取得好，作者身份又特别，王副馆长才力荐让这幅《秋风醉了》参展。王副馆长本想问问老马现在哪个单位任职，但见小阎起身告辞，他自己也忙，便作罢了。

临出门时，老马握着他的手说："往后还望多多关照。"

王副馆长说："你是县里的文艺骨干，我理所当然会关照的，你就放心好了。"

老马没说什么，只是轻轻一笑，那样子有点意味深长。

和小阁握手时，王副馆长半天不松开，扯着问："冷部长对我们这次考试，不知有何意见或指示？和我说一说，等我们的舞厅建起来了，哥哥每天送你两张票。"

小阁也学老马轻轻一笑，说："冷部长对你工作中的锐气很欣赏，多次要部里的中层干部向你学习呢！"

王副馆长说："冷部长这么看重我，那他女儿冰冰怎么不来参加考试？"

小阁说："这是冷部长的私事，我也不知道。"

王副馆长从小阁脸上看不出什么暗示，只好放他走了。

小阁刚走，李会计就来问他今天的考试是不是按时举行。王副馆长怀疑他是不是已经知道冷冰冰不来参加考试，加上想起父亲昨晚说的那些话，心里忽然有了一股气，就说："有什么变化，我会通知你的。"

李会计停了停，正要走，王副馆长甩给他一支香烟，随口问："听人议论，宣传口最近像有什么人事变动。你消息灵通，知道是怎么回事吗？"

李会计一边低头点香烟一边说："不知道，一点也不知道。"

王副馆长就问他，让八建公司的经理今晚见面谈判拆旧房盖舞厅的事，通知了没有。李会计说已经通知了，今晚他们正副经理都来。隔了一会儿，王副馆长又问他申报高级会计师的事进展如何。听说有些阻力，他答应过几天帮忙跑一下，疏通疏通。李会计当即表示感谢。王副馆长希望他嘴里能透露点别的什么，见他问一句答一句，一个字也不愿多说，知道无益，就叫他走了。

门外陆续走过一些人，是馆里的干部来上班了。王副馆长一看表是八点半，离考试还有一个钟头，便开始准备下午的工作汇报。

成绩自然有一大堆，不然他就不会被评为省地两级文化系统先进个人。王副馆长想，光说成绩人家会觉得这个人太骄傲狂妄，还应该说一些缺点。他最大的缺点是不大听话，上面的指示，他总要添点什么或减点什么，不能做到百分之百和不折不扣。譬如说这次招考文艺人才，本来看准一个好苗子选进来就是，他却要别出心裁，组织一个评委会，搞初试和面试。宣传口的干部全归冷部长管，没有他点头，谁也提拔不起来。王副馆长觉得既然冷部长不计较这点，将他由副转正，自己再不检讨冷冰冰的事没办好，就太不近人情了。这种缺点的根本问题是个性太强，宁折不弯，遇事不讲究调和，态度强硬，方法简单。王副馆长又安排自己在说了这一通后，一定要说说老罗的事。

老罗是馆里的音乐干部，他本是在下面乡里当电影放映员，因和县委书记是同学，才调到文化馆。来馆不到一年就搞了三个女人，其中两个是姑娘。弄得那一阵，天天有人来找老罗算账，搞得全馆乌烟瘴气。宣传部、文化局都不敢处理。那时，前任馆长刚调走，王副馆长刚刚开始代理馆长，上面将这事交给他处理。他将心一横，给了老罗一个行政记大过、停发当年奖金的处分。奖金停了半年，县委办公室就派人来说情，被他不客气地顶了回去，结果他在文化馆内的威信也变得如日中天。

　　王副馆长正在盘算这种小骂大帮忙的主意时，电话铃响了，隔着一道墙，清晰得很。跟着李会计在那边的会计室里喊："王馆长接电话!"

　　进了会计室，王副馆长一拿起话筒，就听出是县政府文卫科的史科长。史科长说上午来考试的人当中，有个叫肖乐乐的，他是行署文卫科肖科长的妹妹，一定要特别关照。王副馆长嘴上应承了，心里却骂道："二十几岁，卵子还没长圆，就想在老子面前玩领导的味儿？真是睡着后笑醒了。"

　　放下电话后，李会计问他这次收的报考费怎么处理。王副馆长问清有差不多五百元时，就说："再添一点，凑一千元，将银行那笔贷款的利息付了。"

　　李会计说："是不是作奖金发了算了。银行的钱，一千、两千地还，他们还嫌麻烦。"

　　王副馆长说："没办法，银行这笔钱不还清，住在这房子里就不舒服，你同大家解释一下，现在为我捧捧场，将来会有大家的好处的。"

　　回到自己的办公室，王副馆长看见屋里有一个挺好看的女孩，心里有几分好感，就主动问她找谁。女孩说她叫肖乐乐，找王馆长。王副馆长想起刚才电话里史科长的口气，那点好感顿时消失得干干净净。他接过肖乐乐手里的条子，看也不看就放在桌上，借口叫肖乐乐出去放松放松，以免考试时太紧张，将她打发走了。

　　肖乐乐走后，接二连三地来了不少人，都是递条子的。王副馆长数了数，九个人参加考试，递的条子却有十三张。条子上落款的都是县里的头面人物，史科长在里面只算得上是一只小爬虫。

王副馆长瞅着那堆条子，犯了难，那些写条子的人都是不好得罪的。而这次招考只录取一人，原定是要录冷冰冰，那九个人只是陪着练练，就算才华超过王副馆长本人，他也不敢录取。

王副馆长想了一阵，想出个主意，就唤李会计过来商量。

李会计听说他准备让每个评委，给参加考试的人，统统都打九分，就摇头，说："这会让人看出问题来。不如规定从八点五到九点四，共十个分数。评第一个人时，第一个评委打八点五分，第二个评委打八点六分，第十个评委就打九点四分。评第二个人时，第一个评委打八点六分，第二个评委打八点七分，第十个评委打八点五分，这样依次排下去，去掉最高分和最低分后，每个人都是七十一点六分。"

王副馆长见李会计脱口说这许多数字，就说："你好像预先就知道许多事一样？"

李会计说："王馆长这样说，以后我就不敢为你当参谋了。"

王副馆长说："等我当了馆长时，一定举荐你当副馆长。"

李会计望着他不说话。

王副馆长说："我还想将评委秘密打分，改为公开亮分，免得有个别人不听话，暗地里下我的绊马索。"

李会计说："这个主意好，不看僧面看佛面，不看粥面看饭面，看谁敢得罪冷部长！"

　　王副馆长说："很对，如果今天九个人得分一样，我就可以一个不取，这个名额还是冷冰冰的。"

　　商量好后，李会计就去通知评委们来开碰头会。

　　十个人都到了以后，王副馆长就说："我先给个东西大家看看，然后请大家说说今天这个分数，怎么个打法。"

　　说着，他将桌上的十三张条子，递给评委们过目。

　　评委们看后，一个个脸上很严肃。

　　王副馆长说："这样明目张胆地以权谋私，将后门开得比前门还大，我是很看不惯的。我的意见是一个也不录取。"

　　评委中有几个人齐声附和。

　　忽然评委中有人问："怎么没见到冷冰冰的条子？"

　　王副馆长说："冷部长知道有人写条子的事，他很生气，就不想让冷冰冰的清白之身被这些污水玷污了，正好冷冰冰又生病了，便放弃参加今天的面试。"

　　大家齐声"啊"了一下，然后都说就按王馆长的意思办。

　　九点半时，评委们鱼贯进入考场。一坐定，王副馆长就宣布面试开始。

　　由于不收门票，来观看的人很多。

　　开始几个七十一点六分出现时，大家都发出各种惊叹。特别是第九个七十一点六分出现时，考场轰地一响，像是天上打了一个滚雷。

　　等王副馆长重新出现在台上时，考场猛地静下来。

　　王副馆长说："出现这样的结果，是我们事先没有料到的。

不管怎么样，我们将尊重评委的意见，慎重地进行研究。"

参加考试的人，都没料到会是这种结果，一个个不知说什么好。王副馆长说了几句安慰话，他们就随大家往外走。

一屋人中，只有两个人在笑：一个是小阎，一个是小阎的老师老马。

等人都走完后，王副馆长立即给冷部长打电话。他在电话里说，本来想下午亲自来汇报，但是组织部约他下午去谈话，所以就先将结果报告一下。他这样说，本是想探探冷部长的口气。冷部长只说了一句："你的高招真多，我都防不胜防了。"说完就放下了电话。

王副馆长猜不透冷部长话里的意思，回家吃午饭时，说给仿兰听。

一向很有直觉的仿兰也无法判断。

四

下午，各机关都是一点半钟上班。王副馆长一点钟从家里出发，到组织部只用了十五分钟。

干部科的门敞着，有两个人在办公桌上下象棋。王副馆长冲着执黑的一方叫姚科长，又冲着执红的一方叫张科长。二人都朝他点点头，说声你来了，又埋头厮杀去了。王副馆长见红方张科长走错一步棋，就想提醒他，终究是强忍住没有开口。黑方姚科长赶紧挥车叫将。张科长一看，将虽将不死，却要丢一只马。他懊悔不及，连连说自己不该太冲动了。

"太冲动了就要吃亏。"后一句是姚科长说的。

这时，墙上的石英钟响了一下。

张科长忙一推棋子，说："上班时间到了，不能下了。"

姚科长说："这盘棋你是输定了。"

张科长说："那倒未必，古话说置之死地而后生。老王你说是不是。"

王副馆长说："其实姚科长的棋也潜伏着危机。"

一边议论，一边将棋收拾好了。

姚科长又叫张科长给王副馆长泡茶，说张科长是输家，输家就得受罚。

张科长却反叫姚科长给客人泡茶，理由是姚科长爱跳舞，若不待王副馆长客气点，等文化馆舞厅建起来后，不买票就不许进。

姚科长不以为然，他不相信到时候王副馆长会拦在门口六亲不认。

张科长说，王副馆长自然不会拦在门口，但他会请两个素不相识的民工守门，看谁有力气硬往里闯。

说着话又进来了一个人，是宣传部小阁的老师，那幅名为《秋风醉了》的摄影作品的老马。老马进门后，腼腆地冲王副馆长点点头，找了一个凳子坐下来。

姚科长和张科长扯了半天皮，到底谁也没去泡茶。

趁他俩扯皮刚告一段落，王副馆长赶忙插进来说话。

王副馆长知道一会儿主管县直机关的徐副部长就要来了，徐副部长来了自己就不好主动谈今后工作的设想。趁徐副部长没来，自己就开始说，等徐副部长来了，正好可以听到一部分，而这些事闲聊时说，比正式汇报效果要好。譬如说建一座高档舞厅，闲聊时可以说星期六晚十点半以后，舞厅灯光改为烛光，舞曲一律是慢三、慢四，而且还要设几处屏风，跳到最抒情时，可以转到屏风后面去。又譬如，建一个镭射电影厅，专放一些进口电影，因为镭射视盘是采用激光信息处理的，无法进行剪接，所以刺激性很强的镜头特多。等等这些，都不能在正式汇报时说，说了就要犯大忌。

王副馆长说，他打算年内将舞厅建起来，明年再投资搞镭射电影，后年搞一个健身房，这中间再看准机会办一个公司。

徐副部长果然在王副馆长说到最精彩处时走进来，除了老马起身上前和他握手，别人都没多大反应。

徐副部长一直在听，直到王副馆长将话说完，才开腔。他说："我们开始谈正事吧！"

姚科长赶忙起身给徐副部长倒水，却被张科长捷足先登了。

徐副部长接着说："文化馆的工作，这两年在王代馆长的领导下，取得了一些成绩。考虑到上面对精神文明建设的高度重视，县里更不能小看它。所以，冷部长和我们商量过后，决定调西山乡副乡长马金台同志到文化馆担任馆长兼党支部书记。"

王副馆长听到这话，脑子里轰地一响，眼前泛起一层黑点。

徐副部长下面讲的什么，王副馆长听不大清。恍惚中只见一只手伸到面前，他下意识地握住，抬头一看，是老马。

老马说："从前我是你的业余作者，现在转到文化战线上来，我仍是你的业余作者，因为我不算太内行，有些事还需要王馆长你多加指点。"

王副馆长定了定神，勉强开口说："一个锅里吃饭的人，好说，好说！"

徐副部长又说："你俩一正一副，分工是这样的：老马抓全盘，兼管人事。小王抓业务，兼管财经。不知你们有别的意见没有。"

老马说："没有。我服从安排。"

王副馆长说："我只管业务就行，别的都归老马吧！"

姚科长忽然说："一个人事，一个财经，是最重要的两件事，让一个头头管不好，缺少一种平衡机制。"

王副馆长本是赌气，听姚科长一说，就不再坚持了。他明白不管人事和财经就没有威信。

徐副部长说："小王，我知道你心里有意见，哪个副职不想转正？老马比你大十多岁不是？你在年龄上有优势嘛！年轻人要经得住磨炼和考验。"

王副馆长嘴里不作声，脸上更是毫无表情。

徐副部长又问老马："有什么困难没有？住房问题？家属问题？"

老马说："家属是半边户，田里的事离不开人，就算了。但我的两个孩子都在县里读高中，看看能不能搞几间宽敞些的房子？"

徐副部长说："文化馆盖了新房子，腾一套出来没问题吧？"

王副馆长不能再装哑巴，想了想才说："只有腾李会计的房子了，他在西街上盖了一套私房，按政策有了私房的就不能住公房。"

徐副部长拍了一下巴掌说："就这样定了。"

张科长说："具体的还是王馆长去落实。这是老马的事，老马不便出面。"

王副馆长说："我这个副职说话，不知他听不听？"

姚科长说："我知道，你把文化馆几个人玩得像猴子一样，大家都听你的。"

王副馆长说："你这样说可不好，老马来当一把手了，可别让他以为我在搞拉帮结派。"

老马忙说："我们都是革命的左派。"

大家都笑起来，王副馆长也笑了笑，样子有点吃力。

于是，徐副部长站了起来："今天的谈话就到此结束。我还约了别的同志来谈话。"

老马和王副馆长在走廊上一前一后走了一阵，又在楼梯上走了一阵，二人都没说话。

走到办公楼外的花坛边时，老马终于先开口了。

老马说："王馆长，你看我几时上班合适？"

王副馆长说："你是一把手，想几时上班都行。"

老马说："那就明天吧！"

王副馆长说："那我就回去通知，明天上午开欢迎会。"

老马说："大家见见面也行。"

又走了几步，二人就分手了。老马住在招待所，与王副馆长走的不是一条路。

王副馆长在回文化馆的路上碰见了李会计。李会计从银行取款出来，站在路边喊他。

二人走到一起后，王副馆长埋怨道："你知道要调外人来当馆长，怎么不直接告诉我？"

李会计说："怕你感情上受不了。只好让我母亲向你父亲递个信，暗示一下。"

王副馆长说："刚谈过话。老马要来文化馆里住，还相中了你那房子。徐部长指名让我督促你将房子腾给老马。"

李会计说："老马没来文化馆，怎么知道的？"

王副馆长说："上午宣传部的小阁领他来实地看过了，只是将你我蒙在鼓里。"

李会计立即骂起来："老马这狗东西，第一斧头想砍我，别想！"

王副馆长提醒他："你的党员还在日他娘预备期呢！"

李会计说："预备期我也要骂人！"

王副馆长说："骂归骂，房子还是得让给老马。另外，你通知一下，明天上午开全馆大会，欢迎老马到任。"

王副馆长说完扭头就走，走了几步又回头说："顺顺气，当心将取的公款弄丢了。"

李会计在原地狠狠蹬脚，像是说宁肯不在文化馆干，也难咽下这口气。

<h1 align="center">五</h1>

王副馆长走到家门口，正碰见老罗从屋里出来。

见到他，老罗便阴阴地笑，同时点点头，一句话不说就走开了。

王副馆长很奇怪，老罗平日见了他像是见到仇人，怎么今天倒亲自上门来了？

进了屋，就见父亲的一副驼背正对着门口。

听见脚步声，父亲说："有什么东西要补？罗同志！"

王副馆长一扬嗓子说："同志个屁！"

父亲吓了一跳，转过身来，见是王副馆长，就说："伢儿，你怎么了，也骂起老子来了？"

王副馆长一愣，避开这个话题："我问你，姓罗的来干什么？"

父亲说："没什么，让我给他补双鞋！"

王副馆长再也忍不住叫了起来："姓罗的是什么东西？你这不值钱，给他补鞋！"

父亲说："我补了一生鞋，只认鞋不认人。"停一下又说，"你说老子不值钱，老子就不值钱。老子一生只认破鞋，不认好鞋。没有那些破鞋，能有你光亮堂堂的今天？"

王副馆长说："我不是说你，我是说姓罗的故意来损我，欺负我。他知道老马要来当馆长，我没法管他了，才敢让你给他补鞋。"

说着，王副馆长跳到走廊上，大声说："姓罗的，将你的臭鞋提回去。"

老罗在走廊另一头站着回答："你说话怕是算不得数了。你父亲说过，补好后亲自给我送来。"

王副馆长说："你不拿走，我就将它扔到垃圾桶里去。"

老罗说："扔不扔我不管，我只找你父亲要我的鞋！"

王副馆长正要说什么，父亲从身后门里钻出来，平静地说："罗同志，请稍等会儿，你的鞋我马上就能补好！"

老罗和王副馆长忽然说不出话来。

父亲佝偻着身子趴在地上，一下一下地将鞋补好，再稳稳地走到走廊那头，轻轻地将鞋交给老罗。

老罗说："王师傅，我给你钱，要多少？"

父亲说："我有儿子养，要钱做什么？只要你日后记得有个王老头给你补过鞋就行。"

老罗的脸一点一点地红了。

王副馆长知道父亲要对自己说什么，他没有在客厅里坐，径直进了卧室，关上门后，开始拨电话机上的拨号盘。

这次他要找八建公司的石经理。

王副馆长先将馆里领导班子变动的情况和石经理说了。

电话里的石经理急了："那你们拆旧房建舞厅的事有变化没有？"

王副馆长说："从明天起就不归我当家。我说不准。"

石经理说："好歹还有一个晚上，你支持我们一下吧，我老石不是那种过河拆桥的人，我是滴水之恩涌泉相报。"

王副馆长沉吟一阵，才说："那就按原计划，晚上见面谈。不过有句话必须说在前面，我知道你们手上的活不多，所以，合同造价不能太高。起码要让明天上任的一把手找不到撕毁合同的把柄。"

石经理在电话里答应了。

放下电话，王副馆长正准备去幼儿园接女儿，仿兰抱着女儿从门外走进来。

王副馆长问："怎回得这样早？哪儿不舒服吗？"

仿兰说："还不是为了你的事怄得肚子疼！"

王副馆长说："你都知道了？"

仿兰说："代了几年馆长，起早摸黑地干，人瘦了几圈，到头来让别人坐享其成。"

王副馆长说："昨晚你不是劝我别干这差事么？"

仿兰说："劝归劝，事到临头，就得争那口气。"

王副馆长心里怦然一动，禁不住脱口说道："这口气我非争回不可。"又说，"我要让他们看看这个家到底由谁来当！"

晚饭时，仿兰弄了点酒，王副馆长一连干三杯。

一直没说话的父亲，忽然开口说："老罗送鞋来补时，说从乡下调了一个人来当馆长，这事可是真的？"

王副馆长说："单位的事你少问。"

父亲说："我也是为了自己的儿子好。老罗说，新馆长已和他通了气，准备重用他。"

仿兰用鼻子嗤了一声："这也不是什么绝招，每个新来的头头，总是要利用先前的反对派来打天下，建立根据地。"

这话让王副馆长动了心思。反对派他不怕，怕就怕有人向老马那边倒戈。幸亏让他管财经，老马管人事。馆内的干部子女，大的已经参加工作，小的还在上小学和初中，没有待业的，不会求老马找事做。而财经上讲究一支笔签字报账，谅大家不敢做得太过分，以免得罪他。至于业务，老马是个外行，根本不用把他放在眼里。想到这里，王副馆长像已经获胜一样，又喝了三杯酒。仿兰并不劝他，第一次任由他喝去，在往常，她是绝不允许丈夫超过三杯的。

晚上，和八建公司的谈判是在外贸宾馆的一间客房里进行的。客房分为里外两间，大部分时间是王副馆长和石经理在里面屋里单独谈，石经理带来的人和文化馆的李会计在外屋吃点心喝咖啡。

王副馆长要求八建公司，明天就派几个人去扒旧房子，人别多，进度慢不怕，房子拆完后，停一阵再开始挖屋基，也不要搞得太快，屋基挖好后，就完全停下来。前面几点，石经理没有意见，只是认为屋基挖好后如果不做好屋脚，日后再做时，会有大量的返工。王副馆长当即表示，承认五百元作为返工费。

谈妥这些，他俩就开门，唤各自的随从进来，在合同上正式签字。按照甲方文化馆的要求，合同签字日期提前了一个月。合同规定，舞厅造价为二十万零八千五百元。

合同一签,石经理就让八建公司的会计拿出一个红纸包,说按建筑行业的规定,王副馆长可以拿总造价百分之五的信息服务费。红纸包包的是一万元现金。王副馆长坚辞不受,并表示他决不做违犯党纪国法的事。后经协商,决定由八建公司给李会计家安一套燃气热水器,王副馆长这边则定为,待他父亲百年之后,由八建公司承担全部丧事费用,并负责建造一座墓。至于多余的钱,暂时留在八建公司的账上,待适当时机,凭王副馆长的条子,请文化馆全体人员到北戴河旅游一次。

签完合同出来,天上下起了雨,趁石经理打电话叫车来送他俩时,王副馆长问李会计,明天上午的会,是否通知到每一个人了。李会计叫声哎哟,说事情太多,他将这事忘了。王副馆长知道李会计心里是怎么想的,只好说,那就来几个算几个。

六

第二天早上七点半,王副馆长准时到馆里上班。还在一楼就听到头顶上有不少人在说话。上到二楼,见会议室的门已打开,老马和先到的几个在聊天。大家笑眯眯地认真听老马讲他当副乡长时的笑话。

王副馆长在门外站了一会儿,陆续又来了些人,连一向只来领工资的退居二线的老馆长也病快快地来了。王副馆长突然觉得李会计是不是在和自己玩瞒天过海的把戏。他昨天说忘了通知今天的会,但今天大家到得出奇的齐,会议室的门只有李会计有钥匙,却早早打开了。王副馆长想,李会计若倒戈,自己今后的处境就惨了。

王副馆长正在担心，李会计在楼梯上出现了。

王副馆长迎前几步说："你像个预备党员，好积极呀！"

李会计一愣后才说："门不是我开的。是老罗一大早上我家去拿的钥匙。我还没起床呢！老罗说是老马叫他去拿的，老马还叫他去通知全馆人员今天来开会。"

听了这话，王副馆长才放下心，说："老马启用老罗，简直对全馆其他人的侮辱。"

李会计说："我也觉得没有人愿意与老罗为伍！"

王副馆长说："决不能让老罗的尾巴跷起来，否则他会成为一条四处咬人的恶狗！"

李会计点了头。

王副馆长走进会议室，刚坐下就对老马说："开始吧！"也不等老马示意，便提高嗓门说，"今天这个会没别的议程，专门欢迎老马来馆里当馆长，请大家鼓掌欢迎。"大家都鼓了掌。王副馆长继续说："老马以前专和农民打交道，抓火葬、抓计划生育、抓积肥很有办法。现在他要和各位文化人打交道，初来时可能会力不从心，希望大家多支持。下面请老马发表就职演说！"

老马自然是有备而来，他从那张获奖的摄影作品开始说："我与文化馆是有缘分的，那年借人家一部旧照相机，随手拍了一张《秋风醉了》，就被王馆长慧眼看中，给了我很高的荣誉。"说着，老马从公文包里拿出那张照片让大家看。

别人看了什么都不说，只有老罗连声说好。

传到王副馆长手上，他看到照片上，一位老农民正在旷野里伫望，一阵秋风将老农民头上的草帽吹下来，正好落在一只小狗的头上，小狗抬起前爪，活像一个人。

老马说了一通客套话，然后是大家发言表态。老罗带头说，他感到新馆长到任后，各方面有耳目一新的味道，他本人争取在新馆长的领导下，创作出好的音乐作品，评上省政府颁发的"屈原文艺奖"。

老罗刚说完，搞文学创作的老宋就说："我本不想说话，一听到老罗说新来的馆长能让他获此殊荣，那我就不能不表态。按照过去的俗话，人说话得算数，乡下的方法是吐泡痰在地上，如果没有做到，就得将这泡痰舔回去。文化馆的人要文明一些，不能随地吐痰。我提个建议，既然老罗表态要拿全省最高文艺奖，那我也表个态，只要老罗写的歌曲今年能获屈原文艺奖，我老宋明年一定拿回诺贝尔文学奖。说的不算吐的算，我吐泡痰在痰盂里，老罗你吐不吐。只要吐了谁做不到，谁就将这痰盂里的痰喝回去！"

大家都大笑起来。老罗摆出一副清高的架子，不搭理老宋。

李会计最后说："老马看中了我那套房子，是看得起我，过两天我就腾出来。也算是以实际行动迎接新馆长吧。"

王副馆长及时插嘴："说不定什么时候，上面给我们调来一个副馆长或副书记，希望在县城里有私房的同志向李会计学习，届时积极给予配合。"

接下来老马将正副馆长的分工宣布了，然后就散会。

　　老罗正要走，李会计叫住他，问会议室的茶杯怎么少了四只。

　　老罗摇头表示不知道。

　　李会计说："不知道不行，你开的门，茶杯少了该你负责赔。"

　　老罗说："你以前就丢了，别想往我头上赖。"

　　李会计说："你才是赖呢！昨天上午考试，四十只茶杯还一只不少。"

　　老马出来打圆场说："几只杯子，丢了算了。"

　　王副馆长马上说："这可不行。馆里订了制度呢，除非你宣布以前的制度全部作废。"

　　老马愣了愣说："既然有制度就按制度办。"

　　李会计说："听见没有，老罗，四个茶杯共九元六角钱，在这个月的工资里面扣。拿钥匙时，我说过会议室里小东西多，丢了不好办。你说没问题，丢了你负责。你说获奖的话可以不算数，馆里的财物保管制度是必须算数的。"

　　老罗气急败坏地说："谁敢扣我的工资，我要闹得全馆的人都领不成工资。"

　　老罗边说边往外走，刚走到门口，猛地传来一声巨响，跟着一股尘土从楼下冲天而起。大家赶忙用手捂住鼻子。

　　老马冒着灰尘走到走廊边，探头一看，见一群人正在拆那栋先前作为电视录像厅的平房周围的临时棚子。

　　见老马一脸的疑惑，王副馆长装出一副对不起的模样说：

"忘了和你通气,拆这房子是准备盖舞厅的。"

老马问:"签合同了吗?"

王副馆长说:"上个月签的。"

老马就不作声了。

李会计将会议室的一张旧办公桌腾出来,给老马用。办公桌有七成新,王副馆长嫌它旧了,不能让人看见了以为文化馆的人欺负老马是后来的,就要李会计去买张新的,反正会议室也需要桌子。

老罗自告奋勇要去帮忙抬回来,老马推辞几下,也就随他去了。

不到一个小时,老马和老罗就抬回了一张新办公桌,和王副馆长的桌子摆成对面。

老罗拿着发票去找李会计报销。李会计见上面只有老马的签字,就不给报销,要他去找王副馆长签字。

老罗回到馆长办公室,将发票递给老马,并说:"你签的字没有效,非得王馆长签了字才行。"

老马瞅着发票怔怔地没反应,王副馆长伸手拿过发票,飞快地签上"同意报销"四个字,然后将发票丢在桌面上。老罗见老马不说话,只好拿上发票出去了。

老马忍了半天,终于开口说:"我在乡里工作时,乡长和管财经的副乡长签字的发票都能报销。"

王副馆长说:"你那是乡政府,是权力机关,这儿是文化馆,是事业单位。"又说,"县里各机关都是这样。还有,组织部不是对你我的分工规定得很清楚吗?"

老马无话可说,就要了一份馆内全年工作计划去看。

下午,老马又找李会计,将文化馆与八建公司签的合同拿去查看。王副馆长听李会计说后,也去了会议室。老马刚看完,正一个人在那儿抽香烟。

王副馆长说:"昨天上午考试的事,得好好研究一下,不得出个结果,可没法向考生们交代。"

老马说:"你是怎么考虑的?"

王副馆长说:"我是一点办法也没有,就看你这一把手的了。"

老马说:"那就拖一拖吧,拖到最后,就不了了之。"

王副馆长仿佛才看到桌上的合同书:"哟,你在重新审查舞厅合同呀。查出问题没有,如果有问题还来得及处理。"

老马支吾说:"我没这个意思,只是想看看未来的舞厅是个什么模样。"

王副馆长问:"造价还合理吧?"

老马说:"没办法比这更合理了。"

这天,王副馆长正在楼下和拆房子的工人聊天,李会计将他喊到一旁,告诉他老马买办公桌的那张发票有问题。办公桌都是一百五六十元一张,可老马的这张发票上写的是二百一十元。于是他就偷偷去查了一下,原来是老罗从中做了手脚,瞒着老马,偷偷给自己买了一对藤椅。

王副馆长想了想,让李会计别声张,先压一压再说,等到扣茶杯款时，老罗若闹事再一起处理。然而，真到发工资时，老罗签上姓名，拿着自己的工资，一声不吭地走开了。

老马这几天一直要李会计腾房子，他不便直接和李会计说，老是找王副馆长，要他催一催。王副馆长趁势和李会计说了这事，李会计答应后天搬。

王副馆长却说："楼下拆得这样乱七八糟的，你不怕将彩电、冰箱和家具碰坏了？"

李会计心领神会，马上说等房基做好以后，马上就搬。

王副馆长随后将这话传给了老马。

老马当时没作声，过后他向冷部长做了汇报。冷部长就让小阎给王副馆长打电话，限李会计三天之内搬家，否则，每天收十元房租，或者老马住招待所的钱由李会计出。王副馆长认为这样做不妥，让小阎转告冷部长，说如果老马是普通干部，这样做倒没多大后遗症，但情况不是这样，当二把手的他，就不能不请领导慎重考虑。

说这些话时，李会计就在旁边，他几次伸手夺话筒，都被王副馆长挡回去了。

王副馆长放下电话对他说："官大一级压死人，你就让让步吧。"

李会计气得脸发白，赌气不答应。

王副馆长说："我做个主，馆里给你报销全部搬家费用。"

李会计像受了很大委屈似的，勉强同意了。

到搬家时，李会计将屋里的灯泡、锁全部下走了，还用砖头在客厅正中砸了两个大洞。

老马搬来文化馆后，一连几个晚上屋里是黑的，不知线路上出了什么问题，崭新的灯泡没有一个发亮，最后只好将全部线路换了，才算解决问题。

老马的两个孩子也来文化馆住。老马在乡下总是吃现成饭，文化馆没有食堂，他只好自己烧火做饭。因为没做饭的习惯，两个孩子总说他做的菜，比学生食堂做的菜还难吃。

那天，老马接王副馆长的父亲到他家帮忙补鞋，二人聊起来后，老马说他真不该到文化馆里来。

自从老马来后，王副馆长上班总是迟到。

这天，王副馆长一进办公室，老马就告诉他，人事局将冷冰冰分配到文化馆来了。

王副馆长问："是上面硬性分的，还是馆里自愿接收的？"

老马犹豫了一下，才说："是我同意的。"

王副馆长说："你是一把手，有同意权。"

老马也不客气，就和他商量，给冷冰冰安排个什么工作。王副馆长就说这些天了，老马心里应当有所考虑。老马就说他想将冷冰冰安排搞文学创作。王副馆长说他没意见，只是老宋的工作得重新安排。老马说，就是老宋的工作不好安排，他才犯难的。王副馆长说，经营部不是缺个副主任么？老马想了想也没有别的办法，便同意了。

冷冰冰来报到后，老马约老宋到办公室里谈了一次话。

谈得不投机时，老宋拍起桌子和老马吵了一架，还指鸡骂狗地将冷部长骂了一通。

冷冰冰当即气得哭着跑出文化馆大门。

第二天，一上班，老宋就递交了停薪留职的报告，说自己是不愿做奴隶的人们，要用自己的血肉筑成新的长城。老宋不愿做老马的长工，给老马赚钱，还不如自己去挣点现成的。

老宋将报告交给王副馆长。他不愿见老马，说自己一见到老马，就会变成杀人犯。

王副馆长将报告复印一份后，将原件交给了老马，自己揣着复印件去了一趟宣传部。

正好冷部长在秘书科坐着。王副馆长将复印件给了冷部长。冷部长扫了一眼后不高兴地说："老马连这点小事都处理不好，这多年的副乡长是怎么当的？"

王副馆长说："文化馆的人，个个都很难缠。"

冷部长觉得自己失言了，就不再说话。

王副馆长像是无聊地找话说，他敲了敲办公桌，问小阁知不知道现在的办公桌多少钱一张。小阁说多不超过一百六，少不低于一百五。王副馆长笑起来，说小阁衙门坐久了不知民情，老马前些时亲自去买了一张和这一模一样的办公桌，不多不少整花了二百一十元。

王副馆长说完后，并不去看冷部长，但他从小阁的眼里看出，冷部长脸色没有以前好看了。

七

冷冰冰上班的第一天，就将两腿的膝盖全摔破了。那一天，她起床晚了，没吃早餐就来上班。在办公室坐了一会儿，她才起身上街去买油条。走到一楼楼梯口时，正遇上王副馆长，正在打个招呼时，没提防脚下有一堆乱砖头，踩上去后，身子一歪，王副馆长伸手没扯住，冷冰冰的身子横着倒下去，左边膝盖当即出了血。她爬起来，一边直叫哎哟，一边瘸着往前走，一根废钢筋正好勾住她的大摆裙。这次王副馆长及时拉住了她，她只是双膝跪了一下，不过右边膝盖仍出了血，高高的鞋跟也扭断了。

冷冰冰流着泪问："这破房子要拆到哪年哪月才能拆完？"

王副馆长说："你问老马去，老马不弄点钱给建筑公司，他们当然干得不起劲呀！"

王副馆长将冷冰冰扶到家里，给她的膝盖上搽了红药水，又敷上消炎粉。

王副馆长的父亲见冷冰冰的鞋跟坏了，就要给她修一修。

王副馆长正想说什么，李会计在楼下喊他接电话，他便匆匆去了。

电话是县爱国卫生委员会打来的，说下个月五号，省爱国卫生检查团要来县里检查验收，文化馆拆房工地必须迅速清理好。县长发了话，文化馆工地是重中之重，必须整改好，否则，因此评不上文明城镇，是要处分人的。王副馆长答应，一定将此事转告老马，尽快按上面的要求，将环境搞好，不丢县里的丑。

　　老马因为要给两个孩子做饭、洗衣服，加上在乡里工作散漫惯了，上班从不守时。王副馆长等了一会儿，见老马还没来，就给他留了个条子。回头看看日历，见已是月底三十号了，又在条子上加一句，说自己这几天带冷冰冰下乡走访业余作者。

　　王副馆长回家时，冷冰冰正在试鞋。

　　王副馆长问她想不想和基层的业余作者见见面，相互熟识一下。

　　冷冰冰因为自己一下子成了全县业余作者的头头，当然想下去转转，满口答应之后，也不管双膝多么疼，一溜小跑地回去拿行李，再去车站赶十点钟的班车。

　　冷冰冰走后，父亲告诉王副馆长，冷冰冰亲口说的，她多次在冷部长面前建议，老马是个平庸的人、无能的人，文化馆的工作要想搞上去，必须依靠王副馆长。

　　听了这话，王副馆长忽然觉得，其实父亲帮人补鞋，得到最大好处的是他，父亲这样做既可以帮他联络与别人的感情，又可以从中得到一些有用的消息。

　　王副馆长随后给仿兰打了个电话。

　　听说丈夫和冷冰冰一起下乡，仿兰有点不高兴。

　　王副馆长就开导她，说人家是县委常委的千金，自己就是有贼心，也无贼胆呀。

　　王副馆长和冷冰冰走后，老马才到办公室，见了条子，他有些无所谓。在乡下，这类检查他见得多，无非是到时拣个好去处领着检查团逛一逛，然后弄点酒菜热情款待一番，就没有不合格的。老马不知道，机关工作对此类事是极认真的。机关的人都是你上班我也上班，你下班我也下班，一起看报，一起聊天，你起草文件，我起草报告，都是一样的事，难分个高下。能分出高下的就是门上贴的"最清洁""清洁""争取清洁"等一类的纸条。

老马到拆房工地和工头打了声招呼，要他们将工程垃圾顺一顺，别太丢人现眼。

过了两天，老马正在家洗衣服，李会计喊他去办公室有事。

老马拖了一会儿，想将几件衣服洗完个。

还剩最后一条裤子时，老罗慌慌张张地跑来，说冷部长在办公室等了半天，见老马还不来，就生气地走了，并要老马立即去宣传部见他。

老马慌了，一扔衣服，手上的肥皂泡也顾不上擦，关上门就往宣传部赶。

到了宣传部，才知冷部长专门为清理文化馆工地上的垃圾而登门的。冷部长是县爱国卫生委员会主任。离五号只剩两天时间，文化馆上上下下仍旧没有一点动静。文化馆地处县城的繁华路段，进县城的车辆和行人都要从门前经过，它的好与差，都是藏不住，躲不掉。冷部长登门时就很恼火，没料到又坐了一番冷板凳，若是当时碰见老马，肯定要给上两耳光，再踢一脚。

弄清冷部长的意思以后，老马出了一身冷汗，他当场表示，两天之内就是用手捧，也要建筑工地上的垃圾处理完。

老马回文化馆后，一边打电话，一边怪李会计没有把话说清。

　　李会计辩解说，冷部长来自然是有事，没事他来干什么，总不会是特意来同老马叙什么旧吧？

　　这时，八建公司的电话通了，老马说他要找石经理。接电话的人说石经理出差去武汉还没回来。老马说，那就找其他副经理。接电话的人又说，只有一个副经理在家，但他不是分管文化馆工地。老马还是要和这个副经理说话。副经理接了电话，问清意思后，为难地说，各工地都承包了，必须由分管的副经理才能解决。

　　老马说了半天没有丁点效果。放下电话，他直接去工地找工头，要他们赶紧将工地上的建筑垃圾清理一下。工头硬邦邦地说，他们施工从来就是这样，工程完了才搞清理。

　　老马急了，说："若不听我的，这工程就不让你们做了。"

　　工头高兴地说："那样更好，我们可以白拿一笔赔偿金。"

　　老马急得团团转，心火上来，牙床肿得像红萝卜，一整夜没合上眼。第二天起床，眼睛还没睁开就出外奔波，结果仍是徒劳一天。

　　晚上，老马没办法，只好硬着头皮给冷部长打电话，说这事他干不成，撤了职也没办法。冷部长无奈，就答应明天到文化馆工地现场办公。

　　四号早上，老马去工地转悠时，正好碰上风尘仆仆赶回来的王副馆长。

　　王副馆长问老马的脸怎么肿成这个样子，像是被鬼打了。

　　老马说是牙疼上火。

王副馆长没往下问，径直回家去了。

早饭后不久，冷部长来了，八建公司的头头们也都来了。石经理表态表得很好。但他刚说完，分管的副经理就说，这么多的垃圾，就是铲车铲，一天也拉不完，就是两天也很勉强。

大家一算账，果然有道理。

冷部长一直没说话。

李会计这时说："听说王馆长回来了，叫他来，说不定他能想出什么办法来。"

冷部长点点头表示同意。

转眼之间，李会计就将王副馆长叫来了。

听了大家的叙说后，王副馆长后退几步到街中心站了一会儿，然后又爬到对面二楼的阳台上看了看，然后说："有个主意不知行不行，这些垃圾一点也不搬，像大城市街上搞建筑一样，用塑料编织布围起来，让外面的人看不见里面的情况。"

大家听了都说好。

冷部长脸色也缓和了些，说："就这样试试，我明天早上来验收。"

冷部长说话果然算话，第二天一早就来了。老马和王副馆长，还有石经理更是早早就在工地旁边等候。

冷部长绕着塑料编织布看了两遍，果然围得严严实实，从外面看不见里面，从里面看不见外面。冷部长满意地笑了，但他没有表扬王副馆长。王副馆长原以为他会这么做的，心里已经盘算好如何回答。所以，他有点失望。

石经理走后，冷部长到文化馆办公室坐了一阵，其间语重心长地对老马说："小王代了几年馆长，为馆里竖起一栋大楼，你可别连一栋小楼也竖不起来哟！"

老马说："人过留名，雁过留声。我在文化馆干一阵，当然也想给大家留点什么作纪念。"

从这一天起，老马开始特别关注舞厅工程的进度。

老马一过问，房子拆得比以前快了，过了一个月，地基也挖好了。

然而，就在地基挖好后的第二天，八建公司将人员设备全部撤走了。理由是文化馆必须预付十万元工程款。十万元到账了，他们才复工。

老马便开始四处筹钱。

财政局、银行、计委，他每家至少跑了十遍，才找到一点门路：行署文卫科肖科长有个妹妹叫肖乐乐，会唱歌跳舞，可是户口在农村，肖科长放风说，如果能将肖乐乐安排到文化馆工作，他可以帮忙在地区财政局搞到五万元专项拨款。

老马觉得此事是千载难逢，就召集王副馆长、李会计等开馆务会。

老马说："五万元，光利息就可以养活肖乐乐。何况这是财政拨款，百分之百划算。"

大家都表示没意见。

老马说："那就把肖乐乐作为上次考试的合格者，进行录取。"

大家仍没意见。

过了不久，肖乐乐就来馆里报到，被安排在音乐组，和老罗在一起。

又过了不久，肖科长打电话来，说五万元已经汇出。

李会计接电话后，就和王副馆长说了。

王副馆长说："我们建这栋楼吃那么多的苦，还落下十万元的债。老马来，挑好房子白住，从不过问过去的债，一心只想建舞厅，为自己树碑立传，这太不公平了。"

李会计说："其实，只要和银行透透风，他们就会用这笔钱去冲旧账的。"

王副馆长想了想说："这样也行。反正我们也是为公，自己得不到半厘钱的好处。"

李会计说："确实如此。"

上午，李会计提前下班去了一趟银行。

下午上班时，李会计瞅空告诉王副馆长，一切顺利。

老马等了半个月不见五万元到账，他拉上李会计亲自去银行查账，才知道这五万元被银行扣下，还了过去的贷款。

老马求爷爷告奶奶，说了一个星期好话，最后还是肖科长出面，银行才吐出一万元，不过是贷款，期限一年。

八建公司用这一万元，将舞厅的地基填起来后，又停工了。

八

这天，王副馆长正在家看电视，外面有人敲门。

外面很黑，刚开门一下子没看清，待那人进门后，才知道是老宋。

多时不见，只听说老宋发财了。王副馆长见老宋那副油腻腻、红光光的脸面，就相信这话一点不假。

老宋见面就说："我想整一下老马这狗东西。"

王副馆长说："那口气还没消哇?"

老宋说："除非老马垮台。"

王副馆长说："老马垮不了。"

老宋说："我看未必。上回的考试，大家意见大得很，若是知道老马私自招收了冷冰冰和肖乐乐，他们不把文化馆闹个底朝天才怪。"

王副馆长说："你可不能到处煽动人民群众造反!"

老宋说："你怕什么?"

王副馆长说："你还想不想回文化馆?"

老宋说："老马一走我就回。"

王副馆长说："这事牵扯到冷部长，若是得罪了冷部长，事情就闹大了。还有，冷部长知道我和老马不大合拍，说不定还会猜疑是我谋划的呢!"

老宋骂了一句脏话："没料到还得放那狗东西一马。"

又说了一会儿话，老宋从包里拿出一条"阿诗玛"香烟送给王副馆长。王副馆长不肯收。老宋说，这是他刚才打麻将赢的，没花本钱，不收白不收。王副馆长笑一笑后，不再推辞。

送老宋出门时，见外面开始下雨了，王副馆长就叫仿兰收阳台上的衣服。

半夜里，王副馆长被雨惊醒。起床关窗户时，他发现雨下得很猛，很恐怖。

这场雨下了一个星期，县里主要领导都下去防洪。领导下去时都要带一名记者，电视台的摄像记者被书记、县长、副书记和组织部长带去了。作为第五把手的冷部长只好叫文化馆派个搞摄影的人，随他一道下去。

老马见此项任务重大，就自告奋勇地随冷部长下乡。

老马在乡下干的时间长，有经验，他想借此机会，在冷部长面前挽回影响。老马随冷部长鞍前马后跑了五天，回来后，冷部长果然在几个不同的场合里表扬了他。

这一阵县电视台都是关于抗洪救灾的新闻，由于没人扛着摄像机跟着冷部长，所以电视上一直没有冷部长的镜头，只有几条口播新闻里提到冷部长。

就在这时，地区群艺馆下发了一个通知，准备举办全区"战洪图"摄影作品大展。老马灵机一动，便决定先搞一个全县抗洪救灾的摄影作品展览。

王副馆长自然没有不同意的。

经过半个月的筹备，共征集到一百多幅作品。老马也从自己的摄影作品中拿出十余幅，放入其中，然后由馆内几个搞摄影的人，从中挑出七十幅参加展览。

王副馆长也在其中。

王副馆长对老马的摄影作品很有兴趣，他说老马拍摄的这一组作品在用光和造型上，都与《秋风醉了》有质的区别。老马的这组作品以冷部长在洪水到来之际的各种动作和表情为联系，构成一个有机整体。大家一致同意这十幅作品全部入选。

展览定于九月一日开幕。八月三十一日，先进行预展，请主要领导来审查。冷部长听老马汇报了展览内容，很是高兴。刚好地委宣传部熊部长下来检查慰问，冷部长就邀他一道来看预展。

熊部长和冷部长进展厅时，老马带头鼓掌，王副馆长和参展作品的作者也都鼓了掌。

冷部长扫了一眼那十幅关于他的作品后，就回头注视熊部长看这些作品的表情。

熊部长按照次序细细看来，看到有特点的作品还评说几句。当看到老马的十幅作品时，熊部长忍不住耸起了眉头。尽管他很快就纠正了这一动作，但还是被冷部长和老马他们发现了。

老马回头再看自己的作品，不免大吃一惊！别人作品中，抢险救灾的干部群众个个样子像泥猴，唯有自己拍摄的冷部长，上着白衬衣，下穿丝袜和胶鞋，旁边还有人替他打伞遮雨。

老马喃喃地说："我怎么没考虑到这一点呢？"边说，两腿边发起抖来。

冷部长送熊部长回宾馆后，又独自回到文化馆。

展厅里只有老马一个人，他正在将自己的作品往下取。

冷部长将手中的茶水瓶，一下子摔到老马的面前，并大吼一声说："老马，你真是一头教不转的蠢猪。你误老子不浅啦！"

老马吓得一句话也说不出来。

冷部长走后，老马镇定精神，到暗室里泡了几个钟头，还是挑不出一张有关冷部长抗洪的比较像样的摄影作品。

老马在暗室里呆坐到天黑，听见孩子在外面喊，他才出来。

第二天正式展出，县委书记要来剪彩，冷部长不能不来。

剪完彩，进了展厅，冷部长看见昨天挂着老马的摄影作品的地方，换了一幅二十寸的也是关于他的摄影作品。

县委书记看过之后，连连说好，拍出了冷部长的精神面貌。

这幅摄影作品的作者却是王副馆长。

不过，只有拍摄者和被拍摄者自己清楚，这是几年前拍的。当时冷部长还是个科长，有一天，他拖着板车去煤厂买煤，回来时遇上了雷阵雨，他将衣服脱下来遮住车上的煤，冒雨往家里拖，正赶上王副馆长拿着照相机在路旁的屋檐下躲雨，就将冷部长的狼狈样子拍了下来。照片洗出来后，王副馆长还特地跑到宣传部和他逗乐了好一阵。

全县"抗洪救灾"摄影作品展览闭幕那天，冷冰冰笑着对王副馆长说："你的鬼点子真多！"

王副馆长明白，这是冷部长在让女儿传话。

王副馆长的这张摄影作品被选送到地区参加展览，受到一致好评，并被改名为《宣传部长》，发表在省报上。

九月底，冷冰冰悄悄告诉他，老马要调离文化馆了。

果然，没隔几天，老马就被组织部找去谈话，让他去县农科所任党支部书记。

九

老马一走，上面又让王副馆长代理馆长。

王副馆长一个电话打到八建公司石经理的家里，要他明天就让舞厅工程重新开工，并且在一个月内竣工。石经理叫了一阵难处，最后双方商定，大后天正式开工，十月中旬交付使用。

接下来王副馆长又在馆内宣布，舞厅十一月一日正式开业。

王副馆长估计，进入到十二月，县里就开始调整各级领导班子，所以，自己在这之前必须干出点实绩来，别把这次良机错过了。

王副馆长将一切都安排妥当后，就让李会计准备两千元现金，他要到省里去要钱。

李会计忙了两天，也只筹到五百元。

出发的头一天中午，老宋忽然来找着王副馆长，要求重新上班。

王副馆长一见到老宋，心中就有了主意。老宋说了以后，他就答应下来，但要老宋向馆里上缴一些管理费。老宋丝毫没有犹豫，问上缴多少。王副馆长说，就两千吧。谁知老宋眉头也没皱一下，就从怀里掏出一叠百元票子，数了数后，抽出一半扔给王副馆长。弄得他十分后悔没有将金额翻一番。

当然，王副馆长迅速想出一个补救措施，让老宋陪自己一道上省里去要钱。

在宣传口，王副馆长会要钱是出了名的。他平时对上面的人舍得下本钱，所以遇到工作上的难题，急需钱来解决时，总有人出来帮忙。这回去省里，又得到老宋的鼎力相助，王副馆长真是如虎添翼。老宋在外面跑了大半年生意，非常熟悉省里的人现在喜欢什么，想尿尿的就送夜壶，想睡觉的就送枕头。再加上在党政机关工作的生意朋友帮忙，来来去去，只一个星期，就从文化厅和财政厅各要了五万元。

回来一说，冷部长还不大相信，半个月后，省里的钱到了账，大家才心服口服。

王副馆长从省里回来，发现父亲又抽起搁下多年的旱烟筒。

晚上和仿兰亲热一回后，仿兰告诉王副馆长，女儿近一段很喜欢喝爷爷泡的水，昨天她将女儿喝的水尝尝后发觉，那水里有一股旱烟味。王副馆长并不在意，解释说，旱烟气味本来就很重，加上父亲的手摸了碗沿，气味就更明显了。

仿兰又告诉王副馆长，他走后的第三天，老罗喝醉了酒，从老马屋里出来后，站在走廊上，指名道姓地骂王副馆长心太黑，杀人不用刀子，难怪要断子绝孙。王副馆长的父亲听了这话后，气得拿上补鞋用的割胶刀，要去找老罗拼命。幸亏李会计在场，他力气大，才拖住。

王副馆长叹了一口气说："你也不给我家争口气，一胎生下个儿子。"

仿兰捶了他一下说："你有本事再弄个准生证，我一定给你生个儿子。"

王副馆长说："不说这无味的话了。不过老罗这杂种，有事情再犯在我手上，非要整得他用膝盖走路。"

第二天，王副馆长在家休息，睡懒觉睡到上午十点还未起床。躺在床上忽然听到外面有人说话，细细听，听出是李会计的母亲，又送鞋来让父亲帮忙补。

二人拉了一会儿家常话，父亲便改了话题，问："你先前说，如果第一胎生下的孩子残废了，就可以生第二个？"

李会计的母亲说："那还有假！我儿媳妇的同事头胎生个孩子是哑巴，计生办的人就让她生了第二胎。两胎还都是儿子呢！"

父亲叹气说："人家怎么有那好的福分。"

又说了一阵，李会计的母亲约好来拿鞋的时间就告辞走了。

王副馆长穿好衣服，从房里走出来时。父亲吃了一惊，问："你没上班？"

王副馆长说："出差累了，休息半天。"

刚刷完牙，李会计就来传话，说冷部长打电话来，不同意这么随随便便就让老宋回馆里上班，不然，单位就成了公共厕所，可以随便进，随便出。冷部长要馆里写出正式报告，老宋写出全面汇报，送给他看看之后再说。

王副馆长和李会计商量一阵，觉得老宋的汇报可以叫老宋写，就说馆里要，别的都得瞒着老宋。

后来这事还是让老宋知道了。他指着冷冰冰的鼻子说："你爸爸是个伪君子。"

老宋心里对冷部长的怨恨越发深了。

老马工作调动之后，人还住在文化馆，新单位没有房子给他住，他也舍不得搬出这套三室一厅。

王副馆长抽空上老马屋里坐了一回。去时，老马正在喂罐头瓶里的一只金鱼。

王副馆长说："你这么喂，不出三天，鱼就会憋死。我有一只鱼缸，闲着没用，送给你好了。"

说完，王副馆长就转身出门，片刻后，真的拿来一只鱼缸。

老马非常感谢。

王副馆长问他在新单位工作怎么样。老马说，那单位里头头本来就多了，他去后，只是每月主持开两次支部会议。幸好学会了喂金鱼，他还准备栽几盆花。王副馆长说，难得老马这么快就想开了。

老马将金鱼换地方时说："上次老罗赖着在我这里喝酒，我又不好撵他，结果喝醉了，骂了你的人，搞得我真不好意思见你。老罗这人品质不好，当初我想依靠他开展工作，真是有眼无珠。"

王副馆长来老马屋里，本来是打算问问那次老罗借酒装疯的情况，同时暗示一下老马，让他少过问馆里的事。见老马主动说起，王副馆长反而觉得自己过虑了，就说："当初，在一些事上，我与你配合不好，你走后，才觉得实在可惜。"

又问了老马两个孩子的学习情况，王副馆长便推说有事，得走了。临出门时，他许诺说，过几天送两条名贵金鱼给老马。

第二天，他就给老马送来一只墨龙和一只狮子头。

到了十月中，舞厅进入了内部装修阶段。

天气也渐渐凉了，王副馆长就让石经理拿出那笔钱，安排全馆的人到北戴河旅游。老马也去了，是王副馆长请他去的，还让他在路上带队。

王副馆长自己没去，他一个人在家照料舞厅的事。他让李会计每天打个电话回，汇报路上的情况，特别是大家的情绪。

李会计每次打电话回来，总说大家情绪很高涨。

这天，仿兰冷不愣丁地问他："你听说过用旱烟油泡水喝，可以让好人变成哑巴的秘方吗？"

王副馆长说："小时候，好像听大人们这样说过。"

仿兰不再说话，等王副馆长上班去后，她没有送女儿上幼儿园，并对王副馆长的父亲说自己要去烫发，让王副馆长的父亲照看一下孩子。趁其不注意，她偷偷溜进王副馆长父亲的房里，躲在蚊帐后面。

过了一会儿，女儿叫渴，要喝水。

仿兰看见王副馆长的父亲倒了一杯水，然后用一根细铁丝，从旱烟杆里一点点地掏出些烟油，放到茶杯里搅了搅，便端给女儿喝。

仿兰大叫一声，从蚊帐后面跑出来，夺过那杯水，一下子浇到王副馆长父亲的脸上。

事情也巧，王副馆长到办公室门前准备开门，才发现钥匙忘了拿，就转身往回走。在楼前碰到宣传部小阎和组织部姚科长、张科长站在路边说话，他就走拢去凑合着说了几句。大家都盼舞厅早点建成。王副馆长再次许诺，到时候负责供应他们的票。

王副馆长的回到家里，正好听到仿兰在骂："你这个老不死的，你想害我的女儿，我到法院去告你！"

王副馆长一步跳入屋内，问到底是怎么回事。

仿兰将事情经过从头到尾说了一遍。

原以为丈夫会帮她一起惩罚父亲，谁知王副馆长走上来，照准她的左脸扇了一耳光，又朝右脸摺了一巴掌，并骂道："你这个不行孝的女人！为了一件小事就将开水往父亲的脸上浇，将父亲的脸烫成这个样子，叫我如何出去见人，大家会指着我的背，骂我是只要女人不要父亲的家伙。你以为喝点烟油水，就真能让人变成哑巴？你到医院去找人问一问！真的这么容易，那天下的哑巴不知有多少！"

仿兰被王副馆长两耳光打懵了。好半天才清醒过来，抱起女儿就往外跑。

王副馆长知道仿兰要回娘家去，也不阻拦，反说："想通了就自己回来，我没空去接。"

仿兰走后，屋里只剩下王副馆长和父亲。

王副馆长什么话也没说，默默地将正红花油一点点地往父亲脸上搽。

刚搽了几下，父亲就推开他的手，钻进蚊帐里，用被子包着头，一声声地哀号起来。

王副馆长听见父亲在哭诉："巧儿，你怎么不带我一起走呢，让我留在阳间活受罪！"

巧儿是母亲的乳名。

王副馆长一听到母亲的名字，眼泪就流出来了。母亲生下他不到两个月就死了。母亲死时，他还叼着她的奶头。之后，父亲打光棍将他带大。

家里这一番闹，外人并不知道。

这天李会计打电话回，说旅游人员已到了武汉，明天就可以到家。

接完电话后，王副馆长就给仿兰的单位打电话。

仿兰一接电话，王副馆长就开门见山地要她回家，不然，全馆人员明天回了，将这事传出去，就会将他所有的优点一扫帚扫掉了。仿兰在电话里嗯了嗯，没说回，也没说不回。天黑后，王副馆长见仿兰还没回，就叹了口气，决定去仿兰娘家接她们母女俩。

县城很小，两里路只走了一里，王副馆长就看见仿兰抱着女儿过来了。

一家四口重新住到一起后，大家都不知道说什么好。夜里，女儿刚一睡着，王副馆长就厚着脸皮撩仿兰，撩了一阵，他就得手了，夫妻俩也就和好如初。

仿兰回来后，王副馆长的父亲就搬出那只多年不用的补鞋箱，到街上去摆了一个摊。每天早上，仿兰母女俩没起床他就出门，夜晚等她俩睡后才收摊回家，三餐饭都是王副馆长送到街上去吃。

外出旅游的人回来时，八建公司已将舞厅修好了。

王副馆长召集大家开会，讲清楚离十一月一日舞厅开业，只剩下一个星期，大家务必要在这段时间里，克服一切困难，哪怕不分昼夜地加班，也要将舞厅内的各种设施装潢搞好。

所有人都兴高采烈地答应了。

老罗也表了很好的态。

文化馆的人从没有这样齐心，才五天时间，就将一切都布置妥当了。

那天下午，王副馆长将电闸一合，舞厅内顿时华灯齐放，音乐悠扬，大家忍不住跳了几支曲子，华尔兹也好，探戈也好，都跳得有模有样。

冷冰冰回家吃晚饭时，在冷部长面前描述了一通。

冷部长搁下碗筷，要冷冰冰陪他到舞厅去看看。

冷冰冰连忙给王副馆长打了个电话。王副馆长得信后，又以冷部长的名义，请几个有关单位的头头来看看。同时，又让肖乐乐她们几个，好好打扮一下，晚上陪冷部长他们多跳几曲舞。

冷部长来后，对舞厅的一切都很满意，唯一不满意的是舞厅还没有取个名字。

王副馆长连忙检讨自己的疏忽。

冷冰冰趁机在一旁说："老马搞了快一年只搞了个屋基，王馆长只用一个半月就搞起来了。你再让他这么'代'下去，我都对你有意见。"

冷部长弹了女儿一指，说："只要真是人才，总会有用他的时候。"

王副馆长忙说："那是。那是。"

冷部长他们玩到十点半才意犹未尽地离开。

他们一走，王副馆长就召集老宋、冷冰冰和李会计商量给舞厅取个名字。大家要王副馆长先说。王副馆长就说："老马那张摄影作品，不是叫《秋风醉了》吗？我把它动一个字，叫'醉秋风'如何？"

大家想了想，觉得似乎还不是最好。

往下，每个人都提出了十几个名字，都不满意，和这许多名字一一比较，"醉秋风"反越显得合适。

最后，大家一致同意，就叫"醉秋风歌舞厅"。

第二天上午，王副馆长就舞厅的名字专门向冷部长做了汇报。

冷部长听后，沉思一阵，突然说："不行！不行！这个名字听起来像是旧社会的妓院。"

王副馆长吓了一跳，他怎么也没料到冷部长会产生这样的联想，一时不知怎么回答。

冷部长站起来，在屋里走了几圈，说："我有主意了，依然是这三个字，只是将它来个本末倒置，叫'秋风醉'如何？"

王副馆长心里有苦说不出，嘴上却连连叫好。

十一月一日晚七点半，秋风醉歌舞厅正式开业。

没几天，地区报纸就刊载了一则消息：我区第一座现代化舞厅日前在某县文化馆正式开业。该项工程几经磨难后，在现任负责同志的艰苦努力下，只用四十天就完成了全部基建和装潢任务。

王副馆长尚未看到报纸，小阁就从宣传部打电话来质问："这则消息是谁写的？光你王副馆长一人努力，就没有领导的支持么？"

王副馆长知道小阁口气这样硬，一定是有来头的。站在小阁背后的当然是冷部长。

舞厅开业一个星期，纯收入就达两千元。

李会计告诉王副馆长这个消息后，又告诉他另外一个消息：上面已确定，小阁来文化馆当馆长。

十

小阁上任讲的第一句话是："我不像老马。老马年纪大，我年纪轻。处理事情时，可能没有老马考虑得周到。"

这话明显是一种示威。

果然，这次分工时，王副馆长只分管业务，其余人事、财经，小阁都揽了过去。

小阁来之前，舞厅由老宋负责。老宋对付那些不买票进舞厅的人，有几套办法，所以舞厅一直收入很高。

小阁来后，将老宋换了。他怕老宋有意见，就让老宋回文学组，说是让老宋发挥专长，加强文学创作方面的力量。老宋有苦说不出，只得忍了。小阁让肖乐乐负责舞厅。他每天至少要从肖乐乐那里拿走二十张舞票，拿到县委和县政府院子里去做人情。

李会计经常到王副馆长面前诉说，说这个舞厅简直成了小阁的私人乐园。

王副馆长一点权没有，也就无计可施。

为了挽回自己的面子，王副馆长提了几个大型文艺活动的方案，小阎都同意，但又附上一条，说要做到以活动养活动，实行经费自理，馆里最多只负责活动结束时，加一次餐。王副馆长只好打退堂鼓，小阎就在支部会上批评他，说他光说空话，只有计划，没有行动。

有一次，王副馆长发现冷冰冰刚写完的宣传牌上错一个字而造成政治错误。他装作没看见，赶忙走开。然而，王副馆长没能看到他想看的好戏，宣传牌挂出之前，小阎发现这个问题，及时改了过来。

舞厅收入虽然没有老宋负责时高，还是够可以的了，文化馆的人只要没有旷工，每月都能拿到十几元额外奖金。所以，小阎为人虽然霸道，大家还觉得是在可以忍受的范围之内。

转眼到了五月。

这天，小阎将老宋叫到办公室，要他写一篇纪念"延座讲话"的文章。

老宋说自己这一阵子总是头疼，连借条也写不了。

在全馆人员中，小阎唯独对老宋有点胆怯。

有一次，小阎不知为何对冷冰冰说，全馆人都无法把他怎么样，将来他要栽跟头，可能就栽在老宋手上。

老宋手里有了大把的钱，回文学组后，他将以往写的小说、诗歌和散文清点了一下，然后经常往省里跑，每跑一次，就有一两篇作品发表出来。在县城里，连冷部长都不敢轻视声名鹊起的老宋。

见老宋不肯写，小阎就转而叫冷冰冰写。

冷冰冰花了五天时间，将文章写了出来，交给小阎。小阎看后，说很好，很合他的意。然后就叫人抄到宣传栏上去。

这期间，老宋又去了一趟省城。老宋兴致勃勃地回来时，看见宣传栏上的文章，不由得火冒三丈，拣起路边的废砖头，将宣传栏砸了一个大窟窿。

老宋行李也没放下，扭头就去休干所，找宣传部的元老董部长告状。

董部长一听说冷冰冰写文章，将全县过去的文艺创作，说成是在极"左"思潮影响下，出现"假大空"的虚伪繁荣，顿时发出几声冷笑。冷部长是董部长提拔起来的，但他不好直接骂冷部长，毕竟一个在台上，一个在台下。他给冷部长打电话，说自己听说文化馆最近组织人写了一篇好文章，他想拜读一下，等等。

冷部长当然听得出弦外之音，他马上去文化馆，站在宣传栏前，看过那篇文章后，不管旁边还站着王副馆长，就将小阎臭骂一顿。

冷部长走后，王副馆长装作随口说："看来世上真的没有常胜将军，谁都会有克星的！"

小阎听后默不作声。

自此小阎谨慎多了，对老宋也愈发客气。

老宋却不买账，他对王副馆长说，这只小牛犊下场肯定还比不上老马。

王副馆长的父亲在街上摆了半年鞋摊，人显得更苍老了。王副馆长托很多人劝父亲收了这鞋摊，他自己也求了许多遍，父亲就是不答应，还说："要我回去，只有一个条件，叫你媳妇给王家生个儿子。"父亲吃饭仍是一日三餐由王副馆长送。

有时候，王副馆长有事不能送，仿兰就请老马帮忙送。

因为这，王副馆长和老马的关系特别亲密起来。

王副馆长的父亲帮人补鞋，有人给钱他就收，不给钱的，他也不要。

宣传栏事件过后不久，冷冰冰花了大价钱，给冷部长买了一双皮鞋，作为生日礼物。冷冰冰将皮鞋从商店里拿回来时，小阁见了直夸漂亮。

过了几天，小阁去宣传部，见冷部长脚上的新皮鞋破了一个洞。一问才知道，前天，冷部长下乡，半路上碰见一个小偷抢一位老人的钱包。冷部长让司机停下车，带着车上其他人一起上去捉那小偷。小偷急了，拿出刀子来威胁。急切之中，找不到其他武器，冷部长就脱下皮鞋迎战。小偷到底被抓住了，新皮鞋却被刀子戳了一个洞。

小阁在秘书科，干惯了跑腿的事。见此情景就习惯地叫冷部长将鞋换下来，他拿去找人补一补。

冷部长也是习惯了的，小阁一说，他就依从了。

小阁提着冷部长的皮鞋，到街上问了几个补鞋的人，见要价一个比一个高，他就找到王副馆长的父亲，让帮忙好生补一补。

　　王副馆长的父亲听说这鞋值一百多元，就说："我还从没补过这么好的鞋，冷部长让我补，是瞧得起我。我就是将身上的皮割一块下来，也要将它补好。"

　　王副馆长的父亲不知道现在的皮鞋越好，皮子越薄，越不耐穿。他用钳子夹住洞边的皮，想看看洞里面破成什么程度，手上还没怎么用力，那皮子就哗地一下，被撕开一条两寸多长的口子。

　　王副馆长的父亲一下子傻眼了，生怕自己的手艺被这双皮鞋给毁了，就拼命想办法补救。结果，鞋面上的洞，由小变大，由一个变成几个。

　　过了一个小时，小阁来拿鞋时，见到破烂不堪的皮鞋，就急得跳脚，大声说："都这个样子了，你还补什么，去买一双赔给别人算了。"

　　王副馆长的父亲手一哆嗦，鞋子掉了下来。

　　小阁又说："你补不了就该早点说一声，我好找别人去。到了这一步，看你怎么赔？你若不赔，我就将这破鞋挂在你的颈上，让你去游街！"

　　王副馆长的父亲将头埋在双膝中，不敢回半句话。

　　这时，肖乐乐来传话，说冷部长打电话来，让他赶紧送鞋去，冷部长有事要出门。

　　小阁于是说："这样，我先垫钱买一双皮鞋赔给人家，回头你将钱还给我。"

　　小阁说完就走了。

县铸造厂这天正好举办"红五月歌咏比赛"，王副馆长被请去当评委主任脱不了身，中午饭由老马帮忙送。

老马送饭时，见鞋摊上没人，等了一会儿仍没人，他没在意，将饭盒放在小板凳上，自己先回了。

傍晚，王副馆长回来时，见一个叫花子正捧着父亲的饭盒，坐在鞋摊后面大口吞咽。

见四周都没有父亲的影子，王副馆长心里起了疑问。他撵走叫花子，将鞋摊收拾好挑回家，才知道仿兰也不知道父亲去哪里了。王副馆长觉得事情不妙，忙叫上几个人帮忙寻找。

王副馆长沿着老城墙外的护城河找了两个来回，也没有发现什么，往回走到十字街头，迎面碰上老宋。

老宋急匆匆地说："快！快去医院！你父亲在那儿卖皮呢！"

王副馆长一边往医院跑，一边问老宋，才知道，小阁走后，王副馆长的父亲想了又想，唯有下决定去医院卖血，还钱给小阁。医生见他年纪大，没有答应。刚好，一个被火烧伤的人需要植皮。医院刚开始做这种手术，没人敢卖自己的皮肤给别人。王副馆长的父亲愿意卖，一化验，正合适。医生刚要下刀子时，老宋赶到了。

王副馆长一进医院，就听见父亲在手术室里叫："我自己的皮，我愿卖，谁也管不了！"

一见儿子，王副馆长的父亲叫得更厉害了，还伸手抢医生的手术刀和手术剪。

王副馆长对父亲说："你不是有儿子吗，再难的事，还有儿子替你顶一阵呢!"

父亲说:"你别管我。我什么用处也没有了,还不如一刀一刀地割死了好!"

王副馆长说:"你真要这样,那我还有什么颜面出去见人?干脆先将我的脸皮割了!"

说着,王副馆长双膝一弯,人就跪在地上。

老宋也在一旁劝说:"王师傅,王馆长大小也是个领导,你这样不讲情面,不等于是拆他的台么!"

闹了半天,医生也有些烦,开始撵王副馆长的父亲。

轰的轰,劝的劝,总算将王副馆长的父亲弄下手术台。

这边王副馆长早被人牵起来,大家一起到外面的休息厅坐下,听王副馆长的父亲诉说事情经过。

王副馆长的父亲痛心地说:"我一生的名声,全叫这双鞋毁了。"

大家对这话没兴趣,只顾齐声痛骂小阁。

老宋说:"这次不把姓阁的整倒,我就四只脚走路。"

众人义愤填膺地说了许多话。

父亲要王副馆长将买鞋的钱还给小阁。老宋拦着不让给。

王副馆长的父亲不同意,他说:"损坏东西要赔,这是天经地义的事。"

老宋说:"这回若赔了,那就是天不经,地不义了!"

王副馆长的父亲一急,加上饿了两餐,便头晕起来。王副馆长赶紧让护士给他吊了一瓶葡萄糖。

七拖八拖就到了晚上十点。老宋推说有事，先走了。

老宋一起，看热闹的人就都散了，只剩下王副馆长和父亲。

等他俩回到家，仿兰已搂着女儿哭过几场了。她以为父亲是为了她而出走的，那样，她走到哪里，哪里就有人戳她的背脊骨。见父亲回来了，她连忙起身招呼，真心实意地问父亲想吃什么，她这就去厨房做。

父亲只想睡觉，直往自己房里钻。

这时，老宋来了。

老宋先一步回家，很快写出一篇新闻稿，《鞋匠割肉卖皮，只缘官官相逼》。老宋将文章给王副馆长过目。

王副馆长见文章中点了冷部长的名，就不同意，要老宋删去冷部长，他说冷部长是被小阎利用了，是无辜的。

老宋嘴上答应，却没有改，仍然原封未动地寄给了省报。

没多久，文章登出来了。不过不是登在省报上，而是登在省报办的《内部参考资料》上面。冷部长那一条线还是被删干净了，读文章觉得那鞋是小阎自己的，标题也被改成《老鞋匠失手本该赔偿，年轻人可恶逼他卖皮》。

又过了几天，县里派人到馆里，讨论如何给小阎处分。

大家一致认为，给他一个撤销党内外一切职务的处分就够了。

半个月后，小阎的处分下来了，是双开除加双留用察看，并调到老马当副乡长的那个地方去当一名中学教师。和别的犯案人相比，大家都认为处分太重了。老宋说这是舍卒保车。

小阁走时，王副馆长派李会计和肖乐乐将他一直送到那所中学。他俩回来时，说学校对小阁的安排还可以，教附属高小的思想品德课，课不多。

<h1 style="text-align:center">十一</h1>

王副馆长又开始代理馆长了。

这一次他汲取了前两次代馆长时的教训，有事多请示，多汇报。

其实，在讨论给小阁的处分时，他就开始想自己这次如何代馆长了。所以，小阁走后第三天，他就去找冷部长汇报自己的工作计划。

冷部长听说他要搞镭射电影，就泼了一瓢冷水，说电影是电影公司的事，文化馆不要把这池水搅浑了。还说，能将舞厅办好就很不错，别把风头出得太足了。

王副馆长当时没争辩，心里却说：烧三根香，放两个屁，菩萨不说话，问你自己过不过意？我就是要代一回馆长，做一桩大事，搞得你非提我当正馆长不可。

返回文化馆后，王副馆长让李会计去外贸宾馆订了一桌酒菜，将公安局、工商局等有关单位的关键人物请来吃了一顿。席间，王副馆长说了搞镭射电影的事。县里的人只听说过这东西，上省城时，见镭射电影都在一些高雅的地方放映，也没机会开眼界，便答应大力扶持这件新生事物。

等冷部长察觉时，王副馆长已将营业执照拿到手了，买机器的钱也已筹到了一大半。

接下来王副馆长要到深圳去买机器，当然，主要是联系片源问题。

以往仿兰从不拉王副馆长的后腿，这一次她说什么也不放王副馆长出去。王副馆长的父亲从医院回来后，就一蹶不振，躺在床上只能靠王副馆长每餐送碗粥度命，开始是小便失禁，这几天大便也失禁了。王副馆长一走，留下妻子怎么好料理公公呢？

王副馆长先一想，觉得自己的确不能离开；后一想，镭射电影的事已是骑虎难下，不一气呵成地办好更不行。他打定主意瞒着仿兰偷偷出门，家里的事只好将她逼上梁山。

隔天早上，王副馆长装着起来给父亲擦洗身子，将阳台上没干的衣服卷成一团塞进提包里，开开门悄悄走了。

这次去深圳，李会计、老宋等都想与王副馆长做伴，王副馆长却选了冷冰冰。他想通过冷冰冰来缓和与冷部长的关系。

在深圳，他俩一起选中镭射机器后，王副馆长便有意避开，让冷冰冰一个人去和老板谈价钱。回来时，冷冰冰给家里每人买了一枚金戒指，还送了一枚金戒指给仿兰。王副馆长心知她吃了回扣，想到回家时，仿兰这一关不好过，他就代仿兰收下了。

实际上，王副馆长离家不久，仿兰就发觉了，她追到车站时，都看到王副馆长和冷冰冰乘坐的客车影子。回屋后，见父亲那番模样，仿兰本不想理睬，又于心不忍，狠了狠心，只好闭上眼睛给父亲擦。仿兰刚动手，父亲却弱弱地叫着："不！！不！"正在为难时，李会计的母亲提着菜篮来了，说是看看王师傅好些没有。见此情形就说："你去帮我买菜，我替你找个人来帮他擦!"仿兰心想谁愿做这下作的事，就多了个心眼，先出门去，在楼下躲了一会儿。见李会计的母亲还没下来，她就悄悄返回去，走到窗外，她听见屋里有女人低低的抽泣和哗哗的水响，偶尔还能听到父亲的低声叹息。仿兰退下后，去菜场买了李会计的母亲要买的几样菜，又自己掏钱买了两斤猪肉搁在篮子里。她买东西时，头一回不性急，不管别人怎么插队，都不心烦。回家时，见屋里仍只有两个人，仿兰装着责备李会计的母亲没有留住来帮忙的人，她买了一块肉本来是要感谢人家，现在只好给李会计的母亲了。谦让了一阵，王副馆长的父亲在床上叫李会计的母亲收下，这事才算完。然后，仿兰要李会计的母亲每天上午请那人来一次，她借口图书馆每天上午忙，离不开人，将门上的钥匙给了李会计的母亲。李会计的母亲推也没推就接受了。

王副馆长惦记着家里的人，拼命往回赶。到了县城，一出车站他就扛着机器先到办公室。

进门后，见从前老马和小阎坐的那张桌子后面，坐着一个陌生人。

一问，才知是刚上任的馆长，姓林，是从部队转业回来的。

王副馆长一屁股坐在椅子上，半天无话。

倒是林馆长见他这热的天出差回来，连忙又是敬烟又是泡茶，还打开电扇，对着他吹风。

吹了一会儿，王副馆长一连打了几个喷嚏。

谁也没有想到，几个小小的喷嚏就将王副馆长打倒了。

十二

　　王副馆长一进家就病倒了，他发烧得很厉害，老是在三十九度左右不退。连医生也吃惊，这么年轻力壮的一个人，未必真叫一个小小的感冒治趴下了。熬了一个星期，总算退烧了，接下来再在医院观察了一个星期，每天吊一瓶氨基酸，前后一算账，一场感冒花去文化馆上千元。

　　住院的后几天，王副馆长嫌医院吵，吊完氨基酸以后就回家。

　　回到家里，王副馆长依然睡不着觉，一件很小的事情都能让他反反复复地想个通宵。

　　睡不着时，半夜里，总能听见父亲恐怖的呻吟声。父亲一醒就会唤王副馆长去，听他哭诉祖上人在梦里如何的用酷刑折磨他，说他教子无方，让王家香火断了。

　　王副馆长心头压力更大了。老想自己这几年何苦这样卖力，什么好处没捞着，连个儿子也没有，弄得一家人都伤心。第一次代馆长将文化馆大楼建起来了。第二次代馆长，修了一座舞厅。第三次代馆长虽然只有二十来天，也干成一个镭射电影。可这些都被别人拣了便宜，自己却是吃力不讨好。

　　这天，王副馆长正在吊氨基酸，李会计来看他。

　　李会计告诉他，镭射电影今天搞首映式。

　　李会计给了四张票，让王副馆长送给医生护士，以表示感谢。

　　王副馆长将这票随手递给在旁边照看的那位护士。护士拿着票出去不一会儿，内科的医生护士，都来朝他要票。

　　这时，李会计尚未走。王副馆长就问他还有票没有。

　　李会计说："票倒有，但都是给县里领导的。"

　　王副馆长将李会计的提包夺过来，拿出里面的票，一人给两张，边给边说："有些当官的吃人不吐骨头，这两张票他们当便纸使还嫌小。"

　　其他科室的医护人员，闻讯也来了。转眼之间，一大摞票就剩下十来张了。李会计一把抢回去，讨饶般地说："这几张是给关系户的，实在不能再给了。"

　　没票的人仍在缠着王副馆长，他只好叫李会计回头再送二十张舞票来，然后，只要他在这儿住着，保证每天十张电影票，十张舞票。

　　看过镭射电影的人，回来都说够刺激。秋风醉舞厅的曲子，更是能迷死个人。所以，医院上下都对王副馆长很好。

　　那天晚上，父亲呻吟又起时，王副馆长突然起了一个念头，为什么不试试让医生帮忙开个假证明，说女儿有先天性心脏病，然后到计生委去弄个准生证，让仿兰再生一胎呢！

　　第二天一大早王副馆长就去了医院。他不去病房，而是去内科高主任家。高主任一家都成了镭射电影迷，见他到了，连忙让座。他先将从深圳带回的一条"万宝路"递上，再说自己女儿身体如何不好，可能是先天性心脏病，希望高主任高抬贵手，帮忙确认一下。

高主任笑着问："是确诊，还是确认？"

王副馆长一慌，竟不知说什么好。

高主任的妻子在一旁说："老高你何必明知故问，王馆长是个老实人。"

王副馆长听了这话，索性将家里的一切都摊开说了。

高主任听了，转身从抽屉里拿出一张病情诊断书，一填写，一边说："人就是这样，政治上进步不了，总得在生活上有个精神寄托。"

写好后，就递给王副馆长。

王副馆长一看，全是按自己说的写的，而且连医院的公章都预先盖好了。

高主任说："我是第一次这样看病的。"

王副馆长见他写得这样从容，不相信这是第一次，就问："不知计生委那儿，手续怎么办？"

高主任说："管他怎么办！你将这个诊断书直接交给李水蛇，他自然会亲自替你办的。"

高主任的妻子说："李水蛇的肾不好，全靠老高给他治！不过申请书你可要写一份。"

高主任又说："等你拿到准生证时，往你父亲眼前一晃，准保他的病就好了！若是没好，我就将这条'万宝路'还给你！"

王副馆长针也不打了，回家写好申请书，又找李会计盖上公章，便去找李水蛇。

李水蛇是计生委李主任的绰号。见了高主任的诊断书，果然不敢迟疑，不到半个小时就将准生证交给了他。

王副馆长随即打电话，要仿兰到医院妇产科去下避孕环，说自己已搞到准生证了。仿兰还以为他在开玩笑。当天下午，王副馆长先去医院办出院手续，在陪仿兰去妇产科时，正好碰见高主任的妻子。高主任的妻子教他每次同房之前，夫妻俩都用小苏打水洗下身，成功率会高很多。

从医院回来，王副馆长真的将准生证拿给父亲看了看。父亲眼珠一亮，忽然就坐起来，接过准生证，双手捧着，先哭一阵，接着大笑起来。等父亲平静些后，王副馆长就和仿兰进了卧房。

这一次和以往任何一次都不一样，滋味很特别。

王副馆长一声声说："你一定要给我生个儿子!"

仿兰一声声回答："我一定要给你生个儿子!"

王副馆长父亲的病一天天见好了。

仿兰再次怀孕时，他已经能够下床摇摇晃晃地走上几步。

过了几天，见自己走路已经稳当了，王副馆长的父亲就要回乡下去，说八个月的时间自己可以养两头大肥猪，等仿兰生儿子时，就将猪卖了，给她母子俩补身子用。

王副馆长拗不过，只得由父亲去。

王副馆长每天去办公室点个卯就回家做家务，家务事情他全包了，让仿兰整个地歇着。

农科所半年前开始做花鸟虫鱼的生意，老马屋里这类东西很多。王副馆长隔三岔五地拿一样过来，时间不长，家里就变得一派鸟语花香了。

每天晚上七点半左右，王副馆长必到秋风醉舞厅和镭射电影厅门前转一转，遇到熟人，就叫看门的放进去。

林馆长不管他。当过兵的人，总是讲义气。

林馆长在王副馆长生病时，曾来家里探望过，当面说自己是雀占凤巢。林馆长还吩咐李会计，不管什么时候，只要王副馆长要票，也不管是舞票还是电影票，要多少就给多少。别人要票时，他却卡得很死。

仿兰对王副馆长说："小林这是在用软刀子捅你呢!"

王副馆长说："我已经死了那个心，不想当官了，他捅我有何用!"

王副馆长照旧每天去拿票。拿不到票的人，渐渐对他有意见了，开始时见面还说几句话，到后来，就只点点头称呼一下就完事。就连老宋和李会计也变得生疏了。老罗反而成了例外，过去老罗见了他总像仇人一样，但近一段变得客气了，有时还和他开个小玩笑。

和外面熟人的关系也变了。以前，王副馆长工作挺忙，和熟人碰面了，仓促拣几句要紧的说了，便走路。现在情形大不相同，上街买菜，只要碰见熟人，不管有事无事，他总要走拢去，站着和那人说一阵。单边只有五百米的路程，没有两个小时是回不来的。

有一次，王副馆长在街上碰见了冷部长。

他见冷部长提着菜篮买菜，有些惊奇。

冷部长说："今天是星期天，买买菜，让自己轻松一下。"

王副馆长马上说："我每天都买菜，每天都是星期天！"

冷部长笑起来，问他这一阵在忙什么。

王副馆长说自己搞了几十盆花，光是早晚搬进搬出就把人累死了，而且各种花浇水的最佳时间不一样，更是把人搅昏了头。还要喂鸟，那东西比养儿子还艰难。

王副馆长说了一大通，冷部长听得有滋有味，从头到尾没有打断一下。王副馆长说完后，冷部长才问，馆里的工作近段搞得如何。

王副馆长半年多不问馆里的事，就胡乱说："基本上是按你的讲话精神去做。"

冷部长一听这话就来了劲，问大家对他的讲话有什么反应。

王副馆长哪里知道冷部长的什么讲话，都是胡言乱语现编的，见冷部长追问，就只好再编，反正是拣好的说。

冷部长很高兴，说过一阵闲了，他要到文化馆来蹲一段时间的点。

隔了几天，冷冰冰来家里玩，临走时，她说冷部长想要几盆花。冷冰冰说过后就自己去挑，结果，拿走的都是名贵品种。王副馆长很是心疼了一阵。

林馆长的爱人和小孩在哈尔滨，转业时，林馆长要回南方，爱人不同意，闹僵后，林馆长一个人回来了。他没要别人腾房子，就将馆长办公室隔出半间做卧房，一个人住在办公楼上。

王副馆长有天去点卯时，进林馆长的卧房坐了坐，发现屋里的一盆昙花很眼熟。他很快想起来，这是冷冰冰上次从他家拿走的。

第二年开春时，怀胎十月的仿兰生了。

王副馆长如愿以偿地得了个宝贝儿子。

王副馆长抱着刚出生的儿子，正在让仿兰亲时，护士进来说，外面有人找。

王副馆长出来后，见走廊上站着一个面黄肌瘦的男人，好半天才认出是小阁。他要和小阁握手，小阁将手藏到背后，说自己正在患黄疸肝炎。王副馆长连忙后退几步，将儿子送回产房，再返回来说话。

小阁住了几十天的医院，钱用完了，病没全好，医院要他拿钱来，不然明天就停他的药。他托人给学校捎了几次信都没动静。今天早上，他从病房窗口，看见王副馆长领着大肚子的仿兰进了妇产科，才瞅空从传染病房里溜出来。

小阁要王副馆长无论如何帮他一回。

王副馆长说："你是我儿子见到的第一个外人，按乡下的规矩，他得拜你为干爹呢！这个忙我一定帮。"

正说着，王副馆长的父亲喜颠颠跑来了，见了儿子就说："我把两头肥猪卖了，得了八百多元钱。"

王副馆长说："小阁在这儿呢！他病了，住院，想借点钱！"

王副馆长的父亲说："借什么！我还欠你一双皮鞋钱呢！"说着，就数了一百二十元钱给小阁。

小阁谢过后要走，王副馆长叫住他，本想问那次他为何不将冷部长说出来，又突然不想问，只说了一句祝福的话。

儿子满月时，王副馆长大请了一顿。

席上人多，但他还是发现冷冰冰没有来。

王副馆长打电话到冷部长家去问。冷部长的爱人说，冷冰冰昨晚就没回家，她也在到处找。

席间，李会计、老宋他们借花献佛，向林馆长敬酒。

平日酒量很大的林馆长，没喝几杯就醉了，一句句地嚷："我不怕！大不了去坐两年牢！"

大家都笑了起来。

自从有了儿子，王副馆长连去办公室点卯都放弃了。每天上午九点左右，等儿子醒后，先抱去图书馆找仿兰要奶吃，返回时，天气稍有不好便直接回家。天气特别好时，就到文化馆办公楼上转悠一下。文化馆所有的人都喜欢这个白胖胖的小子，都说王副馆长的这项"希望工程"搞得好。

镭射电影由于片源问题，已不那么红火了，但还是稳赚不蚀。秋风醉舞厅仍然门庭若市，所以王副馆长每天晚上必到。

这一天，组织部姚科长给王副馆长打电话说，他的小舅子谈成了一个女朋友，今天晚上想约一帮朋友到秋风醉舞厅庆贺一下。王副馆长问多少人。姚科长说，大约二十左右。王副馆长一口答应下来。

晚上，王副馆长抱着儿子往舞厅门前一站，将一大帮人呼呼啦啦地放了进去。林馆长站在旁边，像是什么也没看见，只顾一个劲地同王副馆长的儿子逗笑。

过了一阵，林馆长说："今天宣传部开会，表扬了我们，说整个宣传口就文化馆的班子最团结。"

王副馆长说："全靠你支撑。"

林馆长："以后就靠你了。"

王副馆长正要说什么，冷冰冰来了。林馆长和冷冰冰相视一笑，就进舞厅跳舞去了。王副馆长进去看了看，觉得他俩跳舞跳得比所有人都投入。

舞曲完了时，姚科长的小舅子走拢来，对王副馆长说，他哥哥让捎个口信，文化馆的人事近几天可能有大变化，让王副馆长对任何可能出现的情况，都做个心理准备。

王副馆长心想，无非是说老子不干工作，要撤老子的职，老子早就不想干了呢！

回家后，他没将这事告诉仿兰。他怕仿兰着急，影响奶水。

第二天早上，王副馆长正在家里洗尿片，忽然从门外闯进一大群人。为首的是组织部姚科长，还有宣传部、文化局的一些头头。

大家坐下后，姚科长先说话。

姚科长说，林馆长犯有严重的作风问题，一年之内致使冷冰冰两次怀孕，两次流产，上面已决定对他进行撤职查处，文化馆馆长一职，从今日起由王副馆长担任。由于时间仓促，正式任命通知要过几天才能下达。姚科长还强调，冷冰冰的事在文化馆只限于王副馆长一个人知道。姚科长最后还特地传达上级领导同志的意见，说王副馆长在这一年多时间内，各方面都成熟了，因此适合担任一把手工作。

没容王副馆长推辞，大家就裹着他到文化馆去开大会宣布。

会场上，王副馆长见林馆长自始至终都镇定自若。

冷冰冰没有参加会。其他到会的人，全都大吃一惊。

林馆长嘴上答应检查，可是才过一天，他就和冷冰冰私奔去了深圳。

正式升任馆长后，王副馆长给家里请了个小保姆，又将父亲从乡下叫回来。尽管这样，他仍然心挂两头。馆里的工作，他要大家按部就班去搞就行，老宋提了几个改革发展的新方案，都被王副馆长锁在抽屉里，其中包括搞健身房的方案。

上任两个月后，冷部长说要来文化馆看看。

王副馆长慌了，将近期来的文件、简报和领导的讲话找了一大堆，想搞清上级是怎么说的，再想自己如何汇报。

正忙时，肖乐乐哭哭啼啼地进来了，说老罗刚才在办公室里调戏她。

王副馆长想也不想就说："老罗就是这么个脾气，爱占点小便宜。你就当和一个不情愿的男人跳了一回舞得了。以后自己小心就是。别再哭，让别人知道了不好。这种事，丢面子的总是女方。"

肖乐乐出去后，王副馆长发现还缺冷部长的一个讲话。就打开老马、小阎和小林使用过的那张办公桌的抽屉，意外地发现，老马多年前拍的那张照片《秋风醉了》，被谁扔在里面。他拿起来细细地看了一遍后，心里觉得酸溜溜的，不敢看那戴着草帽的小狗。

老罗走进来说："你儿子在家哭呢!"

王副馆长放下照片,慌忙要走。

老罗又说:"开玩笑的。你父亲正在家教小保姆补破鞋呢,小保姆不愿意,你父亲就劝她说,保姆不能当一生,学了手艺就能挡一生,只要有人穿鞋就少不得鞋匠。"

老罗探头看了一下小林从前的卧房说:"这好一盆昙花,他怎么不带走?"

王副馆长递了一支香烟给老罗,却没有火。老罗说我去弄火来。老罗一走,王副馆长连忙锁上门,往家里走。他还是放心不下儿子。

路过老马家门口时,王副馆长听见老马在训斥两个孩子,说不想读大学的学生不是好学生。他猛地想到,可不可以说,不想升官的干部不是好干部呢?

1992 年 9 月于黄州赤壁

菩提醉了

一

天上下起了小雨，庄大鹏赶忙将放在外面的半袋水泥提进屋里。屋里乱七八糟地放了许多杂物，地面上到处是水渍，他提着水泥袋瞅了半天也没找到合适的地方，只好用脚将桌子底下的两只凳子勾出来，摆好了再将水泥放上去。还没来得及松口气，卫生间里就传出声音来，给我泡杯茶。

说着话，两个泥猴一样的人从卫生间里走出来。庄大鹏赶忙泡了茶端上来。

这两个人是从乡下进城里揽活的泥水匠，文化馆这两年的泥水活都由他们做。庄大鹏是副馆长，分管行政，点工的事都是由他负责。元旦过后，眼看春节又要到了，庄大鹏想将卫生间重新装修一下。那天在街上无意和这两位聊起时，他们主动答应免费帮庄大鹏做一次私活。庄大鹏就真的买了材料，又请上十天假，回家张罗起来。原以为这点事有十天时间足够，谁知拖到十一天

了还没有完工。两个泥水匠开始时倒还积极，干了两天就推说别
处有事，每天抽空来弄一下，还不停地要烟抽要水喝。庄大鹏很
恼火，暗自打定主意，从今往后，文化馆的泥水活再也不给他俩
做了。

　　泥水匠将水泥袋提起来，随手放在地上，又从柜子里找了一
张报纸垫在凳子上面，便要往下坐。

　　庄大鹏忙说："这是新报纸，刚送来的，我还没看呢。又说，
你身上这样子，还怕弄脏了?"

　　泥水匠说："我是怕弄脏了你的凳子。"

　　庄大鹏说："别说笑话，就这样坐吧!"

　　庄大鹏拿过报纸，飞快地浏览了一下。

　　泥水匠说："有些什么新闻，是不是又开始搞什么改革了?"

　　庄大鹏说："你怎么也这样关心改革?"

　　泥水匠说："我当然关心，过去总是别人改我的革，现在我
也想找机会改一下别人的革。"

　　庄大鹏笑一笑说："巧得很，今天报上一篇关于改革的文章
也没有。"

　　他弹了弹报纸。泥水匠接过去一看，头版显要位置刊登的是
省京剧团晋京演出大获成功，受到中央领导接见的消息；其次是
一篇宣传科技扶贫成绩的文章；其他几篇小文章说的是一位解放
军战士跳进冰河救起落水儿童，和本省易经研究会成立，省人大
一位副主任兼任主席等等与改革毫无关系的事。

　　泥水匠还要看二三四版。庄大鹏一把抓过报纸，他说："改

革的事只登在头版，头版没有后面更没有。你还是抓紧点时间，早点将这事干完吧！"

泥水匠说："我帮你做事又上不了报纸，抓那么紧干什么，又没有一分钱工钱。"

庄大鹏一愣，脸上就变了色。

这时，门外有人叫："庄馆长在家吗？"

话音刚落，孟保田就进了屋。

庄大鹏忙说："孟馆长你怎么有空来？"

孟保田说："有事路过，见门开着，想你一定在家，就进来看看。"

孟保田进卫生间看了看，出来时说："十多天了，这点活还没干完？"

庄大鹏说："老李他们事多，忙不过来。"

孟保田说："老李，你别也学着狗眼看人低，庄馆长可是这文化馆领导班子里最年轻的哟！"

坐在凳子上的泥水匠听了这话连忙站起来说："孟馆长，我老李怎么会是那种人呢，再说我们还指望你们给点小钱过小日子呢！"

说着，泥水匠就进卫生间去敲敲打打地干起活来。

庄大鹏听出孟保田话里有话，就将他请到卧室里坐下。

庄大鹏一边递烟一边问："馆里这几天是不是发生什么事了？"

孟保田说："你几天没去馆里了？"

庄大鹏说："整十天了。"

孟保田说："也怪，怎么你就一点风声也没听见！"

庄大鹏有些急："快说，真的有事呀？"

孟保田说："老孔他一个人坐在办公室里想了三天，搞出一个今年的改革方案。"

庄大鹏松了一口气说："老孔就爱赶潮流，搞些华而不实的东西。"

孟保田说："这一回和往常不一样，他要先从领导班子动手。"

庄大鹏一下子又紧张起来，就问："他想怎么动手？"

孟保田说："我也是听宣传部小郑说的，他在部长办公桌上见过老孔的报告，其中一条就是将现在的副馆长改成馆长助理，助理由馆长提名报宣传部、文化局批准。"

庄大鹏立即骂了一句："老孔这狗东西，文化馆是社会主义精神文明建设的阵地，他也想用来搞资本主义试验！"

孟保田说："副馆长一向是组织部下文任命的，老孔这样搞其实是想在施行个人独裁和专制。"

庄大鹏愤愤地说："老孔的野心太膨胀了。不过，我是不怕他。孟馆长，过去你总是比较软，缺少斗争精神，这次你不能再缩手缩脚了。"

孟保田说："你是二把手，我听你的。"

庄大鹏说："按体育比赛的计分方法，老孔是一把手得三分，我是二把手得两分，你是三把手得一分。我俩加起来最少可以和老孔斗个平手。"

两人正在商议，外面又有人叫庄馆长。

庄大鹏听出来说话的人是馆里搞美术的小段，他就叫孟保田在房里坐着，自己出去应付。

小段见他开门出来，便指着地上的水泥说："这么潮的地方怎么能放水泥呢，我帮你找个地方放。"

说着，小段就满屋转，然后冷不防将头伸进房门。孟保田不及躲避，正好撞上她的目光。

小段忙说："孟馆长也在这里呀，刚才我还到处喊你接电话呢!"

孟保田硬着头皮说："哪儿的电话?"

小段说："我也没问，是个女的，她说过一个小时再打来。"

孟保田借口回去等电话，顺势告辞走了。

他一走，庄大鹏就问小段："是不是你舅叫你来的?"

小段说："是的，他让我通知你明天上午去开馆务会，研究今年的工作。"稍一顿，她又说，"你别总是我舅你舅的，孔馆长和我的亲戚关系是从老远扯拢来的。"

庄大鹏想也不想就说，你转告老孔，我家里的事还没做完，还得请几天假。

小段欲走，庄大鹏拦住她说："水泥还没放好呢，你不是说帮忙找个地方放吗?"

小段说："地方我早就找好了，只怕你不愿意。"

庄大鹏说："什么地方?"

小段说："你那床上。"

庄大鹏说："我是不愿意，不过我愿意将你放在上面。"

小段看了看手表，见已到了下午五点，就笑着说："行，那我就上床去了。"

说着就往房里走，庄大鹏连忙拉住她的手，一边往大门外扯一边说："我知道你已心有所属，哪敢夺人之爱！"

小段装作不肯走，嘴里说："你不要一点男人味也没有嘛！"

小段刚走，孟保田不知从什么地方闪出来，神色不安地对庄大鹏说："我看她是老孔派来探听风声的，她回去一定会说我们在一起搞阴谋活动。"

庄大鹏很不屑地说："孟馆长你也太胆小了，我们也是文化馆的领导人，在一起碰个头，谈谈工作，很正常的嘛！"

孟保田说："这话也对，不过我还是对老孔有些担心，老丁在官场上滚了几十年，到头来被老孔整得去守门卖票，你我都有书生气的毛病，只怕不是他的对手。"

庄大鹏说："老丁卖票，不是老孔整的，是他自己要去的，他从图书馆调过来时人就蔫了。"

孟保田正要再说，庄大鹏的妻子梅桃一溜小跑钻进屋来。

一进门梅桃就抱怨说："下雨了，也不知道给我送把伞。"

庄大鹏说："我正准备送呢，你却提前回来了。"

梅桃说："我在路上碰见小段了，你怕是被她缠住了吧？"

庄大鹏说："你又不是不知道，小段是老孔的人，和我亲热得起来？"

庄大鹏将小段的来意和孟保田得到的消息对梅桃说了一遍。

梅桃说:"怪不得连泥水匠也欺负起我们来了。"

梅桃走到卫生间里,将几件泥水匠用的工具一样样地甩出大门,然后要那两个泥水匠滚蛋,剩下的活儿她用高价请别人来做。

两个泥水匠站在那里很尴尬,嘴里不停地道歉。

庄大鹏和孟保田上去劝了半天,泥水匠反复保证,今晚就是不睡觉也要将屋里的活全部干完。梅桃一点也不松口,又说了一通难听的话后,才拿上雨伞到小学里去接儿子。

庄大鹏没想到半夜里会和梅桃吵了一架。

泥水匠是十二点之前走的。他们将屋子收拾完,上床睡觉时已是凌晨一点半了。庄大鹏钻进被窝后,正想将梅桃搂在怀里,却被梅桃一掌推开。

梅桃说:"你这个副馆长当得太窝囊了,你要是硬气一点,老孔也不敢这么盛气凌人。"

庄大鹏有点扫兴,勉强说:"大家在一间屋子办公,再说都是为了公事,哪好意思认真地闹呢!"

梅桃说:"怕什么,只要撕开面子,以后就能破罐子破摔。"

庄大鹏说:"老孔很精,他不会让我们有撕破面子的机会。"

梅桃说:"有机会你和小段闹一回,老孔肯定心痛。他出面干涉,你就借题发挥。"

庄大鹏说:"这事也不一定是你想象的那样。话说回来,都怪你吵着要盖私房,放着馆里的公房不住,跑到这郊外来,什么都不方便。馆内的事也无法及时得知，这一回若不是孟馆长通气，糊里糊涂地跑去开会，挨了人家的闷棍还不知道。"

提到这房子，梅桃就不高兴。庄大鹏总说自己前年差一点就当上馆长了，就是因为盖了私房，才没有提拔他。这之前，老孔也是副职，但位置是排在他的后面。梅桃不服气，老是争辩，说老孔的升迁主要依靠的是县委宣传部何副部长，他俩是中学时的同学。

这时候，梅桃忽然记起夜里要用的痰盂放在后门外没有拿进来。后门外是一片坟山，梅桃很怕那些乱坟，天一黑就不敢开后门，有事总是支唤庄大鹏出去，而且还不准他直接走后门，要从大门出去后往后门弯。她说后门吹进来的风阴森森的，一沾身子就得感冒。梅桃要庄大鹏去拿痰盂，庄大鹏先是不愿出热被窝，随后又改了主意，要先和梅桃亲热一回。梅桃要他先去拿了痰盂，回来再说。庄大鹏怕吃亏上当，非要先亲热了再去拿。

讨了几回价，见庄大鹏还不让步，梅桃有些生气，一撩被窝跳下床便往外走。

庄大鹏不以为然地冲着她说："坟山上有七个鬼，你一开门它们就进来了。"

梅桃不说话。庄大鹏听到屋里有一种哗哗的水响，正在发愣，想这婆娘是不是将尿撒客厅里了。忽听见梅桃在外面叫了一声哎哟。

跟着，梅桃就骂起来："庄大鹏，你这狗东西！"

庄大鹏连忙爬起来，顾不上披件衣服便往屋后跑，后门却是闩得好好的，回头再找，才发现梅桃在卫生间里。卫生间刚装修完，水泥还未干，梅桃蹲在便坑上时，脚下踩的那地方塌了，弄得她光着屁股坐在便池里。

庄大鹏上去扯起梅桃，并随口说了句："说好要过三天才能用，怎么这样性急?"

梅桃当即就和他吵起来。

庄大鹏顶了几句后，就忍住不还口，还端了热水来给梅桃擦洗。

梅桃反复数落庄大鹏除了和妻子睡觉以外，没有一处像男人。闹到三点钟过后，才歇住嘴上床睡了。

庄大鹏却睡不着，又不敢翻来覆去，怕弄醒了梅桃。梅桃的话很伤人，但他一点也不怪她，相反，他觉得这些都是老孔抢了自己的位置造成的。假如自己当了馆长，肯定比谁都潇洒。老孔的那点本事他很清楚，老孔是搞民间音乐的，成天只会将"黄鸡公，尾巴拖，三岁伢儿会唱歌"这类现成的民歌套来套去，然后说成是自己创作的，居然也能去外面弄几个奖证，拿回来在县里到处炫耀。他自己是搞摄影的，从十八岁进文化馆，差不多二十年了，海内外各种摄影比赛的奖证，他已积攒了几十个，有两幅作品还参加了全国摄影作品展览。那一回，中央电视台晚间新闻节目里报道影展消息时，镜头虽然是一扫而过，但他还是清楚地看见了自己的那两幅作品。从文化馆成立以来，县里业余文艺创作在如此高级别的新闻媒体中得到报道，这是唯一一次。当初宣传部派人来馆里考察馆长人选时，他的呼声最高，可最后，依然被老孔捷足先登。

　　庄大鹏实在想不通，自己哪一点比不上老孔，竟让何副部长看不上眼。

　　那次考察之后，县里开党代会。何副部长没有资格坐主席台，庄大鹏在台下的人群中找了好久才找到他。何副部长坐在正中间的位子上，前后左右都够不着，必须用中焦镜头，但光线又不足。他特意请电视台打灯光的小王帮忙，让小王将灯光照住何副部长，才拍摄成功。这张照片后来在地区报纸上发表了，照片上，何副部长笑容可掬十分动人。过后，庄大鹏找熟悉何副部长的人打听过，何副部长似乎对这张照片很满意。他当时很是高兴了一阵，以为提拔正馆长的事十拿九稳了，谁知到头来仍然是竹篮打水一场空。

　　天蒙蒙亮，庄大鹏就起了床。他用水和了一些水泥，将昨夜梅桃踩塌的便坑一点点地修补好。天气很冷，庄大鹏的手一会儿就冻僵了，几个指头呆呆的不大听使唤。他咬着牙干了一个钟头，总算将便坑修好了。之后他弄了半盆温水，将一双手放进去泡着。浸了一会儿，一股暖气顺着手臂跑到全身，庄大鹏忍不住快活地打了一个哆嗦。

　　这时，梅桃在床上翻了一个身，跟着又一连翻了几个，并且动作都很大。庄大鹏似乎明白了什么，连忙打开后门，去拿痰盂。痰盂里的水已经结了冰，庄大鹏找了一根木棒，将冰捣碎后倒掉，这才拿进房里。梅桃也不说话，爬起来方便过后，又钻进被窝里睡下。

　　庄大鹏轻轻地叹了口气，转身到另一间房里将儿子唤醒，将衣服一件一件地给他穿好。接着又将牙刷挤上牙膏，杯子里放进半杯热水和半杯冷水。儿子站在门口刷牙时，他赶忙用开水冲了一杯奶粉，又打开煤气灶煎了两只鸡蛋。待儿子洗过脸，吃完早点，他就骑上自行车送儿子上学。

　　路过文化馆时，他看见老孔正拿着一把扫帚在扫文化馆门前的那块地，不时有人和老孔打招呼。刚好何副部长跑步回来，路过此地，也和老孔打招呼说："这块地你也承包了吗，总是只见你扫，你也要改改革嘛！"老孔回答了一句什么，庄大鹏没有听清。他也懒得听，脚下一使劲，骑着车子飞快地驶过去。老孔看见了他，冲着他叫了一声，他装作没听见，只顾往前驶。

　　返回来时，庄大鹏见老孔还站在门口。

　　老孔远远地喊他："庄馆长！庄馆长！"

　　文化馆门口就一条直街，没处可躲，庄大鹏只好硬着头皮走过去。

　　老孔说："我刚才喊你，你没听见？"

　　庄大鹏说："什么时候？我没听见。"

　　老孔说："有你的电报，昨晚送来的，我帮你收了。"

　　听说是电报，庄大鹏有些紧张，忙问："哪儿来的？"

　　老孔说："武汉。"

　　老孔从口袋里摸出电报交给庄大鹏。

　　庄大鹏也顾不上别的什么，当着老孔的面就拆开了。

　　电文上写着：作品已获奖，请于本周内来省摄影家协会领取奖品。

老孔伸头看了一下问："什么作品?"

庄大鹏说："我交了四幅，也不知是哪一幅。"

说着，庄大鹏就要走。

老孔忙说："听说你家里的事已忙完了，上午来开个会吧!"

庄大鹏心情很好，就说，有空我就来一下。话刚出口，便意识到不对头，家里的事半夜才做完，老孔怎么这么快就知道?

老孔看出了他的心思，就说："早上我碰见了那两个泥水匠，他们告诉我的。"

庄大鹏没说什么，扭头骑上自行车走了。

回家后，见梅桃还在床上躺着，庄大鹏就问："你今天不上班?"

梅桃没有理他。庄大鹏在床前站了一会儿，又掏出电报对她说："我的作品又获奖了。"

他将电报放在梅桃的枕头上，梅桃一翻身将后脑勺对着他。他心里很气，但没有表露出来，又问梅桃早上想吃点什么，是面条还是稀饭，还是上街去买糯米酒酿。梅桃依然一声不吭。庄大鹏没有办法，只好去厨房给自己做了一碗面条。

吃完面条，他打定主意到馆里去看看，家里的这种气氛待着实在没意思。

二

庄大鹏骑着自行车来到文化馆门前，他见铁栅栏门开了一条缝，估计可以钻过去，就懒得下车，扶稳龙头就往里骑。车子的前半部已过去了，老丁突然从走廊里拐出来。庄大鹏一慌神，车子的脚架挂在铁栅栏上，他一下子没稳住，连人带车翻在地上。

老丁过来将压在庄大鹏身上的自行车搬开，庄大鹏爬起来推了老丁一掌，嘴里说："老丁，你怎么走路像个鬼，一点动静也没有。"

老丁笑一笑说："你应该摇一下铃。"

庄大鹏说："我摇了铃。"

老丁说："那就怪我了，我在想事没听见。"

庄大鹏说："想什么事，是不是又在算命卜卦？"

老丁说："早上起床后，我用《易经》推算了一下，今天馆里有场口角。"

庄大鹏一愣，说："我不信你学到了这种程度。"

老丁说："《易经》能不能学通，关键是各人的造化，邵海华不也是四十岁左右才开始研究《易经》，他现在成了《易经》大师。"

庄大鹏说："有空你帮我预测一下。"

老丁笑了一下，没做任何表示。

庄大鹏进了馆长办公室，见老孔和孟保田都在办公桌后面坐着。老孔正在自己的笔记本上飞快地写些什么。老孔写字的姿势很特别，人斜着坐，本子也斜着放，看上去别扭死了，可写成的字一个个都是正的。孟保田则在极认真地看报纸，一支烟夹在手指上，烟灰都快弯成了一只钩子。

见庄大鹏进来，二人都冲着他点了点头。

庄大鹏的办公桌上积了一层灰，还堆了一堆旧报纸。

庄大鹏忍不住嘟哝一句："改什么革，改得办公桌上灰没有人抹，报纸没有人夹。"

老孔的笔停了停，又继续往下写。

庄大鹏抬起嗓门叫道，老伍，你过来一下。

老伍应声从隔壁办公室里走过来。

庄大鹏说："你这办公室主任怎么当的？报纸堆了这大一堆，也不夹一夹。"

老伍说："庄馆长，对不起，这事现在不归我管，我辞职了。"

庄大鹏说："为什么要辞职？"

老伍说："我跟不上馆领导的改革步伐。"

庄大鹏听出这话的味道来，当着老孔的面不便追问，就说："那办公室的事现在归谁负责？"

老伍说："好像是小段吧！"

庄大鹏便又叫起了小段。叫了几声无人应。

老孔在一旁说："别叫了，我让她打印一份材料去了。"

老伍走后，庄大鹏找了一块抹布将桌子抹干净了。然后装作洗抹布，出门找老伍了解情况，找了一圈没找着，最后才听老丁说，老伍上街买菜去了。

庄大鹏记着电报里说的事，他拐进办公室，准备打个长途电话，问问自己的哪幅作品获了奖。进屋后，他见电话机换了新的，以前是转盘式，现在是按键式。他以前提过几次，要老孔将电话机换一换，想到老孔到底接受了自己的建议，他多少有些高兴。

省摄影家协会的电话，过去他每月总要打几次，那号码他记得烂熟。庄大鹏一上去就按了一下027，结果是忙音，又按了几次，仍是忙音。后来，他将节奏放慢了些，一按0字键就出现忙音，他这才意识到这新电话机可能是带锁的。他翻过电话机一看，那背后果然有一个锁孔，锁芯上的小缺口正对着"锁定"二字。

庄大鹏一扔话筒，转身来到馆长办公室。

他问："电话是谁锁的?"

老孔低头在笔记本上写着，孟保田趁其没注意，偷偷朝他努努嘴。

庄大鹏又问："电话是谁锁的?"

老孔还是不作声。

庄大鹏有些火，便大声说："老孔，电话是谁锁的?"

老孔扫了他一眼，说："你问问小段吧!"

正巧小段抱着一大沓油印材料走进来，听了老孔的话，她随口说："问我什么呀?"

庄大鹏阴着脸说："电话是你锁的?"

小段说："我是按制度办事。"

庄大鹏说："什么制度，我怎么不知道!"

小段将他领到办公室，指了指电话机旁边的墙上，上面果然贴着一张电话使用规章。规章规定，除了主要负责人以外，任何人打电话必须先到有关人员，也就是小段那儿登记，并经主要负责人认可确为公事以后才能开锁通话。

小段说："你要哪个单位？"

庄大鹏正要说，忽然意识到什么，便反问："是你领导我，还是我领导你？"

小段说："你是副馆长，当然是你领导我。"

庄大鹏说："那你凭什么过问我的事？"

小段说："我这是按制度办事。"

庄大鹏一拍电话机说："这狗卵子制度我还没有点头呢！"

说着，他一伸手将墙上的制度撕了下来。

小段说："庄馆长，你别朝我发脾气，我是小兵一个，有狠的，你们当领导的相互斗去，别在我身上出气。"

这时，老孔出现在走廊上，他隔着窗户对小段说："庄馆长有急事，你把锁开开。"

小段不肯，她说："制度是你订的，怎么执行起来又变了呢！"

小段的声音特别高，楼上楼下办公室的人都跑出来看热闹。

小段说："你不让我代理办公室主任就算了，让我代理一天，我就要负责一天，任何人也别想例外。"

庄大鹏抓住小段这句话开始反击，他说："那老孔要打电话，你登不登记？"

小段一下子怔住了。

庄大鹏说："这锁有几根钥匙?"

小段说："我不知道,电话机是老伍买的。"

一旁的老伍马上回应说："有两根钥匙,我都交给你了。"

老孔说："另一根在我这儿。"

庄大鹏说："要登记大家都登记。"

老孔忽然正色说："庄馆长,你要搞清楚哟,文化馆是你领导我,还是我领导你?"

老孔这话一出口,围观的人都笑起来了纷纷说,这话算是说到点子上去了。

老孔说："文化馆的自由化倾向太严重,是到了该纠一纠的时候了。"

老孔说完这话,大家都一声不吭地走开了。

庄大鹏正要走,老孔叫住他,说干脆就这件事为契机,将馆里的改革方案先讨论一下。

庄大鹏不理他,依旧走自己的路。走到大门口时,孟保田从后面追上来,将他拖到一边,反复劝了一通。庄大鹏冷静下来后觉得孟保田的话很有道理,如果老孔趁自己不在场时,将那个所谓改革方案强行通过了,那岂不是误了大事。

往回走时,见小段正在通知老丁也去开会。老丁不肯参加,说没有人卖票,他脱不了身。又说这两天电视录像的片子好,看的人多,卖票的特别忙。

庄大鹏说："你是副书记,这样重要的会议,你不能逃避。"

老丁说："我不是逃避,从图书馆调过来时,我就申明了,只做一个普通干部。"

　　见劝不动，庄大鹏和孟保田就上去一人架着一只手将他拖走了。走出十几步，从他怀里掉出一本书来。小段伸手抬起来，正是老丁视为至宝的那本《易经》。

　　到了馆长办公室，见老孔已将小段打印的那些材料摆在各人的办公桌上，小段给四个人各倒上一杯茶水才往门外走。

　　小段走路的样子很诱人，特别是丰满的下肢一扭一扭地让人见了心跳不已。庄大鹏看了几眼，回过头来，见老孔也在看小段，眼睛里有一股不寻常的光泽。

　　庄大鹏故意咳了一声，老孔回过神来，下意识地看了他一眼。庄大鹏迎着他的目光，一点也不回避。他见到老孔的眼神中有几分虚怯。

　　老孔故作镇静地说："孟馆长，你先将这份草案读一读吧！"

　　孟保田说："我咳嗽了好几天，说是咽炎，不能多说话，还是让别人读吧！"

　　老孔转向老丁说："老丁、丁书记，你读一读怎么样？"

　　老丁说："我读不好，在图书馆干了十几年，读报读文件的事，都是别人代劳。"

　　老孔又说："庄馆长，你呢，行吗？"

　　庄大鹏说："这东西是你起草的，你熟悉，还是你亲自读吧！"

　　老孔只好拿起那叠材料正要读，又放下来说："那就叫小段进来读吧！"

庄大鹏说："不行，她又不是馆领导人，没资格参加。"

孟保田说："过去，只有毛主席、周总理的报告可以由人代读，现在连江泽民、李鹏都亲自站在那里读报告哩!"

老孔无奈，只好亲自读。

老孔的声音不大不小，听起来有些底气不足，他捧着一叠纸念道："……《文化馆改革方案（试行）》。第一章，馆长助理责任制。第一款，馆长助理由原副馆长改任而成，馆长助理由馆长提名聘任，并报文化局、宣传部、组织部备案。馆长有权对馆长助理做出解聘决定。馆长助理的工作只对馆长负责。第一条，馆长助理只接受馆长下达的任务；第二条，馆长助理必须每周向馆长口头汇报工作一次，每月必须向馆长书面汇报工作一次；第三条，馆长助理只负责分派的工作和任务，不得干预未经授权的任何事情。第二款，馆长助理的奖与罚……第三款，馆长助理的工作实绩的考核与计分方法……"

后面的一些条款，庄大鹏没有听清，耳朵里只有一片嗡嗡响。

老孔读完后，又说了一通话。

庄大鹏慢慢地冷静下来，听见老孔还在说："这个方案是关系到文化馆改革成败的关键。要想成功，就必须先解决班子问题。"

老孔要大家先发表一下意见，然后再将草案发下去，征求全馆干部职工的意见。

老孔说完后，伸手拿过桌上的保温茶杯猛喝了两口茶水。

庄大鹏也端起茶杯，却是慢慢地呷、细细地咽，一口水尝了几分钟，然后才喝第二口水。

孟保田一直将那只盛满水的茶杯握在手里，两只手轮换着一会儿烫烫手掌，一会儿烫烫手背，一会儿又将茶杯举起来贴在脸上。

老丁坐在一个角落里，他微闭双眼，双臂抱于胸前，嘴里像是在喃喃地默诵着什么。

庄大鹏觉得屋子里的寂静的味道真是好极了。他看了看老丁，忽然觉得老丁脸上挂着一种意味深长的微笑。这种微笑在他看来十分熟悉，可一时又想不起来在哪里见过。

庄大鹏正在极力回忆，孟保田在一旁忽然开口说："嘿，你们看看老丁这个样子，像不像一尊笑佛?"

庄大鹏禁不住附和说："是的，是笑佛，就是城西庙里的笑佛。"

老丁像是没听见，一点动静也没有。

老孔不高兴地说："别扯远了，说正经的吧，孟馆长，你开个头吧!"

孟保田说："老孔，这个头我可不敢开，这副馆长的工作问题只能由上面来安排，我们自己怎么好说呢。当然，只要有组织部的红头文件，该要我们怎么办我们一定就怎么办!"

老孔碰了一个软钉子，停了一下，又回头说："庄馆长，你有什么好的建议，也可以提出来让大家参考参考。"

庄大鹏说："让老丁先说，老丁当过图书馆的馆长，对怎么领导副馆长很有经验。"

老孔只好又去点老丁的将。

老丁睁开眼睛，轻轻地说："我对文化馆工作不熟悉，就没有发言权。图书馆的书是死的，爱往哪里搬就往哪里搬。文化馆的人是活的，有手有脚，完全不一样。"

老孔说："你一来就扎到基层去卖票，都快半年了，怎么说不熟悉呢？"

老丁说："老孔你这话算是说对了，如果现在讨论怎样卖票，我真的可以说上一通，可现在是在讨论副馆长和馆长助理问题。"

老丁说完从怀里抽出那本《易经》看起来。

庄大鹏咳了一声，说："都不说？那我就说几句。这改革既然要从领导头上改起，那为什么不从馆长头上动手，而要从副馆长身上开刀呢？改革的事每个人都得参加，都要荣辱与共，不能由少数人来指挥别人怎么改革，把苦果都给别人吃，甜果自己全留下独享。文化馆的改革为什么老也深入不下去，就是因为总是领导改群众的革，而群众却改不了领导的革。副馆长算什么？算个卵子！连电话都无权打，他还能妨碍改革大业！昨天还是副馆长，今天就成了馆长助理，这足以见得它的无足轻重了。所以，我的看法是真要改革就得先从最重要的位置下手。"

庄大鹏说话时，老孔拼命地往本子上记录着。庄大鹏说得很快，老孔记不赢。庄大鹏说完后，老孔还追记了几分钟。

趁老孔在记录，孟保田起身出了屋子。他一走，庄大鹏也跟着走了。

老孔还想煞有介事地做个小结，他在屋里等了十几分钟，也不见有人转回来，才明白他们并不是上厕所去了，只好对老丁宣布散会。

三

庄大鹏到学校里接儿子，半路上碰见了梅桃。

梅桃一边走一边嗑着瓜子，见了熟人就停下来笑着说几句什么，一点也不似在家里的那种模样。

庄大鹏将自行车靠上去，小心翼翼地唤了一声。梅桃见了他，脸又阴下来。

两人并肩走了一阵，庄大鹏说："我今天差一点和老孔吵了起来。"

梅桃忍了一会儿才说："为什么?"

庄大鹏说："老孔让小段代理办公室主任，我这个副馆长居然都不知道。他让小段将电话锁了起来，除了自己以外，任何人要打电话，必须由小段登记，再报他批准才行。"

庄大鹏还将馆务会的情况也对梅桃讲了。

梅桃说："你该吵，你吵得对，你还要吵得狠一些才行。"

说着话，梅桃脸上就变了色，变得和平常一样温柔好看，并绕到庄大鹏这一边来，轻轻地挽着他的胳膊。

两人接了儿子，一齐回家。

梅桃让庄大鹏歇着，自己下厨房做了几道好菜，又亲自替他斟了几杯酒。庄大鹏好久不见梅桃这样高兴，自己也很兴奋，便痛痛快快地将酒全喝了。

刚吃完饭，梅桃就要他将儿子送到学校去。庄大鹏看了看手表，才一点钟不到，而学校是两点上课，他正要说等会儿再送，忽见梅桃眼里放出一点异样的亮光。他心里一热，连忙将儿子送到学校。等他回家时，梅桃已在被窝里躺着。

一阵桃花风雨过后，梅桃搂着他说："你知道我为什么烦你吗？很多时候别人都骑到你头上了，你还在忍让。我担心哪天我这做妻子让人欺负了，你还是如此没有血性！"

庄大鹏贴着梅桃的脸说："我这回真想通了，与其忍让被人欺负，不如和他拼个鱼死网破。"

梅桃说："也不一定。老丁先前在图书馆要多狠有多狠，仗着是一把手，总想改副职的革，结果还不是被那几个副馆长撵下了台。你看他现在比谁都乖，见人大气也不敢出。"

正在说话，外面有人叫了。

庄大鹏穿了衣服起床开门，见门外站着文化馆的老伍。

老伍见他那模样就问："大白天里和谁在屋里干好事？"

庄大鹏正要说，梅桃在房里先开口说："大鹏不是老孔，没有那么多歪心眼。"

老伍笑一笑说："我真不该冲散你们的好事。"

庄大鹏也笑着说："老夫老妻的，成天在一起，机会多的是。"

老伍坐下来，喝了一口庄大鹏泡上的热茶说："庄馆长，这一回你无论如何要帮我的忙。"

庄大鹏说："谁叫你那么苕，要自己辞职，老孔早就巴不得换掉你，你这样做正好是自投罗网！"

老伍说："也怪我当时太不冷静。那天老孔找我谈话，说办公室从今年起只设半个岗，所以还必须兼半个岗，老孔说馆里半个岗的事有几种，一种是每天早上起来上食堂里煮稀饭、做馒头，供应全馆人员的早餐。一种是每天将全馆的卫生打扫一次，每三天将厕所和灰道掏一次。办公室主任虽然没有明确说是副馆级，但待遇上从来都是如此规定的。我也明白老孔这样做是何目的，可当时在气头上，再说我也是个男人呀，所以就当场声明辞职。老孔当场宣布要我到文学部上班。"

庄大鹏说："我和老孔打了这么多年的交道，最近才发觉这个人心里很阴险。"

梅桃穿戴好了，从房里走出来说："老伍你这样做是对的，办公室主任算什么官，也就是跟屁虫一只，丢了就丢了，用不着惋惜。"

老伍说："梅桃你站在岸上说话腰不疼，我在河里撑船可就吃亏了。"

庄大鹏说："也吃不了什么大亏，等老孔一下台，这办公室主任仍归你当。"

老伍说："老孔他要下台？"

庄大鹏说："这就看我们如何努力了，人心齐，泰山移，老孔不过是牛屎一堆，说扔掉就能扔掉。"

老伍说："庄馆长，我听你的指挥。"

庄大鹏说："你当了这么多年的办公室主任，应当见识过老孔的蛛丝马迹，知道他干了哪些违法乱纪的事。"

老伍说："老孔这人很精，什么事都留着后路，都防了一手，很难找到他的漏洞。"

庄大鹏说："我就不信他没有辫子让人揪。"

老伍想起一件事，说："老孔和小段的关系有点不一般，有一回他妻子跑来找我哭诉，说那天小段躺在他家的竹床上乘凉，被老孔硬拉了起来，说她来了月经，不能这样躺在竹床上。老孔回屋拿来床单铺在竹床上，才让小段睡下。老孔的妻子说她坐月子时老孔也没有这么细心过。还说，有一回她看见老孔伸手摸小段的脸，小段则用手在老孔的脸上轻轻地拍了一下。"

庄大鹏很兴奋地说："这样的材料好，还有经济方面的没有？"

老伍说："经济上的事只有会计知道。"

庄大鹏说："你可以从侧面找会计了解一下，这样的事我出面不方便。"

两人又说了一些话，庄大鹏就要老伍去找孟保田。过一会儿他也去，装作是无意碰上的，然后一齐做孟保田的工作。要想搞倒老孔，没有孟保田出面是不行的。

老伍起身先走，庄大鹏在屋里坐了半个小时，和梅桃说了些亲热话后，才有些不舍地出了门。

孟保田没有做私房，他住在文化馆院内。

庄大鹏去他家时，正碰见老孔从自己家里出来，老孔也住在文化馆院内，两人见面时只是点了点头。

庄大鹏在门上敲了几下后，老伍将门打开了，并小声对他说："孟馆长病了，正在床上躺着呢！"

庄大鹏心想，这个老孟怎么病得这样巧。他嘴里没作声，走进房里，问候了几句，然后单刀直入地表示，希望孟保田能和他一道出面去县委会，将今天上午的事汇报一下。

孟保田说："我腿上无力，实在走不动。"

庄大鹏说："你有没有力别人也不知道，不过，这事若让老孔恶人先告状，那我们往后的日子就惨了。"

孟保田只好起床穿好衣服，跟着庄大鹏和老伍一道出了门。

三人走了二十多分钟，就到了县委会的楼上，一问，得知郑副书记在，且这会儿正闲着。他们敲开门，郑副书记正在看小说。

庄大鹏将上午的事详细汇报了。他说话时，郑副书记一言不发。待他说完，郑副书记又叫孟保田和老伍做了补充，直到他们都说完了，郑副书记才开口。

郑副书记说："文化馆的事由宣传部何副部长主管，这事你们可以直接向他汇报。"说完，郑副书记话锋一转，"今年春节活动你们怎么安排，要抓紧，时间已不多了。不要老惦记着自身得失，要多为人民群众着想，不要搞内耗。"

庄大鹏他们告辞后，就去找何副部长。

何副部长不在家，他出外开会去了，四天后才能回来。

庄大鹏心知找何副部长告老孔是凶多吉少，听说他不在家反倒有些高兴，这给他们一个商量对策的余地。

　　往回走时，他们商定，庄大鹏赶紧去省里将奖品领回来，孟保田和老伍在家拿出一个春节文化活动方案，待何副部长回来后，借口汇报工作，再将老孔的事说出来。

　　庄大鹏回家和梅桃说了计划，梅桃很同意，她将家里的现金都找出来，留下二十元，其余两百元都给了庄大鹏做差旅费。

　　第二天一早，庄大鹏搭上去武汉的客车，车上没有熟人，他懒得和陌生人说话，在车上睡了两觉就到了武汉。

　　下车后，他到小东门搭上 14 路公共汽车到博物馆站下，在路边小摊上吃了点东西，然后就进了省摄影家协会的办公楼。这地方他来过很多次，不用问路。省摄影家协会的人也很熟，几个人见了他都笑着说，获奖专业户来了。

　　庄大鹏客气几句后，从旅行包里拿出些茶叶，见人给了一包，大家见是英山绿茶都很高兴，说过年有好茶喝了。又说还是老庄讲义气，不像有的人一阔就变脸。

　　有人将奖证拿给了庄大鹏，庄大鹏一见只是一个三等奖，心里有些不高兴。等到弄明白得奖的是那幅名叫《党代表》的作品时，心中不由得抖了一下。

　　《党代表》拍摄的是何副部长在党代会上的情形。那次他挑选送省参赛的作品，开始庄大鹏并没有挑上它，在他拍摄的作品中，比它强的有几百幅。后来何副部长托人捎了个信，说他的作品中题材单调了。刚开始庄大鹏还没有领会此中深意，是梅桃提醒了他，当然，梅桃只是从一个女人的角度，当然也是外行的角度来欣赏，梅桃一直认为庄大鹏是无心插柳，在随手之间，将一个不大不小的官员形象极为传神地记录下来。庄大鹏想明白后，便抽下一幅作品，将何副部长在党代会上的照片插进去。

省摄影家协会的人解释说，今年的作品太平淡了，看上去千篇一律，倒是《党代表》的那种粗糙的感觉给评委们留下一种不大不小的刺激。开始不少评委都说要给个一等奖，可待投票结果出来后，却变成了三等奖。

晚上，省摄影家协会的人留他在食堂吃了一顿便饭，说是便饭，酒还是有的。

省摄影家协会还给了他一份文件，上面写明了，建议有关单位给《党代表》的作者发给不低于八十元的奖金。吃完饭，庄大鹏叫了一辆出租车，来到湖北饭店，他要了一个双人间的铺，一夜花去四十多元。

睡了一夜，醒来后，庄大鹏就喜气洋洋地搭上了返程车。

四

一回县城，庄大鹏就先去文化馆报销差旅费，他出门时几乎将家里的钱都带走了，梅桃一再叮嘱他一回来就要到馆里去报销单据，免得家里到时无钱可用。

庄大鹏风尘仆仆地走进财务室，要了一张报销单，飞快地填好以后，又随手交给会计小吴。

小吴说："老孔没签字，我不敢报。"

庄大鹏说："谁做的规定?"

小吴说："小段以办公室的名义通知我们的，庄馆长你不能怪我，我也有为难之处。"

庄大鹏说："我不会怪你们的。"

说完他拿上单据就上楼去找老孔。

老孔正和小段说得高兴，见庄大鹏一脸怒气地闯进来，不由得有些紧张，忙起身问候了一句。

庄大鹏没理会，他将报销单往桌上一扔说："怎么现在什么都得你签字？"

老孔说，馆里财务上有些乱，得采取一些严厉措施。

庄大鹏说："我看上厕所的人更多更乱，你最好也来签字批条子。"

老孔不说话，低头看了看报销单据，然后说："庄馆长，对不起，这差旅费不能报销。"

这话让庄大鹏刷地一下从脸到脖子全红。

老孔说："你这上面的住宿费超标了不说，关键是馆里有了新制度，从今年起，除了地区文化局和群艺馆，省文化厅和群艺馆的有关工作和任务，其他一切部门通知的业务活动费用由有关人员自理。"

庄大鹏说："我怎么不知道这个制度？"

老孔说："昨天开会时你不在，孟馆长、丁书记都参加了，大家是一致通过的。"

庄大鹏实在忍不住了，他说："老孔，我知道你的心思，你见我这几年业务成绩突出，奖拿得多，就想卡我，你这项规定是专门为我制订的。"

老孔说："庄馆长，你要怎么想我没办法，可是有一点，馆里的钱不论节约多少我个人都拿不走。"

庄大鹏说："老孔，这差旅费你到底报不报销？"

老孔说："你硬要我说，那我只好说，只有两个字：不报！"

庄大鹏顿时火气上来了，说："姓孔的，你要是真能顶住不报，我就从你胯里爬过去。"

老孔寸步不让地说："我要是给你报了，我也从你胯里爬过去。"

庄大鹏气呼呼地从楼梯上往下走时，听到头顶上有人小声说："狗咬狗，一嘴毛。"另一个人则答道："槽里无食猪拱猪。"他想看清说话的是谁，等了一阵，却又什么动静也没有了。

庄大鹏没有立刻回家，他先去找孟保田，可敲了半天门却无人答应。他想，老孟这狗东西，一定是听到自己和老孔吵起来后，便有意躲了。他使劲在门上踢了两脚，才转身走开。

半路上，他碰见上银行存售票款的老丁。便在路中间拦住，向老丁追问详情。老丁摇头说昨天会上的事他一点也没听进去，不只是昨天的会，文化馆所有的会他都没兴趣听，他开会时总在想《易经》，那东西比天底下一切东西都有味道。

庄大鹏见问不出什么只好放老丁走。

老丁走出几步，他又拦住他，要他用《易经》推算一下，这次的差旅费能不能报销。

老丁蹲在地上，用一只木棍划算了半个小时，最后一口咬定，庄大鹏的差旅费不仅能报销，而且还有一笔不大不小的意外之财。

听了老丁的话，庄大鹏肚子里的气消了一些。

庄大鹏一进家门，就见到孟保田正在沙发上坐着与梅桃说话。梅桃脸上有泪痕，像是刚刚哭过。猛地见了他，梅桃忽地又流出了眼泪。

庄大鹏忙问是怎么回事。

孟保田解释说，他在街上碰见熟人，听说庄大鹏已回来，就匆匆赶来想通报情况，不料庄大鹏没回，只有梅桃一个人在家。他就将馆里昨天开会的情况和她说了。梅桃正在着急，怕庄大鹏报销不了差旅费，她下星期一要给儿子做十岁生日，请柬都发了，到时候若没钱备酒菜，那可太丢面子了，一急之下，梅桃就哭起来。

庄大鹏免不了先安慰梅桃一番，有《党代表》获奖这件秘密武器，他肯定可以斗过老孔。待梅桃情绪稳定下来后，他才问孟保田昨天开会的事。

孟保田说老孔太狡猾了，先将财务制度读了一遍，再叫他和老丁发表意见，又说不愿提意见也行，允许他们保持沉默。后来老孔问了几遍有没有意见，他们真的不作声。谁知老孔竟说，默认就是表示同意，他宣布财务制度获得馆务会一致通过，并不由他分说地宣布散会。

庄大鹏将老孔骂了一通后，也觉得这事难以再推翻了，往后只能看事论事地相机处理。

　　孟保田又将他和老伍计划的春节文化活动方案对庄大鹏说了一遍。庄大鹏想了半天，也没想出什么可以改进或补充的地方，便点头同意了。

　　孟保田走后，梅桃说："老孟这个人有点靠不住，得防着一点。"梅桃觉得，昨天会上他要说个不同意可是轻而易举的事，他像是有意不说，给老孔创造硬说他是默认了的机会。

　　庄大鹏说："我也正这么想！"庄大鹏也觉得，老孟这么主动来家里说清楚，实在是此地无银三百两。老孟对庄大鹏这几年的突出成绩很妒忌，内心巴不得老孔这么限制一下。

　　夫妻两人商量好，往后凡事对孟保田得留一手，防止他倒戈。

　　由于有一种危机感，虽然只分别了一夜，但晚上庄大鹏和梅桃上床以后，表现得分外恩爱。

　　第二天中午，庄大鹏听到消息说，何副部长率人回来了。

　　庄大鹏匆匆吃完中午饭，就到文化馆邀孟保田一齐去何副部长家。

　　何副部长正准备上床午休，见了他们明显露出一些不高兴来。

　　庄大鹏怕何副部长下逐客令，便开门见山地将获奖作品《党代表》和获奖证书拿出来，一边给何副部长看，一边告诉他说，《党代表》先前获一等奖的呼声很高，但后来由于有人捣鬼，只获了一个三等奖，弄得连省摄影家协会的人都觉得很遗憾。

　　何副部长看着照片，脸上逐渐露出了笑容。他说："老庄你这几年在业务工作上很突出，要借这次获奖，在县电视台上好好宣传一下。下午你亲自去电视台一趟，就说是宣传部的意思。"

庄大鹏连忙点头答应，然后又苦笑起来，说："可老孔对我一点也不支持，连差旅费也不给报销。"

何副部长要过差旅费单据，庄大鹏趁势将省摄影家协会要求有关单位给予获奖作者奖励的文件递上去。何副部长看了看后没有作声。

孟保田眼看要冷场，连忙开始汇报今年春节的文化活动安排。他刚开了个头，就被何副部长打断了。

何副部长问，这么重大的活动老孔怎么不参加汇报。孟保田说，这是郑副书记亲口交代给他和庄大鹏的任务，他们不清楚郑副书记的意图，只好老老实实照办。

听说是郑副书记意思，何副部长就不再追问了。

孟保田汇报说，今年春节文化活动仍以县城关为中心，总体构思为《百兽闹新春》，具体计划是：组织十条龙、二十对狮子、五十只蚌壳精进城，从正月初二开始，到正月初四结束，为期三天。同时，县直各单位每家门前要悬挂不低于两盏以上的宫灯。宫灯来源，可由文化馆组织民间艺人，按各单位的订货来扎制。

孟保田尚未说完，何副部长就兴奋地站起来，在屋里来回走动，一副有话迫不及待地要说出来的样子。

果然，孟保田一说完，何副部长就表态说："这个计划好，它可以把整个春节炒爆了，你们再具体地规划一下，哪个乡镇出几条龙、几对狮子、几只蚌壳精都要写清楚，我向郑书记请示，亲自当这次活动的总指挥。"

庄大鹏见机会来了，就说："这只是我和孟馆长的想法，还不知老孔支不支持。老孔他现在是一手遮天，为了强化自己的主要领导人形象，把别人变成名副其实的次要领导，他正在改革，将副馆长改为馆长助理，并且实行聘任制。这会儿我们跟你汇报工作，回去后还不知他聘不聘我们当他的助理呢！"

何副部长当即说："这个老孔，任免文化馆干部是宣传部的权利，他怎么可以乱来呢，不想让党指挥枪了？"

孟保田又将电话机上锁的事说了。

何副部长听后沉吟了一阵，然后要他们回去带个信给老孔，晚上七点半，正副馆长都来宣传部开个会。

庄大鹏和孟保田在回文化馆的路上，反复权衡，这次汇报后，何副部长的态度对他们究竟是有利还是无利，直到进了文化馆的大门，他们也还拿不定主意。

老丁独自坐在一张桌子后面，桌子上摆着舞票和电视录像票，这会儿没人来买，老丁就捧着《易经》入神地看着。

庄大鹏上去招呼一声，要老丁帮忙算算他和孟保田今天的运气。

老丁开始不答应，缠不过了才被迫用手指在桌上写了四个字：有得有失。

路过办公室时，他们见老孔正在打长途电话，老孔憋着嗓子说普通话，那声音南腔北调的八不像，难听死了。

庄大鹏不愿和老孔讲话。何副部长的意思是孟保田向老孔传达的。

老孔听孟保田传达时，脸上出现一丝冷笑。

隔了一会儿，老孔出了馆长办公室到隔壁办公室里去打电话。庄大鹏悄悄地顺着墙走到窗边听了几句，知道老孔在和何副部长通电话，听得最清楚的是老孔提高声调冲着电话反问的那句："要我带四百元钱来干什么？是不是部里有别的需要？要不要再多带点过来？"何副部长在电话里怎么说的，庄大鹏不得而知。电话打到最后，老孔和何副部长开起玩笑来。老孔问何副部长这次出差在外面跳舞没有，有没有遇上中意的舞伴，等等。

庄大鹏一听到老孔说话的那语气，心里就沉重起来。

他一刻也不愿在办公室里坐，拿上获奖作品和证书就去了电视台。

电视台的人一见到《党代表》，二话没说就操起机器拍了一条两分钟的新闻，并说好今晚在本县新闻节目里播出。

庄大鹏刚想给何副部长打个电话通知一声，电视台的人已抢先与何副部长通了电话。

离开电视台，来到街上，庄大鹏见一座电话亭正空着，便决定还是给何副部长打个电话。他拨通了宣传部，何副部长接了电话，问他有什么事，他就将晚上要播新闻的事说了。何副部长一点反应没有，只问他还有什么事。他说没有，又说了声对不起，打扰了，就搁下了话筒。

晚上，庄大鹏提前半个小时来到宣传部，不一会儿何副部长也来了。两人谈了一些冠冕堂皇的话，庄大鹏心想学着老孔和何副部长开点小玩笑，但一见到何副部长那副严肃认真的样子，想好的笑话怎么也说不出口。

老孔和孟保田几乎是同时进来了。

何副部长看了看表，但并无开会的意思，他将办公室的电视机调到县台的位置上，然后回到藤椅上懒洋洋地坐着。八点钟左右，本县新闻开始了。庄大鹏的摄影作品《党代表》获奖的消息放在第三条上，播音员只说是获了省内大奖，没说是三等奖。画面上反复出现何副部长那种发自内心的微笑。

新闻一播完，何副部长就将电视机关了，并宣布开会。

何副部长先说了很长一段，主要讲文化馆工作如何重要，又对文化馆的工作进行了肯定，然后开始表扬庄大鹏，当场宣布由文化馆发给庄大鹏奖金四百元，鼓励他今后再创作出比《党代表》更好的作品来，并指示老孔，今后凡是摄影家协会和新闻单位通知庄大鹏参加的活动，其费用文化馆应一律予以报销，同时相应打给这些地方的长途电话，也要一律给予方便。

庄大鹏心里正高兴，何副部长又说，关于文化馆副馆长改为馆长助理的尝试，应以稳妥为主，不要搞一步到位，可以先设一个副馆长，一个馆长助理，取得经验后，若好就全部改为助理，若不好，可以退回来，仍旧是副馆长。

庄大鹏猛一听还以为是件好事，是对老孔的所谓改革的沉重打击。

接下来就只剩下研究春节文化活动的人员安排了。尽管活动的计划是庄大鹏和孟保田出的，但最后被委以重任的仍是老孔，老孔当春节文化活动办公室主任，庄大鹏和孟保田分别是第一行动小组和第二行动小组的组长。庄大鹏负责召集民间艺人扎制宫灯，孟保田负责和各乡镇联络，督促各个龙灯、狮子和蚌壳精的排练与及时行动。

散会后，何副部长叫庄大鹏单独留下，他以为有什么重要事情，谁知何副部长只说，他这次的差旅费就不要再在馆里报销了。庄大鹏没料到一下子能领这么多的奖金，当然就应允了下来。

回到家里，庄大鹏将会上的事一五一十地说给梅桃听。梅桃没听完就叫起来，说："你真是个苕，上了当还不知道。"

庄大鹏一时没拐过弯来。

梅桃说："过去你和老孟是一个战壕里的战友，现在却一分为二，一个成了副馆长，一个成了馆长助理，这不是明摆着被分化瓦解了吗？你要是仍当副馆长，老孟肯定会对你有意见。反过来。老孟若仍是副馆长，他肯定就和老孔钻进一条裤子里了！"

庄大鹏听了梅桃的话，身上出了一层冷汗。他这才意识到老孔和何副部长的关系好到了何种程度，他觉得自己原先想争取何副部长支持自己的企图，真是痴心妄想，比下井里捞月亮的猴子和想吃天鹅肉的癞蛤蟆还不如。

五

尽管梅桃再三安慰他，庄大鹏仍蔫了不少，一连几天，他很少到文化馆去。他明白老孔只会聘自己为馆长助理。果然，没过几天，他就见到了宣传部的红头文件，自己被改聘为馆长助理，孟保田仍为副馆长，老丁仍是副书记。

文件下来的那天，老伍跑来坐了一下午，要庄大鹏不要灰心，他正在搜集老孔的问题材料，只要找到三五条，就可以将老孔撵下台。

庄大鹏怕自己这个样子又被梅桃瞧不起，就振作精神，下乡去跑了几天，找了十几个扎匠来文化馆扎宫灯。扎匠一来，各单位订购宫灯的人也来了，庄大鹏就显得格外忙碌。

由于离春节放假只剩下二十来天，扎匠们几乎天天晚上得加班，所以庄大鹏常常陪着熬到半夜。

孟保田保住了副馆长，心里挺感激老孔，工作上也格外卖力，整天泡在乡镇里不回来，弄得别的乡镇有急事时，老孔或者小段都必须下去跑。

何副部长不时来馆里转转，见了这番景象，很高兴地表扬大家，改革和不改革就是不一样，这一下子每个人的积极性都发挥出来了。

这天傍晚，庄大鹏吃了晚饭正要出门到馆里去加班，老伍推门进来了。

老伍脸上一副神秘色彩，进屋就小声问："屋里有外人吗？"

庄大鹏说："没有。"

老伍不放心，仍到各个门口看了看，见屋里真的没有外人，他才兴奋地说："这一次，我可抓住老孔的尾巴了。"

老伍说，上个星期四，老孔和小段分别搭车去石桥镇和李河乡检查春节文化活动的筹备情况，到石桥镇要经过李河乡，他俩本可以一起坐同一辆车走，可是他俩却分开一个上午走，一个下午走。老伍说，他们越是这样就越让人怀疑。所以他存心打听了一下，结果发现，老孔那天没有到石桥镇，小段那天也没有到李河乡。这中间肯定有名堂。这几天，他一直泡在财务室，看他们怎么报差旅费单据。今天下午，老孔终于进了财务室。老伍装作在桌子上找图钉，凑过去一看，发现老孔的住宿发票是用一张白纸条代替的，上面写的理由是发票丢失了。老伍转身到办公室给在地区工作的一个朋友打了个电话，朋友的弟弟在石桥镇政府管理客室，经过仔细查证，上星期四在客室住宿的人当中根本没有姓孔的。老孔拿了钱出财务室后，老伍故意套会计小吴的话，问怎么现在空白条子也可以报销。小吴说，只要老孔签了字她就给报，反正是国家的钱。老伍问老孔还给谁签过这样的字。小吴说老孔只给小段签过类似的条子。

庄大鹏对这个消息反应很好，他要老伍用点心，查出那一天他们到底去哪里了。只要证据确凿，就不怕老孔不受处分。

梅桃拿了一碟瓜子上来，然后坐在一旁，说：“光有男女作风问题，还搞不垮老孔，一定要找到他的经济问题。”

老伍说：“老孔昨日中午领着两个泥水匠在楼上指指点点，像是要整修下水道。”

庄大鹏说：“是不是先前在馆里做事的那两个？”

老伍说：“不是，是两个新人。”

庄大鹏放下心来，说：“你瞄准点，他们肯定要朝老孔进贡。"

老伍捏了一撮瓜子正要走，庄大鹏叫住他，说，馆里的电话机锁了，你怎么可以打长途呢？

老伍笑了笑，不肯明说。

庄大鹏说，你一定也有钥匙，如果是这样，那你就是和老孔串通一气，朝我耍诡计！

老伍忙说，这怎么可能呢。我在邮局有位朋友，是他告诉我一个办法。先将电话上的按键乱按一通，邮局的程控电脑就会说，对不起没有这个号码，请查对清楚后再拨。这时，可按一下压簧，并迅速地按下 0 键，电子锁就通了。

庄大鹏说，你怎么不早点告诉我，省得我去找小段和老孔要钥匙。

老伍说，我怕打电话的人一多，反而暴露了目标。

庄大鹏坐不住，要到文化馆去试试这法子。

路上，夜风很大，他们走得很快。还没进文化馆大门，就听到住在五楼的扎匠们吵吵嚷嚷地响成一片。

庄大鹏不管这些，和老伍先去了办公室。

小段不在，她和老孔在隔壁馆长办公室里悄悄地说着什么。

庄大鹏拿起耳机，试着拨了两次武汉，都没有拨通。老伍在一旁教他手法要再快一点，他又试了几次，终于通了。他在区号之后，又拨了省摄影家协会的电话号码，只听见嘟嘟的声音一响再响，却无人接听。他记起省摄影家协会办公室夜晚是无人上班的，便有些扫兴地放下了耳机。

这时，五楼上的吵闹声越来越响。

庄大鹏听到隔壁小段的高跟鞋磕磕地响起来，就抢先几步，跑到走廊上。刚站稳，那边屋里的老孔和小段也出来了。

听了一阵，老孔说："庄馆长，你去看看，处理一下，若是处理不了，我再去。"

庄大鹏对老孔说话的语气很反感，却又没办法，只好朝五楼攀去。

一到五楼，他就闻到一股酒气。

庄大鹏留了个心眼，没有直接进去，而是悄悄地将门边的一个小徒弟招出来。小心翼翼地问清楚，原来扎匠们在馆里干了十来天，眼看过年的时间就来了，想提前预支点钱，捎回家去。天黑时，他们和小段说了这意思，谁知小段一口拒绝了，说不干完活就不能付钱。

扎匠们生起气来，趁着酒意闹事，要将扎好的宫灯放火烧了，然后卷起铺盖回家。

庄大鹏略一思索，想好一个主意后才进屋。

他一进去，扎匠们就围上来找他说理。说他们过去无论是在公家还是在私家里干活，只要干到一半，总能预支一部分钱，他们说还从没碰到过如此不讲理的单位，真是越有文化越是蛮得像牛。

庄大鹏问他们要预支多少，扎匠们说七十也行，八十元也行。庄大鹏随口表态，干脆每人先领一百元钱，这样好算账。扎匠们很感动，说他们就是累死狗，也要将宫灯按期扎好。

扎匠们分别打了领条，庄大鹏一一在领条上签上"同意领取"四个字，再署上自己的名。

庄大鹏吩咐扎匠们明天上午找小段领钱，今晚的活必须干到下半夜一点。扎匠们都点了头。

庄大鹏下了楼，来到馆长办公室，见老孔和小段还在那里说话，就没有进去，只站在门口说了声，扎匠们的事我已处理好了。

老孔似乎无心和他说话，只是嗯了一声。

庄大鹏转身往家里走，一路走他一路冷笑。到了大门口，见老丁怀里抱着一只烤火的烘篮，坐在那里等人买票。

庄大鹏上去说："丁书记，这门口连鬼都没有一个，你还守在这里干什么？"

老丁说："不一定呢，昨天晚上九点钟我还卖出去两张票呢！天冷谈恋爱的人没去处，正好可以到录像厅里坐一坐。"

庄大鹏不好与他争什么，走在大街上他一直在琢磨老丁失败的原因，按说那两个副馆长都不是他的对手，可结果还是一败涂地，连经营了十几年的老巢也丢了，跑到文化馆来卖票。

庄大鹏到家时，梅桃已睡了。

庄大鹏将洗脚盆搬到房里，一边泡脚，一边和梅桃说话。说的自然是老丁的事，梅桃一口咬定，老丁大败的原因是他最后将图书馆所有群众都得罪了，老丁也是总想改别人的革。

庄大鹏想不出别的道理，就同意了。但他又有了一个新问题，为什么文化馆的群众总是发动不起来呢？

　　庄大鹏和梅桃商量了多时，才得出结论，老孔很聪明，他想先从干部头上动手，杀鸡给猴看，或者先将班子稳定，下一步他不可能不触动群众利益，到那时就有好戏看了。

　　上了床，庄大鹏老也睡不着，他有一种预感，觉得用不了多久，自己也会像老丁一样，只管卖票，不问其他。

　　第二天，庄大鹏有意不起床，在被窝里睡懒觉。上午十点半，孟保田在外面叫门。起初他不答应，后来，孟保田说他知道他在屋里，有急事。

　　庄大鹏想起自己忘了叫梅桃将大门反锁了，只好爬起来开门。

　　开了门，他说："孟副馆长，这贵的脚，怎么来了？"

　　孟保田说："庄馆长，你别挖苦我，早知老孔用的是离间计，还不如和你一道当个助理算了。"

　　庄大鹏说："别得了好处又来卖乖，你心里没有一定的想法，别人能离间得了？"

　　孟保田说："这事各人凭良心，光凭言语是说不清的。你快到馆里去一趟，孔馆长有急事找你。"

　　庄大鹏冷笑一声说："哟，怎么不叫老孔了？"

　　孟保田脸一红说："我这是礼貌，他总是称我们为馆长呢！"

　　庄大鹏说："你回去告诉你的孔馆长，我今天生病了，要休息。"

　　说着，他就摆出一副送客的架势。

　　待孟保田走后，庄大鹏锁上门，不声不响地跟上去。

孟保田没有发现庄大鹏在后面跟上来，一进办公室就对老孔说："老庄在装病不愿来见你。"

老孔说："他怎么说的？"

孟保田说："他说大不了你将他的助理职务解聘了！"

庄大鹏在门外听了这话，一下子跳进去，说："老孟，你再说一遍，这话是谁说的？"

孟保田措手不及，一下子说不出话来。

庄大鹏说："我不像你，我不懂什么叫离间计，反间计，我只搞阳谋，不搞阴谋。"

这时，老孔插进来说："都是误会，别再说了。庄馆长，我们先说点紧急的。你怎么可以不经我同意，就答应预支钱给扎匠们呢！"

庄大鹏说："我这是按照馆长助理责任制规定去做的呀，你让我管扎匠们的事，我就管了。"

老孔说："我没叫你答应可以预支呀！"

庄大鹏说："可你也没说不让我答应嘛！"

老孔生气了，说："庄馆长，你这是存心不与我合作！"

庄大鹏说："恰恰相反，是你存心找我的岔。不过，你也别发火，我签的字不值钱，我去宣布作废就是。"

庄大鹏说着就要上五楼去。老孔连忙上前扯住他的衣襟。

老孔说："你别再煽风点火了，扎匠们闹了一上午，刚刚歇下。我已叫小段去银行取钱了。那两千元钱是各单位订购宫灯的预付款，原先准备给全馆人员发点过年费；这下子让你一风吹了。"

老孔这话一会儿就传遍了全馆，庄大鹏走到哪里，哪里就有人指桑骂槐地咒他。庄大鹏不敢再得罪群众，便装作没听见。有事没事，他都和扎匠们泡在一起，所以宫灯扎得很快，到腊月二十七就全部扎完了。

腊月二十八，各单位放年假，之前他们都将宫灯在门前挂好了。入夜，何副部长上街来检查，见满街五彩缤纷，就不断地夸老孔，说如果不是老孔果断地抓改革，就不会有此新面貌。

庄大鹏见何副部长只字不提自己，心里很不服气。

检查结束后，庄大鹏来到老伍家，他要老伍加紧注意老孔和小段的行动，估计放年假之前他们若真有关系，就一定要找地方幽会。

第二天上午，老伍匆匆赶到庄大鹏的家里，说他刚刚在老孔的办公桌抽屉缝里找到一张纸条，上面只写了"晚十一点公园门口等"几个字。老伍说他看过之后，又依照原样塞在那道抽屉缝隙里。

庄大鹏沉吟了一阵，他有些怀疑，这样的腊月寒天，干吗要这晚去幽会呢？在梅桃的一再怂恿下，他终于决定和老伍去捉奸。

晚上九点，梅桃做了一些酒菜，两人吃过后便到了十点。他们悄悄来到公园门口，找了一个地方隐蔽起来。

半个小时后，天上下起了小雨，跟着又刮起了北风，庄大鹏冻得直打哆嗦，到十一点时，见仍无人来，就要回去。老伍要他再忍半个小时，他们可能迟到了。庄大鹏不肯，老伍又减到十五分钟。

又熬了十分钟，仍无动静。他们正要回去，不知从哪里钻出几个巡夜的联防队员，并不由分说地将他俩带到派出所去关了起来。

派出所的人都认识他们，只是他们自己没法说清那么晚躲在那里干什么，虽然人熟也不好放他们。

腊月三十中午，有的人家在吃团圆饭了，老孔才来将他们保出去。

庄大鹏一到家就发起烧来，三十、初一都在床上躺着。由于老孔说的那话，馆内的业务干部都认为是庄大鹏使坏，才让他们少领了一百元过年费，所以初一里没有多少人来拜年，只有老伍、老丁来过。老孔和孟保田在天黑后，也结伴来坐了坐。

六

正月初二一大早，各乡镇参加春节文艺游行的队伍就进了城，老孔叫庄大鹏在家休息，街上的事有人张罗，免得他上街后一累一冻后，旧疾没好又添新病。

庄大鹏怕老孔又趁机散布他的坏话，这大的活动，文化馆一年只有一次，他不露面的确容易招人议论。若硬撑着去了，恐怕真的会惹上新病。

正在犹豫之际，梅桃忽然在门口惊喜地叫起来，说："老庄，快放鞭炮，何部长来拜年了！"

庄大鹏一时不相信，待出了房门，见何副部长果真从门口进来了。

庄大鹏连忙点了一串五百响的鞭炮，扔在何副部长的脚下。鞭炮噼噼啪啪地响完以后，庄大鹏才按惯例说，恭喜何部长新年如意发大财。

何副部长不作声，只是笑，在屋里转了半天，庄大鹏和梅桃叫了好几遍坐，他才坐下来。

梅桃上了瓜子、糖果和茶水，便要去张罗菜，留何副部长在家吃中午饭。

何副部长很坚定地说声："不!"

又说了几句闲话，何副部长就正色说："我亲自来找你，是有一件非常重要的政治任务要你去完成。中央政治局的一位常委近日要来我县慰问、考察。昨天晚上县委开了紧急会议，确定了每一个参加接待的人员，你被选作了我县的唯一一名摄影记者，这是你的光荣，但责任也是重大的。这事你先不要跟任何人讲，常委来是一级保卫，严格得很，一点也不容有闪失。馆里的事你就不要管了，我会直接和老孔讲清此事的。"

突如其来的消息让庄大鹏又惊又喜，一时不知说什么好。只是反复地说着："感谢领导对我的信任。"

何副部长带着庄大鹏来到县委办公室，将他亲自交给郑副书记。

郑副书记分管组织和政法，他被委以这次一级保卫工作的常务副总指挥。何副部长想在一旁听点消息，但郑副书记挥手叫他走开了。

郑副书记为了显示重视，和盘托出了挑选他的经过。

庄大鹏这才知道自己抢了何副部长的位置。何副部长也爱照相摄影，他亲自给郑副书记打电话，毛遂自荐愿意当一回摄影记者，郑副书记对他的摄影技术信不过，仍然挑了庄大鹏。

庄大鹏领了任务回来，老孔又在家里坐着，他心知老孔是来探听小道消息，便故意一点风不透，让老孔干坐。逼得老孔只好直接问他。他马上顶回去，说，郑书记交代了纪律，关于常委的事，一律不许外传。

老孔觉得没趣，坐了坐就走了。

庄大鹏参与接待常委的事一传出，来家里拜年的人突然多了起来，从下午到晚上，来的人没有五十个也有四十个。原计划可以吃用到正月十五的瓜子、鞭炮，一天就光了。

晚上九点以后，屋里静下来。没有外人时，庄大鹏和梅桃反而更兴奋。一夜之间他们接连亲热了三次。梅桃还喘着气说，她有好几年没有这种强烈的感觉了。

常委哪天来县里，大家都不清楚。常委的行程属于绝密。郑副书记带领参加接待和保卫的人，每天从早到晚守在县委宾馆里，一连守了五天，才得到准信，常委明天上午到达。

初八这天，常委来了。

庄大鹏明白自己的任务。常委带来了一大帮名记者，那些人手脚快，机器好，脾气也大，抢镜头时，常常动手推人。庄大鹏拍新闻片反应比他们慢，就老是挨他们推搡。

　　庄大鹏没空计较，他要将常委同县里每一个干部握手或交谈的镜头拍下来，以留作资料。

　　常委在县里待了三天，既访贫问苦，也考察星火计划，每天的日程安排得很紧。这就苦了郑副书记，他总要在常委到达之前就带领保卫人员控制现场，待常委走后才能撤离，然后又要拼命赶到头里去，控制下一个现场。所以，三天都快过完了，还没有机会和常委握手交谈。

　　郑副书记心里很急，那模样庄大鹏看了个清清楚楚，他见所有人的镜头都有了，就缺郑副书记的，心里也觉得若真的一张也没拍着，日后见了郑副书记可就不好办。

　　庄大鹏留了个心眼，密切注意着郑副书记的举动。

　　初十下午，常委看完县里最后一个点，准备乘车跨越省界安徽省去视察。上车前，常委见附近有棵古树，树身上有个很大的洞，就走过去看了看。

　　这树洞是最后一站保卫工作最大的隐患，树又不能砍，但树洞里的情况谁也搞不清，没奈何，郑副书记就带着县公安局两个身手最好的侦察员守在树洞前。

　　常委走过来时，郑副书记又紧张又兴奋。跟在常委身后的县委第一书记介绍说，这是县委郑副书记，这次视察的保卫工作都由他负责。

　　常委伸出手说，辛苦了！

　　郑副书记赶忙抓住常委的手紧紧地握着。

　　庄大鹏看到这个情景，连忙举起相机，按下快门。

常委走后，庄大鹏同所有的人一道深深地嘘了口气。

三天没休息好，庄大鹏一到家就上床蒙头大睡起来，睡得正香时，却被汽车喇叭声吵醒了。回过神来，听见外面有人叫："庄大鹏是住这儿吗？"

庄大鹏从窗户里往外一看，见一辆桑塔纳轿车里坐着郑副书记。

庄大鹏连忙将门打开。

郑副书记进门就问："照片冲出来了吗？"

庄大鹏说："还没有呢！"

郑副书记说："什么时候可以冲出来，我晚上来拿行吗？"

庄大鹏想了想说："行！"

吃过晚饭，郑副书记真的又来了。

这时，庄大鹏还没有进暗室。他便说："照片还没洗出来。主要是有人看我不顺眼，什么都卡，显影药水和相纸都是次品，化学反应又慢又差，我怕将底片弄坏了，不得不加倍小心。"

郑副书记忍不住说："老孔这人到底怎么样？我听宣传部的老何说他很不错，还想提他当文化局副局长呢！"

庄大鹏见郑副书记主动问，就大胆地说："据大家议论，老孔这人作风上和经济上都有问题。不过，我一天到晚忙摄影的事，也不知是真是假。"

郑副书记说："有真凭实据吗？"没等庄大鹏回答，他又说："是老孔将你降为馆长助理的？"

庄大鹏说："我斗胆说一句冒犯的话，他还不是仗着何部长是老同学，有撑腰的！"

郑副书记说："原来是这么回事。老庄，以后有什么问题你可以直接找我反映。你是个人才，不能让人随便压制。"

郑副书记站起来要走，庄大鹏向他保证，明早一定将照片送到他的办公室。

庄大鹏忙了一个通宵，将照片弄了出来，准时送到了郑副书记的办公室。

郑副书记捧着那张放大到十二寸的照片，看着自己和常委握手的模样，又一次激动起来。他吩咐秘书上街买了一个最好的相框，装好后，挂在办公室里，还要庄大鹏再将照片放大一张，挂在家里。

庄大鹏回文化馆上班后，大咧咧地朝老孔要了电话机的钥匙，打开电话机，和省摄影家协会的人聊了半个多小时，他故意放大音调和对方谈常委的事，弄得老孔和小段他们都竖着耳朵听。

风光了几天后，庄大鹏就和老伍商量如何搞到老孔错误行径的确凿证据。

老伍被上次的事搞怕了，心有余悸，脑子也不灵活了，怎么也想不出办法来。

七

老丁不知为何喝醉了酒，整个下午都在大门口高声朗读着《易经》，读一段后，又解释一通。那些话大家都听不懂。只听得

懂他研究了自己和图书馆几个副职们的命相，发现他们一个个都
是自己的克星。会计小吴在一旁逗他，问他研究过文化馆的情况
没有。老丁说他一来就研究过了，文化馆几个头头的命相都是相
克的，特别是老孔和庄大鹏。初看命相是老孔克庄大鹏，但庄大
鹏的大运好，所以到头来反克了老孔。

　　除了文化馆的人围观外，过路的人也聚了不少。

　　小段来吆喝几次，要文化馆的人都去上班，大家都没理她。

　　后来，老孔跑来铁青着脸将老丁拖到楼上办公室狠狠骂了
一通。

　　老丁一句也没听进去，依旧在读《易经》，气得老孔将那本
《易经》夺过来，几把撕成粉碎。

　　老丁酒醒后，大家纷纷笑话他。

　　老丁自己还不相信。

　　会计小吴说，要是当时有个录音机录了下来，看你还赖
不赖。

　　庄大鹏听到这话，心里一动，跟着就想到了县剧团演出时用
的那种无线话筒。

　　庄大鹏拉上老伍就往剧团跑，老伍不清楚他要干什么，一路
都是糊里糊涂的。

　　庄大鹏在剧团找了一个熟人，向他打听无线话筒的使用办
法，弄清了用无线话筒并配上调频收录机就能进行现场录音。

　　庄大鹏很高兴，返回的路上，他将自己的计划对老伍说了。
老伍听了也觉得切实可行，而且百分之百地保险。他们到五金商

店问了问价，无线话筒要九十多元一只，调频收录机最便宜的也要两百四十元一台。庄大鹏原想将两件东西的钱由两人平分了，但老伍不同意，说搞倒老孔，庄大鹏就有可能当馆长，谁的收益多，就应该多出点钱。庄大鹏想想也有道理，就不好反驳。又想到录音机家里也正需要，说不定将来还可以拿到馆里去充公报销，他就同意由老伍买无线话筒，自己买调频收录机。

庄大鹏回家和梅桃说了买调频收录机的用处，梅桃有些心痛平白无故花这么多冤枉钱，但想到这是关系到庄大鹏的前途大事，就咬着牙答应了。

老伍买了无线话筒，庄大鹏买了调频收录机。

庄大鹏借口光线不好，风又大，将办公桌移到紧挨着老孔座位的位置。然后将无线话筒藏在办公桌的抽屉里。

无线话筒的电波发射距离只有五十米，庄大鹏的家离得太远，接收不到，他只能将调频收录机藏在老伍的家里。

老伍的窗口正好可以望见馆长办公室。

第一天，他们见小段从那门里进去，就赶忙打开调频收录机，只听到一阵高跟鞋响声后，有几声很微小的嗞嗞声。

庄大鹏说这是接吻声。

果然，过了一会儿，就听到老孔小声说，青青，我爱死你了。小段则说，你不是爱死我，你是想用胡须扎死我。一阵浪笑后，老孔忽然说，有人来了。

庄大鹏也连忙从窗户朝那边看去，见走廊上并无人影。

调频收录机里，老孔说，我骗你的，看你吓成这个样子。小

段说，你只会骗人，你说给我的金项链呢？老孔说，昨天就买好
了，可回家时没藏好，被她发觉，我只好顺水推舟说是给她买
的。小段说，你也许就是真给她买的。老孔说，你莫赌气。有件
事我总是不放心，去年年底我们一起住的那夜，不该用真名，老
伍好像一直在暗中调查，若是查出来了可就麻烦了。小段说，什
么时候我再去那里住一宿，趁机将那发票存根偷出来。老孔说，
你可要小心，小段说，你放心，女人做这种事不会被人注意。停
了一会儿，老孔又说，晚上我们约个地方行吗？小段说，算了
吧，老伍和庄大鹏的那双眼睛，就像贴在我的背上。老孔说，怕
什么，现在对男女的事管得松，只要是双方愿意，谁也干涉不
了。小段说，你们男人脸厚，我可受不了！

接下来，他们开始谈馆里的工作，上半年搞哪些项目，下半
年再搞哪些活动，等等。

庄大鹏和老伍听得乏味，就将调频收录机关了。

关机之后，他们笑着说起刚才听到的情话，才意识到不该没
有录音。要录音就得有磁带，庄大鹏和老伍商量了好一阵，决定
先由老伍买一盒，用完后，下一盒由他买。他们估计真正录满两
盒，那就够老孔受的。

庄大鹏回家将偷听到的事都对梅桃说了。

梅桃说她早就看出老孔和小段关系不同寻常。

庄大鹏和老庄偷听了一个星期，除了发现老孔和小段确有私
情外，其他什么问题也没听见。倒是那天那两个泥水匠到了办公
室，见四周无人，将两百元钱塞给老孔，结果被老孔严词拒绝

了，还说他们若再这样，文化馆的活儿他就去请别人来做。

庄大鹏和老伍听到这话时，都不相信这话是老孔说的。

这天，庄大鹏在家耽误了一会儿，到办公室时，见老孔和孟保田正在小声说什么。他一进屋，他们立即停下来不作声。庄大鹏装作没注意，在屋里坐了一会，便匆匆忙忙跑到老伍家，迫不及待地打开调频收录机。

只听见孟保田说，庄大鹏和老伍最近像是在搞什么秘密活动。老孔说，我也觉得他们有些鬼头鬼脑的样子。孟保田说，我看他们是冲着你来的，你搞改革得罪了他们。老孔说，我不怕，他们屙不出三尺高的尿。孟保田说，老庄利用手中的照相机笼络了不少领导，我觉得你应该再培养一个搞摄影的，何部长的儿子不是想到文化馆吗，干脆就让他来，来了以后，可以名正言顺地将老庄手里的照相机要回来，交给何部长的儿子实习。免得他老拿什么奖证来压人。老孔说，你这个建议行到是行，可就是何部长的工作做不通，他要儿子到电视台搞摄像。孟保田说，也是，那事比摄影更时髦，不过，馆里唯一一部照相机得掌握在可靠的人手里。老孔说，来硬的老庄不吃，得来软的。我有一个设想，干脆让老庄在一楼开个照相馆，让他自负盈亏。收录机里滋滋地空响了一阵后，孟保田说，这样恐怕不妥，一来馆里更控制不了他；二来，以他现在的名气，开个照相馆还不发大财！老孔说，孟馆长你说得很对。'

庄大鹏在老伍家里气得直发抖，破口大骂说自己从前太小看这个狗东西的狡猾了。

　　孟保田刚走，小段又进了老孔的办公室，照例先接了一个吻，大概是老孔将手伸进了小段的衣服里，小段小声叫着，哎哟，冰死我了。接着，小段说，五金公司来了人，听说我们装修舞厅在买音响，他们愿意优惠卖给我们全套音响，每一万元还可以给一千元钱回扣。老孔沉吟一会儿说，音响可以在他们那儿买，但回扣一分也不能要，馆里现在很不平静，有人在抓我们的把柄，所以，在经济上连半点问题也不能出。经济上出了问题，谁都不敢出面担保。小段嗯了一声，正要走，老孔忽然又说，青青，我真没料到你会将自己最珍贵的东西献给我！小段说，我也没料到。

　　庄大鹏和老伍商定，停一个星期不听，免得被他们发觉。

　　下午，庄大鹏一进馆长办公室，见老孔和孟保田又在窃窃私语，不由得不动气，忍了半天没忍住。

　　庄大鹏说："老孔，老孟，我有个想法，我想在一楼开个照相馆。"

　　老孔和孟保田一时面面相觑，不知说什么好。

　　庄大鹏说："我在这屋里坐着你们总感到不平静，而我也想有个平静的地方待一待。"

　　老孔说："这个问题我答复不了，你是副馆长级干部，得请示部局后才能决定。"

　　庄大鹏说："你们是不是怕我发了大财？"

　　老孔和孟保田很奇怪，听庄大鹏的语气像是完全了解他们上午的谈话。

庄大鹏说了一通后，就平静了些。然后就有些后悔，生怕自己的话里露出了破绽。

他对一脸狐疑的老孔和孟保田说，中午在家里吵了嘴，心里憋得慌，你们别见怪。

一连几天，庄大鹏哪儿也不去，要么坐在办公室里看书看报，要么就到大门口帮老丁卖票，听老丁讲《易经》中的奥秘。

老丁讲得云来雾去，他越听越糊涂，但他还是很乐意听，他就是要装出一副无聊的样子，让老孔他们消除疑心。

这天，庄大鹏正在办公室里用老伍教的法子给摄影家协会打电话，老孔的妻子忽然在楼下叫嚷起来。

老孔的妻子说："庄大鹏，你给我出来!"

庄大鹏不知何事，连忙搁下电话，站到走廊上。

老孔也闻声出来了。

老孔的妻子大声说："庄大鹏，你给我说清楚，你妻子说我这项链是老孔要送给别的女人的，你今天就给我将那个女人交出来!"

小段本来已走到门口，听到这话，又退了回去。

老孔的妻子在楼下挥动着金灿灿的项链。

庄大鹏说："这种事怎么问我呢，你应该问老孔!"

老孔骂了一句后朝楼下吼道："你给我滚回去。别在这儿丢人现眼!"

老孔的妻子说："现在嫌我丢人现眼，你当初干什么去了，眼瞎了吗?"

老孔正要说话，梅桃从大门里钻进来，脸上有几块血迹。

梅桃呼天抢地地还没见到人就哭喊："庄大鹏，你妻子叫人打成这个样子，你要是个男人，就出来帮我出这口气。"

老孔的妻子见梅桃进来，就扑了上去，非要撕碎梅桃的嘴，敲光梅桃的牙齿。梅桃长得瘦弱，老孔的妻子生得粗壮，一交手就分出了强弱。

庄大鹏见梅桃吃了亏，就飞快地从楼上跑下来，当胸一掌推开老孔的妻子，将梅桃护在身后。

老孔的妻子退了几步后，又扑上来，抓着庄大鹏又是撕，又是咬，还骂老孔不下来帮她。

庄大鹏忍住不还手，他朝楼上喊："老孔，老子不打女人，你给我下来。"

老孔犹豫一下，还是下来了。

庄大鹏指指梅桃脸上的血，朝老孔左脸甩了一耳光。后又指指自己脸上的血，再朝老孔的右脸甩了一耳光。

庄大鹏一动手，老孔的妻子连忙扑上来帮老孔。这边梅桃见势不妙，也冲了上来，四个人顿时扭成一团。

会计小吴在旁边见了，乐得直叫，快来看混合双打。

楼上的小段见此情景，赶忙给何副部长打了电话，说庄大鹏在馆里打老孔。

何副部长赶到时，老丁已将他们四人分开了。他铁青着脸说了句每人交一份检查来，然后就叫老孔上楼去了。

庄大鹏顾不了别的，赶忙上老伍家，偷听他们在说什么。

他先听到何副部长的半句话：……像个狗卵子馆长！老孔说，我没还手，是他们在打。何副部长说，你心里的事别以为我不知道，那项链是不是准备送给别的女人的？那女人是谁？你说清了我才能保你呀！老孔说，是小段。何副部长说，连兔子都明白不吃窝边草，你连兔子都不如。老孔说，可这事谁也不知道呀！何副部长说，你以为天下就你最聪明？老孔说，我知道，这是庄大鹏在捣鬼，他的矛头实际上是在指向你，他仗着攀上了郑副书记，明里暗里总和我作对。何副部长说，所以你更要小心，郑副书记一直对我有成见。那年他当中学校长时，和一个女老师通奸，被我撞见了。其实我谁也没说，可他一直对我耿耿于怀。老孔说，那这事怎么办？何副部长说，你和老庄一人交一份检查，然后叫你妻子不要闹，就说她若再闹下去，我就有可能撤你的职。

庄大鹏听见何副部长叫老孔唤自己去，就连忙从老伍家出来，出门时正好碰上小段。

小段不看他，却老朝老伍家里看。

何副部长对他很客气，委婉地批评了几句，说他对家属管得不严，以后要多加注意，等等。

正在说话，小段拿着一只收音机进屋来，说："何部长，这收音机里有你的声音呢！"

何副部长不怎么信，他拿过收音机，大声喂了几下，收音机里果然也同时喂了几下。

小段说："这屋里一定藏着无线话筒，这是调频收音机，它能收到无线话筒的信号。"

何副部长当即将老孔、老丁和孟保田叫来，要他们将各自的抽屉打开。

几个抽屉打开后，里面并没有无线话筒。

小段冲着庄大鹏说："庄馆长就剩你的了!"

庄大鹏红着脸说："我忘了带钥匙。"

老孔正要说什么，何副部长拦住他，说："老庄不是那种人，搞艺术的人讲的是人格，他不会低贱到去窃听别人的秘密。"

何副部长说话时并不看庄大鹏，而是看着老孔。

何副部长要老孔带他去看看舞厅装修的情况，出门时，他又喊上孟保田、小段和老丁。

庄大鹏感到何副部长这是在有意给他机会，他连忙开了抽屉，将无线话筒揣进怀里。

回家后，见梅桃的鼻子还在流血，他安慰了几句，就拿上录音磁带去找郑副书记。

在路上，他觉得这一回不但老孔非垮不可，就连何副部长也自身难保。

郑副书记将录音磁带一段段地听了，一边听一边表示，这老孔太腐化了。听到最后，郑副书记却一句话也没说。

这时，秘书推门进来说宣传部何副部长打了电话来。郑副书记点点头，然后拿起桌上的耳机。电话通了好几分钟，郑副书记只是不停地嗯。

郑副书记放下电话耳机，盯着庄大鹏看了十几秒钟，然后说："录音磁带都在这儿？有没有复制？"

庄大鹏被郑副书记看得心里发慌，不知他为何这么看自己，便如实说："还没来得及复制，都在这儿。"

郑副书记忽然变脸，将那堆磁带扔到地上用脚踩碎，并严厉地说："庄大鹏，你太不像话了，将克格勃的一套学来对付自己人，这还像个共产党的干部吗？你回去好好反省一下，等候组织处理。"

庄大鹏不明白，怎么郑副书记说变脸就变脸，比六月的天气还变得快。他回到家里时，一直在等待音信的老伍，问他郑副书记表态没有。庄大鹏只会摇头什么话也说不出来。老伍很着急，接连追问几遍。

庄大鹏才吃力地说："你回去吧，我们俩这回真完了。"

说着，他往沙发上一仰，眼里滚出几颗泪珠来。

梅桃见状，忙收起自己的痛苦样子，先将老伍劝走，回头再问发生了什么事。

庄大鹏依然说不出话来。

过了好几天，庄大鹏才恢复过来。并对梅桃和老伍说了当时的情况。然后，他也记起问梅桃那天为何同老孔的妻子吵闹起来。

梅桃说，她那天上菜场买菜，无意之中吐了一泡痰。不料正巧吐在老孔的妻子脚边，那女人说梅桃是故意的。两句话不对劲，就开始当众相互揭短。

庄大鹏在家待了半个月，提心吊胆地等处分，可处分总也不来。老伍也一直不见上门。

这天，老丁给他送来省摄影家协会的一封信。他趁机问馆里的情况如何。

老丁说："一切照旧，山没动，水没移。"

庄大鹏拐弯抹角地说："大家对我有什么反应没有？"

老丁说："大家说你那天不打女人，只打男人，很有股西方人的味道，过瘾得很！"

庄大鹏说："没说别的？"

老丁说："别的再没什么可说了，再说只有说改革。"

庄大鹏见老丁真的什么也不知道，便越发不放心，因为按规律，处分越重，事先就越保密。

老丁走后十几分钟，小段来了。

庄大鹏堵在门口不让她进屋，说："是不是通知我去开会？"

小段说："你是不是拜老丁为师，也学起了《易经》？"

庄大鹏说："你们想我学《易经》，我就去学！"

小段装作不懂他的话，说："县里马上要开人代会，抽你到会务组搞宣传，何部长要你今天下午到招待所报到。"

庄大鹏听了这话，不由得愣了半天。

下午，庄大鹏准时到招待所报到，领了一只人代会工作人员的绿牌牌和十个彩色胶卷。大家对他仍像往常一样客气，没有一点异样的言行。

吃了晚饭回家，他才记起摄影家协会来的那封信，拆开一看，是举办今年摄影作品大赛的通知。一个熟人在通知的边上写了一行字，希望他今年拿出更好的作品，不知为何，他一点兴趣也没有。上床后，梅桃主动向他求欢，他也来不了精神，结果让梅桃很不满意。

会议期间，庄大鹏多次碰见郑副书记和何副部长，碰面时，他们总是主动过来同他握手说话，像是一切事情都未发生过。

散会后，庄大鹏到文化馆走了一趟，他发现自己的办公桌这次不仅没有堆满报纸，而且还被擦得干干净净的。孟保田还专门解释说，桌子上的灰是老孔亲自抹的。

从这天起，庄大鹏又开始天天来文化馆上班。老伍则成天在外面拉赞助，写报告文学，他弄到一个书号，准备出一本报告文学集，郑副书记答应为此书写序。

没事时，庄大鹏就搬个椅子和老丁一起坐在门口，一边聊天，一边卖票。有熟人在门前经过，他就大声和他们打招呼。

老丁总爱和他讲《易经》，但他总也听不进去。老丁说他这是六根不净，心思还在尘世里浮沉。庄大鹏不承认，说自己早把名利看得空空的了。老丁说他看空了也无益，他生就了是个凡夫俗子，该在宦海中漂泊。

半年过去，庄大鹏的处分还不见下来，他自己甚至已将此事忘记了。

省摄影家协会通知的大赛，他无心再去创作新作品，只从过去用剩下的作品中挑了几幅寄去应付一下。何副部长有天给他打电话，询问今年有没有比赛活动，若有应该将那次常委接见郑副书记的照片寄去试试，何副部长说，他给那幅照片取了个名字

《早春》，他说郑副书记很欣赏这个名字。庄大鹏告诉何副部长，寄作品的截止日期已过了。何副部长要他到省里去活动活动，一应经费他会让老孔报销的。庄大鹏后来果真不需要老孔签字同意，就从会计小吴那里预领了三百元钱，带着梅桃一齐去了趟武汉。他根本就没去摄影家协会，就在黄鹤楼、东湖里转了两天，又去武汉商场和六渡桥买了一天衣服。回来后，他对何副部长说，今年省摄影家协会也改了革，评委的思想水平都提高了，坚决不肯开后门。何副部长只好叹气让他明年一定记着再寄去。

开馆务会时，小段依然通知他参加。老孔还每次不忘点名叫他谈谈想法或看法。他什么也不想，什么也不看，并且什么也不说。

庄大鹏不作声，文化馆就安静下来，工作也有条理了。

虽然再没有人提改革的事，文化馆却开始不断受到表扬。

年底，馆里开会总结今年的工作。

先是领导带头汇报自己这一年来做了些什么事。老孔是一把手，管全盘当然不用进行自我总结了，他只总结全馆的工作。因此，第一个讲的是孟保田。按照上面先前发的任职通知，应该是庄大鹏在前，然后是老丁，最后才是孟保田。但这大半年来，由于庄大鹏一蔫，百事不问不管，从上到下都把孟保田看成了二把手。所以，遇事老孔说了，就轮到孟保田说。老孔谈了今天总结评比的意义以后，孟保田一点也不谦让就说了起来。

孟保田概括自己在领导工作上，今年配合老孔做了十件大事，同时在自己的业务工作上也做了十件有一定影响的事情。孟保田是搞书法的，他的业务工作主要是帮助县里的一些领导学写字画画，有时干脆模仿他们的字体，替他们写。老孔说这也叫辅导。孟保田辅导的几幅作品，在省地举办的老年书画比赛中频频获奖。

接下来是老丁说。老丁说，我今年百事没做，只卖了三万三千六百九十零半张票，发送赠票二千七百七十一张，合计三万六千四百六十一张半。

开会的人都笑起来。

老孔笑着问，哪来的半张票？

老丁说，不知怎么地票款里多出两角钱来，刚好是半张票的价，我就将余下的票撕掉了半张。

老孔说，积沙成塔，以小见大，老丁这种精神值得大家好好学习。

老丁说完后，大家都将目光转向庄大鹏。

庄大鹏有些尴尬地说，我今年只找了几个扎匠来扎宫灯，另外，平时还协助老丁卖了一些票，没什么好总结的，明年再努力吧！

他一说完，老孔就站起来说："庄馆长太谦虚了，你今年做了几件了不起的事嘛！作品《党代表》在省里获大奖，县电视台还做了专门报道，今年我馆工作上了电视的，包括这次一共也才四次嘛！特别特别重要的是，你代表全馆同志，参与接待中央最高领导，并且非常完满出色地完成了接待任务，这在我馆历史上是开天辟地头一回，是可以写进馆史的重大事件。还有，馆里今年的各项改革，如果没有你的主动配合，还能顺利完成吗？因此，我建议大家在评先进时，投庄馆长一票。"

老孔的话让庄大鹏大吃一惊，他感到老孔已经有了何副部长和郑副书记那样的气度。大家见老孔评价庄大鹏如此公正，自我总结时便都丢下顾虑放开来说，因此总结会的气氛既融洽又热烈。

老孔及时给何副部长打了个电话，请他来参加一下。

何副部长抽空来听了半天后，不由得大发感慨，说改革的确是副灵丹妙药，没有改革就没有文化馆今天的景象，他鼓励文化馆将改革更加深入地进行下去。

隔了几天，宣传部来了两个笔杆子，将文化馆的改革经验写成材料，散发到全县。

老孔劲头十足，又想在春节期间搞一次大型活动。他搞了一个计划上报到宣传部，

何副部长很有兴趣，但由于规模太大，必须请示县委领导。他将报告送上去后，却被郑副书记打回来。

郑副书记在报告上批示：国家对国庆节尚且是十年一大庆，五年一中庆，三年一小庆，去年春节兴师动众进城演出，弄得乡下一片冷清，今年可否组织城里文艺团体下乡演出，还情于农民？来而不往非礼也，请宣传文化部门酌情考虑。

文化馆传达郑副书记的批示时，大家全都默不作声。

唯有老丁不知为何忽然笑出声来。

会计小吴在一旁嘟哝："大过年的，把我们往农村撵，你还

有心思笑!"

老丁说:"我没笑哇!"

小吴说:"大家都听见了,你还赖!"

老丁说:"我真的没笑。"

见老丁极为认真的样子,庄大鹏就解围说:"老丁没笑,是菩萨在笑。"

庄大鹏知道老丁这是在装苕。

郑副书记的意见馆里讨论了一天也没个结果,最后还是老孔硬性规定,正月初三、初四、初五和正月十四、十五,一共五天,全馆人员分成三队,由孟保田、老丁和庄大鹏各领一队,下去慰问演出,东西南三片,一队负责一片,节目自备。老孔自己跑面上,小段在家里留守看电话应付日常事务。

到了正月初二,庄大鹏名下的那些人一齐跑来请假,都是些急得不能再急的理由。

庄大鹏说自己无权同意,也无权不同意。

大家明白他的意思,一致表示说,我们不让老孔和小段发现就是了。

夜里,庄大鹏去给老丁拜年。老丁说他名下的那些人也都请了假,就剩下他一个光杆司令。

两人一商量,决定干脆合二为一,两人一道下去跑,不到乡镇,专钻山沟,也不告诉老孔他们到了哪里,让老孔无法查证。他们吃点苦,让别人过个安稳的团圆年。

第二天一早,庄大鹏和老丁就悄悄地搭车下乡。

头一天半，他俩跑东片，后一天半，他俩跑西片。庄大鹏会唱多种戏曲，尤其擅唱山里人喜欢的采茶戏。老丁会说快板书，加上学了《易经》，常常一边打着快板，一边就在坽里的人群中扯出一位来，数落着此人的家事、过去和未来。所以，他们所到之处大受欢迎。原计划初五下午回县城，结果被人一再挽留，直到初七下午才回。

他们还没回，县电视台就在一条口播新闻中，播送了县文化馆组织演出队，到东片和西片演出的情况。不知何故没有提孟保田带队跑的南片。

回来后才听说，孟保田虽然硬将分到他名下的那些人都拖下去了，但那些人都不愿出节目，孟保田只好搞几个大合唱，结果没有一个人愿意看。那些放了假的新闻通讯员也不愿为他们写新闻稿。

庄大鹏和老丁到家的第二天，两个队的人偷偷请他们在一家餐馆里吃了一顿鸳鸯火锅。

从餐馆里出来，在路上，庄大鹏醉醺醺地问老丁："你曾经说过，我是老孔克星，怎么不见灵验?"

老丁半是朦胧地回答："快了快了，这一两年就能见到。"

庄大鹏说："老孔狠到没有一个对手了，谁还克得了他?"

老丁说："老孔最厉害的对手是老孔自己。"

<h2 style="text-align:center">八</h2>

过了正月十五，大家见面不再作揖打拱，也不用再说恭喜发

财，万事如意了。过年的气氛刚一淡下来，老孔就开始猫在家里，重新设计新的改革方案。

那几天，孟保田有些惶惶不安。

庄大鹏装作没看出来，私下却对老丁说，孟保田也怕老孔将他改成助理。

这种私下的猜测还没说够，庄大鹏又陆续听到消息，老孔马上要提升，有三个可能的去向，一是文化局副局长、二是文联常务副主席、三是宣传部文明办副主任。

孟保田也听到了这个消息，所以他愈发显得焦躁不安。

三天之后，老孔终于露面了，并开始频频找人一对一谈话，将自己精心构思的改革方案有目的和有步骤地一点点透露出来。

老孔的新方案公布后，大家才发现内容很保守，出发点只是稳固去年以来的改革成果，在加强社会效益的同时，适当注意提高经济效益。

庄大鹏想了想，也明白老孔的良苦用心。马上要高升的人，走之前是不能出差错的，不然就会搞得鸡飞蛋打一场空。换了庄大鹏自己他也会这么考虑的，这是当领导的起码常识。

这天老伍在街上碰见庄大鹏，他听到小道消息，老孔建议由小段来接替他留下的位置。

老伍说："老孟这次可以舔女人的屁股了。"

庄大鹏笑笑后说："女人屁股香，舔得更舒服。"

这是庄大鹏最后一次听到关于老孔将要提升的消息。

接下来的几个月里，大家仿佛将这事全忘了。反而是老孔和小段表现得越来越焦急，隔一阵就主动和别人谈文化系统的人事变化，并且一定要问别人有没有听到最新消息。有一次，小段还问过庄大鹏，同时还暗示要庄大鹏到郑副书记那儿去探探口气。

庄大鹏也想弄清楚上面对此事的态度，就借口找郑副书记，问他和常委握手的那张照片能不能送到省里去参赛。郑副书记当然不会反对。

这之后，他再随口问一句说："老孔的工作是不是要动一下?"

郑副书记却不着边际地说："最近，中央可能有新的精神下来。"

庄大鹏吓了一跳，那意思像是老孔要调中央工作。

没过多久，报纸、广播和电视台开始大力宣传小平同志的南方谈话。庄大鹏将那些文章反复看过之后，才恍然悟出郑副书记那话的意思其实是在说，现在需要的是有经济头脑的人才，要优先提拔懂经济的人，不懂经济的老孔肯定无望了。

庄大鹏发现老孔对政治真够敏感，几乎与媒体的大肆宣传同步，就开始看一些有关股票和市场经济的书刊，还不停地做笔记，与人谈话时，常常脱口说出一些令人吃惊的经济语言。

庄大鹏在家对梅桃说："老孔这人是有些了不起，他太精了!"

梅桃不以为然地说："老丁昨天对我说了一句话，越俊的人越丑，越精的人越苕，我觉得很有道理。"

庄大鹏说："那你认为我苕不苕?"

梅桃说："文化馆没有比你更苕的了！"

庄大鹏说："可我怎么一点也不精呢？"

老孔重新将自己反锁起来，不过这次他似乎没有以往那样沉浸其中。有天上午，小段和小吴在隔壁办公室里大声齐唱《真心真意过一生》，老孔从自己办公室里冲出来，毫不客气地将她们吼了一通，说想在文化馆上班就别唱，想唱就调到剧团去。

庄大鹏见状，心里想，老孔这次是不是动真格搞改革了！

老孔这一次将自己反锁了一个星期才拿出一套方案。

方案之一是，提倡在岗人员以自己的业务专长为依托，在兼顾业务工作的同时，创办经济实体，一年打基础，两年求发展，第三年才向馆里上缴利润。

方案之二是，为鼓励馆内干部通过各种关系谋求上级财政部门的拨款，今后馆内一律按所获上级拨款的百分之十发给有关人员作为奖金和服务费。

方案之三是，从本月起，行政节支奖暂停发放，待年终时，将根据每个人工作实绩的考核情况酌情发放，坚决做到奖勤罚懒，并根据好般差，拉大档次。

方案之四是，将一楼大厅临街的墙全部打开，标价出租。

馆务会讨论时，庄大鹏、老丁都跟着孟保田和小段说好。

老孔有些激动地说，改革到了这一步才算触动了大多数人，因此，领导班子要格外保持团结，保持过去一年来的坚强战斗力。在具体实施过程中，馆一级领导要先带头。譬如，庄馆长曾要求办照相馆，那时没政策，条件不成熟，但现在完全可以搞。

段主任也可以搞个美术装潢广告公司，这是她的专长。孟馆长长于书法，也可以考虑办个什么培训班、学校等。老丁嘛……

老孔一时没想出老丁可以干什么。

庄大鹏下意识地说："老丁可以办个人生预测中心。"

这话一出口，小段带头笑起来。

老孔说了许多，大家都没有不同意见。

散会之前，会计小吴进屋来说："有件事，趁各位领导都在，请帮忙解决了。"

老孔说："现在大家都在改革，忙得很，你的事可不可以放一放？"

小吴说："那可不行，县直幼儿园发了文件，今年的新生每人得交一千元集资款。先集资后报名，今天是集资的截止日期。"

老孔说："往年不是五百吗？"

小吴说："现在什么东西不涨价？"

老孔说："今年的大气候不一样，这集资款恐怕得由自己出。"

小吴说："怎么过去都由馆里出呢，我女儿才三岁，她是犯了什么重大错误呢，还是汉奸特务，资产阶级自由化分子？"

老孔正要回击，小段在旁边使了一个眼色。

老孔停了停才说："这样，钱你先垫着，你这种情况馆里今后还有，得慎重研究一下。"

小吴说："我之后就轮到小段了，小段生的孩子，只怕要送到改过革的贵族幼儿园去。"

小段红着脸不接话，径直朝门外走去。

跟着，老孔也走了。

小吴坐在办公室里哭了一通，最后还是听了庄大鹏和老丁的劝告，答应就按老孔说，自己先将集资款垫上，待以后研究了再说。

傍晚，老伍来到庄大鹏家，他刚刚在城外，看见小段在一片树林边等老孔，他问庄大鹏有没有兴趣去捉奸。庄大鹏不想动，他觉得那是老孔的艳福，冲散了他们的好事会遭报应。老伍就说他也不想管这闲事，干脆就当老孔和小段是在研究改革好了。

庄大鹏问老伍这一段写了多少报告文学。老伍伸出了一双手。

庄大鹏说："十篇报告文学，赞助款总在两万元吧?"

老伍避而不答，只说："我现在一点不在乎文化馆的这点工资了，老孔怎么改革我都不会心慌。"

半夜里醒来，庄大鹏想起老伍的话不由得一个人笑起来。梅桃被他惊醒，责怪他深更半夜发什么疯。庄大鹏将老伍说老孔和小段在城外幽会是研究改革的笑话说了。庄大鹏后来对梅桃说，我们也来研究一回改革。说着便翻身将梅桃压住。

九

老孔的改革方案，没有像预期那样在文化馆引起强烈反响。方案公布了两个星期，也没有人主动报名办公司。老孔以为是温度不够，就将何副部长请到馆里来，再次进行动员。

何副部长讲完话就要走，馆里的几个领导将他送到大门口。

分手时，何副部长对他们说，今后文化馆的事他可能帮不上忙了，要大家各自努力。

庄大鹏很奇怪何副部长怎么说出这样的话来。他回头看了老孔一眼，见老孔也露出些不解的神色来。

回到会议室，会计小吴先放了一炮，说："上面正在千方百计找财政部门商量，想将文化馆也变成由财政全额拨款的单位，别人又没叫我们改革，我们却屁股不痛抠着痛，自己跳起来砸自己的铁饭碗，想出风头也不能拿别人的温饱问题来做抵押呀！"

小吴还在为女儿上幼儿园的集资款生气，说话很尖刻，老孔忍着没有计较。

接下来有人附和小吴的话，但大多数人都说，过去总是领导来改群众的革，这一次希望领导先带一下头，自己改一下自己的革。等领导干出经验来，他们再学着干。还说领导若不先体会一下，尝尝梨子的滋味，又如何能领导别人进行改革呢！

大家发言时，老孔心神不定地出去打了几次电话，庄大鹏装作上厕所，站在走廊上听见老孔是在找何副部长。他明白，老孔急于想了解何副部长那话的准确含义。

隔了几天，庄大鹏才搞清楚，何副部长马上要到邻县去担任县委常委兼宣传部长。

老孔情绪低了两天后，又开始张罗馆内的改革。

最让人想不到的是小段率先辞去办公室主任职务，办起了"扬子江美术装潢广告公司"。老孔将一楼的一间大房子交给小段做店面，至于管理费的事，从头到尾都不见有人提起。老孔还明确宣布，第一年，小段的工资仍在馆内领，而公司所赚的钱完全按馆里的改革方案办。

宣传了个把月，总算办成一个公司。

何副部长将文化馆表扬了最后一次，就到邻县走马上任了。他人走了多时，庄大鹏才听到消息，何副部长的荣调，是郑副书记亲自找在省委组织部工作的大学同学帮的忙。

改革的事告一段落后，老孔就带上两千元现金到省里疏通关系要钱去了。

老孔在省里住了十天，这中间小段借口购买材料也到武汉住了三天。小段回来时，连一寸材料也没带回。老孔的妻子天天来馆里打电话寻找老孔的行踪，馆里的电话仍然锁着，她打电话的方法是老伍教的，老伍还教她找到老孔住的宾馆后，先打楼层服务台的电话，让服务员去查老孔的房间里还有谁。可惜，老孔的妻子不会说话，她找到了那座宾馆，但楼层服务员不愿到老孔的房间里去查看。老孔的妻子说老孔一定将服务员收买了，她说老孔做这种事比谁都内行。

老孔回来后，将两千元现金全部变成了各种单据和条子。

小吴不肯报销白纸条，老孔就发脾气，还说她若不想干了可以辞职，反正现在是改革年代，允许人才流动。小吴没办法只好如数报销。

老孔在办公室里对庄大鹏他们讲，他这次找省财政厅要了三万元。

孟保田说，两千换三万。十五比一。比县里哪个企业的利润都高。

庄大鹏还是经常和老丁一道在大门口卖票。小段的公司就在他们眼皮底下。头一个月，小段总在公司里坐着，人也不怎么精神。之后，小段在公司里坐的时间越来越少，人也越来越精神，并接二连三地请了几个人当雇工。

老孔常和小段一起上上下下地跑生意，有时各自骑着自行车，有时小段就坐在老孔自行车的货架上。

不过，大家都不相信小段能赚很多钱，都想等着看小段破产后怎么下台。

中秋节后的第三天，老伍来馆上班时，在楼上楼下到处说，小段在城南买了一套三室一厅的房子。大家正在怀疑时，小吴也说开了，她说得比老伍清楚，小段买这套房子花了三万八千元，全部是现金。

中午，大家提前下班，随小吴悄悄到小段买的那套房子附近看了，果然看见小段和老孔在那阳台上站着，并用手比画什么。

老伍告诉大家，这肯定是准备将阳台改成封闭式的，那样又得再花三千元。

大家这才相信小段办公司发了大财。

返回的路上，小吴他们气得脸都红了。

小段买房不久，省财政厅的那笔钱到了账。按照早先的改革方案，由于这笔钱是老孔去要的，所以老孔应该得到三千元的奖金和服务费。

为了这事，老孔还是很慎重地开了馆务会。他一提出来，孟保田就说："规定早就有，政策也是旧的，对照条款，该得多少就得多少。"

老孔又问老丁的意见。

老丁拍着手中的《易经》说："我给你算过，你今年有一笔意外之财。"

老孔忍不住问："你还给我算过别的没有？"

老丁说："你四十岁左右要交桃花运。"

老孔打断老丁的话，他说："别这么无聊。庄馆长，你再说一说。"

庄大鹏心里觉得不妥，老孔是法人代表，本来就有责任去解决馆内的各种困难和问题嘛。但他嘴里却说："有规定就按规定办吧！"

老孔见大家意见很一致，就说："改革年代本无定规，我就当一回第一个吃螃蟹的人吧！"

当即，老孔就打了领条，到小吴那儿将三千元现金领走了。

庄大鹏以为小吴他们会借机将这事张扬出去，或者找有关部门告老孔一状，出奇的是大家都没作声。

转眼就到了年底，老孔见一连几关都顺利闯过来了，就开始着手搞年终奖金分配方案。

这天，老孔亲自通知，让孟保田、老丁和庄大鹏去他家里开会。

老孔的妻子被他支到在黄州上技校的儿子那儿去了，屋里除了馆里领导以外，再也没有别人。

老孔先说之所以将大家叫到家里来，是因为他考虑到年终奖金发放方法，事先事后都绝对不能透露出去。老孔说，他想了很久，香港老板那种给每个职员单独发红包的方法，是很可取的，它可以使每个人都以为自己拿到了自己应得的那份收入，而老板又能根据自己所掌握的情况，决定每个人按实际状态应得到的报酬。所以，他打算也采用这种办法。

老孔详细地说了每一个细节，第一步先从会计那儿按奖金总数将现金提取出来，并由四位馆领导在领条上集体签名，给会计作报销用。第二步再由四位馆领导中的一人造好发放表，并裁成一张张的单独的小纸条。第三步就是由某个领导单独地找到某个具体的人，由其签字领款。最后再将所有签过字的纸条重新粘贴好，交给老孔备案存档。

对老孔这份详细的计划，庄大鹏觉得实在是无可挑剔。换了他，绝对想不出如此天衣无缝的方案。

孟保田也连声说好。剩下老丁自然也不会有什么意见。

随后，老孔又提出，下半年扣下未发的行政节支奖，共有三千一百元，可设一等奖三个，每个奖金五百元。二等奖三个，每个奖金三百元。三等奖七个，每个奖金一百元。

对于这些大家也没意见。

接下来就开始讨论谁得一等奖，谁得二等奖，谁得三等奖，谁不得奖。

孟保田先开口，说老孔今年抓改革成绩突出，他不得一等奖，别人就更不能得。

老孔则说，一等奖应该给孟保田，馆里日常事务全靠他在抓。

剩下一个一等奖，庄大鹏和老丁都明白自己无望，他们能评上一个三等奖就不错了。

所以他俩都提出应该给小段，不管怎么说，能这样做就很了不起。

评完一等奖后，老孔和孟保田又提名庄大鹏和老丁获二等奖。这是他俩所意料不到的。

评完领导后，小段在外面叫门。老孔安排小段的公司今天中午请客。他们在餐馆里吃喝一顿，并在酒席上将剩下的一个二等奖和七个三等奖都确定了。

十

一向不请假的老丁，在领了奖金后突然请了半个月的假。

庄大鹏开始并无警觉，但当小吴问老伍领了多少奖金以后，见到他们交头接耳的神色，他也跑去找老孔请了一个星期的假。

庄大鹏刚走，几个没有领到奖金的人就在馆里闹了起来。

庄大鹏前脚到家，老伍和小吴后脚就赶到了，要他提供奖金发放的详细情况。

庄大鹏起先不肯说。他们就将自己摸的情况，写在纸上让庄大鹏看。庄大鹏看过后很佩服老伍和小吴的聪明劲，馆里谁得了多少奖金推算得一个不差。

老伍和小吴一个样，都是一百元。

庄大鹏劝他们说："算了吧，比上不足，比下有余，有的人还没有呢！"

老伍说："全部奖金只有三千一百元，可你们正副馆长加上小段就拿走了两千一，谁能服咽下这口气！"

庄大鹏一愣，他一直懒得多想这事，经老伍一说，才觉得是个问题，便把整个的来龙去脉都对老伍和小吴说了。

小吴的火气最大，女儿上幼儿园的集资款老孔至今还不同意报销，所以她发誓要看看老孔这回怎么躲得过去。

小吴将没有奖金的和只得三等奖的人都发动起来，不声不响地忙了一个星期，不仅将老孔和小段以夫妻名义住旅社的发票存根搞到了手，还搞到不少证明，某人某月某日曾给老孔送了何种礼物，请他帮忙解决何种问题。小吴还将老孔报销的白条子，以及那笔三千元的奖金加服务费的领条都复印了，装订成一份整整齐齐的材料，然后找到庄大鹏，要他领头告老孔。

庄大鹏却死活不肯出头。

小吴又去找当过办公室主任的老伍。

老伍也躲了。

小吴只好亲自去找郑副书记。

郑副书记看了材料，当着小吴的面打电话将纪委书记叫来，要他亲自抓一下这个案子，不能让某些投机分子趁改革之机中饱私囊。

老孔被停职时很不服气，他没想到自己会成为改革的殉葬品，还说他为这一点而感到骄傲和自豪。如果因此而被押上刑场，他也会高呼改革万岁！

老孔停职后，庄大鹏被临时指定代理馆长。

决定宣布后的当天，先前的两个泥水匠就提了一大包东西来家看望。庄大鹏答应以后有泥水活时，会优先考虑他俩。

泥水匠一走，梅桃问："你真会请他俩到馆里干活？"

庄大鹏说："有活总得请人干吧，人都是这样，你以为别人就不会势利眼？"

庄大鹏一开始主持工作，就开了一个连续三天的馆务扩大会，他将老伍和小吴都扩大进来，再加上原来的老丁和孟保田，他也请了小段，但小段不来。她说她做生意上了瘾，对别的事没有兴趣。馆务扩大会的议题是如何将文化馆的改革事业进行到底。

大家对从前的一些做法进行了很尖锐的批评。

只有老丁和老伍很少发言。

老丁不说话是很正常的事。

老伍在这个时候保持沉默，让庄大鹏感到不可理解。

大家越说，庄大鹏反而越觉得老孔的许多做法是有道理的，自己若当了正馆长，说不准也会有所借鉴。

这天中午，庄大鹏没有休息，在办公室里整理自己主持工作的得失体会，以及下一步的打算。忽然听见隔壁办公室的门被人打开了。有人进去打电话。他听见打电话的人是老伍。

老伍问对方，他写的关于郑副书记的报告文学什么时候能登出来，他要求越早越好，并一再要对方多多关照。

庄大鹏听了，心里不由一动，等老伍走后，他也到隔壁办公室打起长途电话来。他问省摄影家协会的熟人，自己的有幅摄影作品叫《早春》，想补寄过去，但不知有没有希望获奖。那边的人说，今年评委的口味又变了，都有唯美倾向，对新闻性政治色彩太浓的东西感兴趣。庄大鹏不由得很失望，对着电话机愣了半天。

下午，他叫小吴买了一只锁，又做了一只小箱子，将电话机锁了起来，留了一只耳机在外面，只能接，不能打。钥匙他都要了过来，不给任何人。老伍看着上了锁的电话机，不笑，也不说话。嘟着嘴唇一个劲地逗小吴的女儿。

一个星期后，庄大鹏见到新来的报纸上有篇老伍写的报告文学，正是写的郑副书记。

老孔死活不认错，也不肯退钱，大家都以为肯定会受很严重的处分，结果只是调到图书馆当工会主席，并保留正馆长级待遇。

元旦之后，宣传部新来的徐副部长找庄大鹏和老伍集体谈话。宣布老伍任文化馆馆长，庄大鹏为书记。徐副部长说，这是部里的意见，也是郑副书记的意见，让老伍担任馆长并负责全馆业务工作，是因为老伍比较懂经济。

离开宣传部，一路上，庄大鹏和老伍断断续续地说着话。

谈到老孔，老伍说："天底下哪个领导人会将自己改革得一点好处也没有哩！"

半路上，庄大鹏将电话机箱子的钥匙掏出来，揪下一根递给老伍。

老伍接过去，随后挂在钥匙串上。

远远地看见文化馆大门时，庄大鹏忽然没头没脑地说："其实像老丁这样过最舒服。"

老伍说："真正让你变成老丁了，你又会不舒服。"

停了停，庄大鹏又说："那回买调频收录机的发票，你什么时候签个字？"

老伍说："等两个月吧，不要搞得太显眼了！"

1993 年 12 月 18 日于英山

清流醉了

一

上午十点钟，阴了两天的天空终于下起雨来。开始只是飘着蒙蒙水雾，几分钟后那水雾便变成了雨珠子，一串串地砸在玻璃窗上。有人抢先大叫一声，下雨了！下雨了！县文化馆办公楼内立即骚动起来，从被推开的窗户里探出了好几个人头，还有几只摊开的巴掌，都是为了试试雨有多大。

文学部主任高南征站在窗前看了看后，转身踱进隔壁的表演部。

趴在桌面上的胡汉生抬起头来冲着他点点头。

高南征说："你不是一直盼着下雨吗，老天爷给你送雨来了。"

胡汉生有些惊讶："是吗，我怎么没注意！"他起身走到窗口伸出双手接了一阵雨水，然后在脸上擦了几把，转身时露出一副惬意的样子说，"这一回我家那两亩半麦子总该发芽了！"

275

他俩一说话，别的部室的人也相继走进来。

高南征冲着调研部的老张说："你说奇不奇，胡汉生这么盼雨，都快变成了盼水妈，可真下雨时，他倒一点也没有察觉。这种现象，你们可要好好研究研究。"

老张说："老高，你这样说话，明显是要夺徐馆长的权。"

高南征说："哟，你这么为着徐馆长，是不是想他提拔你当副馆长？"

老张突然生气了："狗东西才想给徐馆长当副手！"

高南征一愣后马上说："痛快，老张这话真是痛快，比胡汉生盼来的这场雨还要酣畅淋漓。"

胡汉生连忙插进来说："都是我不好，别为我伤了你们的和气。我们还是说别的吧。徐馆长这几天一直在外面跑，也不清楚是在忙些什么！"等了一阵，见无人接茬，他又说，"是不是又在想心思搞什么折腾人的项目？"

高南征哼了一声说："他总是指望葫芦长得天样大，可他家的葫芦就是不开花。"

胡汉生说："徐馆长的工作热情的确是高。"

老张说："热情高是因为他把文化馆当成了自留地。"

老张这话一出口，大家便纷纷议论起来。几乎人人都说，徐馆长太自私，什么好处都想自己独吞。还说徐馆长总以为自己是诸葛孔明，将别人比作阿斗，总是一个人神秘兮兮地跑东赶西，让别人觉得文化馆就只有他一个人在做事，其他人都在睡觉。

这时，美术部的小甘从外面探进头来说："徐馆长回来了。"

高南征赶紧往自己的办公室走去。他刚坐下来将一篇业余作者的诗歌稿件拿在手里，走廊上就响起徐馆长那一轻一重的脚步声。

高南征以为徐馆长接下来会掏钥匙开办公室的门，不料脚步声突然停下来，随后就有一阵阵的吱吱声响。高南征明白徐馆长这是在往小黑板上写字，其内容十有八九是通知开会。他侧耳细听，那声音很流畅，一点也没有停顿，也没有粉笔在黑板上的敲打声，他想徐馆长的心情一定很平常，下午的会上也就不会发什么脾气骂谁批评谁了。

徐馆长后来在走廊上泛泛地大声说道："各部室负责人要各负其责，通知上午没来上班的人，下午的会一个也不能缺席。"

徐馆长依然没有开门，高南征听着他的脚步声在走廊上消失了。徐馆长一走，办公楼上又喧闹起来。大家都聚到走廊上，看那黑板上的白粉笔字：下午两点，召开紧急会议，不准缺席。这紧急两个字让大家来了兴趣，一时间纷纷猜测起来。

大家七嘴八舌猜了一通，只有小甘的一句话获得普遍认同。小甘说很有可能是评职称的事。高南征扳指一算，从一九八七年头一次评职称开始，到现在已整整五年了，按规定又到了晋升的时候了。他不由得抬头看了一下胡汉生和老张，又迅速地将目光移开。他发现胡汉生和老张也在看着自己。

高南征一低头，看见黑板下面的地上有一摊水，他有意转过话题说："你们看这水，像不像是从徐馆长身上滴下来的。"

胡汉生最先响应，他说："老高这话有道理，刚才徐馆长在黑板上写字时，我听见有一种嘀嗒声，像是衣服上面的水在往下滴。你们看这一长溜湿漉漉的脚印。"

大家闪开一条缝后，见地上真的有两行水汪汪的脚印。一行进来，一行出去。一时间大家都不知道说什么好。

过一会儿，老张才说："徐馆长这个人工作起来还真是挺卖命的。"

有几个人随声附和了几句。

高南征立即不满起来，说："他是馆长，本来就应该带头干吗。过去打仗，总是连排长在前面呼喊着打冲锋，这是传统。"

胡汉生出来圆场说："都十一点了，下班回去吧，还要通知人来开会呢!"

高南征看了看手表，说："真的十一点了，怎么过得这么快，一篇稿子还没看完。"

老张心知高南征这是在借故下台，便说："我也是，一个调查报告都写了七八天还写不完。"

胡汉生说："现在都这样，做之前以为小事一桩，可一旦上了手，哪家的事都让人感到辣手。"

高南征说："胡汉生你又说错别字了，是棘手，不是辣手。"

胡汉生笑一笑没有作声。

老张说："真是说不清，眼看这一年就要过去了，忙忙碌碌干了十一个月，回头一望，竟想不起自己做了几件事。"

高南征心里瞧不起老张，文学部十一个月中出了五期《清流》，创下了文化馆自学小靳庄活动结束以来的最高纪录，他从宣传部和文化局等有关方面得知，今年全县文化工作"十件大事"可能要将其列入其中，并且位置还不会太靠后。他本来想说世上万般事情当中，就数吃喝玩乐最最累人，话都到嘴边了，他还是憋住没说。

一旁的会计兰苹忽然伶牙俐齿地说了一句："老张，你是徐馆长的大脑和喉舌，别看做事的是手和脚，可累不累总是你大脑先想到，喉舌先说出来。"

兰苹这几句话让大家哄笑起来。高南征甚至还在兰苹肩上拍打了几下，夸她虽然来文化馆只一年，说起话来已经有十足的文化意味了。实际上大家都明白，徐馆长一直偏袒调研部，每逢论述文化工作时，就将调研部比作大脑和喉舌，另外还将文学部和美术部比作腿，将表演部比作手。他没说谁是心脏，但是，大家都明白徐馆长将这个留给了自己。

老张跟着笑了几声后，又解嘲地说："如果我真是文化馆的大脑，你们可就沾光了。因为我正在做的调研文章，就是想让文化馆每人都能获得副高职称。"

高南征一听见老张说职称二字，便扬头而去。下到一楼，外面雨下得正大，他挥手拦了一辆三轮车，又回头招呼胡汉生上车，要顺路捎他回去。胡汉生正在犹豫，兰苹跑上前来，笑嘻嘻地说女士优先。

高南征同兰苹只顺一半的路，到要分手的地方时，兰苹竟叫踩三轮的人往自家方向走。说过之后，她朝高南征笑一笑，同时身子动了动。高南征感觉两人挨得更近了。以前他俩一起跳过好多场舞，但从来没有像现在这样紧紧贴在一起。前面有帘子挡着风雨，小空间里只有他们两个。高南征以前有两次在这样的雨天里，透过三轮车的帘子缝隙，看见里面的男女在接吻。

兰苹不停地说着话，同时身子也在不停地晃动，弄得高南征非常紧张。临到下车时，兰苹伸出手在他的手背上轻轻摸了一下，然后就叫停车。兰苹下车的地点离她家虽只有一百多米，却是在一个拐弯的后面，拐过去才能看见她家。兰苹走后，高南征一个人坐在车棚里，回忆刚才说的许多话时，竟然绝大部分不记得了，只记得兰苹说她最讨厌胡汉生。

高南征本来还要通知小汤下午去馆里开会，因为兰苹这一绕，再去小汤家就远了，踩三轮的人要他一起给两元钱才去，他觉得不划算，便放弃了通知小汤的想法。

回家后，高南征一边做饭，一边想下午开会的事。

文化馆里他自己、老张、胡汉生和徐馆长都是中级职称，按照比例最多只会给一个副高指标。一九八七年开始评时，文件上就说得很清楚，文化馆原则上不设副高以上职务。所以，现在即便放宽限制，给一个名额也算是非常照顾了，绝对不可能有两个。现在四个中级职称的人年龄都差不多，徐馆长最大，胡汉生最小，这最大与最小之间也就相差几岁。一旦谁上去了，其余三个这一生便没什么指望，除非上去的人中途调走或死亡，空出那唯一的指标。高南征心情忽然沉重起来，刚才三轮车上的那点野花似的情调一下子被压得粉碎。

思想一走神，高南征先是将红菜薹炒焦了，接下来一不留神又将猪肝炒老了。他刚将菜端上桌子，妻子就在门外嚷起来，并用手不停地擂门。

高南征将门打开后说，小娅，你别像猫叫好不好，我今天心情不好。

小娅看了他一眼，没有作声，进到房里将外套脱了，出来时将鼻子伸到桌面上闻了闻。她一声不吭地将红菜薹倒进垃圾袋，然后重新炒了一盘红菜薹。

小娅从柜子里拿出半瓶酒和两只杯子："先喝两杯酒顺顺气，然后告诉我为了什么。"

高南征喝了三杯酒后才将评职称的严峻形势向小娅分析了一通。

小娅说："先进可以让，模范可以让，当官也可以让，这评职称切切不能谦让。"

高南征说："三个人当中，胡汉生和老张不是我的对手，只有老徐、徐馆长，他是文化馆当家的，什么事都得从他那儿过手，评职称对于他来说简直是得天独厚。"

小娅说："你不能这样，自己在自己面前表态，自己将自己弄得出师未捷身先死。领导虽然厉害，可说到底还是怕群众，至少群众可以闹事，当领导的就不能。"

高南征说："光靠闹是解决不了问题的。"

小娅说："你手上不是有《清流》吗？在县里它就是造舆论的党报党刊！你可以用它来造舆论嘛！"

高南征说："到底是搞新闻的，首先想到的是舆论。"

　　小娅在县广播电台当播音员。她说："你将自己这几年获奖的情况整理一下，我先在电台里为你搞个人物专访，回头再在《清流》上发表一下。"

　　高南征说："搞我的专访还不如搞一个人事局局长的专访，我可以做撰稿人。"

　　小娅说："没问题，干脆两个专访都搞。"

　　高南征不好再推了。其实他自己清楚，这几年获得的奖几乎都是水货，凡是大奖赛，只要肯交钱总能寄个获奖证书来。小娅不知底细，总将这些当作了不得的事。

　　吃完饭，高南征花了半个小时将自己的作品和获奖证书理了理。五年来虽然发表的作品只有十几篇，可获奖次数竟有三十好几，证书摆在那里差不多有两尺来高。他看着红灿灿的一大沓，很惬意地独自笑了笑。

　　看看时间不早了，高南征就出门往文化馆走。半路上，看见胡汉生正与一个人边走边说话，他觉得那人很像小汤，等追上去，才发现果然是小汤。

　　高南征拍了一下小汤的肩膀说："我去喊你，你倒先走了。"

　　小汤说："胡老师说有紧急会议，我便跟着他来了。"

　　高南征说："上午怎么没来办公室？"

　　小汤说："家里有点事，煤烧光了，去买了五百斤蜂窝煤。"

　　高南征正想说小汤有事该打个招呼，随即就想到评职称的事，到时候还得靠小汤这样的群众评议，得罪了他们就会得反对票。他酸溜溜地说，胡汉生，我真得向你学习，这么关心群众。

胡汉生忙说："我是到小汤那里去借书，他说他发现一部好小说，我想看看能不能改成戏。"

小汤也说是这么回事。

高南征说："你怎么从不向我推荐什么好书？"

小汤说："你是我的嫡亲老师，应该是你向我推荐才是！"

高南征笑着说："小汤，文化馆应当专门为你成立一个外交部。"

二

才下午一点四十分，文化馆会议室已经坐满了人。

高南征扫了几眼，发现只有小甘和徐馆长没有来。他想一想觉得不对，应该还有一个人没来，他再次打量一遍后，才肯定是老张没有来。他马上意识到老张已经在为职称之事展开游说了。刚想到这里，老张就急匆匆地进来了。也没看清形势，老张就检讨，说自己不该来迟了。

兰苹抢白他一句："等徐馆长来了你再认错吧，别找错菩萨磕错了头。"

老张看了看周围，尴尬地笑了一下。

以往开会，徐馆长没到之前大家总是极活跃，不是相互说笑话就是非要胡汉生来几段他搜集到的民歌，那些半荤半素的民歌，不仅让人动情，还很有趣，闹得男男女女，都像疯了一样。所以，文化馆的会远近闻名，不管是文化局还是宣传部的领导，只要是来文化馆开会，绝对会提前半个小时来看大家怎么乐。这一次大家虽然来得早，却突然没有了往日兴趣。

兰苹几次要胡汉生来几曲，胡汉生见大家不作声，也就推说嗓子疼不肯开口。

等到两点钟，小甘来了。

小甘进门就说："今天的会延期，徐馆长病了，发高烧躺在床上不能动，他爱人说是今天上午让雨淋的！"

高南征没作声，带头站起来往外走。他在办公室里坐了一会儿总不见小汤进来，又见大家都聚在胡汉生的办公室里聊天，突然不好受起来，随手将上午曾拿在手里的那篇业余作者的诗歌稿撕成两半扔在地上。这篇诗歌稿写得极差，连顺口溜都算不上。他原本打算写封亲笔信，让那业余作者先读三年文学名著，然后再动笔。

就在这时，高南征听见了徐馆长的脚步声。

徐馆长在走廊上叫，开会了，都到会议室去。

徐馆长果然是病了，脸上很灰暗，他坐在沙发正中说："现在开会！"

高南征小心翼翼地竖起耳朵，听了半天竟没有一个与职称有关的字。

徐馆长说，为了迎接全省文化工作大检查，文化馆近期内必须做好几件事。徐馆长布置工作总是以调研部开头，文学部结尾。他首先要求老张他们在十天之内将文化馆全年工作总结和大事记搞出来，然后牵头并由各个部门配合搞一个五年来全馆综合成果展览。接下来他要表演部排一台一个半小时的晚会节目，节目中小戏不能少于两个，独唱不能多于两个，时间也是十天。美术部只有小甘一人，小甘又是中专毕业回来才三年，徐馆长对他从来没有过高要求，这一次也不例外，只让他布置一个农民美术作品展。最后说到文学部，徐馆长要高南征和小汤十天之内将《清流》今年的最后一期印出来，同时还要以一个分馆和三个重点文化站为依托，办几期业余创作培训班，关于活动经费，徐馆长要兰苹做如下安排：调研部一千二，表演部一千四，美术部三百五，文学部一千一。

高南征第一个跳起来，说这个任务无论如何完不成，就是再增加一倍的人手，增加一倍的经费也无法完成，他说《清流》的印刷周期就得半个月，这还不算约稿编稿。

接下来胡汉生也叫苦不迭。

只有小甘说他争取完成。

老张正要说话，徐馆长一把打断他的情绪，阴着脸大声说："我现在体温是三十八度九，我给自己安排的任务是明天到省里去要钱，指标是五万，谁要是觉得我这任务轻松，我可以跟谁换，当然去要钱的活动经费多一些。三千。你们谁跟我换，现在就可以提出来。一个人不敢，两个人一齐来也行，全体都去更好。只要你们能要回五万元，我保证将调研表演美术文学等四部一办的所有的事都做好。"

徐馆长说的四部一办中的一办是指办公室。

徐馆长的话将高南征镇住了。

见无人作声了，徐馆长就宣布会议到此结束，然后又让兰苹独自留下来。

高南征爬了一层楼，回到办公室，正在那里生闷气，小汤进来说："高老师，有你的电话。"

高南征又一次下到一楼，经过会议室时，他见兰苹正同徐馆长红着脸争论什么。

电话是小娅打来的，小娅要他马上回家拿上资料来广播电台。旁边有人，高南征不便解释什么，只是含糊地说情况有变化。小娅说她知道情况有变化，这才十万火急地将这事重新做了安排。小娅要他最多半个小时必须赶到人事局。不容高南征说什么，小娅就将电话放下了。

往回走时，高南征看见会议室里只剩下徐馆长。

徐馆长唤了他一声。

他在门口停下来，人却没进去。

徐馆长说："你们是不是觉得工作量大了些?"

高南征说："大一点怕什么，我们又不是为你徐馆长打工，是在为社会主义精神文明建设出力呢!"

趁徐馆长还没接上话，高南征转身走了。

回家的路上，高南征看见兰苹在一棵树底下用手帕揩眼泪，他忍不住走上前去问缘由。兰苹告诉他，徐馆长安排她一起到省里去要钱，还说管钱的那个处长特别喜欢跳舞，希望兰苹这次去省里时，努力展现一下自己的魅力。要不来五万元钱，馆里今年的穷坑就填不满。兰苹不愿做这样没有人格的事。徐馆长就说她不去也行，可以花钱请县剧团的女演员，但这笔花销只能从兰苹奖金里面扣。徐馆长还说这要钱的事是会计的本职工作，她想不去还有一个办法，那就是改行或者调走。

高南征听了很生气，他说："姓徐的家长作风也太邪了，他这么热爱革命工作，干吗不将自己的女儿带去公关。"

兰苹说："高南征，你说我是去还是不去？"

高南征说："若是我偏不去，看他是生吃了你，还是将你油炸了，清蒸了！"

兰苹说："可徐馆长这人是敢说敢做的。"

高南征说："到时候我们大家为你撑腰。"

正在说话，高南征听见有人喊他的名字，扭头一看竟是小娅。

小娅站在远处的屋檐下，见他一点点地走近了就说："这么亲热，怎么不合打一把伞？"

高南征说："徐馆长要兰苹当舞女呢！"他将经过说了一遍。

小娅没有接话，就迅速转换话题说，下午一上班她就发现副台长已亲自为文化馆老张做了一个专访，还签了字要在全县新闻联播节目中连播四次。她见老张抢了电台的先，就不能让高南征居其二。她亲自到电视台同专题部的商量了半天，决定拍一个人事局局长同高南征在一起谈我县文学人才的专题，借人事局局长的嘴来宣传高南征，这样的舆论更有力度。

高南征等小娅说得差不多了才告诉她，馆里根本就没评职称这一说。小娅愣了愣，走了一百多米才开口。

小娅说，人事局我已约了何副局长，他是分管评职称的，早点宣传只会有好处，还不让人家觉出这是有意安排的。不是年底就是年初，这职称反正是要再评一次的。

高南征到了电视台后才知道小娅找的是什么关系，怪不得她只谈专题部都不说具体人，原来她找的是结婚之前，曾经有过一段恋情的男朋友。他心里不快，但还是陪着何副局长将专题片拍完了。

这个疙瘩直到晚上睡觉时，小娅将嘴巴拱在他的颈后说他今天表现得特别像一个男子汉后，才得以解开。小娅还说她看了毛片，很不错，特别是何副局长说的那句话效果好极了。

高南征知道小娅指的是哪句话，何副局长说别的人只能做到著作等身，而高南征却做到了奖证等身。

小娅还说专题部老唐这回用的是最好的带子，这种录像磁带平时只用在县委书记和县长的节目上。

老唐就是小娅的初恋情人。

三

兰苹没有听高南征的话，她还是跟着徐馆长一道去了省里。

高南征得空同胡汉生谈起这事时，不禁万分叹惜。

高南征同小汤也有简单的分工，头三天他们分头到分馆和文化站里跑一下，确定办培训班的日期，顺带为《清流》组稿。第四天他们集中精力将稿子编好送到印刷厂，再花上点钱到学校里请一个老师帮忙校对一下。从第五天起，他们便一个接一个地办培训班。

　　高南征跑的是一个分馆加一个文化站，无论是分馆馆长还是文化站站长，都死活不同意办这个培训班，理由是现在业余作者对文学创作已不感兴趣了，过去的老作者纷纷出门打工做生意，花钱请也请不到他们来。高南征明白他们是不愿意出钱，按照惯例，不管办什么培训班，最少学员们中午那顿饭是要管的。如今分馆和文化站都是靠一点可怜的以文补文收入养家糊口，有什么活动，名义上是花公钱，实际上是用的私钱。高南征不能捅破这层纸，一旦说到钱的问题上，那就更不好办。

　　那天中午，高南征在分馆吃饭时，分馆馆长老陈将镇上管文教的书记镇长找来作陪。一上桌就提到昨晚的电视新闻，说没看电视还不知道高南征是个优秀人才，他们要高南征好好带带路，替他们镇上培养几个文学人才。高南征连忙将这次下来的意图说了。书记镇长二话不说就将板拍了，要分馆配合，将这次培训班办好。当着面高南征将日期敲定了，还请书记镇长届时来培训班上讲几句。书记镇长满口答应下来。

　　高南征怕变卦，吃了饭便要走，却被老陈死死拖住，非要他去家里小坐一阵。高南征没办法，只好去老陈家。

　　老陈领着他在几间屋子里参观了一下，到处都是破破烂烂的，一床旧棉絮里还偎着三个老人。老陈说这是他的父母和岳母。老陈的妻子则躺在另一床旧棉絮里，她已经病了半年。医生开了药方却拿不回药，因为没钱。转了一圈，老陈什么也没说，高南征反而不好意思起来，主动说这培训班就不搞一天了，只搞半天，上午九点钟开始，中午十一点结束，这样老陈就可以省下几桌饭钱。

再到文化站时，高南征就有经验了，他先将乡里的分管领导叫上，然后再谈培训班的事，一下子就谈妥了。

高南征提前一天回到县里，他以为小汤仍在乡下忙碌，在家躲了一天，写了一篇综述全县文学创作情况的大块文章，其中有三分之二的文字是讲他自己。小娅说这样不够，必须有一篇专门文章。他想了好久才咬牙决定冒充省作协那位理论家的名字，写一篇评介自己作品的评论。这种做法还得瞒着小娅，他怕小娅瞧不起自己。

做好这些事以后，高南征准时来到文化馆，一看考勤表，小汤竟比自己提前半天回来。他问过小汤，一切都是按原定计划确定的。等到编《清流》的稿子时，他才看出小汤的把戏。

《清流》是一份对开四版的小报，过去好多人都不知道它的历史，直到那年编文化志时才搞清，它创刊于一九四八年刘邓大军南下，第一次攻克县城时。几十年风风雨雨，它一直默默地为县里培养人才，就连一直被县里引为骄傲的现任省报总编，其第一篇文章就是在《清流》上发表的。至于县里的大小笔杆子，无一例外的都是《清流》的忠实读者和作者。

高南征要小汤将他送出来的稿子给他看一看。小汤一下子递上四篇散文和一些诗歌。高南征看了一遍，除了一篇散文外，其余都是写乡镇企业的。实际上就是现在很流行的那种"广告文学"或者"马屁文学"。高南征最反对这种东西，他说宁可《清流》不办，也决不发这种东西。高南征拿起红笔正要将这三篇稿子枪毙掉，小汤在一旁说这是文化站组的稿，事关这次培训班办不办得成。

高南征马上明白了这是文化站拉的赞助，他愣了半天才说出下不为例几个字来。

谁知小汤抛出其中一篇说："文化站答应了人家，这一篇要上头版。"

高南征正要回绝，小汤忽然将头伸长了些，去看那篇评论。

小汤有些不敢相信自己的眼睛："高老师，都有名家评你的作品了！"

高南征连忙掩饰地说："小汤，以后你可要注意别让人家牵着鼻子走，特别是文化站，他们是文化馆的下级呢。"

忙了一天，总算将版面弄好，高南征和小汤一起去印刷厂将事情一一做了交代。刚吩咐完，小娅忽然来了。

小娅将一篇稿子交给高南征，说是退休在家的县委老书记段书记看了电视后很激动，写了一篇谈高南征的文章，要《清流》发一下，另外地区报纸可能也要发。高南征当即将自己冒名写的那篇评论撤下来，将段书记的稿子换上去。段书记的稿子短一些，高南征就让小汤趴在印刷厂的办公桌上写了五百字的编者按。

回到家里，小娅才妩媚地笑着说："有段书记的文章在此，到时谁敢不买账！"

小娅正要同高南征拥抱，外面响起敲门声。

打开门，见是段书记的妻子。

段书记的妻子比小娅还年轻，是段书记在乡下蹲点时好上的，嫁了段书记后一直被县委大院的人瞧不起，特别是那一口土得掉渣的山里话，因此她偷偷找上小娅，跟着小娅学说普通话。这事除了当事人，就只有高南征知道。

段书记的文章写得还不错。

高南征心里却高兴不起来。

四

分馆的培训班第一个开办，业余作者们以为分馆中午有酒席，一下子来了三十多个。等到十点钟镇里的头头还没来，高南征就先讲。他讲了刚好半个小时，就让给小汤讲。小汤讲了二十多分钟，正要结束，书记和镇长一齐来了，还带着秘书和通讯干事。书记也不客气上去就讲了四十多分钟，接下来镇长也讲了四十分钟。他本来还要讲，是被书记打断的。书记说时间到了，先去吃饭，回头再讲，镇长停下不讲，但人并没有走。大家都在等老陈招呼吃饭。老陈在一旁急得满头大汗，嘴唇哆嗦着不知说什么好。

秘书发现情况不对，便将老陈拉到一边说，教育上有句话，再苦不能苦孩子。这些业余作者是你文化分馆的孩子，一年到头就盼这一回，再怎么穷你也要挺过去，不然就太丢书记和镇长的面子，他们来帮你开会，连饭都弄不到吃的，以后你的工作领导就不好支持了。

老陈说，这么多人我上哪儿弄饭呢，餐馆又不赊我的账。

秘书说，我帮你联系，你签字结账。四十人就挤一挤来三桌，标准为八十元。

老陈战战兢兢地点了头。

到吃饭时，三张桌子上挤满了人。高南征几乎没办法举筷子，所幸的是书记镇长和大家一样都挺高兴。老陈没有坐，一直站着在三张桌子旁边张罗。吃完饭，将领导和学员们送走，老陈去签字结账时，一见竟吃了二百四十元，顿时眼泪就出来了。

高南征上去劝，老陈一把抱住他放声号啕起来。老陈哭诉着说自己原准备年底给妻子买点药，给三个老人添一床棉絮，再给孩子做件新衣服，可现在这些计划不仅落空了，就连过年肉也被这一餐酒席吃去了。

高南征见餐馆门口聚集了许多人。他怕影响不好，便说，这顿酒席钱算文化馆的，过几天你拿发票来，我们一齐找徐馆长让他签字同意报销。

高南征好不容易从老陈这儿脱身。接下来三家却很顺利。

小汤联系的两个文化站，不仅吃喝住安排得很好，临走时还送了一些土特产给他俩。最让高南征意外的是，文化站还在街上贴了标语：热烈欢迎我县著名文学家高南征先生来我站传经送宝。当然，每条标语后面都另有一行字，称本次活动由我乡著名企业家某某某独家赞助，某某企业领衔赞助。

尽管这样，高南征还是批评小汤一通，提醒小汤不要染上浮夸风。

高南征说这些话时语气一点也不重。

高南征和小汤都凯旋了，别的部门工作才刚刚出现眉目，就连徐馆长也没完成好自己派给自己的任务，钱是要回了一点，只有三万五。徐馆长在全馆大会上宣布这剩下的一万五，过了年就会给的，同时还反复表扬兰苹，有说她工作能力很强的，也有说她社交能力突出的。

高南征回家同小娅谈起这事时，小娅撇着嘴说，说不定这是兰苹用身子换来的。高南征不相信，当然也不是完全不信而是不太敢信，他认为如果真的这样那徐馆长就太卑鄙了。小娅用手指戳着他的额头，说他还没有将世事看穿，像徐馆长这种人只要为了自己的利益，什么手段他都敢用。高南征本想替徐馆长分辩一句，他觉得徐馆长这回去要钱，真的是为了文化馆全体干部职工，自己得不到太多的好处。他最终没有说是因为他觉得实在没必要在妻子面前为别人辩解，特别是徐馆长，就更不值得了。

兰苹从省里回来以后一直没有来馆里上班。

大家都在忙碌，电话无人接，走廊无人扫，不免对兰苹有意见。

徐馆长解释说，兰苹生病了，在家休息。

高南征问休息多长时间，徐馆长遮遮掩掩地说十几天吧。

那天，高南征同小汤一起去印刷厂取《清流》，路上他们又说起兰苹。

小汤忽然说："这么不敢见人，莫不是得了性病吧！"

高南征被这话吓了一跳，过了一阵才说："那不太可能，不过看徐馆长那种心虚的模样，倒像是他自己欺负了人家。"

小汤不理解，如果徐馆长和兰苹真的在省里来了那么一梭子，兰苹也不至于如此生气。高南征和小汤一致认为，不管是哪一种情况，都到了这一步，徐馆长在各方面都不会让兰苹吃亏。

高南征和小汤一人扛着一捆《清流》往文化馆走。

半路上碰见一群熟人。高南征连忙停下来，抽出一叠《清流》散给他们。

那些人扫了一眼后便取笑他，说："两个专业户登在一块儿了。"

高南征有些转不过来弯，那些人就指着段书记的文章和小汤拿回的文章说："这不，一个获奖专业户，一个养鸡专业户。"

高南征脸色一下子变得很不好看。

那些人不管他这些，继续说："《清流》登出这样的文章实在让人感到掉份。"

高南征明明知道他们在说小汤拿回的那篇文章，可心里仍不舒服，总感觉是在暗射自己。

回到办公室，高南征将报纸摊开细看。段书记的文章名叫《南征北战领奖忙》，小汤要发的文章名叫《大公鸡喔喔叫》。两篇文章搁在一起，光看题名，就感到后者是在影射前者。他一生气，哗哗几下将桌上的《清流》撕成碎片。

小汤扭过头来问："高老师，你生什么气？"

高南征憋了半天才说："这张报纸没印好，油墨多了。"

小汤说："我还以为你对这篇《大公鸡喔喔叫》有意见呢！"

高南征说："不过你这篇文章的标题不太好，这一次时间太紧，顾不上，往后可要仔细推敲。"

小汤说："上级不是总号召我们要贴近生活吗！我也是受到那篇很著名的小说《一地鸡毛》的启发，才来灵感的。"

高南征还要再说什么，胡汉生领着分馆老陈来到面前。

小汤搬了椅子让老陈坐下，胡汉生则在一旁站着。

老陈也不客套，一坐下就从口袋里往外掏发票，并说："高老师，发票我带来了。"

高南征将发票接过来，扫了一眼后递给小汤，说："你写句话证明一下。"

小汤说："高老师，你是主任，要证明也轮不上我。"

胡汉生将头凑过来看，高南征便将经过一一对他说了。胡汉生一边叹气一边说："这种情况是该由文化馆报销。"

高南征说："小汤，你去看一看，徐馆长若在四楼展厅就将他叫下来。"

老陈忙说："我和小汤一起去，我来了应该先去看他。"

高南征一把按住他说："你别动，你是从一线来的客人。"

老陈说："你们总把我当客，其实分馆同你们是一家，我的工资还是从兰苹手上领呢！"

高南征和胡汉生都笑起来。他们正在问老陈家中情况，徐馆长和小汤进来了。

徐馆长同老陈寒暄几句后，高南征就将老陈的来意说了一遍。高南征将发票伸出有一小会儿，徐馆长才接过去，他反反复复地看了几遍后，也不说话，随手将发票放在桌上。

这时胡汉生递了一支香烟给徐馆长。

徐馆长接过去后要胡汉生也给老陈一支，他说老陈偶尔也抽香烟。

大家都在等徐馆长表态，徐馆长却拿过一份《清流》看起来。一边看，一边笑。徐馆长说这标题取得好。高南征一看，他指的是《大公鸡喔喔叫》。接下来，他又大声朗读段书记的文章。徐馆长以前是唱民歌的出身，嗓子很亮。他一边读一边夸段书记文章老辣，才华横溢，褒贬恰到好处。还说段书记的文章有十九世纪俄罗斯评论家的风采。那些评论家读三流的小说诗歌，但能写出一流的评论文章来，现在评论家都是靠一流的小说诗歌，写三流的评论文章养家糊口。

正说着，徐馆长忽然问胡汉生："你的那台晚会到底怎么样了？"

胡汉生说："等老张腾出手来就可以彩排了。没有老张的锣鼓，演员动不了。"

徐馆长说："你先用嘴念一念那锣鼓点子嘛！"

胡汉生知趣地走了。

徐馆长又问："这期《清流》花了多少钱？"

高南征说："一千零二十。"

徐馆长说："不是一千整吗，怎么多出个零头？"

高南征将请人校对的事解释了一番。

徐馆长不高兴地说："这是你们分内的工作，怎么可以擅自请人呢，你们想一想如果我也擅自请人，那还要各个部门做什么呢?"

高南征说:"我想我们还没有超出你划定的范围。"

徐馆长说:"还没有?两三百元的一顿饭你都可以做主……"

老陈在一旁忙说:"高老师是见我家情况太困难了。"

徐馆长一甩手说:"这事同你不相干,这是馆里的财经纪律问题,没有主管领导点头,谁也不能随便表态。"

高南征说:"当时情况特殊,来不及请示。"

徐馆长说:"现在谁都在搞特殊,一个比一个胆子大。"

高南征说:"徐馆长,我哪儿特殊了,我不过是回来和你商量一下看能不能报销!"

老陈在一边急了说:"高老师,你可得说话算话,你答应了回来报销的。"

高南征沉默了一阵才说:"徐馆长,我是替你做了一回主,这发票报不报销,你现在说一句话。"

徐馆长说:"你也别急,这事我得研究一下。"

高南征说:"馆里就你一人负责,你说一句话就行。"

徐馆长说:"财经上的事还有兰苹呢,等兰苹上班了再说吧。老陈,反正这钱还在餐馆里欠着,你就再等一等。"

徐馆长说完就起身走了,出门时头也没晃一下。

高南征安慰老陈半天,老陈一直不说话。他只好将他带回家里吃午饭。吃完饭他用塑料袋装了两个苹果罐头递给老陈,老陈这才表示自己该回去了。老陈出门走了几步,又回头对正要关门的高南征说,这二百四十元钱就全指望你了。高南征说不出话,挥挥手叫他快走。

下午上班，高南征先去找兰苹。

走到上次兰苹从三轮车上下来的地方时，他犹豫了一下。他怕兰苹万一真的染上性病。虽然他懂得仅仅见见面说说话是不会有问题，但他还是觉得不怕一万只怕万一，多加小心总不会有错，高南征没有拐过那道弯，他连兰苹的家门都没望见就去文化馆了。

刚进门就听说今晚胡汉生负责的那台晚会要彩排。

胡汉生站在大门口，逢人就说徐馆长要去请有关领导来看彩排。

上楼梯时，高南征碰见老张正在叮叮当当地搬锣鼓。

老张嘴里不停地嘟哝，说胡汉生不是个东西。

高南征问了三遍才问出原因。胡汉生耍了一个花招，自己跑到宣传部和文化局去吹牛，说晚会节目如何精彩，惹得那些没事干的领导非要来看戏。徐馆长只好叫他放下手中的事情，给胡汉生帮忙。

高南征后来将老张的话学给胡汉生听。

胡汉生没有笑，这一点让高南征有点失望。

胡汉生只是叹气说，谁叫馆里只有老张会锣鼓呢。

高南征有点不满意胡汉生这种做派，他将老张的话说给胡汉生听，并非挑拨离间，说得再严重也只是幸灾乐祸。高南征非常明白，老张对胡汉生不满是有道理的。胡汉生怕自己工作落到最后，因为文学部工作已完成，美术部也差不多了，若不想办法绊住老张的脚，调研部的工作也会完成在胡汉生的表演部前面。

整个下午老张在三楼演出厅里将锣鼓敲得惊天动地地响，惹得街那边的几家机关，纷纷打电话过来表示抗议，徐馆长也被吵急了，忍不住对老张说，留着力气晚上再狠狠敲吧！

高南征记起段书记喜欢看戏，抽空给小娅打了个电话，要她请一下段书记。

文学部分派了两件事，徐馆长怕演员不熟悉台词，让小汤在幕后负责提词，高南征本来被派到门口去维持秩序不让无关的人进场，高南征觉得这有损自己形象，主动提出到台上去搬布景，他说自己熟人太多把不紧门。徐馆长也怕出事影响演出效果就同意了。

文化馆最后请的段书记，反而是最先到。段书记虽然休息了，可威信还有，徐馆长表现得像孙子一样，敬烟上茶，搬椅摆几，样样都是亲自动手。段书记不理他这一套，拿着一张《清流》站在舞台中央一字一字地看得很认真。看过之后，段书记要见高南征。高南征见徐馆长满地找人，便故意躲到天幕后边，等徐馆长找到门外去了以后，又连忙钻出来上去同段书记说话。

段书记问他小娅怎么没来。

高南征说小娅今天值夜班。

其实小娅在家没事，但她有意不来，同一个退了休的县委书记相处，秘密状态最好。

说了些家常话后，见徐馆长又转回来了，高南征推说有事，握了握段书记的手后，转身去了后台。

徐馆长追上来问："你刚才去了哪儿?"

高南征说："我就在这儿呀!"

徐馆长说："我怎么没看见你?"

高南征说："你只盯着领导呗!"

徐馆长正要说什么,高南征一指门口说:"还不快去接着,又有领导来了。"

徐馆长回头一看,宣传部和文化局的部长局长都来了。

演出之前,高南征让小汤将第六期《清流》分发给了所有到会的人。他自己躲在大幕旁悄悄看了几回,发现多数人都在读一版上的文章,可就是看不清那些人脸上的微妙之处,因为台下的灯光有些暗。

后来,徐馆长飞快地从大幕旁钻进来,压着嗓门说:"开始了,开始了!"

胡汉生将几个还在背词的演员弄到台中央造了一个型,大幕就徐徐拉开。胡汉生搞了二十多年的表演辅导,对于晚会节目颇有研究,几个节目下来,高南征也有几分入迷。只是老张不服气,锣鼓一到间歇处,他就不停地数落台上哪儿不行、哪儿有错。最后的压台节目照例是小戏。这个戏是胡汉生自编自导自演,开场锣一响,胡汉生就来了几个跟斗,接下来是亮相。一看翻跟斗的竟是四十几岁的胡汉生时,段书记带头鼓起掌来。

听到掌声,胡汉生就来了劲,念白唱腔既响亮又悠扬。

高南征没事站在老张的锣鼓架旁,老张用锣鼓指着胡汉生说,他翻跟斗时腰塌了,像只癞蛤蟆;又说他翻高腔时偷了懒,将三个高音省掉了；接着又说他的念白发音错了。

老张正说得起劲，台上的胡汉生忽然大声念起锣鼓点子来了。只见他亮了一个相，同时嘴里"仓"了一声，接着又走了一串台步，嘴里同时念着："得得得得……得、得、得——仓！"胡汉生又亮了一个相。台下看戏的人略静片刻后，连同段书记在内，一齐哄堂大笑起来。

高南征忽然明白这是老张将锣鼓点子打掉了，便赶紧说："老张，你的锣鼓没有打！"

老张回过神来，举起锣锤时，脸上白得像是在演曹操。

戏一演完，老张就要走。徐馆长及时发现了，张口将他喝住。待领导们都走了，徐馆长的那一顿臭骂，糊涂蛋三个字都说了不计其数，就这样还觉得不够解恨，最后竟然冒出一个王八蛋来。

胡汉生还带着戏妆，在一旁不停地劝徐馆长，说都是他不好，不该急中生出这么个智来。

高南征一听到徐馆长骂老张是王八蛋，就预感到要出意外。因为老张的妻子一直同单位的头头关系暧昧，而且在老张面前还不怎么避嫌，所以老张最忌讳别人说王八二字。

果然，徐馆长骂声将歇之际，老张突然抱起小鼓砸向他的脑袋。

砸了个正着后，老张还不罢休，拿起大锣还要继续砸徐馆长。

高南征见势不妙，连忙上去将老张箍住。

旁边的胡汉生也眼疾手快地将徐馆长扯开了。

老张气坏了，他说，徐怪种，我要将你的嘴撕得像你老婆的臊胯。又说，我们在你手下工作，连你的儿女都不如，你敢骂我，我就敢打你，领导动口，群众动手，到哪儿也不犯法。

闹了一个钟头，直到老张的妻子闻讯赶来，才平息下来。

老张的妻子冲着徐馆长狠狠地唾了一口后，挽着老张的手走出演出厅。

第二天，高南征正在办公室里猜测老张何时才会来上班，胡汉生说三天左右，小汤说最少也得一个星期。小甘则说得有些邪乎，他认为没有一个月老张消不了这口气。正说着，老张从门口进来了，而且一脸的喜气洋洋，进门就说今天中午请大家上馆子喝酒。高南征以为老张神经出了问题，不到十一点就准备走，老张发现后将他死死拖住。

拉了十来分钟，老张忽然流出眼泪来，他掏出一百元钱说，这是我妻子给我的，她要我谢谢你们，没有你们，我这病也不知什么时候才能好。

高南征有些糊涂。老张又说了一通，他才明白原来老张的妻子作风不正是因为老张结婚不久就患了阳痿，昨天这一闹，血气一上来，加上回家后妻子一温存，这毛病竟一下子全好了。

高南征放下心来，随老张上餐馆好好闹了一通酒。

徐馆长没有去，席间也无人提起他。

隔了几天，检查团来到文化馆。

演出时，老张依然打锣打鼓，没出一点漏子。

检查团对文化馆工作很满意，徐馆长说，这多亏馆里有几个得力干将。

检查团的人说："没有你这个帅，将再多也没有用。不过，与别的县文化馆比起来，这些干将的确不错。"

徐馆长便开玩笑地要上级给文化馆多几个副高职称指标。

高南征听得清清楚楚，检查团的负责人说，给一个是没有问题的，多了就难说，估计希望不大。

高南征转眼就将这消息告诉了胡汉生。

胡汉生摇了摇头。高南征以为他不相信，正要发誓，胡汉生说分下来一个指标，他是不抱任何幻想的。高南征要他无论如何也要争一争，如果大家都不争，那就便宜徐馆长了。胡汉生说他现在只关心家里的两亩半麦子。

高南征回家后同小娅说起这事，小娅要他这些时一定要坚持上班，而且每天都要到一楼大办公室里去转几回，有电话也要主动接。

果然，没过多久，高南征就接着了人事局的电话，要文化馆派人去开职称会议。

高南征将这话告诉了徐馆长，徐馆长倒没有避讳，他大大方方地说，好事又来了。

五

徐馆长头天到人事局开会，第二天就在馆里做了传达，上面给了文化馆一个副高职称也就是副研究馆员的指标，凡是有中级职称的都可以报，如果助理馆员觉得自己够条件，也可以破格申报。

高南征扫了一眼会场，只有老张一个人显得特别兴奋。

胡汉生有些无动于衷地在那里翻着《清流》。

徐馆长说，要申报的每人先交三十元报名费，我再去人事局那里买申报表。

老张当即就交了钱。胡汉生张开嘴要说话，高南征以为他要报名，谁知他竟说出请假的话来，他说这几天天气好，地上没冻，他要回乡下给那两亩半麦子浇一遍大粪，施足了肥才好过冬。

高南征正要上去拦住胡汉生劝他切莫为了芝麻丢了西瓜，老陈从外面进来了。

老陈一见在开会，正要退出去，徐馆长宣布散会。

徐馆长见了老陈就说他来得正好，这晋升副高职称的事就不用下去传达了。老陈推辞不听，他觉得自己这一生能混个中级职称就不错了，他若是能当上副教授，乡里的狗都会笑出尿来。

老陈说："徐馆长，你若是能将培训班吃饭的发票报销了，我就比评了副高职称还高兴。"

徐馆长说："发票的事你不要急，总会有个办法的。你和老高先聊一聊，我去打个电话。"

徐馆长走后，老陈又缠上了高南征，没办法他只好又将老陈领到家里吃了一顿。饭后高南征又打算给他两瓶罐头，不料老陈不肯接，支吾一阵后才说，如果他家有用不着的旧衣服就给他几件。高南征去房里翻了一阵，拿了几件半新半旧的衣服让他拿走。

夜里高南征一边洗脚一边同小娅说话，小娅要他无论如何也得将胡汉生拉上一起申报副高职称，让胡汉生作陪衬壮大声势，否则人越少越难对付徐馆长。

隔着卫生间的门说了一阵后，小娅忽然失声叫起来："老高，那件旧灯芯绒夹克呢?"

高南征说："我将它送给老陈了。"

小娅冲进来说："你怎么能将它送人呢，我将存款折放在那荷包里呢!"

高南征一听心里也有些慌，三下两下就将脚擦干，穿上衣服和鞋就去弄自行车。

高南征骑着车子刚出县城，一辆桑塔纳从后面追上来，并在身旁刹住。小娅从车上跳下来，让他将自行车放在桑塔纳的后备厢里。高南征上了车才知道这车是段书记的。高南征赶到老陈家时，老陈一家人已经睡着了。敲了半天门才有人起床，老陈却不在家。说起来才知道老陈一回家就发现存折，他怕高南征着急，当即抄小路又去了县城。

往回赶的路上，小娅直说老陈家作孽。

到家时，老陈已在门口蹲了一个小时了。

小娅很感动，非要留老陈在家里睡一觉。第二天，小娅将家里的棉被送了一床给他，另外又给了几件小孩穿的衣服。老陈挺感动地说："好几年冬天没有睡过这么暖和的觉。"

送走老陈，高南征骑上自行车去胡汉生家。二十几里路个把钟头就到了。他只问两次就找到胡汉生家，门口的晒场上有几个人正在太阳下打麻将，其中一个老头长得同胡汉生一模一样。高南征上去一问，果然是胡汉生的父亲。因为刚好四个人，胡汉生的父亲下不了场，他不好意思地问高南征是不是来找胡汉生有事。若有急事可以到隔壁垸里去找，他在那儿帮乡剧团排戏。

高南征还在半路上就听见一片参差不齐的琴声，爬上一处土坡刚好望见胡汉生正在前面的晒场中央指挥着什么。走近后他才听清正在排演的是《山伯访友》。

胡汉生突然发现高南征站在旁边，不由得吃了一惊。

高南征一点也不给他面子："你就是这样给小麦浇大粪过冬呀！"

胡汉生说："哪里哪里，是赶上了，他们硬将我从地里拖来的。"

高南征说："职称的事你不能不管，哪怕只有百分之一的希望，也要百分之百地去努力。"

胡汉生一口答应说："行，我一回去就申报，大不了那三十元报名费白送人家。"

高南征有所指地说："给乡剧团做辅导，少不了要给三几百的犒劳费吧？"

胡汉生忙说："我明后天就回文化馆。"

高南征回去时，自行车在山路滑了一下，他不轻不重地摔了一跤，幸好人没伤着。

他像老张一样交了三十元报名费给徐馆长，同时也替胡汉生代交了。胡汉生回来后，立即将钱还上。往后几天，他们几个一直在忙着填表。徐馆长组织了一个群众评议小组，几个部主任都在里面。表格填好后都交到徐馆长那儿。又过了几天，徐馆长通知评议小组开会。

高南征第一个被评议，所以他得回避。具体意见他不清楚，他觉得自己得到的评价应该是优秀。接下来是老张和胡汉生，他俩的最终评价是基本合格。最后评的是徐馆长。

徐馆长将自己的材料读了一遍。他还没读到一半时，高南征和老张的脸就红了。徐馆长读完后却不回避，理由是他是评议组长，可以例外。

高南征实在忍不住了，他说："徐馆长，你不能贪天功为己有，将我们文学创作上的成绩说成是你辅导的结果。"

老张也接着说："我的调研文章不是你指导的，你怎么可以不讲事实呢!"

徐馆长大言不惭地说："我是馆长，你们在我的领导之下做工作，当然就是我的成绩了。"

说着话，他们就吵起来，动作一大之后，不小心将徐馆长前面的记录搅散了。高南征眼尖，发现自己只被评作基本合格。老张和胡汉生也发现了自己是基本合格。胡汉生还文绉绉地说自己做了那么多事怎么还只是基本合格呢!

老张则火爆多了，他抓起一只茶杯摔到徐馆长面前，吼道："姓徐的，未必文化馆就只你一个人在做事!"

徐馆长也被激怒了，他站起来大声说："跟你们说实话，这回评职称，你们只是个陪斩的，不管你们议不议，评不评，都是非我莫属。"

说完之后，徐馆长夹上自己的申报材料扬长而去。

大家气愤不过，当即决定向文化局和宣传部反映情况。

不料第一个去处就碰了软钉子，文化局崔局长听着他们七嘴八舌地说完之后，出乎意料地反问一句，说："如果你们不承认自己的工作成绩也是馆长的工作成绩，那文化馆的工作成绩也就不能算文化局的工作成绩，文化局的工作成绩也不能算县政府的工作成绩，县政府的工作成绩也不能算省政府的工作成绩，省政府的工作成绩也不能算国务院的工作成绩，国务院的工作成绩也不能算政治局的工作成绩，如此一来，岂不是国将不国，党将不党！"

高南征怔了半天才说："崔局长，你不能这样无限上纲。"

崔局长说："你们又误会了当领导的意思，我这样说，是毛主席所倡导的启发式工作方法嘛！"

从文化局出来，高南征又领着老张他们往宣传部赶。宣传部的几个领导更干脆，如果只有一个指标，他们肯定倾向让徐馆长先上，这样有利于开展工作。

老张提出再去人事局，高南征想到何副局长是自己培养出来的关系，不能这大呼隆地滥用了，便说还是回去冷静地商量一下。胡汉生也说，光凭这些可能搞不倒徐馆长，得有更多的材料。

　　高南征被这话提醒了，他当机立断让大家回文化馆凑一份详细的文字材料。

　　回文化馆时，正好看见老陈在一楼楼梯上同徐馆长说话。老陈手上依然拿着那张发票。

　　高南征同老陈打了一下招呼，自己先上到二楼。他以为老陈还会来找自己，直到下班仍不见老陈露面。他想一定是徐馆长怕对立面太多，将这发票给报销了。

　　吃晚饭时，高南征将这一天的事详细同小娅说了一遍。

　　小娅眼也没眨就说："这样做简直就是缘木求鱼，现在的男人怎么这么蠢，而且是一蠢就是一堆！你们怎么可以就事论事呢。行政上的人本来对知识分子的高职称高工资有意见，你们不能往伤口上撒盐，老徐大小也是个官，沾了行政上的边，他们不维护他还能维护谁！应该一箭双雕，对上只说老徐不适合当馆长，伸手要职称就是他的一条罪状。"

　　高南征顿时恍然大悟。当即放下碗筷就去找老张和胡汉生商量。他们决定写一封告状信，并联合全馆人签名，要求徐馆长要么纯粹当馆长，不要职称，如果要职称，就不能当馆长。胡汉生支持这么做，但他又不愿签名。他说自己是党员，他可以通过组织途径反映这些事，同时，他没签名到时还能站在中立立场来说些话，高南征见他言之有理，就没有勉强。

　　半夜里，高南征想起一件事，他见小娅起床方便就忍不住问她怎么想到这种主意的。

　　小娅说她搞了几十年播音，各种各样的广播稿，那字里行间的名堂，什么正话反说，坏话好说，小骂大吹牛，等等，实在见得太多了，不用读相关专业，也达到大学政治系硕士生水平。

上班后，高南征做了半天工作总算让小甘签了名。这样四个部已有三个部明确反徐馆长，再加上暗中反对的胡汉生，可以说非常有力。

高南征还想拉上后勤这一摊，所以他咬着牙决定去找兰苹。

兰苹正在家百般无聊地织着毛线。

一见高南征，兰苹高兴得跳了起来说："我就知道你会第一个来看我！我这一生的清白算是让老徐这狗东西毁了。"

兰苹说着马上变脸哭了起来。

高南征忙说："你别太在意，其实外面什么也不知道。"

兰苹不相信，高南征就赌咒发誓。兰苹伸手捂住他的嘴不让他说下去。一想到兰苹可能有性病，高南征差一点恶心呕吐出来。他用茶水漱了一下口后，他将馆里这两天发生的事大致说了一遍。

兰苹听说要撵徐馆长下台立即兴奋起来，将自己在省城受辱的经过从头到尾说了一遍。

那次她被徐馆长拖到舞厅陪那个处长跳舞，徐馆长弄了一个小包厢，借口买茶水先走了。跳了一圈舞后，那处长就动手摸她，还说他一看动静就知道她是处女，说着就动手捏她的乳房，她当时就被吓昏了，醒来后见裤裆是湿的，她以为自己被强奸了。徐馆长百般解释，说这是不可能的，人家处长从来不强迫女人，而且在舞厅里也不可能强迫。她不信，回来后一直不敢去上班，怕怀孕，直到来了两次月经她才放心。这两天正在下决心，准备明天去上班。

兰苹在告状信上签了字后，高南征就要走。

兰苹要他多坐一会儿，兰苹说，全文化馆，她最喜欢高南征，高南征无论叫她做什么她都愿意。

高南征叫她现在就嫁人。

兰苹说她只想嫁给高南征。

高南征慌了，不顾一切地往外走，边走边说："如果不修改《婚姻法》那就得等到下一世。"

高南征他们拿上检举信再去有关部门时，情况果然不一样了，无论是崔局长还是宣传部的领导，全都非常认真地记录他们反映的情况，并口头表示他们认为徐馆长是有些问题，譬如领导作风恶劣，个人主义严重等，当然具体情况还要做调查研究。

自从高南征他们将检举信交出去后，一向趾高气扬的徐馆长明显萎缩了，他什么事也不管，口口声声说等问题落实了再开展工作。每逢说了这话以后，徐馆长总要补上一句说："我要亲眼看看这几个王八蛋能将老子怎么样！"这话愈发激起大家将他撵下台的决心。

老陈因为年关快到，餐馆逼债，来文化馆的次数越来越多。但每一次都被徐馆长空手打发回去。老陈没办法，只好将高南征赠送棉被和衣服的恩情丢在一边不顾，又开始频繁找高南征。

宣传部和文化局组织一个联合调查组，来文化馆开过一次会。高南征觉得这事得加一码，便去找了一下段书记。段书记很气愤，自己革命几十年总是想着别人，怎么现在都变得要别人想着自己呢，想当年，他若是只想着自己捞好处，连省长都当上了！他在电话里将宣传部的领导和文化局崔局长责骂一通，要他们立即将徐馆长的乌纱帽摘下来扔进厕所里去。

高南征从段书记家里出来，半路上碰见宣传部领导和崔局长坐着小车匆匆往段书记家赶。

小娅知道这事后，连声说蠢蠢蠢，比猪还蠢。高南征后来才知道崔局长他们怕段书记是假的，他们一方面做出个尊重老干部的样子，另一方面又安抚徐馆长，要他在问题落实以前，继续大胆工作。他们这样做也是给现任书记看的，让现任书记知道他们并没有被老同志牵着鼻子走。

眼见着徐馆长有些还阳了，高南征和老张嘴上急出了燎泡。

这天，他们在办公室里商量了一条对策，决定以《清流》的名义开一个迎新座谈会，请段书记到会。

他们把会议日期定在徐馆长父亲七十大寿那一天。

徐馆长不知道段书记要来，座谈会开幕时，代表文化馆讲了几句话，就回家张罗去了。

段书记参加别处的一个活动，再赶过来时，徐馆长已经走了。其实高南征根本就没有安排中午的招待酒席，但是十二点散会时，他们执意留下段书记和到会的作者，说徐馆长有吩咐，等他回来后上餐馆去聚一聚。等了四十多分钟还不见踪影。

高南征便亲自去喊徐馆长。徐馆长家正在开席。

高南征只说作者们不肯走，非要文化馆招待一顿薄酒。

徐馆长顾不过来，随口说这事以后再补。

高南征回来后对段书记说，徐馆长不知为何在家大宴宾客，县里的一些领导也去了。

段书记笑了笑，拍了拍高南征的肩膀，带头离开了，走路的样子很大度，也很有风度。

段书记走后，高南征越想越觉得那笑里有内容。

果然，下午四点，小娅打来电话，要高南征速去准备几样时兴的菜，段书记晚上要来家里喝酒。小娅特别指出，这是段书记自己提出来的。

高南征和小娅忙得差不多时，段书记同他那年轻妻子一起来了。那女人开口说话时，用的全是普通话，而且发音还比较标准。

段书记只喝三杯酒。喝完最后一杯酒，段书记才说明来意，他也发现徐馆长太不知天高地厚了，但他不想同这种小人物玩，真的要玩，只要动半根小指头就够了。段书记叫高南征别再瞎跑了，夜里重新写封检举信，明天就去文化局和宣传部，告诉他们若不处理徐馆长，就将这事上交到省里。段书记要高南征少写别的，只要写徐馆长用美人计拖人家处长下水就可以了。

段书记走后，高南征同小娅研究了好久也想不出其中的奥秘，他们觉得省里绝对不会管县里的一个小小文化馆长。不过他们觉得段书记在政界混了多年，肯定知道其中关键所在，听他的不会有错。

第二天一上班，高南征和老张又去文化局和宣传部，将段书记教的话说了一遍就回来。办公室的冷板凳还没有坐热，崔局长就亲自来馆里找他们谈话，同行的还有宣传部一个副部长。

崔局长和颜悦色地劝高南征别将这事上交，部里和局里会尽快处理的。

没过几天，调查组又来了，他们分头找人征求意见，问谁接替徐馆长最合适。小汤说高南征，高南征则选了胡汉生，别的人也是这两种意见。

六

腊月二十四，文化局来人通知说明天上午领导要来文化馆开会。

高南征正在高兴，老陈推门进来了。

老陈不顾小汤在场，说："高老师，听说你要当馆长了！"

高南征忙说："莫瞎猜，越猜越没希望。"

老陈说："我刚才将发票递给徐馆长，连徐馆长都说让我来找你。"

高南征想了想说："老陈，为了这点钱你腿都跑肿了，这样，我先借你一百元过年，等你将发票报销了再还我。"

老陈接过钱后，说了一连串感谢的话。

高南征送老陈出门时，见胡汉生正操着大扫帚在文化馆大门口一把一把地扫着，高南征正要说太阳怎么从西边出来了，刚好一阵北风吹来将嘴堵住。北风过后，高南征也找了一把扫帚扫起来。

扫了一阵，忽然头顶上有人说话。

高南征抬头一看，徐馆长从二楼窗口伸出半个身子，说："哟，两位候选人在搞竞选，拉选票呀！"

胡汉生笑一笑没有作声。

高南征一扬头说："徐馆长，你可要想通点，别往下跳哟！"

徐馆长将身子缩回去，片刻后，他从楼梯上走下来，冲着高南征说："老高，你现在越高兴，将来会越失望。"

高南征说："我喜欢失望。"

第二天，崔局长来馆里宣布，免去徐馆长的馆长职务，改任文化馆工会主席，保留正股级待遇，同时任命胡汉生为文化馆馆长。

高南征多少有些意外，思想怎么也集中不了。

崔局长请他谈点感想时，想了半天，才想到一句话。

他说："现在当领导，群众要求他大公无私是不太合情合理了，但不管怎么样，我们还是希望能做到大公小私，千万不能搞成大私小公或大私无公。"

老张则说得更直率："希望新领导能汲取老领导的经验教训，时刻记住水能载舟也能覆舟的道理。"

兰苹说："我本来投的是高南征的票，现在胡汉生被上级选中我也很欢迎，我没有别的希望，只希望胡馆长别用公关小姐来要求我！"

大家笑过一通后，胡汉生开始做就职演说，他说："前天领导找我谈话要我担这个担子，我一点准备也没有，想了两天，我只想好一句话，今后干一切工作时，一定要实事求是。"

徐馆长最后发言。他说："我无话可说！"

散会以后，胡汉生请各部门负责人留下研究新年工作。

徐馆长一个劲往外走，胡汉生说："徐主席，工会工作你也要考虑一下。"

徐馆长说："工会是搞罢工的，没什么好考虑。"

七

年前最后两天，文化馆都在开会。

换了馆长大家也没有想出新招，最后还是决定新年工作基本照过去的套路进行。

正月初一，高南征和小娅去段书记家拜年。两家人一起闲聊时，小娅向段书记讨教，为什么这么快就撤了徐馆长，而先前却怎么也拱不动他。段书记告诉他们，这是因为部局头头怕将那个处长抖搂出来，这样多年以来建立的供给渠道被切断了不说，新上任的处长也会因此产生惧怕心理，不敢落入陷阱，从而难以建立一种信任关系，一条龙搅混九条江，弄不好会产生无人敢与之来往的局面，县里的文化工作也就难以开展。

高南征和小娅听后连连点头。

出了门，高南征禁不住自嘲地说："我们这点水平在段书记面前会被一泡痰淹死！"

小娅忙说："今天是大年初一，你瞎说什么呀！"

让高南征感到意外的还在后头。

过完年，一上班，兰苹就告诉他，徐馆长的副高职称批下来了。高南征不相信，兰苹就将工资表给他看。果然，徐馆长的工资比他高出了九十多块。上个月他们还是相差无几，徐馆长只是多了一年的工龄工资。徐馆长的副高工资是从去年十月补起。

高南征正在纳闷，老张气愤地来找他，说："我们抛头颅洒热血，好处却叫当官的都占据了。"

高南征觉得自己同老张不是一个层次的人，有点懒得同他附和。

老张蔫了几天，但在胡汉生找他谈过一次话以后，他人又兴奋起来。

高南征这里幸亏有小娅相劝，她要他想开点，只要居家日子过得比别人好，其他的少点多点都没关系。高南征明知小娅也很失望，为了不让她更伤心，他装作什么事情也没发生，一个正月里竟然写了一篇小说、两篇散文和四首诗，尤其让人宽心的是，小说一寄出去就在省报副刊上发了出来，后面还附有作者简介和短评，并且写短评的正是他曾想仿冒的那位著名评论家。

小说见报的当天，胡汉生来高南征的办公室谈了一次话。胡汉生说，部局里有个指示，想在馆里配一名副馆长，他已经推荐了高南征，所以希望高南征近期以内能干出一两件让人看得出摸得着的事情。他还提醒高南征，以后遇事别到处告状，因为在领导心目中，自古告状的无好人，结果总是多家吃亏。高南征倒是信了他的话，因为他一直觉得胡汉生的提拔，完全是因为没有参与告状的缘故。

　　馆长没捡到，副高职称没捞着，能混个副馆长也可以作个安慰。高南征连续两天泡在办公室里思考如何干一件有影响的事。临下班时，他听见胡汉生在走廊里用粉笔在写什么。

　　胡汉生写粉笔字同徐馆长不同。

　　徐馆长写粉笔字时不断地发出一些咚咚声，有点刚劲。

　　胡汉生则是连绵不断，就像一只老鼠在不停地叫。

　　胡汉生写完离开后，高南征走过去看了看，又是通知明天上午开会，并说县委县政府要组织奔小康工作队下到农村半年，文化馆分配了一个名额，希望大家踊跃报名。看完通知后，高南征就想到自己应不应该报名。回家后他又同小娅商量了一晚上，最后还是觉得报名为好，反正孩子已上了地区重点高中，负担不重。如今下乡是谁也不愿干的事，他主动报名，肯定会有好的影响。

　　第二天的会上，大家果然都不愿报名，推来推去各自都有充足的理由。

　　高南征一直不作声，等大家都说完了，他才说："如果没人肯去，那我就去。"

　　胡汉生很高兴，当着大家的面打电话告诉文化局和宣传部，说高南征主动要求下乡扶贫。当天晚上，县电视台在口播新闻里播出了这条消息。新闻节目过后不久，段书记的年轻妻子来学普通话，并捎来段书记的口信。

　　段书记说高南征头脑简单得既可爱又可怜。

　　高南征和小娅又一次弄不懂段书记的意思。

　　高南征被分派到全县最穷的细坳村，同行的还有县一中的教师小孔。

　　县里姓孔的人特别少，所以一见面他就觉得小孔一定同组织部干部科的孔科长有某种关系。

　　在细坳村待了一个月后，高南征搞清楚这个村以前并不那么穷，后来群众对村干部不满意，三年两头换一茬，村子却越来越穷。高南征和小孔拼命地做调查研究，除了人心涣散之外，没有找出任何结论。一个月以后，他们对没完没了地同群众谈怎么奔小康的事感到腻了，而且群众比他俩更腻，虽然一个星期只开一次会，可能到上三十人就算很不错了。

　　有一天，小孔与高南征躺在山坡上晒太阳时，突然提出他俩可以轮流住在村里，就像值班一样一人一星期转着来。高南征觉得这样不合适，但他同小孔之间没有领导与被领导之分，小孔一旦要这样做，他也无法不同意。第一次轮到他时，他还强撑着不回县里。到了第二个轮回，他忍不住照小孔说的去做了。

　　回家小住一星期，他和小娅特别亲热，他将家里的日子同细坳村的人做个比较后，觉得自己没有生活在那里就应该对现在的一切都知足了。

　　高南征住在家里，不敢出门，他怕遇见熟人传出去影响不好，只有天黑以后才同小娅一道沿偏僻的地方遛一遛。

　　这天，高南征同小娅走到一条胡同时，身后有一辆三轮车驶过来。高南征连忙拉着小娅闪到一边，刚好有黑乎乎的一堆什么挡住他们。三轮车在离他们十几米的地方停下来，他看见一个女人探出头来望了望，随后才同一个男人从帘子后面钻出来。男人一声不吭地付了车钱，那女人则抢着用钥匙去开路边的一扇门上的锁。门一开，二人像贼一样飞快地闪身进去了。高南征觉得这两个人影有些眼熟，可一时又想不起是谁。小娅胆大，拖着高南征在门外守了个把小时，后来实在抗不住冻，加上周围有一股难闻的臭味，才只好作罢。

　　高南征返回细坳村的第二天，小孔便回城了。这么来来去去，六个月很快就到期了。谁知到期之后，并没有人来通知他们撤回去。这时小孔才露出他的真底细，那个孔科长果然是他的堂兄。他去孔科长那里打听，孔科长要他们耐心等待一阵，县委领导这一阵忙别的去了，暂时无法研究这件事。小孔同高南征交了底，说自己是副校长人选，这次下了乡，回去就可以正式任命。高南征也将自己的情况说了，还托小孔回去替他打听一下。

　　由于不清楚何时来人通知他们撤点，高南征和小孔不敢再偷偷往回跑，天天守在细坳村。这天，他们到附近一座庙里去转了转，然后到附近镇上去改善一下伙食，一直到天快黑时才回村。刚到村边就听说县里有人来找他们。他们回到住地后，才知来人是小汤。

　　小汤见了高南征，说上三句客套话后就开始骂胡汉生，他说胡汉生是婊子养的，趁高南征不在家，将他一个正儿八经大学中文系本科生调到大办公室去打杂跑堂，另外请了一个落榜高中生，据说是胡汉生的外甥，来编《清流》，将一个有光荣传统的全县权威性的刊物，糟蹋得不堪入目。

小汤说："现在馆内都在传说，胡汉生同兰苹有肉体关系。"

小汤说："胡汉生将一楼办公室腾出来，办了一个商店两个公司，在里面做事的全是胡汉生的亲戚朋友同学。"

高南征对小汤的话将信将疑，他想到自己将要当副馆长了，便主动做小汤的工作，劝他将事情搞清楚再说。

高南征说："胡汉生这样做可能都是从工作上考虑，新官上任嘛，总得有个新气象。"

小汤说，高老师，你别以为旁观者清，其实你是旁观者浑，馆里人都说胡汉生这是下你的黑手呢！

高南征说："不让编《清流》，我会更闲，腾出手多写点作品。"

小汤说："高老师，你若这样想，那今天这趟路算我没有跑，不过我还是劝你尽快回馆里去。"

小汤说着就要走，高南征怎么也留不住，只好由他去。

小汤一走，天就彻底黑了。

高南征有些替他着急。他不知道小汤在镇上是不是真有同学，一夜没有睡好。天一亮，高南征就赶到镇上，见早班车上没有小汤，心里就有些慌。熬到九点多钟，才见到小汤在一个姑娘的陪同下出现在小站旁边。两人模样有点亲热，高南征就没有上前去打招呼。

小汤走后第三天，县里终于来了通知，宣告奔小康大讨论暂时告一段落。

八

高南征回县城的第二天就到馆里上班。

办公室门开着，他走进去时，屋里的一个年轻人用一副审视的目光看着他，问："你找谁？"

高南征走到自己办公桌前，也不说话，打开抽屉拿出一只玻璃瓶就去外面水龙头底下冲洗。回到办公室，他拿起热水瓶一摇见是空的，就说："你，去打点开水来。"

年轻人愣了愣后提着热水瓶出去了。

再回来时，他一脸笑容地给高南征泡上茶，嘴里说："你是高老师吧，我叫严华，我舅说你至少还要一阵子才回，没想到这么快就回了。"

高南征没想到这人真是胡汉生的外甥，正不知说什么好，胡汉生从门口进来了。胡汉生说他前天接到通知，正准备今天弄车去接。高南征也说了几句客气话，随后胡汉生将他领到一楼，先看商场，随后看文化艺术开发公司和万利贸易公司。胡汉生将高南征介绍给他们，同时也将他们一一介绍给高南征。高南征记不清其中有多少个姓胡的，他只记住六个正副经理中，有四个是姓胡。

胡汉生说，馆里对他们的要求是第一年生存，第二年巩固，第三年发展。

高南征几次想问每年向馆里上交多少，不知为什么一直没说出口。

胡汉生要他休息一阵再上班，高南征当面谢绝了。

这时，大家陆续来上班了。

高南征先碰见小汤。小汤朝他眨眨眼，什么也没说。

随后是小甘。高南征擂了他一拳头，问又画了什么新潮画。

小甘笑一笑说："新作是野兽派风格的行为艺术，名叫《操他妈的》。"

高南征说："那我一定要看一看。好好欣赏一下。"

小甘不着边际地说："若想看现在就看到了，若不想看挂在鼻尖上也发现不了。"

小甘蓄了一把胡须，样子很嬉皮。高南征说他这样子都赶上马克思了。小甘说文化馆真正的马克思是胡汉生。小甘刚走，老张又来了。几个月不见，老张容光焕发了许多，一身西装还系着领带。老张直夸胡汉生比徐馆长强多了，只用几个月时间，就将文化馆旧貌换新颜。老张说这番话时，胡汉生正在旁边转悠着。所以，老张这话格外夸张。

老张的话还没说完，兰苹就在一边叫起来："我说今天为什么这好的运气，原来是老高回来了，看来你是文化馆的福星。"

高南征说："文化馆的福星应该是胡汉生！"

兰苹朝胡汉生飞了一眼接着说："你一回来我们就要加工资了。这回真的要套改，每个人最少也要加几十元。"

兰苹扬了扬手中的文件。

老张说："胡馆长还没看文件呢，你不能乱宣传。"

兰苹不屑地说："老张，你怎么像被人抽了筋，越来越善于当奴才走狗!"

老张红着脸看了看胡汉生。高南征以为胡汉生会装作没听见走到一边,谁知胡汉生竟一点不在乎,冲着兰苹说:"你让小汤写个通知,上午开会传达一下。"

高南征下意识觉得这三人之间的关系有点微妙。他回到办公室时,严华正在桌上设计《清流》的版式。他有意在严华眼前晃动了一下,严华竟像没察觉。

高南征忍不住说:"严华,这期刊物都选了些什么稿子拿给我看看。"

严华说:"我还在划版,等版面划好了,一定请你指教。"

高南征生起气来说:"你知道主编同编辑的关系吗?主编没签字的稿子是不能发表的!"

严华说:"高老师,对不起!我昨天同馆里签了合同,今年的《清流》由我承包!"

高南征愣了愣后正要去找胡汉生,小汤在外面大叫开会了。

开会之前,高南征对胡汉生说散会以后他找他有事。

高南征基本上没听清兰苹读的文件上说了些什么。他反复在想一个问题,为何胡汉生要抢在他回来之前,将《清流》承包给严华。胡汉生这样做到底是有意还是无意。

好不容易等到散会,会议室只剩下两个人时,高南征开门见山地问:"胡汉生,这《清流》承包的事到底是怎么搞的?"

胡汉生一笑说:"我正准备同你谈呢。是这样,我打算让你将表演部的工作也兼管起来,这样,你就不必具体负责《清流》

的事了。《清流》就让严华去闯一闯，他许了诺，一年办十二期，比过去翻一番，而且不要文化馆花一分钱。"

高南征没料到事情会是这样，他想了一阵才说："表演部的工作我不适合。"

胡汉生说："这是过渡，当副馆长就得对各项业务都熟悉。老张也要兼管美术部，上面也要借此考察一下你俩。"

中午，高南征在饭桌上同小娅谈起这些事。

小娅主张他借口汇报下乡情况，找崔局长探听一下口风。

高南征认为有道理，下午上班后就去了文化局。

崔局长听了高南征的汇报，将他表扬一通。高南征趁机问自己的下一步工作怎么安排。崔局长随口说了句要他听胡汉生的就是。高南征就将《清流》已被承包的情况说了一遍。

崔局长说："承包好！承包好！过去我还怕胡汉生太稳没闯劲呢！"

高南征说："可是这几期《清流》都成了那些公司老板和个体户吹牛拍马的专刊了。"

崔局长说："你下乡几个月就落后于形势了，现在文化就是要与市场经济接轨。"

高南征见话不投机，就起身告辞。崔局长在身后不失时机地提醒他，现在各方对文化馆工作很满意。高南征当然明白这话是一种告诫，提醒他不要重演当初推翻徐馆长那曲戏。

一想到徐馆长，高南征才记起回来后就一直没见到这位工会主席。回馆后一问，才知道徐馆长被抽到县开发区指挥部去搞宣传。他被抽走后就没有回过文化馆，每月的工资也是叫妻子来代领，党费也是妻子代交。

高南征忽然觉得有点累，他找到胡汉生说自己还是想休息几天，胡汉生满口答应。

有天上午，高南征提着篮子上街买菜，听见有人喊，扭头一看，竟是小孔。

小孔告诉他，自己的副校长任命书已经下来了。

小孔问高南征的情况怎么样，听说到现在还什么动静也没有，小孔主动说这几天他就去找他堂兄打听清楚。

隔了一天，小孔就找到高南征的家里来，当面告诉他，文化馆根本就没有报他什么副馆长。高南征问有没有报老张，小孔说任何人都没报。小孔也以为报告在文化局或宣传部那儿压着，还特意让他堂兄打电话委婉地问了这两个地方。当然，问的方式很巧妙，只说是文化馆按编制应配一正一副两个馆长，组织部近期准备研究一批干部，若有考虑就早点上报。这两处的答复是，近期内不考虑提拔副馆长。

高南征气得只会反复说一句话："没想到属猫的反被老鼠耍了。"

小孔走后，他一个人仰在沙发上，回忆起段书记的话，这才体会到自己的确是个可爱又可怜的茗。

九

忍了几天，高南征没将这事对小娅说。他将四个月的假一算，准备在家休息二十天。从第五天开始，小娅就不停地追问他为什么不去上班，问到第七天，小娅开始乱猜测。他只好将实话说了。

小娅先是一愣，接着眼泪就开始往外流。

正在这时，老陈敲门进来了。

一听老陈又提那发票的事，高南征心烦意乱地说："你找我，我正要找你讨那一百元的债呢！"

老陈慌了，他说："高老师，你可不能这样逼我。是胡馆长让我来找你和徐馆长的。如果你们都不管，那，那我只有卖儿卖女来还这笔债了。"

小娅见不得老陈如此可怜，忙擦干眼泪来劝他，反正大半年都等过来了就再等一阵，实在不行我在广播电台里帮你呼吁。

老陈不知小娅为何流泪，觉得不便久坐，又说了几句恳求的话后，便起身离去。

高南征以为自己在家待的时间长了，胡汉生自己不来，至少也会派小汤或兰苹来看一看。可是直到二十天满，馆里也没有任何人来。

第二十一天，高南征来到办公室，见自己桌上积了厚厚一层灰尘。

严华不在办公室，小汤说他出去找愿意被写成报告文学在《清流》上发表的单位和个人去了。严华桌上有一叠新出的《清流》，他见四周无人就拿起一张翻了翻，除了头版头条是县委书记和县长视察县开发区的一篇特写以外，几乎全是写企业经理和公司老板的报告文学。只有补白的地方塞了几首小诗。在题头位置，"主编高南征"之上添了一个"总编胡汉生"。

高南征扔下《清流》，锁上办公室，走了几步，碰见老张正在扫走廊，他冷笑一声，说："不知还要扫秃几把扫帚哩，用不着这么早就为登基做准备！"

天上下着雨，高南征在大门口站了一会儿，正好看见胡汉生从一辆三轮车上下来。

胡汉生伸出手找踩三轮车的人要票。踩三轮车的人说他们从来就不用票。胡汉生说："我这是公事，没票怎么报销。"说了半天，胡汉生还是将踩三轮车的人弄下来写了一张证明条。

高南征又想起徐馆长被雨淋病了的事。他踱进商场，刚好看见那个姓胡的经理，正从收款台上将一大把现金塞进口袋里。

这时，胡汉生在身后喊他。

高南征转过身去，胡汉生问他休假满了没有，说自己正准备抽空去看看他。

高南征口里说了声谢谢好意。

这场雨下了好几天，高南征想搞清馆里各种承包的情况，天天都去上班。询问起来，小甘什么也不知道。老张知道一些却不回答，还问他查这些干什么。只有小汤说了点实情，《清流》现在这样搞，一期赚个三五千是没问题的。高南征一听说全年几万元钱收入就这么轻易流进胡汉生外甥的口袋里，着实吃惊不小。

小汤说，现在承包的详情只有胡汉生和兰苹最清楚。

高南征决计找兰苹谈一谈。

　　瞅着兰苹下班，他拦了一辆三轮车将兰苹捎上。

　　二人一上车，高南征就发现兰苹同以往有些不同，用手拍打他的手背时，显得比先前老练了。最大的不同是，当初兰苹在三轮车有点小动作时，他心里很激动，甚至担心自己会失控。现在却找不到这种感觉了。

　　高南征不想多想了，开口就问："馆里现在能够报销三轮车票了？"

　　兰苹说："没有哇！"

　　高南征说："前几天我看见胡汉生朝踩三轮车的人要票，说是报销。"

　　兰苹说："他是领导，特殊情况可以报销。"

　　高南征说："以前徐馆长宁可遭雨淋也不坐三轮车。"

　　兰苹说："你别提他，我一生都恨他。"

　　高南征说："好好，我不说他。说别的吧，《清流》承包是怎么订的合同？"

　　兰苹说："没有合同，馆里只发严华的一百五十元钱的工资，其余一切都不管，他保证出十二期刊物。"

　　高南征说："那公司和商场呢？"

　　兰苹说："你问这个干什么，这事与你不相干嘛！"

　　高南征说："关心馆内大事嘛。"

　　兰苹说："我没有义务同你说这些。"

　　高南征这时才不无遗憾地断定兰苹真的变了。他想起兰苹曾经哭诉，那次省里的那位处长见面就说她是处女，可如今的兰苹，隔得这么近，也闻不到一丝处女体香。他更想不通胡汉生如何将兰苹变成心腹的。

小娅分析说："女人如果死心塌地维护一个男人，一定是爱上了对方。"

高南征本想说这规律用在兰苹身上不合适，他怕小娅猜疑就没有作声。

夜里，高南征刚进入迷糊状态，小娅猛地将他推醒。

小娅兴奋地说："我想起来了，那天夜里碰见的野鸳鸯可能就是胡汉生和兰苹。"

高南征说："这不可能！"他边说边回忆，心里又觉得是有那么一点点像。

小娅说："在这种问题上，你要绝对相信女人的感觉。"

小娅当即将高南征拖起来，穿好衣服出门去那条小巷守候。守了一个小时，那屋子里一点动静也没有。高南征上去在那门上摸了摸，才发现上面吊着一把大锁。

小娅不死心，一定要将这事搞清楚。

第二天中午，小娅一到家就兴奋地说，她搞清楚了，那套房子房主是兰苹的同学，她俩一向玩得好，同学的丈夫在部队，她去随军后将房子托付给兰苹照看。

高南征不得不相信小娅的预感，留心观察一阵，果然发现每个星期一下午和星期四晚上，胡汉生和兰苹都要偷偷去那房子幽会。证据确凿以后，小娅要高南征去捉奸。高南征坚决不同意，他说自己是有身份的，不能去做这种下三烂的勾当，哪怕是唆使人去也太掉份了。实际上，他心里明白，这是不愿意将兰苹逼到绝路上去，因为他总觉得自己对兰苹太绝情了点，他要是对兰苹好一点，兰苹是不会走上这一步的。

小娅有些生气，一连几天都不搭理高南征。

这天，老陈又来了。

说了几句话，高南征忽然有了主意，他叫老陈星期一上午来家里。老陈走后，高南征将自己的主意对小娅说了，小娅这才眉开眼笑起来。高南征趁机将她抱进房里好好温存了一回。

星期一上午，老陈早早地来了。

高南征为了避嫌，已在星期六请了假，对外说是要送一篇新作品去省里，在家里猫着不出去。

老陈是下午两点钟出去的，三点不到就回来了。

老陈是按照高南征的指点才找到那所房子的，上前去敲了半天才将门敲开。

老陈说："高老师，你说胡馆长在那里，可开门的是兰会计。她问我有什么事，我说找胡馆长。兰会计说胡馆长不在这儿。我正不知该怎么办，兰会计主动问我是不是为了去年那发票的事。兰会计将发票要过去，说她做主报销算了。兰会计还叫我将来回跑的车票也给她，我说没有车票，我来县城总是骑自行车或走山路。兰会计给了我三百元，多给的六十元钱她让我写了一个因车票丢失的领条。"

老陈拿出一百元还给高南征。

高南征说："你真的没看见胡汉生?"

老陈说："真的没看见。"

高南征说："你应该听我的话，一直等他出来，别去敲门。"

老陈说："我怕天色太晚，回去又得走夜路，让家里人惦记。"

老陈千恩万谢地走了以后，一直守在家里等候消息的小娅非常失望。她责怪高南征计划不周密，这一次打草惊蛇以后，再也别想捉住他俩了。高南征不相信老陈没有看见胡汉生，他觉得老陈其实不简单，是他们将他小看了。他这时才有点后悔，自己不该那么顾面子，他应该亲自去将胡汉生逮着。现在，这样的机会永远不会再有了。

过几天，再想起这事时，高南征又有点庆幸老陈没有当场捉他俩，不然兰苹可就惨了。

兰苹又开始不来馆里上班。

胡汉生在会上解释说，兰苹在家里给每个人填工资套改的表格。老陈每月还是来文化馆一两次，他每次来时总是躲着高南征。有一次，小汤告诉高南征，说老陈在他面前说不愿意看到文化馆因为争权争利而闹得七零八落，他那个分馆还得靠文化馆吃饭活人。

兰苹再上班时，已是秋凉季节了。

兰苹一上班就跑到高南征的办公室，问他这一次为什么不去看望她。高南征本来想说，他一去就将胡汉生得罪了，但他说不出口，只好说，胡汉生说她在家为大家谋福利，所以就不敢去打搅。

兰苹出乎意料地说了一句话。

高南征没有接着往下说，他不清楚兰苹这话是真还是假。

兰苹说："以前我恨老徐，现在我最恨胡汉生，觉得他像那个还乡团长胡汉三！"

过了一阵，套改工资批下来了，文化馆人人都长了一大截工资，间间办公室里笑声一片。玻璃脏了有人擦，走廊的垃圾有人扫，下班时电灯也有人关，一楼电话响了，二楼三楼的人纷纷抢着跑下去接，对胡汉生借承包公饱私囊的议论也少了。特别是第一次领到套改后的工资那天，好几个人都买了整包香烟递给胡汉生。

高南征工资排在徐馆长之后，列全馆第二。领工资的第二天，他头一回主动对严华说，《清流》有什么难处要他出面的尽管说。严华也不客气，将新一期的校样分了一半给他。高南征只花了两天时间就校对好了。不过，看完校样，他用了半块肥皂来洗手。

这种气氛只维持了半个月。半个月以后，不知从哪里传出话来，从下个月起套改后增加的那部分工资将由各部门自行解决，因为财政上没有下拨这笔款项。往年徐馆长总能从上面多要个十万左右的款项，今年胡汉生当馆长，他招进来几个人，却没有从上面多要回一分钱。

这消息让老张格外紧张。大半年来，第一次主动找高南征说话。

老张的儿子刚刚考上大学，每个月铁定要给一百二十元生活费，若套改工资不兑现，他的日子就难过了。高南征怂恿老张去问胡汉生，他说以老张和胡汉生的关系，胡汉生会提前同他打招呼的。

老张在胡汉生那儿碰了一鼻子灰，胡汉生说，后天开会，一切决定在会上宣布。

高南征听见老张低声骂了一句什么。

虽然只隔一天，高南征同老张他们一样，觉得时间要么特别长，要么过得特别慢。好不容易盼到开会，胡汉生真的要各部门为馆里分忧，财政拨款部分馆里照发，财政没有拨款的部分，各部门必须自食其力，自己想办法解决。

老张当场急了，他算了一笔账，光是办公司和商场出租房屋的钱就可以发清这部分工资。胡汉生立即反驳他，说这是文化馆自己的公司和商场怎么可以收房租。老张说那至少也得用上交款来补足房租数额。胡汉生批评老张是杀鸡取卵、分光吃光的小农意识。老张火了，马上大声回答说，他更担心有人是资本家剥削意识，将一切都装进自己的荷包。

胡汉生不同他争了，他说，这件事我当馆长的带头，明天我就去乡剧团搞辅导，用辅导费来补足这部分工资。胡汉生宣布，全馆只有兰苹一个人例外，因为兰苹是会计，得采取国外高薪养廉的办法。

高南征见老张目瞪口呆说不出话来就想到该向他交底了。

散会以后，高南征瞅空对老张说，我们出去走走吧!

老张看了高南征一眼后，不声不响地跟上来。

上了大街，高南征单刀直入地问："老张，胡汉生是不是许诺要提拔你为副馆长?"

老张愣了愣说："是的。"

高南征说："你没想到吧，他也许诺要提拔我当副馆长。实际上他谁也不会提拔，我到组织部问过了，不管是你还是我，胡汉生连半个字的材料都没有上报过。"

老张喃喃地说："我还以为他是最近才变的，原来一开始他就在耍我!"

高南征说："我实在没想到胡汉生比徐馆长心还黑，不管怎么说，徐馆长还为馆里做一些事，胡汉生只想自己往腰包里塞。"

老张说："胡汉生你这个王八蛋，我就不信比徐馆长还难对付!"

高南征说："那可不一定，你能找机会当面掴徐馆长的耳光，胡汉生就不一样了，他说话做事连反驳都困难。"

老张说："你放心，我有铁证。他同兰苹有肉体关系。"

高南征说："你有证据?"

老张说："我妻子的一个朋友告诉她，胡汉生领着兰苹偷偷去她那的卫生所里刮过胎! 卫生所里还记着他们身份证号码!"

高南征想了想说："光这不行，必须有经济上的问题才有力，现在当干部最怕经济上出问题，上面有不成文的规定，八百算贪污，三千就是犯罪!"

老张点点头后，又回到最初的话题上，他说："我这搞调研的谁也不买账，如何能挣回那让胡汉生扣下去的工资呢?"

高南征说："不如我们也办一期《清流》，找企业赞助几千。"

老张说："《清流》不是被胡汉生的外甥承包了吗？"

高南征说："你放心，我自有办法！"

同老张分手以后，高南征又折回文化馆，他在财会室外面转了几次，直到没人时才进去。高南征告诉兰苹，他听老张说兰苹同胡汉生一道去过一家卫生所，老张准备过几天就去查那卫生所的病历档案。

兰苹脸都白了，一句话也说不出来。

高南征让她明天无论如何也要去将那病历毁了或改了。

从财会室出来，往家里走时，高南征怎么也想不通自己在这种时候为什么要帮兰苹和胡汉生。反过来，他越想越明白，其实只要这一件事，胡汉生就得下台。

第二天傍晚，高南征从窗户里无意中发现兰苹站在楼下并不时朝上张望。他猜兰苹一定是有事又怕到家里，便找个借口哄骗小娅，说自己去找老张有事商量。

兰苹果然是找他。她说卫生所的档案已全部毁了，整个过程她都没有告诉胡汉生。

高南征相信兰苹的话，因为他今天亲眼看见胡汉生像只绿苍蝇一样，到处找兰苹。

兰苹流着眼泪告诉高南征，她真的恨胡汉生，就这么不明不白地夺去了自己的贞洁。

高南征自始至终一句话也没说。

回屋后，高南征见小娅坐在沙发上一个人独自流泪，连忙上去捧着她的脸问："你怎么啦?"

连问了三遍,小娅才说:"老高,你说实话,刚才为什么出门去。"

高南征怔了怔后说了实话:"我见兰苹站在楼下,以为有事,就去看了看她。"

高南征将这两天的事一一对小娅说了,他说:"不管胡汉生多么可恶,但我们不能伤害兰苹。老陈是对的,他那样做太对了,不然就毁了一个年轻姑娘。"

小娅听完他的话以后,一声不吭地进到房里和衣倒在床上。

高南征独自坐在沙发上,下半夜他迷糊了一阵,醒来时发现小娅正跪在面前轻轻地吻他。高南征轻轻地回了几个吻,然后将她抱起来放在怀里。

小娅说,我想了半夜,为什么当初那么多人追我,而我偏偏选择了你。现在我才明白,是因为你身上的人情味比别人多。

十

隔了几天,老张气愤地告诉高南征,说他去卫生所时,发现那份病历档案已经被人毁了。

高南征和老张一起邀上小汤,到底下去跑了一趟,很顺利地将一期《清流》的稿子及赞助款搞到了。回来后,他去找了一下段书记,然后就将稿子送到印刷厂。他们三人轮流守在印刷厂,不到一个星期,《清流》就上了机。开印那天,刚好严华送稿子来印刷厂,他看了看后转身就走。才半个钟头,胡汉生就赶到印刷厂，要高南征立即停机，否则，他们将要承担由于违反合同而产生的赔偿。

高南征说："我们这期头版可是正宗文艺作品。"

胡汉生扫了一眼，见都是些格律诗，就说："你别用老秀才酸倒牙的摇头晃脑之作来坑人。"

高南征马上说："胡汉生，我记住你的话，你睁开眼好好看一看，这些诗是谁写的!"

胡汉生从印刷机上拿起那张刚刚印出来的目录，见上面印着段书记的名字，突然不作声了，一个人看了半天后，也不知什么时候悄悄走了。

天黑时，胡汉生破例来到高南征家，说鉴于当前的特殊情况，今年最后两期《清流》还是由高南征亲自主编。胡汉生同高南征说话时，小娅故意挑了几个怪模怪样的梨放在茶几上，而且还不给刀子。

一期《清流》使高南征他们赚了两千。

老张和小汤来了劲，打算下一期力争赚三千。

高南征不同意，他说："这肯定是胡汉生的圈套，我们得便宜就不好追查他的问题了。再说快一整年了，《清流》没有给县里的业余作者发几篇稿子，说什么也得利用这个机会安慰一下他们，免得让他们寒心。"

小汤和老张有些不情愿，商量半天，最后决定利用这点权力，将四个版增加到六个版，三个版发文学作品，另外三个版发那些可弄到钱的文章。

　　进入十二月份后，有事没事总也显得忙一些。高南征他们拉到一笔赞助，就想组织业余作者搞一次辞旧迎新笔会。搞笔会就得到省里去请报纸杂志的编辑来讲课，加上又要联系地点，又要通知业余作者送稿来，然后又是选稿定人发通知，这让高南征忙得不可开交。

　　这中间小娅对高南征说，她碰见人事局何副局长了，何副局长问高南征今年怎么不报副高职称。高南征想馆里唯一的指标已叫徐馆长占了，报上去也没有希望，便没有往心里去。

　　胡汉生没有到笔会上去，高南征礼节性请他去时，他说要去省里弄钱，没空。

　　高南征心里也不愿他去，也就没有勉强。

　　忙了二十多天，笔会总算圆满结束了。同时今年最后一期《清流》也出刊了。除去一切开销，两期加在一起一共赚了四千多元。他们很高兴，就算胡汉生明年仍不兑现套改工资，也可以自己解决。

　　高南征打算在家休息几天再上班。回家的第二天早上就被老张从被窝里唤起来。老张告诉他，胡汉生不知使出什么鬼花招，将徐馆长调到计划生育委员会去了。高南征有些不以为然，他觉得徐馆长走与不走都与自己不相干。

　　老张说："你怎么还转不过来弯，徐馆长一走，这副高职称的名额不就空出来了吗？"

　　高南征一下子清醒过来。

　　老张说："省高评委已经开过会了，由于我俩都没申报，只有胡汉生一个人参加评审，再加上他带了不少东西亲自去省里活动，所以就很顺利地通过了。"

高南征实在没有想到自己又一次被胡汉生耍了，他和老张气冲冲赶到文化馆，找胡汉生讨个说法。

胡汉生说："我已经通知了，不信你们自己去看，还在黑板上写着呢!"

高南征真要去看，老张说："别看了，的确是在那里写着。昨天回来后，我总感觉馆里有什么事，夜里就过来看过了。"

高南征执意到二楼去看了看，黑板上果然还留着胡汉生亲自写的通知，通知下边另有一行字：保留十天。

高南征和老张在文化局，宣传部和人事局之间乱碰乱撞了两天，一点结果也没有。

老张向省地有关部门写了封检举信，高南征认为意义不大没有在上面签字。

老张将信投出去十几天后，仍不见反应，就有点泄气。高南征趁机告诉他自己的想法：现在唯一的出路是让胡汉生下台，并且让他滚出文化馆。

高南征和老张找到小汤和小甘他们，要他们一起出面状告胡汉生。小汤他们几个很积极，只有小甘不愿意出面，他说自己要赶一幅画参加明年春季画展。高南征见凑足了八个人，就没有强求他。

他们凑了胡汉生的一些材料，主要有以下几点；第一抵抗中央精神，将《清流》这块精神文明建设的重地变为家族的自留地；第二，以权谋私，擅自招聘亲戚朋友到文化馆工作，增加国家财政负担；第三，在公司和商场的管理上有意制造混乱，以图中饱私囊；第四，极端的利己主义，将一些符合条件的业务骨干置一边不顾，偷偷摸摸地将副高职称据为己有；第五，无视国家政策，扣发体现社会主义优越性的套改工资。

高南征一行八个人，闯进文化局办公室，非要崔局长接见他们。僵持了一个多小时，崔局长才露面。

崔局长看了材料以后，慢吞吞地说："《清流》的情况也许不是你们说的那样，现在不少人都夸它成了县里的党报了呢！套改工资文化局到现在也一分钱未发，所以这个问题的解决上，胡汉生还是有良好愿望的。关于副高职称，这个担子由我来挑，说实话，就算全馆的人都申报了，也只能给胡汉生，谁叫他是馆长呢，馆长就应该是全馆政治和业务上的权威。至于公司和商场，搞市场经济对文化人来说都没有前例，只能摸着石头过河，走一步看一步。当然，胡汉生也不是没有失误……"

老张忍不住说："崔局长，胡汉生太会利用假象了。我说一件具体小事，他总说馆里经济困难，限定每人每月只能领一本稿纸，可他全家都用文化馆的稿纸揩屁股，他妻子还说用稿纸习惯了，用卫生纸没味道。崔局长不信可到他家厕所里去看一看！"

崔局长忽然将手中茶杯猛地往茶几上一放，大声说："老张，你说这话是什么意思？你把文化局长当成什么了？是扫厕所的，还是扫大街的？"

高南征连忙出来圆场。

崔局长一挥手说："你们都走，什么时候学会尊重人了再来找我！"

崔局长好像要故意气他们，还大声叫办公室秘书，通知胡汉生来文化局商量春节文化活动如何搞。

回文化馆的路上大家都怪老张不会说话，将老张弄得灰溜溜的。

高南征怕影响老张的士气就说："崔局长是成心找碴，当领导的人最善于抓住破绽，突然用罩子将人罩晕，然后将人打发走完事。"

于是，大家约好了转移战场，下午去宣传部。

下午两点，高南征和老张，小汤他们聚齐了。在路上，他们碰见宣传部的几拨人，样子都有些慌张。到了宣传部，偌大的几间办公室，只剩下一个女秘书。高南征上去同她说话时，已调到计划生育委员会的徐馆长也进来了。大家相互点点头，高南征听徐馆长同女秘书说话后才知道，宣传部的一个女科长生二胎时受了罚，现在又要生三胎，临产期快到了才被发觉，县委书记亲自拍桌子发火，如果不将那女科长引产，就要改组整个宣传部。

那女科长闻讯躲了起来，宣传部上至部长下至干事都出门找去了。徐馆长则是来做配合工作的。

大家的兴致一时被引到这个话题上。

高南征瞅空问徐馆长为何要离开文化馆。徐馆长说胡汉生与他达成了交换条件，他离开文化馆后，胡汉生负责将他女儿接收到文化馆，具体工作已谈妥，也是编《清流》。徐馆长的女儿明后天就去报到上班，他希望高南征日后多加关照。徐馆长说，自己一离开文化馆职称就丢了，可是没办法，女儿大了，又没考上大学，在社会上流浪会出问题，他只好牺牲自己。

高南征说："你走的时候怎不对我们说一声？"

徐馆长说："我不想说，是因为想让你们能有个比较鉴别，看看是不是真的会一任比一任强！"

高南征说："早知这样，真不如同你合作下去。"

这话徐馆长并没有听见，高南征是在心里说的。

接下来的几天，文化馆里搞年终总结。大家对胡汉生的意见提了几箩筐。胡汉生最后说了些要在新年改进的话，可他在新年工作计划中设想的基本上还是老套。有区别的只是没有让大家再去想办法挣套改后增加的那部分工资。

元旦这天，高南征同小娅在屋里包饺子，兰苹突然来了，一进门就哭成个泪人儿。

小娅很不高兴地说："新年第一天你无事来我家哭，若是今年有什么不吉利，我可要找你负责。"

小娅没有用我们这个词。

兰苹擦干眼泪后哽咽地说："胡汉生领着妻子去医院里做人工流产了！"

听到这话，小娅马上放下手中的活，将兰苹领到房里去说话。

门掩得很紧，高南征听不清她们在说些什么。

高南征一个人将饺子包好，又煮熟，然后叫她们出来吃。

兰苹出来时，已不再流泪了。

一边吃饺子，小娅一边劝兰苹。

兰苹说，这几天就将胡汉生的经济材料清理出来交给高南征。

吃完饺子，两个女人又到房里说话。

幸亏有几个业余作者来给高南征祝贺新年，才使他少了些失落感。

兰苹吃了晚饭才走。她一走，高南征就问小娅到底是怎么回事。小娅故意不慌不忙地将厨房洗刷干净后才告诉他。原来胡汉生一直在骗兰苹，说自己已同妻子分居七八年了，二人只是名义上的夫妻。兰苹一直信以为真，她虽然并不怎么喜欢胡汉生，可一想到已失身于他，所以只要胡汉生能对她保持贞洁，她也只好凑合着一步一步地走着瞧。上午兰苹陪自己的嫂子去医院检查胎位，正好在妇产科碰见胡汉生陪妻子做人工流产。兰苹当即就丢下大腹便便的嫂子跑到这儿来了。

高南征问："她没说胡汉生最开始是怎么引诱她的？"

小娅说："她说了，可我不能对你说！"

高南征说："为什么？"

小娅开玩笑地说："我怕你学会了，也去这样害别的姑娘！"

高南征说："你别这样防范我好不好！"

小娅说："你知道她为什么单单来我家？"

高南征摇摇头。

小娅说："我将原话重复一遍，兰苹说，她认识的所有男人中，真正打心里喜欢的是你!"

高南征当然要表现出不相信的样子。

过完元旦，徐馆长的女儿真的来文化馆报到上班。

胡汉生召集全馆人员为她召开了一个简单的欢迎会。

开会时，高南征见小甘用手指蘸着茶水在茶几上写了一行字。

散会后，他走过去看了看，小甘用茶水写的四个字是：操他妈的!

当着胡汉生的面，兰苹将一份《清流》递给高南征。

高南征走到无人处才打开，里面夹着一张纸，上面写着各种数据。第一项是违纪开支五千六百二十一元，其中白条四千零三十六元；第二项是严华的收入，其中工资收入一千伍百元，通过《清流》获得各种收入二万七千二百零三角三分，合计二万八千七百零三角三分，往下还有好几项。

高南征从兰苹的账目上受到启发，他将《清流》上经由严华发出的文学作品统计了一下：小小说四篇，散文六篇，诗歌十四首，演唱材料三件，按字数算最多只够《清流》的一个版面。

再次去文化局之前，小娅叮嘱他一定要在交谈之前先营造一个较好说话的气氛。

高南征觉得这话有道理，就同大家一起策划了一个方案。

崔局长接见他们时，一见面高南征就说："局长呀，我看这些时你累瘦了，先讲个笑话慰劳一下。你放心，绝对是与文化工作有关。有一个搞非法出版物的个体老板，他不光倒买倒卖，还

开了个地下印刷厂，专门承印一些坏书。为了不暴露目标，这些
工人全是他的亲戚的孩子。又为了不让这些孩子学到书中的那些
坏事，这拣字工的事全由他自己和妻子来承担。有一回，他们接
了一本特别淫秽的书，交印的人要得非常急，夫妻俩只好昼夜不
停地加班。那书上内容特别刺激，夫妻又怕耽误生意，不敢停下
来亲热。男人正在难熬时，忽然看他妻子拣了两个铅字塞进裤
裆里。"

说到这里，高南征停下来不讲了，让崔局长猜是哪两个字。

崔局长想了半天没想出来。

高南征就告诉他，一个是鸡，一个是巴。

崔局长当即笑弯了腰，连连说这是新闻出版股管的事。

等崔局长笑够了，高南征才示意老张将兰苹写的那个账单递
给崔局长。

崔局长只看了一遍，眉头就皱起来。他们在文化局同崔局长
谈了两个多小时，崔局长最后请他们考虑一下，如果胡汉生不再
担任馆长，谁来当馆长最合适。

十一

从文化局出来后，大家议论了半天。小汤说高南征可以。老
张马上说，按照上次的经验教训，凡是参与告状的人是不可能接
班的。这么一筛选，大家同时想到了小甘。从小甘敢于在茶几上
写那几个字来看，高南征也觉得小甘能胜任，但他觉得还是应该
对小甘考察一番。

小甘妻子的单位刚盖了新宿舍。

高南征他们去时，小甘正在布置新房。

新房设计很讲究，大家见了都羡慕不已。

小甘也很兴奋，他有个计划，先将这房子装修一遍，然后再搞一套原装的先锋音响和一台84厘米的画王彩电，往下还有全套不锈钢炊具、微波炉、洗衣干衣两用机、真皮沙发和红木家具。一算账，没有几十万不行。

高南征说："你哪来这么多钱?"

小甘说："现在铜版画、铜版字又流行又值钱。操他妈的，我要是当了馆长，就去买一台铜板印刷机，拿来私人用，一年时间就能将这些置齐了。"

高南征和小汤他们相互望了望，好一阵后，小汤才问："一台铜板印刷机要多少钱?"

小甘说："不低于八千，不高于一万。"

离开小甘家，一路上大家脸上都很严肃。

过年之前，文化馆再无人说起撤换胡汉生之事。

崔局长主动找过高南征和老张，两个人都躲避不见。

放年假那天，文化馆发了不少年货，胡汉生说这是公司和商场出钱买的。高南征用自行车运了两趟，才将这些东西弄回家。

初一那天，高南征和小娅照例去给段书记拜年。

段书记问到文化馆又要换馆长的事后，说了一通让人费解的话。他说搞干部终身制最大的优势就是能防止大面积腐败，而不搞终身制的最大弊端就是大家都趁在台上时拼命地往自己怀里捞，像蝗虫一样，一批接一批。

段书记说："现在说的是实事求是，做的是事事求实。"

夫妻俩刚说了告辞的话，崔局长也来给段书记拜年了。

见了高南征，崔局长就问他文化馆馆长推荐人选想好了没有。

高南征支支吾吾地哼了几声，他也不清楚说的是些什么。

段书记却说了一番很明白的话。他说，这辈子当领导，文化方面的事情，他最遗憾的是当年明察不够，没有让高南征的老师当文化馆长。崔局长接着段书记的话说，假如当年段书记提拔的是高南征的老师——。段书记没有让崔局长说完要说的话，就连连表示，自己这样说并不是否定当年对崔局长的垂青。

高南征也想起因为郁郁不得志而死得有些早的恩师。

回家后，他在书房里翻出早年的《清流》，那上面有一则故事新编，说的是有一个地方蚊虫特别恶，官府便将死囚绑在木桩上，让蚊虫咬死。在屡试不爽之后，却有一个人躲过此刑法。县太爷以为是天不收，不敢再施别的刑法而放了他。后来别人问时，他才说，蚊虫吸血时千万别动，它吸饱了血后就叮在那里不动，这样就挡住了别的想吸血的蚊虫，若是一动惊跑了饱蚊虫，让饿蚊虫补上来，一批接一批地吸下去，肯定会气血枯竭而亡。

还没看完，高南征忽然记起，将自己提携到现在位置上的恩师、《清流》前任主编，五十岁时积劳成疾，临终前曾对他提起过这则故事，还说，每逢有对人对事看不顺眼的时候，一定要将这个故事大声朗诵三遍。高南征不无后悔，自己有些成绩后，就对恩师的话不那么在意了，包括这么重要的遗嘱。假如这两年不是浑浑噩噩地与徐馆长和胡汉生他们闹，而是一心一意地搞自己的业务，不去想那些不务正业的心思，或许就没有什么破绽露出来，严华和徐馆长的女儿现在在哪里混饭吃，就只有鬼知道了。

这时，小孔来家里拜年。

小孔也将那故事新编看了，然后笑着说，细坳村的人也应该好好学一学这篇文章。

正在说话，徐馆长领女儿进来了。

徐馆长没说过年时的那些套话，而是唱了一首吉祥民歌。

小娅满脸堆笑，说徐馆长这么好的嗓子不当文化馆长太可惜。

徐馆长说他女儿的嗓子比他还强。

高南征问起宣传部那个超生的女科长情况。

徐馆长说："大初一说这些会不吉利。"

这时小孔要走，高南征将他送到门口。小孔回头开玩笑说，什么时候带着蚊虫的故事到细坳村再搞一次奔小康大讨论。说着话小孔滑了一下，高南征忙提醒他小心脚下。天上地下到处都是白雪。过年时家家户户的油水都比平常多，随手泼在门外，让积雪的路面变得更滑了。

1995 年元月 21 日于竹叶山

农民作家

一

妻子说："懒鬼，起来吃饭了。"边说边掀被窝。

孙仲望在被窝里翻动一下，不满地说："哪有这样当妻子的，没有哪一天让男人睡个安稳觉。"

妻子说："我把饭做得好好的，请你起来吃，你未必还有意见？"

孙仲望说："跟你说了好几次，叫你早饭做晚点。吃那早干什么？反正田里地里的活儿还没出来，无非是玩，不如多睡会儿。"

妻子说："你这么爱唱戏，怎么就忘了戏文里说，好人睡得病，病人睡得死。"

孙仲望说："你是咒我病死了好去找野男人哟！"

妻子立刻扑上来，要撕他的嘴："你非得说清楚，哪个是我的野男人，说不出来，你就要还我的清白。"

　　孙仲望躲了几次没躲开，脸上被妻子抓了一爪，他火了，抢起拳头正要揍下去，有人在堂屋里走动，并叫："孙仲望!"

　　孙仲望随口一应："是华文贤吗，就来了。"又压低嗓门说，"再闹就不客气你了。"

　　孙仲望系着裤带走出房门，请华文贤坐。

　　华文贤说："过去总说城里人爱睡懒觉，如今乡里人也学会了。"又说，"也难怪如今计划生育工作这么难做，种两亩田花不了一个月，其余时间不打麻将、不和女人睡觉，又能做什么呢?"

　　孙仲望接着说："所以，如今的女人特别能生孩子。"

　　华文贤说："也特别想生孩子，免得无事做，自己把自己养娇养懒了。"

　　妻子递了一条热毛巾给孙仲望。孙仲望接住，用手指顶住毛巾，伸进嘴里，将牙齿擦了两下，又扯出来，将脸擦了两把，复将毛巾递回去。

　　华文贤说："你怎么不用牙膏牙刷?"

　　孙仲望说："牙膏涎乎乎的，用不惯，一到嘴里我就恶心。"

　　华文贤说："那就光用牙刷嘛。我就是这样。再蘸点盐，很好用。"

　　孙仲望说："还是用毛巾好，牙刷毛刺刺的，一弄满嘴血。"

　　忽然，孙仲望的妻子在厨房里叫："华文贤，你吃饭没有，没吃就多添双筷子。"

　　华文贤说："多谢，我吃了。我那妻子，洋不洋，土不土的，学城里人，每天按时开饭。真是烦死个人，一点自由也没有。"

孙仲望说："这么早，你找我有事?"

华文贤说："有事还找你干吗，不就忙去了? 没有事干才想找你玩玩!"

二人说了一阵闲话，孙仲望就开始吃早饭了。

见孙仲望一碗饭吃了半碗，华文贤说："要不，我俩牵头，和别人搭伙搞个业余剧团怎么样?"

没等孙仲望开口，妻子抢先说："想搞剧团，怕是先得回去问你妻子答应不。那年在宣传队演'郭建光'时，为了那个'阿庆嫂'，你可让妻子整苦了，现在就忘了怕?"

华文贤说："那年主要是领导要整我，光她一个人行? 现在不同以往，领导对这种事不那么认真了。"

孙仲望的妻子说："所以你又想过那种风流日子。"

一旁的孙仲望这时嚼到一粒砂子了，咔嚓一声很响。他扑地一下，将一口饭吐到妻子脸上："那你想过什么日子? 连饭里的砂子也淘不干净!"

妻子捂着脸，哭着跑进厨房："你别挑我的刺儿，我知道，一说剧团的事你就花了心。那年你领'沙奶奶'去刮胎的事，别以为我不知道!"

这么一闹，华文贤觉得没意思了，就起身告辞。

华文贤一走，孙仲望就吼起来，要妻子给他再添一碗饭来。连吼三声不见人应，他到厨房一看，屋里没人，后门是开着的。望了望地上的脚印，孙仲望知道妻子肯定又是跑回娘家诉苦去了。他也懒得去找，又回到房里，倒在床上睡开了。

正睡时，华文贤又来了。

华文贤不等孙仲望起床就说："这回是真有事找你，我俩一起写个戏怎么样？"

孙仲望说："你莫心血来潮，戏是大耳朵百姓都能写的？"

华文贤说："修张家河水库时，你当宣传员，不是老说要写个戏吗？"

孙仲望说："就算真的能写成戏，叫谁去演呢？"

华文贤说："我刚才到文化站那里去转了一圈，文化站门口贴着一张告示，县剧团收购戏剧剧本呢！"

孙仲望不信："又不是牲畜家禽，怎么能收购呢？"

华文贤就要他去看看。西河镇不大，稍走一会儿就到了镇文化站门前。果然有一张告示贴在墙上，说是为了响应省委书记将黄梅戏请回老家来的号召，经过认真研究，县文化局、县戏剧工作室和县黄梅戏剧团联合决定，公开向社会征集戏剧剧本，并同时举行优秀剧本评奖活动，评出优秀剧本若干个，获奖剧本将发给奖金一千元，等等。

孙仲望动了心，要进屋找文化站长问详情。

华文贤拉住他，说："我们偷着写，别声张，成了就一鸣惊人，不成就偃旗息鼓。"

趁四周无人，华文贤将那告示撕下一块，刚好将"发给奖金一千元"这一行字去掉了。

孙仲望不理解。

华文贤说："有一千元做诱饵，谁见了不动心。特别是镇中学的那些老师，穷得要命，见有这高的奖金，还会白白放过？他们水平高，动起手来，我们就没指望了。"

又说了一阵，他们商定下午到孙仲望家继续商量。言毕，两人就分了手。

回家后，妻子已在堂屋里坐着。孙仲望看了一眼："还当你不想活了，招呼也不打一个就走了。"又说，"你也真怪，从前我打你打得半死，也没见你往娘家跑，怎么越老越娇气，像你儿媳妇一样，重话都不能说一句了。"

厨房里忽然钻出一个人来："爸，你又在表扬我哇？"

孙仲望脸红了，他没料到儿媳妇猫在屋里。其实，妻子并没有回娘家，她只是跑到儿子家去了。儿子见了挺生气，就让妻子将母亲送回来。

儿媳妇说："大明让我给爸带了信，说你若再对妈不客气，可别怪他到时候六亲不认。"

孙仲望有火发不出来，脸上有些紫颜色了。

妻子见了忙开口说："都是气头上说的话，莫当真。你有事先回去吧。"

儿媳妇走后，妻子主动上来和孙仲望说话："我看见你和华文贤在文化站那儿嘀咕半天，有什么要紧的事吗？"

见妻子眼里漾着笑，孙仲望心里一下平和了："我们想给县剧团写个剧本，写好了可以得到一千元奖金呢！"

妻子说："你分散一下精力也好，不然，五十岁的人，说不定还要上医院去丢一回丑。"

孙仲望说："我能让你丢什么丑？"

妻子不肯说，他想了半天才明白，是指去年妻子怀孕，上医院去刮胎，被熟人们当笑话说了半年。

中饭过后不久，华文贤就来了，手里拿着几只没用过的旧账本，还有一支没有挂钩的圆珠笔。

华文贤一坐下就说："我们先商量写个什么故事。"

孙仲望忽然一阵紧张："你打算真写呀？"

华文贤说："上午不是说定了吗？"

孙仲望说："我一点把握也没有，你一个人去写吧！"

华文贤晃了晃头说："我虽然读了初二，你只读过初一，但你肚子里的唱本比我记得多，戏路子比我熟。其实，你也别太自卑，作家里面水平低的人多得很，还有只上过小学的。水平低不怕，就怕没有生活。"

孙仲望想了想说："要不我俩先扯个故事架子。行，就写出来。不行，就别去劳神费力。"

华文贤说："不！不行就再扯一个。"

开始扯架子时，华文贤说要写一个万元户。

孙仲望却要写计划生育。

争了一阵，孙仲望说，他看过县剧团的戏，演的都是儿女情长的故事，计划生育最容易写出儿女情长来。华文贤扳指一算，果然每个黄梅戏都是演的那种柔肠百折的事，就服气了。故事却是极好扯，都是些现成的事。主要东西用的是孙仲望妻子娘家的事，再加上镇政府门前计划生育宣传栏上公布的外地的几件事就成了。编好的故事是这样的：某地王家儿媳妇怀孕了，请人算命说怀的是女儿。王家老爹要儿媳妇去引产，儿媳妇思想进步，坚决不肯。王家老爹没办法，又不能容忍独生儿子不给他添个孙子。万般无奈中，王家老爹在儿媳妇生产之际，趁乱溜进产房，偷了一个胖胖的男婴，连夜跑回家。却不料，这男婴正是儿媳妇生下的。儿媳妇在医院痛失亲生骨肉，好不悲伤。另一好心产妇见此情景，心生怜悯，就将自己刚生下的女儿，暂借给王家老爹的儿媳妇。谁知假戏真做，搞得弄假成真。王家老爹的儿媳妇将别人的女儿认作骨肉，坚决不要自己的亲生儿子，而那位好心产妇又坚决要自己的嫡亲女儿。最后，王家老爹坦白了一切，两家人皆大欢喜。接下来是分场次：第一场叫盼儿，第二场叫偷儿，第三场叫借儿，第四场叫争儿，第五场叫换儿或还儿。换儿是华文贤的意见，还儿是孙仲望的意见。两人争执不下。比扯整个故事花的时间还要多。

正好孙仲望的儿子回家来，听他们讨论半天，就出了个主意，让写个括号把两种意见都写上去。让剧团的人去挑选。

戏的名字他俩没有分歧，就叫《偷儿记》。

二人扯到这儿时，都来了精神，都说那一千元奖金非他俩莫属。

稿子由孙仲望执笔写，署名则是华文贤排在前面。因为是华文贤先知道这个消息、先起了写戏的念头。这里有个先来后到的原则。

华文贤在一个旧账本的第一页上写着：大型五幕现代黄梅戏

《偷儿记》，编剧：华文贤、孙仲望。然后，将一叠旧账本统统交给孙仲望。

孙仲望怔怔地盯着那些字："若是哪天，戏台边的字幕真的这么打出一些字来，我可真不敢看。"

华文贤说："为什么不敢看，又不是偷别人的、抢别人的。"

孙仲望说："也是，我们脸上又没刻姓名，谁知道是两个土包子写的，说不定还当是两个大作家呢！"

华文贤说："仲望，你几天能写一场？"

孙仲望说："最低也得三天。"

华文贤说："三天不行，最多只能两天半。要抢在最先交稿，不然等人家手里有一大堆剧本时，人家就不会看我们这破账本了。"

孙仲望听了直点头。华文贤又吩咐几句关于字迹要工整等话，就走了。

华文贤一走，孙仲望的妻子就说："你别与他合作。你看他那样精明，二十年前当会计时的账本，还能留到现在。跟他一起搞，那一千元钱你可能一分也到不了手。"

孙仲望说："你怎么这样看人，他是你表弟呢！"

妻子说："可你是我丈夫。"

儿子大明回来，问油菜什么时候割。去年腊月，儿子一结婚就和父母分家了，住进在菜园旁盖的新房里。儿子其实是想让父亲和他一起割油菜。孙仲望说，迟几天早几天都行。他不管，今年他想吃点现成的油。儿子只好去和母亲嘀咕，母亲答应自己去割，儿子这才走。

这话，孙仲望听见了，他装着一无所知，爬到床底下，拖出一只纸箱，从里面找到几本黄得发黑的旧唱本，一头扎在桌子上，翻得满屋都是霉气。旧唱本上尽是水词和荤词。特别是荤词，让孙仲望情不自禁地想起年轻时的花花事。孙仲望看了两本，突然想到自己写的是新戏，看这旧唱本有何用处，他索性丢开旧唱本，摊开旧账本，提笔就给那王家老爹写了四句唱词：

> 儿摘月亮父搭梯，
>
> 长大不是好东西。
>
> 找个媳妇一两年，
>
> 肚子不鼓他不急。

妻子给他倒茶，见了这四句唱词，就说："你这不是写自己吗？"

孙仲望说："你别瞎评论，这一写出来就是艺术形象，就不是这个那个了。"

妻子不服气："只要你写的是人，不是这个就是那个。不信你再写，你写的每句话，我都能帮你找出说这句话的真人来。"

孙仲望争不出理，就不再说话，埋头用圆珠笔在旧账本上写。

二

到晚上洗脚睡觉时，孙仲望已将第一场《盼儿》写成了。妻子见孙仲望一口气写出这么多的文字，很是吃惊。睡到床上，孙仲望无论要做什么，她都没有推挡。

天再亮时，妻子一喊，孙仲望就起来了。脚刚沾地，就又趴到桌子上，将夜里想好的第二场偷儿的开场词写下来：

> 婆打媳妇天下有，
>
> 公打媳妇天下无。
>
> 痛恨媳妇不听话，
>
> 想打想揍难下手。

刚写完，华文贤来了。孙仲望将第一场给他看，自己到堂屋洗脸吃饭。他胃口很好，吃了两碗油盐饭，想再去添，听见华文贤在房里叫了一声："很好！"

孙仲望说："什么很好？"

华文贤马上走出来说："你写得很好，就这样，按我们商量的路子写下去。"

孙仲望说："有些地方我变了一下。"

华文贤说："适当灵活点也行，但基本原则不能变。"

孙仲望说："这个自然。"

华文贤说："还有，你写'我'字时，不能这样草，弄得'我'不像'我'，'找'不像'找'。"边说边在账本上指了几下，孙仲望连连点头。

临走时，华文贤说："有几个错别字，我改过来了。"

孙仲望看了直拍脑袋说："文贤，你水平是比我高。"

华文贤说："你今天争取再写一场。"

孙仲望说："行，只要没别的事打搅。"

华文贤走后，妻子不满地说："我看文贤好像成了你的领导，你一字一字地写，他却在一边指手画脚。"

孙仲望说："他过去在大队当会计，习惯了。再说，两个当中，总有一人说了算，不然怎么合作？"

妻子说："不行，明天得让他帮我家割一天油菜。"

孙仲望说："你莫生这个企图，你就是花钱雇，他也不会到我家田里去。"

妻子说："今天《偷儿》这一场你写在别的纸上，明天他来时，一切由我来说。"

第二天，华文贤一来，就见孙仲望在被窝里叫腰痛。问时，妻子说孙仲望昨天割了一天油菜，腰都累断了。华文贤看账本，还是上次见到的模样，一个字也没添。

华文贤急了，说："听文化站长说，镇中学的几个语文老师也在写，老师的水平极高，我们只有抢在他们前面才有希望。"

孙仲望的妻子说："油菜若不割，秧也插不下去，那就难有什么希望了。"

华文贤于是一咬牙，答应帮他家割一天油菜。

天黑时，华文贤从田里回来。

孙仲望极心虚，一下子交给他一场半戏，还留他喝了酒。

华文贤累极了，喝完酒就回家，剧本也没带走，说是明天再来看。

抢插秧之前，孙仲望将剧本写完了。

华文贤高兴地说："我们终于将季节抢到手了。"

孙仲望听说学校老师的剧本还只有一个提纲，也很高兴。然后，二人就商量剧本怎么交上去。华文贤同意孙仲望的意见，送到邮局里寄去。孙仲望去找牛皮纸时，华文贤迅速在第五场最后的空白处写了一行字：若回信请寄西河镇西河村华文贤同志收。

他们将剧本包好，到邮局一算账，邮寄费要十元五角，还要开包检查。

华文贤说："还不如亲自送去，来往的车费还要不了这多。"

孙仲望也主张华文贤亲自跑一趟。二人说好，十元钱，一人出五元。孙仲望身上无钱，回家找妻子要。

妻子听了就骂他苕，说："那大一本，写都写了，还怕到县里去见人，还怕多出五元钱？"

孙仲望受到提醒，心中起了猜疑：剧本又不是寄给敌特机关，怎么华文贤不让开包检查呢？于是，他鼓足勇气，揣上十元钱，和华文贤一起搭车到了县城。

他俩找到文化局，负责接待的是一个长得很好看的女人，姓杜。小杜接过纸包随手撕开，见到几只旧账本，脸上就有些轻蔑的色彩。

孙仲望问："还有比我们交稿早的吗？"

小杜说："你们这是烧的头香。"边说边信手翻账本。

孙仲望还想问，若得了奖，奖金怎么发。

华文贤怕露了马脚，想走，抢着说："剧本交了，是不是打个收条？"

小杜鼻子响了一下："我们这儿还从没做过这样的规定。"

华文贤忙说："那就算了。仲望，我们走吧，要赶车呢！"

小杜说："别忙，把你们的地址留下，有事好通知。"

华文贤说："上面已写清了。"说着拉着孙仲望朝外走。

走到楼下，孙仲望说："我的帽子忘了。"

孙仲望返回小杜的办公室，将那叠账本匆匆翻了一遍，发现华文贤写在最后面的那行字。他拿起草帽往外走，心里很生气，但又怕是误会，一路上仍和华文贤表现得很团结。

三

孙仲望一回到西河镇，就碰到镇上的赵宣传委。

赵宣传委问他："你们写剧本，这大的事怎么不先和我通个气？"

孙仲望有些慌："我不知道这事也要请示。"

赵宣传委说："不请示也该让我知道个准信，免得到时得了奖，还说我们当领导的不重视农民作家。"

孙仲望就在街当中，将《偷儿记》的故事说了一遍。

赵宣传委听后想了一阵："你们没写领导干部？"

孙仲望说："没有写。"

赵宣传委说："这不好，应该加强党的领导，这是重点，一定要突出。"

孙仲望说："我想过，因是写偷儿的事，不好串进去，怕损害党的形象。"

赵宣传委说："这说明你们的功夫下得还不够。宣传部的汪部长正在写一部《胜天歌》，他和我谈过这个戏的构思，将来你们若输给了他，主要原因肯定是没有从这一方面去进行很好的把握。"

赵宣传委又说了几句关于不要骄傲翘尾巴的话，就匆匆地去赶一个会。

孙仲望一到家就对妻子说："镇领导称我为农民作家了。"

妻子听了经过，先是高兴，过了一阵又发起愁来："听说当作家的人都喜欢闹离婚。"

孙仲望说："我是那种人吗？今后，你要我什么时候上床，我就什么时候上床，除非我有个三病两痛。"

妻子说："不，你是男人，你要我怎样我就怎样。"

孙仲望说："对了，我们要相互信任。"

安抚好妻子，孙仲望就去华文贤家。

华文贤是在镇西头家门口下的车，他没听见赵宣传委的称呼。孙仲望从镇东头专门跑过来，让他也分尝一下农民作家的滋味。

华文贤听后，叹了一口气，说："我真该和你一道下车，不该省那几步路。"

孙仲望说："谁知道呢，车上人太挤，我也差一点随你下车透口气呢！"

　　说着话，华文贤的情绪好起来，要留孙仲望在家喝几杯。孙仲望推不掉，就留下来了。

　　华文贤的妻子到别人家做客去了。家里只有半碗花生米和一碟霉豆腐，华文贤和孙仲望就用农民作家这个词，相互敬了对方三杯酒。到孙仲望往回走时，二人都有七八分醉意。到家后，妻子料理他洗完脚，自己先到房里去了。孙仲望趿拉着鞋到房里时，见床仰卧着一个雪白雪白的女人。孙仲望看了几眼，心火升得并不急。他取来一把二胡，就着《偷儿记》中的一段词，自拉自唱：

　　　　无儿点灯灯不亮，

　　　　无儿吃饭饭不香，

　　　　无儿说话气不壮，

　　　　无儿站着没有别人长。

　　妻子在床上听着，马上淌了一遍泪。

　　孙仲望停住琴弓说："我这唱词写得好，是不是？把你感动了。"

　　妻子点点头："我妈没有为我生下一个兄弟，我父临死之前就是这样说的。"

　　孙仲望说："我就是将你父亲的话拿来加工的。还有一段好唱词，完全是按你妈的话写的。"

　　孙仲望又唱起来：

亲亲儿的脸，摸摸儿的身，

叫一声娘的儿，问一声娘的心，

儿呀，虽然分手才一天，

娘却老了十年人！

这一次，妻子哭得更厉害。她小时候就是丢在路边，一整天无人要，她父亲又将她拣回家的。

熄灯后，妻子表现得从未有过的温柔，喜得孙仲望接连三次发誓，说他下一世还要娶她做妻子。

第二天一大早，镇文化站长就在外面敲窗户，要孙仲望上午到文化站去开会。

孙仲望到文化站时，会议室里已有十几个人，都是镇里各单位的头头。华文贤也到了。孙仲望寻着华文贤的眼色，坐到他身边。刚坐下，赵宣传委就宣布开会，讨论如何庆祝六一儿童节。他俩的任务是赵宣传委亲自布置的，要他俩三天之内写一篇快板书和一段对口词，内容必须是少年儿童如何投身改革事业、做红色小主人。当着这么多人的面，赵宣传委再次称他俩为"我们镇里的农民作家"。孙仲望和华文贤激动得要死，连连应诺。赵宣传委还写了个条子，安排他俩到学校去体验一下生活。

去学校体验生活时，学校的人不大理睬他们，特别是那几个曾打算合写剧本的语文老师，当着学生的面对孙仲望说："你何必要采访，就写自己当年如何不让儿子上学读书的事，准保有教育意义。"

孙仲望红着脸嘟哝:"那时连饭都没吃的,读什么书哟!"

碰了一鼻子灰,他们决定干脆回来硬编。

这回往桌边一坐,孙仲望就想睡觉。三天过了两天,还没见写出一句词来。华文贤没有错别字可改,很焦急,生怕第一回就将"农民作家"的牌子给砸了。再焦急也没用,孙仲望自己瘦了一圈也想不出该怎么写。

幸亏晚上开始下大雨,并且一直下到第四天还不见停。镇上通知,一切活动都停下来,全力以赴投入抗洪。洪水过后,孙仲望在街上碰见满眼血丝、一路直打呵欠的赵宣传委,二人碰面只打了个招呼,别的什么也没说。

一晃几个月过去了,县文化局那边一点动静也没有。

孙仲望担心华文贤从中捣鬼做手脚,就听了妻子的话,偷偷地给文化局小杜写了一封信。过了半个月,小杜回信说:"华文贤同志在你之前也来信询问,现在一并回复如下:因县局领导工作繁忙,剧本评奖之事,暂未列入议事日程,故你们仍得耐心等待时日,一有佳音,即刻奉告。"这封信,妻子不让孙仲望给华文贤看。孙仲望捱了几天,总觉得心里过意不去。到第五天上,他还是瞒着妻子偷偷给华文贤看了。华文贤看后半天无话。

四

又过了几个月,田里开始栽油菜了。

剧本和一千元奖金仍旧没有一点动静。赵宣传委见到他俩时，也不再称农民作家了。孙仲望想，一定是赵宣传委得到了内部消息，知道《偷儿记》写失败了。果然，有天晚上，镇委会的高音喇叭里说："我县首次公开征集优秀戏曲剧本活动日前圆满结束，积极参加这次活动的有县委领导同志和文化水平很低的农民作者。特别值得一提的是，这次活动的第一个交稿者，是西河镇两位年龄加起来超过一百岁的农民。经过专家认真评选，由县委宣传部部长汪国庆同志创作的《胜天歌》，被评为这次活动的唯一优秀作品。"听到这条消息，孙仲望仍然很高兴。毕竟自己的事头一回上了广播。

孙仲望到华文贤家时，华文贤正哭丧着脸。

见了孙仲望，华文贤揉了一下眼圈说："原指望能得点奖金，过个痛快的年，谁知竹篮打水一场空，这过年费还得下苦力去挣。"

孙仲望安慰他："没得奖，却得了个广播扬名也不错。"

华文贤说："可广播里并没有直接点我们的名。"

孙仲望说："虽然没明说，可西河镇谁不知道这是在表扬我们呢！"

华文贤听了心情稍好一些，叹口气说："只可惜浪费了那些账本。"

孙仲望说："旧的不去，新的不来。再说，它是过去大队的，又没花你一分钱。"

听了这话，华文贤忽然发起牢骚来："你别以为我过去沾了集体的大便宜，就算占了便宜又怎么地呢，谁不知道占，谁就是苔。就说这次评奖，《胜天歌》为什么能得奖，还不是因为作者的官大。"

孙仲望说："话不能说死说绝，汪部长水平若不比我们高，能管得了这么多的文化人？"

忽然，华文贤的妻子在门外哎哟一声，跟着就骂起来："华文贤，这门前的台阶你今天晚上不修起来，明天我就去招个野男人来修。"

华文贤听了一声不敢吭。

孙仲望小声说："台阶是该修一下，我进来时，也险些摔一跤。"

女人又在门外哭叫："华怪种，你聋了还是哑了，你要是长卵子的男人就站出来。"

华文贤奋着耳朵想从后门溜。

孙仲望拉住他："算了，今晚我帮你，抬两块石头回来修一修。"

出门时，华文贤扛着杠子溜得像只兔子。孙仲望在背后劝了女人几句，撵了半天才撵上华文贤。

二人在一堆石头前站住。孙仲望说："这是学校盖房的石头吧？"

华文贤说："知道。你看那头有人没有？"

孙仲望说："鬼也不见一个。"

华文贤说："那我们快点系好石头，快点抬走。"

正在手忙脚乱时，猛地一道手电筒光射在他俩身上，有人说："真没想到农民作家竟是偷石头的贼，又是来体验生活的吗?"光亮射在脸上看不清说话的人，听声音像是学校的语文老师。"走，跟我到派出所去。"

孙仲望很慌："以前的石头确实不是我们偷的。"

语文老师说："我不管。捉住你，就是你干的。"

华文贤被手电筒光亮照烦了："别不懂礼貌好不好，老用手电筒照人的眼睛。"

手电筒熄了一会儿，华文贤看见语文老师手上拿着啃得只剩下半截的黄瓜。华文贤招呼孙仲望将石头抬起来走。

语文老师拦住说："是不是由偷变抢了?"

华文贤理直气壮地说："你能偷黄瓜，我就可以偷石头。"

他俩抬着石头走出十几步，听到语文老师低声骂了一句什么。

回到家里，孙仲望脱衣睡觉时和妻子说偷石头的事，妻子听了，当即要他再也不要同华文贤一起合伙做事了。

五

差不多整整一个月，孙仲望没和华文贤见面，只听说华文贤贩药材蚀了本，亏了两百多元钱，在外躲了六七天不敢回家，妻子托人带信叫他回，他才敢进门。

这天，外面起了好大的秋风。孙仲望的妻子扛着锄头，说是出去将刚烧的火粪拢一拢，免得吹散了引起火灾。

出去不一会儿，妻子又匆匆返回来，她看见一群人从小车上钻出来，打听去华文贤家的路，妻子认识其中一个女人，过去是县剧团演青衣的名角，肯定是为剧本的事而来的。妻子要孙仲望赶紧去，莫让华文贤吃了独食。

孙仲望走到华文贤家门口时，很紧张，手脚都有些发抖。他硬着头皮走进屋去，见华文贤蜷在墙角，像一只饿瘪了的猴子。他妻子当着一大群干部的面大声数落他。孙仲望进屋时，谁也没有理他。他在房门槛上坐下来，听了一会儿才明白，这些人是为华文贤贩药材的事而来的。他从门槛上站起来时，心里很踏实。他朝妻子说的那个女人看了一眼后，又忍不住看了第二眼和第三眼，第四眼被一个秃顶的胖子挡住了。他心里很可惜，这样好看的女人为何不愿穿那好看的戏装，做各样的眼色给人看，而要穿像灰狗子一样的工商制服，板着脸训人。

一路上，孙仲望又想，哪个男人有福和这个女人一个锅里吃饭，一个被窝睡觉。

孙仲望正想着，忽然听见有人叫他的名字，扭头一看，文化站长在背后大步追过来。

文化站长撵上来说："你怎么这大的架子，叫两声都不应。"

孙仲望说："我有什么架子？黄牛架子越大，累死得越快！"

文化站长说："这回你得请我的客。"

孙仲望说："别耍我，前年我想参加站里的业余剧团，几次请你喝酒你都不到。"

文化站长说："这回不一样，文化局的人要到你家去。"

孙仲望瞪大了眼睛。

文化站长继续说："是为了你写的那个《偷儿记》。本来，他们按剧本上写的地址准备去华文贤家，我知道剧本是你执的笔，就叫他们来你家。现在，赵宣传委正在陪他们吃中饭，你快回去准备一下，他们回头就到。"

孙仲望激动得不得了，回家对妻子直说快快快。扫了地，摆好桌椅，又去烧开水。孙仲望接了十几次锅盖，水还没有开。妻子叫他趁空去通知一下华文贤。孙仲望脸一沉，说妻子一到关键时刻就忘了原则，这一回若不是文化站长帮忙，他肯定要吃闷心亏。妻子直挠头说自己一高兴就不能举一反三。

水终于开了。

又等了一阵，文化局的人仍没来。

孙仲望肚子饿极了，就叫妻子随便做点什么充充饥。

妻子烙了几张葱花饼，孙仲望站在门口踮着脚吃完，还不见人来。

孙仲望心急火盛，口渴得很，将一瓶开水喝去大半瓶。

六

半下午时，文化局的人终于来了。其中就有小杜，其余的是徐局长、剧团的夏团长和戏工室的毛主任。妻子认得小杜。小杜开始不认识孙仲望的妻子，经她自己一说，小杜才记起自己在剧团当演员时，下乡演出，真的在她娘家住过，还和她睡过一张床。

孙仲望的妻子羡慕地说，小杜那时身子嫩得像水豆腐。

这话惹得毛主任在小杜身上捏了一把，然后说，现在倒像块臭豆渣。

大家笑一阵后，开始进入正题。

孙仲望的妻子拎着小半瓶开水，拭了一圈，没有倒出一滴水，大家随手拿着的瓶子都是满的。

徐局长先问还有一位作者怎么没来。

文化站长说，通知过了，可能人不在家。

随后是毛主任介绍情况：这次征集剧本评奖，原本也考虑了《偷儿记》，后来因为不如《胜天歌》成熟，思想性也不如《胜天歌》深刻，加上只能评一名优秀奖，所以只好忍痛割爱。又因为元旦期间，县剧团要带新剧目参加省里的戏剧节，为鼓励基层作者，县里决定，请你们二位到县里去住下来，修改《偷儿记》，让剧团带着《偷儿记》上省里演出。住宿费、伙食费全由县里出，每天另发两元钱的误工补贴。

毛主任说完，夏团长未经徐局长示意，主动开口说："你们现在就要考虑一下，黄梅戏主角必须是女的，是旦角，《偷儿记》的主角现在是个老生，这样很难发挥黄梅戏抒情的优势。"

徐局长毫不客气地打断夏团长的话："这些问题到县里去再说，到时先开个讨论会，让大家都来提意见。"

徐局长又对毛主任说："你还有一个问题没说。"

毛主任当即出了一脸汗，赶忙掏出笔记本，急急地翻了一阵，复开口说："你和老华后天，也就是二十五号坐早班车去县里，先到文化局报到，家里的事情明天都要安排好，到了县里，开始修改剧本后，除非家里死了人、着了火，否则一概不准请假。"

毛主任说完后用眼角瞅了几下徐局长。

徐局长不理他，却问孙仲望，《偷儿记》的素材是从哪儿来的。

孙仲望的妻子抢先回答，说："写的全是我娘家的事。"

徐局长说："难怪读来这么亲切，还是要按毛主席说的办，一篙子扎到基层，搞专业创作的为什么反不及农民作家，差别就在这里。"

徐局长后面的话是对毛主任说的。毛主任听了直点头。

徐局长又问大家还有什么事情没有。

小杜赶忙接着说："家里有什么困难尽管说。"

孙仲望说："没困难，冬播都搞完了，在家也是闲着。"

赵宣传委一直没机会开口，这时才说："你和老华这一回一定要好好为西河镇两万农民争光。"

徐局长已站起来了，边走边说："你气魄还小了点，这个戏要争取演到北京去，也让我这个文化局长跟着农民作家风光一回。"

孙仲望将徐局长送到门口，看着徐局长他们乘坐小车离去后，他站在门口和过路的人笑着打招呼。

忽然，华文贤像头发癫的公牛一样冲过来，气喘喘地问："他们人呢?"

孙仲望说："工商局的吗?"

华文贤急了："你别装苕！"

这时，华文贤的妻子也赶来了。

夫妻二人当街质问，文化局来人怎么不通知华文贤。

孙仲望想到华文贤在剧本上做手脚的事，心里就很坦荡，一点也不脸红。他说他去通知时，华文贤正在巴结工商局的领导，见他进来连问都不问一声，人都有个自尊，你不把别人当人，却想别人把你当人，于是他一气之下才一声不吭地走了。

华文贤又追查一千元钱的奖金。

孙仲望说一分钱也没有。

华文贤不信，说这是骗局，并说孙仲望你这个狗卵子，如果不分出五百元钱来，他就上他家去打砸抢。

孙仲望火了："你敢再骂一句？"一边就揪住了华文贤的衣领。

华文贤一把攥住孙仲望的头发说："我骂了，看你能把我怎么办？"

孙仲望说："有狠你就再骂一句。再敢骂一句，我就揍扁了你。"

华文贤的妻子欲上前帮忙，被闻讯跑出来的孙仲望的妻子扯住。

这时，赵宣传委折回来了。他将华文贤严肃批评了一通，说这样闹有损于农民作家这个光荣称号。华文贤不敢和赵宣传委顶嘴，听了详情后，当即向孙仲望认了错。回家后，他让妻子提了一只公鸡，送到孙仲望家赔不是。孙仲望见状立刻消了气，还让华文贤妻子带了一斤糯米酒回去。

吃晚饭时，孙仲望喝了几杯酒，妻子也喝了几杯。

孙仲望想不通文化站长为什么那么恨华文贤。妻子告诉他，文化站长其实是恨华文贤的妻子，那回看电影，文化站长在门口收票，顺势摸了一把华文贤的妻子，华文贤的妻子回头就给了文化站长一耳光。

孙仲望很敏感，问她被摸过没有。

妻子说，摸过，但不要紧，那是冬天里，她穿着棉衣，不像华文贤的妻子，是六月天，只穿着一层薄纱。

七

二十四日忙了一整天，晚上孙仲望一上床就睡着了。半夜里，忽然被赵宣传委的大声叫喊吵醒。稻场上的草堆着火了。白天只顾忙着去县里修改剧本的事情，忘了将火粪拢一拢，晚风一起，火星飞到草堆上去了。幸亏发现得早，不然家里养的那头牛，冬天就没什么吃的东西了。扑灭了火，孙仲望要谢赵宣传委，却找不到他的人。

第二天早上，孙仲望去搭车时，在街上碰见了赵宣传委。孙仲望当面表示，要将赵宣传委奋勇救火的事迹写成广播稿。赵宣传委严厉地制止了，说若是要写广播稿，他就不准孙仲望到县里去改剧本。

在车上，孙仲望和华文贤说起这事时，华文贤数落孙仲望，真是苕过了心，赵宣传委那么晚去稻场边，能有什么光彩的事吗?

孙仲望恍然大悟地啊了一声。

到文化局报到时,徐局长他们都不在,只有小杜在办公室专门等着。小杜把他俩领上四楼,推开一扇玻璃门,见徐局长、毛主任、夏团长和十几个不相识的人,正坐在沙发上吃瓜子和水果糖。大家吃东西时,都是文绉绉、挺有学问的模样。

徐局长问怎么才到。他俩正不知如何回答,小杜帮忙说:"这趟车的司机性子缓,车开得慢。"

他俩刚坐下,徐局长就说:"五六十年代,鄂东的浠水县产生了四个农民作家,没想到九十年代,风水转到了我们县,一下子就产生了两个农民作家。今天请大家来,是要大家将他俩扶上马送一程,希望大家多对《偷儿记》提出善意的批评和建议。"

一个戴眼镜的中年人开了头炮,听口气,是上次评奖的评委,他说:"《偷儿记》在源于生活又高于生活这一点上,明显不足,更缺少时代精神。"

会场上最年轻的那个人忽地站起来,将前面人的话打断了,说:"《偷儿记》好就好在写出了生活的本质,不像别的剧本,搞假大空,迎合假繁荣。"

被反驳的中年人涨红着脸说:"那你说,汪部长的《胜天歌》是哪一类呢?"

年轻人不说话。

徐局长忙拦住,说:"今天不扯别的戏。"

大家沉默下来。

过一阵，夏团长说："我来说几句，初读剧本时吃了一惊，觉得它太好了，好得就像前几年轰动全省的那个黄梅戏。"

徐局长一敲茶几，说："老夏，注意你说话的语气。"

夏团长咽了一口茶水，继续说："我并不是说作者在抄袭，但《亲亲儿的脸》和《无儿点灯灯不亮》这两段，与那个黄梅戏中的两段一模一样。"

孙仲望一听急了，说："怎么会呢，这是几十年前，我妻子的两个上人说的话，西河镇好多人都知道这几句话。"

小杜在一旁小声说："别人能争，你可不能争，你一争别人就不说真心话了，讨论《胜天歌》就是这样，大家都睁着眼说瞎话。"

接下来是毛主任说："《偷儿记》里为什么要偷儿，没说清，理由也不能让人普遍接受，这一点不写好，这个戏就不能成立。"

孙仲望实在忍不住又争辩道："我觉得再清楚不过了。"

毛主任说："光你清楚不行，要让评委和观众都信服，觉得除了偷以外，确实没别的办法了。"

华文贤忽然来一句，说："这不是鸡蛋里面寻骨头吗！"

徐局长又敲了茶几说："你们作者要允许别人发表不同意见，这个戏我们内定的标准很高，要向省委汇报演出，要力争超过那个黄梅戏，不仅到人民大会堂里去演，还要到中南海怀仁堂里去演。"

孙仲望和华文贤被徐局长的话镇住了，再也不敢争。

散会时，徐局长叫大家都去招待所吃顿便饭。孙仲望和华文贤坐在徐局长的小车里，前头走了，小杜也在车里，毛主任、夏团长他们都是步行。

吃饭时，大家都朝徐局长敬酒，一个个又认真又诚恳，说上任不到一年，全县文化工作就出现了新面貌。然后再说，也和农民作家共饮一杯，沾沾山里的仙气等话。孙仲望、华文贤刚将杯子端起来，他们已将杯子送到鼻尖前闻了闻，随即转身走了。

半中间，上一道鱼。徐局长让放到他俩面前，说这是武昌鱼，又说知道武昌鱼吗。孙仲望想说没说出来，华文贤抢先说，知道，才饮长沙水，又食武昌鱼，这是毛主席吃过的。徐局长点头让他俩多尝尝。中午的菜很多，但他俩连半饱也没吃到。每次他俩伸出筷子时，就有人转动桌上的转盘，不是空筷子回，就是只剩下很少一点。幸亏有一盘炒肉丝，转盘上放不了，只好放在他俩面前的桌子上。他俩顾不了许多，将盘子里的东西一扫而光，等走进客房时，肚子已经饿了。

客房里有两张床，还有沙发、彩电，厕所也在房内，却不是蹲坑。是那年批判"四人帮"时，说江青上小靳庄也带着的那种抽水马桶。孙仲望在上面坐了半个小时，仍不通畅，只好站上去，蹲在上面，却担心将那瓷器踩破了，弄得心里很紧张。出来时，见华文贤正在啃馒头。一问，才知是小杜从餐厅里带回来给他们的。还剩下三个，孙仲望赶忙抓住两个。

华文贤说："别抢，我吃饱了，都是你的。"

孙仲望边吃边看电视，是《雪山飞狐》，看着看着就入迷了。毛主任临走时，叫他们下午两点到原地点开会，他俩一直看到电视上打出十三点四十分时，才互相说，该去开会了。

这时，毛主任进来恼火地问："叫你们两点到会，怎么三点了才动身？"

华文贤说："电视上才一点四十分呢！"

毛主任说："那是招待所放的闭路电视，是转录的，上面的时间不算数。"

他们匆匆赶到会场。大家听毛主任一解释，都笑了。徐局长也不例外。下午，大家的劲头没有上午的足，好几个人在打瞌睡，徐局长打了几个哈欠。

四点多钟时，门外来了一个十几岁的小姑娘。一张小嘴在徐局长耳边动了一阵。徐局长精神为之一振，喝了一口茶，大声宣布："省戏研所的杨主任来电话了，他后天亲自来参加《偷儿记》的讨论。杨主任是我省的戏剧权威，他亲自来，说明这个戏大有希望。"

孙仲望和华文贤很激动地相互看了一眼。

徐局长让毛主任宣布散会，留下孙仲望和华文贤单独吩咐了一阵。

八

晚饭只有小杜陪他俩吃。毛主任一路跟到招待所门口，见小杜仍没叫他陪客，只好分手走了。吃完饭，小杜拿出两张电影票请他俩去看电影。他俩不去，说在家看《雪山飞狐》。小杜就拿着电影票走了。

晚上却没有放《雪山飞狐》，放的是"全县三民（民歌、民间舞蹈、民间器乐）调演"的录像。里面的人他俩认得不少。他俩指着那些熟人大声说笑，弄得服务员进屋来提醒，说十二点了，别人要休息。

早上，二人都睡过头了。去吃饭时，餐厅已锁了门。正在为难，小杜在一棵大树下叫他们的名字。他俩走拢去，小杜递上一个大纸包。打开一看，是十个肉包子和一些花生米。小杜说，她见他们没起床，就买好早餐在外面等。

他俩同时说："杜秘书，你太好了。"

听到这话，小杜叹了一口气，很重。

孙仲望问："杜秘书这么年轻叹什么气？"

小杜说："光人好还不行，要命好。我命不好，成天忙别人的事，自己的事没人管。"

小杜数说她家柴没人锯、煤没人做，明天就得吃生的了。孙仲望一咧嘴说："这点粗活，我们抽空帮你干了就是。"小杜谢过后，要他俩上午去一个，下午换另一个人去，反正剧本只能一个人写。孙仲望答应自己先去。

路不远。小杜住五楼，进屋时，小杜让他换上拖鞋。孙仲望的脚太大，几双拖鞋都试了，都穿不上去，他只好打赤脚，满屋有一股脚臭味，他自己不觉得臭，反而不明白小杜为何老捂鼻子。抽了一支烟，小杜就带他到楼顶上去。孙仲望看着那堆煤像座小山，旁边的柴火，最少有一卡车。小杜让先做蜂窝煤。孙仲望感到任务太重，赶忙操起工具干起来。不一会儿就出了一身汗，他用手一擦，脸上就是一片黑。

小杜说去局里看看，走了。

孙仲望一个人埋头干活。

半上午时，有个胖女人上来转悠，问他帮人做煤几多钱一吨。孙仲望想了想说一吨五元钱。胖女人有些惊喜，说明后天也请他帮忙做两吨煤怎么样。孙仲望说，做完这点煤他得回家去了。胖女人和他磨了半天，还将价提到六元钱。孙仲望被缠不过，只好说了实话。胖女人情不自禁地说，难怪她男人叫汽车撞死了，谁叫她这样精。孙仲望听说小杜死了丈夫，心生同情，干得更卖力了。

一堆煤做了一半时，小杜回来了。

小杜叫孙仲望洗手洗脸，招待所要开饭了。

孙仲望的手很糙，裂口里的黑东西怎么也洗不掉。

小杜倒了一点什么水在他手上，又用她那双柔软的小手帮忙搓了一把。搓得孙仲望身上一阵阵烦躁，脸上也红了。小杜也察觉到什么，松开他的手，失望地看着那些洗不净的煤屑痕迹，说真没法想象，这样的手竟能写出那样好的剧本。孙仲望不好意思地一笑。小杜吩咐，回招待所后，若有人问手上怎么弄得这样黑，就说不小心将写字用的碳素墨水搞泼了。

回到招待所，华文贤还在看《雪山飞狐》。

吃饭时，小杜问华文贤上午有人来过没有。

华文贤说只有服务员进来打扫房间。

吃罢饭，华文贤跟小杜走了。

孙仲望一连看了三集《雪山飞狐》，眼睛都发胀了。有人推门进来，一看是毛主任。

毛主任叭的一下关上电视机，问他写了几多。孙仲望说，没有纸，又不能写在手上。他伸手一比画。毛主任问他的手怎么这样黑。孙仲望按小杜吩咐的说了。毛主任冷笑起来，说局里每天为你们花七八十元钱，你们却轮流去给人家做义务工。说着就要孙仲望随他出去一趟。

孙仲望随毛主任爬上楼顶。县城的风景在这儿看很不错。

孙仲望一眼看见华文贤正在那边楼上做煤。

毛主任指着问那做煤的是谁。

孙仲望说他眼睛不好，看不清。

毛主任走时，又冷笑了一声。

傍晚，小杜来时，孙仲望将下午的事告诉了她。小杜当时脸色很不好看，吃饭时一句话也没说，吃完饭，小杜又要了一只烧鸡和半斤花生米，加上一瓶白酒，让他俩带回房去消夜。临走前，小杜再三嘱咐，徐局长若问你们为何一整天没动笔，就说想听省里杨主任的意见后再写，免得走弯路。

干了半天活，身上到处发酸。喝点酒后，真比搂着野女人睡觉还舒服。他俩将酒菜消灭得一干二净。上床时，孙仲望问小杜帮华文贤洗手没有。华文贤听说小杜帮孙仲望洗了手，直说他有艳福。

九

孙仲望和华文贤睡得正香，毛主任进来掀被子，要他们起来吃早饭。还说，从今天起小杜不来了，由他负责《偷儿记》修改过程中的一切事。孙仲望和华文贤听了心里很不是滋味。毛主任叫服务员将电视搬走了，又将两本稿纸放在写字台上，半真半假地说，他每天要来数一数写了多少页。

他们下楼去时，外面一个女人拉着的小男孩，直冲毛主任叫爸爸。

这餐饭孙仲望和华文贤吃得一点意思也没有，毛主任的儿子简直不准他俩动筷子，一夹菜小孩就哭，拿肉包子小孩也哭，说这是他家的，不准别人动。他们只有喝粥。喝粥时小孩不哭。毛主任象征性地骂了几句，没有效，小孩一点不怕他。小孩的妈妈说，大人不生小孩子的气。孙仲望和华文贤真是无法生气，看着小孩将肉包子的馅吃了后，将包子皮扔在桌子上。小孩吃饱后，由他妈妈领着上幼儿园去了。毛主任说他再去要几个肉包子。

毛主任一走，孙仲望说："我们也走，我们又不是要饭的，受小孩欺负。"

华文贤犹豫一下，还是跟孙仲望走了。

毛主任将肉包子送到房间时，孙仲望和华文贤已在埋头改剧本，根本就不理那堆肉包子。

毛主任一点也不尴尬，还凑近来说："大家提的意见，你们一定要好好消化。"

华文贤说："像几碗粥一样，消化得干干净净，是不是？"

毛主任说："这个譬喻不太贴切。"

服务员在外面喊："戏工室姓毛的接电话！"

毛主任去了，转眼又回来，说："杨主任来了！我去接待一下，你们还是抓紧时间改，需要见他时，我会通知你们的。"

毛主任走后，他俩就没心情写了。都猜杨主任是个什么模样，二人一致认为肯定是个戴金丝眼镜的老教授。后来，他们也像那小孩一样，吃光了包子馅，将剩下的包子皮合好，依然用纸包着放在原地方。正在窃笑，毛主任喊他们去见杨主任。

杨主任长得极像赵宣传委，只是比赵宣传委的穿着好一些。

见面后，杨主任对毛主任说："小毛，你这搞专业创作的落在业余作者后面了，要努一把力呀！"

徐局长一旁说："我们正想搞一个改革方案，准备将专业人员取消，实行合同制，并向社会公开招聘。"

小杜插嘴说："听说人家创作那个全省闻名的黄梅戏的重要经验就是，两年内拿不出一个像样剧本的专业创作人员，一律调出。"

毛主任脸上红过后又白过："杨主任不也是专业的吗，若不是杨主任前次来发现了《偷儿记》，说不定就埋没了呢！"

徐局长听了这话，眉头皱了几下。

往下进入正题。杨主任一口气说了两个小时，总的意思是，中国戏剧还没有真正意义上的悲剧，所以《偷儿记》一定要在这一点上突破一下，写出中国第一部真正的悲剧来。杨主任的话水平很高，孙仲望和华文贤听呆了。杨主任一说完，徐局长马上表态，说杨主任的指示，将是《偷儿记》的一个重要里程碑。

然后，大家都去吃饭。先说是汪部长要来陪，在餐厅里等了一会，又有人报信说汪部长下乡去了一时半会回不来了。

杨主任说："是不是因为他那个戏被我否定了，对我有意见？"

徐局长忙说："是真的下乡去了。"

大家就开始喝酒。喝酒时大家轮流敬杨主任，特别是小杜，一连和他干了五杯。杨主任开始还很认真地推辞，说下午他还得跑一个县。小杜说明天再走，晚上陪他跳舞。杨主任和小杜拉了钩后，就喝了个大醉。醉时仍不忘说，《偷儿记》成不成功，关键看剧中人死得成不成功，要死得出乎人意料之外，又在人意料之中，所以，这个戏要敢于写死亡，要写成死亡的艺术。

下午，杨主任躺在床上不断地说："只要感情深，不怕打吊针。"

杨主任喝醉了，开不成会。开会的全是县里的人。徐局长快刀斩乱麻，叫毛主任找关系到公安局弄一些有关人员的死亡档案来，让孙仲望和华文贤看一看，开启思路和灵感。说完就去筹备晚上的舞会。

晚上去跳舞，孙仲望本不想去，但华文贤要去，房间又没有电视机，孙仲望直到最后一刻才打定主意去看个新鲜。在舞厅的角落里，孙仲望和华文贤守着杨主任、徐局长他们脱下的外衣，寸步也不敢离开。徐局长在剧团里挑了几个漂亮演员来陪杨主任。杨主任和她们每人跳一曲后，就不找她们了，专和小杜跳。见杨主任跳得高兴，徐局长让舞会延长了半个小时。舞会上的事，叫孙仲望和华文贤的眼睛看得好累。

华文贤说："有空我也来学一学。"

孙仲望说："不怕回家后有人要打断你的腿?"

华文贤不作声了。往回走的路上，大家仍说跳舞的经验，都说杨主任和小杜的慢三、慢四跳得有味极了。华文贤不知怎的改变了态度，厚着脸，凑到毛主任身边去和他说话。

所有的人都不搭理孙仲望。

十

杨主任一走，他们就忙了起来。华文贤找徐局长，提出要毛主任参加修改。徐局长问孙仲望有没有把握高质量地拿下这剧本。孙仲望本来恼火华文贤这么自作主张，但见徐局长一点不拿架子，亲自来和自己商量，就同意毛主任参加进来。徐局长高兴地说，人多力量大，三个臭皮匠顶个诸葛亮，你们这样做我就放心了。

毛主任一下子来了劲，将两人间换成三人间，自己也搬到招待所里住下。还买了一条阿诗玛送给公安局管档案的人，借了一堆所谓死亡档案出来。

孙仲望翻开第一个卷宗就叫开了蹊跷。

"怎么这样将人命当成狗命，为了不能穿裙子就自杀。"

华文贤和毛主任接过去一看，卷宗里记载的是，县一中高(二)班一名女生，因大腿长得不好看，不能穿超短裙而跳楼自杀。三人惊奇一阵就过去了，因为这是不能写进剧本里去的。看了一整天卷宗，竟没有一个中意。

　　毛主任有些失望，想了想，问："你们在乡下，听没听说有比较奇特而又动人的死法？"

　　孙仲望摇摇头说："乡下人好死的不说，歹死的，除了暴病以外，全是喝农药，上吊和跳塘，平常得很。"

　　华文贤忽然问："听说去年县文化馆一个搞创作的人死时，情景动人得很，好多人哭了。是怎么一回事，能不能写成戏呢？"

　　毛主任说："你说的是老谢！他真是个拼命三郎，长年累月趴在桌子上写，三餐饭都懒得做，就买了些饼干放在手边，得空就吃几块，造成长期营养不良，几种病一齐发作，几天工夫就死了。大家哭是哭他的才华！"

　　孙仲望说："吃饼干会死人？乡里好多人临死前，就盼能吃几块饼干呢！"

　　说着话，孙仲望突然想起一件事："有了！上个月十二号的报纸上，不是登过一篇文章吗？那个冤死人的案子，西河镇的人看了没有不掉眼泪的！"

　　华文贤也想起来了，连声说好。

　　毛主任叹了一口气说："那故事好是好，可不能写。"

　　孙仲望不理解："党报上登了的事，怎么不能写呢？"

　　毛主任说："没人说不让写，可我们没有必要去捅那个马蜂窝。"

　　忙了一整天，一点结果也没有。按徐局长的要求，今天必须将方案拿出来，明天开始动笔，最迟半个月后上排练场。进程没达到，毛主任有些焦急。

吃晚饭时，毛主任的妻子和儿子又来了。华文贤不知什么时候搞清楚的，将那小孩叫作阿敏。阿敏还是不让孙仲望和华文贤吃他家的菜，连他不吃的豆腐也不能动。孙仲望和华文贤只好耐着性子，等阿敏吃完了再吃。阿敏忽然来了兴致，非要孙仲望吃他剩下的肉骨头。毛主任的妻子好言劝了几句，阿敏不依，说爷爷总是啃他剩下的肉骨头，爷爷像他，他得代爷爷啃。阿敏的小手死死指着孙仲望。孙仲望脸涨得通红。华文贤见状忙插进来，说华伯伯是条大黄狗，最爱啃骨头。说着，边汪汪叫，边用嘴去叼桌子上的肉骨头。阿敏咯咯笑起来，要孙仲望也这样。孙仲望怄得手发抖。毛主任过意不去，轻轻一拍桌子，说毛敏，你太不像话了。阿敏一扔碗筷，哭了起来。毛主任的妻子囔地站起来，抱着阿敏往餐厅外走，边走边说，小孩才五岁，未必你也是五岁。这话像说毛主任，又像说孙仲望。毛主任起身去追。

孙仲望再怄气也不会不吃饭，而且越怄气越是多吃些。

华文贤也在拼命多吃。杨主任在这儿时，他一直憋着性子，不露出馋相来。现在桌上就他俩，就什么也不顾了。

孙仲望见他老是吃肉，就说："你不是爱吃骨头吗？"

华文贤一笑："那是和阿敏逗着玩。"

孙仲望摇摇头："文贤，我见你这两天变得厉害，前后成了两个人。是不是有什么不可告人的目的？"

华文贤说："你是不是见毛主任和我亲热些，就吃醋了？"

孙仲望说："我俩都是一样的人，吃哪瓶子醋哟！可我们和他们不一样，我们是被领导，他们是领导。"

华文贤说："我和你也不一样。"

孙仲望说："哪一点不一样。"

华文贤说："反正不一样。"

旁边桌上，服务员将空碗空碟子扫得当当响，他们赶紧喝了半碗汤，起身离开桌子。

他们并不急于回房间，出了招待所大门，往街上溜达。城里的女人不怕冷，都快冬天了，大部分女人还穿薄裙子，搽香水。边走边看，忽然看到徐局长和毛主任在路边说话。他俩就走拢去。徐局长问，修改顺不顺，生活安排得怎么样。孙仲望本来准备提点意见，华文贤又把话说在前面，说有毛主任的精心安排，一切都是顺风顺水。孙仲望再提意见就显得不团结了，要说也只能反话正说。他说，毛主任实在太辛苦了，一点也顾不了家，害得他的妻子和儿子，也餐餐跟着我们一起吃食堂。徐局长听了这话，立即看了毛主任一眼，将毛主任的头看低了下来。徐局长将日程安排重申一遍后，就走了。

毛主任依然到招待所里睡。他惦记着剧中人怎样死最好，怎么也睡不着。

孙仲望和华文贤却不着急，头一挨枕头就睡着了。

半夜过后，毛主任将他俩唤醒，兴奋地说："我想到一个好点子了。在最后一场里，让剧中人一个接一个地死去，只剩下那个女婴——在一片漆黑中，一团红光罩在襁褓之上，什么音乐也没有，只有那一声声啼哭！"

孙仲望说："这不行，为了一点小事死那么多的人！"

毛主任说："正是这样的效果。谁也料不到，这么一件小事会酿成这大一场悲剧。"

华文贤说："这点子太好了，梅兰芳和严凤英也想不出来。"

孙仲望仍在犹豫："我看还是不行。都死了，剩下一个婴儿谁养呢，这不是等死，不等于斩草除根成了绝户吗？"

毛主任说："这你就外行了！这叫象征！女孩象征纯洁，象征生命，象征明天，就是说寄希望于消灭了愚昧的崭新的明天。"

孙仲望固执地说："我不同意这样。"

一见毛主任变了脸，华文贤就说："孙仲望，你别固执，这又不是你的私人财产。"

孙仲望不吭声，起身去卫生间解大手。许是心里有气，脚下重了，刚往抽水马桶上一站，抽水马桶咣当一下裂成两半，孙仲望重重地摔在地上，同时下意识地大叫了一声哎哟。

华文贤闻声冲进来，一把将他拉起来。

毛主任阴着脸说："谁叫你犟，报应。"

外面有人敲门，开开后，是服务员。服务员探明是怎么回事后，指指门后贴的旅客须知，要孙仲望照价赔偿。孙仲望听到要他赔两百元钱，脸都白了。他捂着腰趴到床上大声哼叫着，任凭服务员怎么催促，他一声声叫着，像是没听见似的。

毛主任在一旁说："现在装孬了，怎么不犟下去？"

服务员知道毛主任是头儿，将目标对准了他，要他先替孙仲望垫付赔偿金。扯了半夜，毛主任的瞌睡来了，他打了一个哈欠说："算了，不扯了，等我们走时，你将它算进住宿费里。"

走的走了，睡的睡了，孙仲望歪在沙发上，直到天亮也没睡着。他腰没摔坏，屁股摔疼了却是真的。

天亮后，毛主任一醒过来，孙仲望就讨好地对他说："毛主任，我想了一夜，想通了，还是你设想的那个点子最好!"

毛主任一点不领情："我们是二比一，你不合作也不怕。"

停了停毛主任又说："你还是去想抽水马桶好了。"

十一

毛主任的妻子和儿子再也没有来，吃饭时孙仲望感到一点意思也没有。

毛主任总是将好菜放在华文贤面前，摆在他面前的多半是白菜和萝卜。

那天，他们一起找徐局长汇报了修改方案后，徐局长考虑了半天，终于同意了。回来后就开始改。毛主任将桌子移了个方向，自己坐在后面，孙仲望和华文贤坐在前面。毛主任问乡里公公骂儿媳妇怎么骂，他俩就告诉他几种常用语。毛主任斟酌一番，拣了一种，润润色后记到稿纸上。虽然摆出做大手术的架子，但前几场基本上还是按孙仲望写的第一稿抄。

这天下午，毛主任写累了，想抽烟，孙仲望和华文贤抽的低档烟，他不愿抽，就掏了钱叫华文贤去买。华文贤出去一会儿，又返回来，身后跟着孙仲望的妻子。孙仲望有些吃惊。毛主任正在聚精会神地想问题，只冲着她点点头。

妻子坐下后，痴痴地望了孙仲望一阵，说："你长白了，长胖了!"

孙仲望说:"光吃,没处消,只有长肉。"

妻子说:"听赵宣传委说,你还抽空去帮人打短工。挣零花钱?"

孙仲望说:"没有。只是刚来时抽空帮人做了半天煤。"

妻子说:"赵宣传委见我就问你的情况,镇长也上我家坐了一回。你来后怎么不写封信向镇里领导汇汇报,别让他们说你当了农民作家以后瞧不起人了。"

孙仲望说:"我从未给领导写过信,不知道怎么写。"

妻子说:"一回生,二回熟么。今天你写好,明天我带回去。"

孙仲望说:"你今天不回去?"

妻子说:"想撵我?还以为这些时你心里馋得发烧呢。莫不是城里的女人让你起了歪心思?"

孙仲望说:"你尽瞎猜。三张床三个人,没你的铺。"

妻子说:"怕什么,往年修水利,一个工棚上百人,我们还不是照样睡。"

妻子从包里往外掏毛衣,说天要变了,她怕他冻出病来还得她料理,不然才不跑这怄气路。掏完衣服,她又冲着毛主任说:"你出去一下,我和老孙有点事。"

毛主任说:"别闹。正忙呢!"

孙仲望的妻子上前夺过孙仲望笔下的稿纸:"难怪徐局长要你下去体验生活,你一点也不知道下情。当年在水库住工棚时,有人来了老婆，大家都要出去避半个小时呢。"

毛主任无奈："罢罢，我去叫服务员给你们开一个房间，不过只能住一晚，超过的自己掏钱。"

孙仲望的妻子说："我就要多住几晚，钱不够，到时在我丈夫的奖金里扣就是。"

换一间房，门一关好，二人就往床上钻。因为太急，将床单也弄脏了。妻子用脸盆装上水，将那一块浸湿后用力搓，边搓边对孙仲望说："我在家听人说，华文贤给他妻子写信，说你水平太低，改剧本你完全插不上手，主要靠他动笔。"

孙仲望在另一张床上躺着说："他只会动手拍马屁，现在是毛主任亲自动手改。"

妻子说："你要当心，他会半路打劫，贪天功为己有！"

孙仲望说："我知道，可我防不胜防，华文贤和他搅到一起了，我有劲使不上。"

妻子说："我看华文贤一定有什么企图。"

孙仲望说："华文贤太不自量了，想和毛主任搅到一起，到头来肯定要吃他的亏，只可惜，连我一起搭上了。"

华文贤在外面叫吃饭。门开后，华文贤开玩笑说："表姐，我还以为你被肉钉钉在床上了呢！"

孙仲望的妻子说："除非把你的鼻子借给老孙！"

毛主任和华文贤在头里走了。孙仲望在后面对妻子说，他吃过毛主席吃的武昌鱼。妻子听了，就说今天要占公家的光，也尝一尝武昌鱼的味道。

到餐厅坐下，孙仲望等毛主任开口加菜，等了半天没动静，服务员依然只送了一个四菜一汤来。

孙仲望见妻子直朝他使眼色，终于鼓足勇气说："不知有武昌鱼没有？"

华文贤笑着说："表姐就想过夫贵妻荣的日子，就想吃山珍海味了？"

孙仲望的妻子说："是又怎样！老孙写《偷儿记》，功劳有他的一半，也有我的一半，你们犒赏一下我也是应该的呀！"

见她来真的了，华文贤进退两难，愣了愣后，硬着头皮说："毛主任，我表姐想见个世面。"

毛主任说："这么晚了，哪来的武昌鱼？"

这时，一个服务员从旁边走过。孙仲望的妻子拦住她，问有武昌鱼没有。服务员说有，要几条？

孙仲望的妻子回头问毛主任："你表个态吧，几条？"

毛主任说："伙食标准局长定死了，一根鱼刺也不能加。"

孙仲望的妻子说："那老孙一个人写的戏，怎么能够加一个作者又加一个作者？"

毛主任说："老孙他愿意这样。"

孙仲望的妻子说："那老孙现在同样愿意。"

毛主任说："老孙愿意加武昌鱼，那就让老孙去加好了。我不管。"

孙仲望的妻子说："那你管什么，管半路打动，管贪天功为己有？"

毛主任气得一拍桌子，起身走了。

孙仲望的妻子说："你不想吃，我也不想吃呢!"说着就将一碗汤摔到地上。

见妻子闹得不像话，孙仲望火了，上前就是一耳光，说："你这臭婆娘，太好吃了，给我滚!"

妻子挨了打后，猛一怔，随着大声哭叫着跑出餐厅。

孙仲望坐在餐厅里发愣。

华文贤说："你不该打她。她脾气烈，说不定要出事的。"

孙仲望听了，就起身去找。

找了一圈，不见人。他又唤上华文贤一起找。招待所周围的树林、墙角都找遍了，依然没有踪影。正说上街去找，就听见旁边有人议论，说有个女人发了疯，见汽车来就往轮子底下钻。他俩急忙往十字街跑，一大堆人围着的果然是孙仲望的妻子。她将头狠命地往一辆汽车轮子上撞。司机拦也不好拦，拉也不好拉。孙仲望和华文贤冲上去架起她就往招待所拖。

回到房间，妻子还在要死要活地闹。

孙仲望冲着她说："你腰上绑杆秤，自己称一下自己的分量。别说是你，就是我，人家也很少把我当人。你以为自己男人写了一个戏，就什么都改变了？这是痴心妄想! 我在这里连人家三岁的儿子都不如，哪里还有你作威作福的机会？我只是人家的一只没有柄的夜壶，用时就双手捧着，不用时就一脚踢到床底下去。"

孙仲望说了这话后，妻子总算平静下来。

两人都不作声，坐到半夜，妻子叹了一声，说："命里只有半升就莫求一斗，我是将自己看高了。"

孙仲望说："想通了？"

妻子点点头。

孙仲望说："饿没饿？"

妻子又点点头，于是两人一起出门，上街买东西吃。

吃完东西已是下半夜两点半了。妻子不愿回招待所，孙仲望就陪她到车站候车室，等头班车回西河镇。

孙仲望将妻子送上客车后，往回走时，碰见了小杜。

小杜主动和他打招呼，还叫她身边的一个姑娘喊他孙老师，同时介绍，说他是我县著名的农民作家。复又将姑娘介绍给孙仲望，说她是剧团的主要演员，演青衣的 B 角，名叫许小文。许小文是小杜的外甥女，她和小杜正要去找孙仲望，正巧碰上了。许小文说她最适合演《偷儿记》中的女主角，但团里好几个人在竞争，如果是公平竞争她不怕，问题是别人都有靠山，所以只好来找孙老师，孙老师是主要编剧，说话是有分量的，又有识人才的慧眼。

孙仲望不知怎么回答。

小杜在一边说："这个忙你一定要帮。"

孙仲望说："这个忙实在不好帮，帮她等于害她。按现在毛主任搞的方案去演，到最后一场，女主角死之前疯了，将全身脱得光光的，在野地里追赶一只蝴蝶。"

许小文说："我不怕，我愿意为艺术献出一切，再说不用真脱光，只要穿件乳白色紧身衣就行。"

小杜犹豫起来，说："这件事以后再说。知道的明白没脱光，不知道的还以为真脱光了，你才十八岁，以后还想不想过日子？"

不由许小文分说，小杜拖着她走了。

孙仲望回到招待所，正赶上吃早饭。

华文贤见他从外面回来，就问："表姐走了？"

孙仲望嗯了一声。毛主任勉强一笑："我还当吃了早饭再走呢！"

孙仲望说："她还不至于贱到这个份上。"

毛主任想说什么，动了动嘴唇，终于没有说。

上午十点过后，夏团长来了。进门就说，你们这样写不行，团里再也没有一个人愿演女主角了，大家都说，除非到武昌火车站外面的广场上找个婊子来演。毛主任一板脸，要夏团长回去说，谁演这个女主角，参加省里会演回来，肯定可以评上二级演员。夏团长不信毛主任有这个把握。毛主任就夸下海口，这个戏若不在省里拿一等奖，自己就从夏团长胯下爬过去。夏团长见毛主任将话说得这样死，就自找台阶下，说老毛得到两个农民作家助阵，说话比打雷还响。

夏团长走后，毛主任对孙仲望和华文贤说："剧本怎么能让演员左右！那几个女演员我了解得透亮，平时装出个大家闺秀的样子，真有事求你时，让她脱裤子上床，她也不怕丑。"

十二

写到第四场后，毛主任执意甚至是拼命地将剧中人往死路上领。华文贤对毛主任已是言听计从。弄得孙仲望毫无办法，只能做一个吃闲饭的。闲得过意不去时，他就扫扫地，倒烟灰缸，打开水。碰到有字三个人都不会写时，就赶忙帮查字典。

有一次，毛主任对他说："这几天没你的事，你可以回去看看，当心你妻子又出事了。"

华文贤也说："顺便给我捎几件冬天的衣服来。"

孙仲望说："你们是不是想剥夺我的著作权？"

这以后，毛主任就再也没叫他回去了。倒是华文贤吵着要回去一趟，但是毛主任死活不准假。

这天下午，华文贤和毛主任正在写王家老爹的儿媳妇临死前的一段唱词，房门被人敲响了。孙仲望开开门，门口站着华文贤的妻子。

毛主任见了非常客气，亲自送华文贤夫妻俩到隔壁房间安顿下来，还说条件不好，愿意的话，请多住几天。

此一回，彼一回，两相比较，孙仲望心里很难受，不愿过去看。他翻了翻毛主任写过的稿纸，见王家老爹儿媳妇的那个核心唱段刚写完，整整写了三页稿纸。

毛主任回房时，孙仲望还没看完那个核心唱段。

毛主任问："写得怎样？"

孙仲望说："像诗。"

毛主任说："你还有点鉴赏力，我就是要写出诗情画意来。"

孙仲望说："只怕乡里人听不懂这些戏文。"

毛主任说："我向来不去迁就愚昧，我的目标就是上省里去夺块金牌回。"

孙仲望说："我当初写这个戏时，老在想怎样写乡亲们喜欢看。"

毛主任脸红了："现在是我在写，我是专业作家，不是农民作家。"

毛主任的声音很高，惊得华文贤光着上身跑过来，见孙仲望在沙发里坐着低头不语，又折回去了。

毛主任趴在桌上沙沙地写着，一句话也没同孙仲望商议。

孙仲望呆坐在那里想着心事。

开饭的钟声响后，毛主任亲自去叫华文贤和他妻子吃饭。到了餐厅，还没坐下，毛主任就招呼服务员来一条武昌鱼。

妻子听华文贤介绍武昌鱼的来历和特点后，就说："多谢毛主任的看重。"

毛主任说："没什么，我只是怕大名鼎鼎的农民作家的夫人，来县里没吃上武昌鱼，也跑去寻死！"

华文贤的妻子说："为了一条鱼没吃到口，跑去寻死，这也太不把命当命了！"

华文贤暗中拉了妻子一把，妻子会意，不再说了。

孙仲望一句话也没说，等服务员端来武昌鱼时，他赶着起身去接。盘子到他手里以后，忽地一歪，一条武昌鱼跑到地上去了。

孙仲望说："大家莫怪，我失手了。"

毛主任看也不看他，说："没关系，服务员，再上一条。"

服务员去去就回，说："武昌鱼没有了，别的鱼要不要？"

毛主任说："不，只要武昌鱼！"

毛主任一搁筷子，要领他们到街上餐馆里去找。孙仲望心里难受，不想去。

毛主任说："本来我没这个权利，是你妻子帮我争取到的。你不去，不就辜负了她的一片苦心。再说，她上次来没吃着武昌鱼，你可以代她吃嘛！"

孙仲望只好跟着去了。

找了几家餐馆，都说没有武昌鱼。毛主任发誓，就是找遍县城也要找到武昌鱼。后来终于找到了，孙仲望一口也没吃。

回来的路上，华文贤的妻子说："其实，武昌鱼还没有鲢鱼好吃，嫩嫩的，一点口劲也没有。"

华文贤说："早知这样，还不如给你来个土豆烧牛肉。"

毛主任说："舌头不一样。不过吃多了就能区别出好歹来。"

华文贤的妻子说："那毛主任你是狗舌头。"

毛主任说："我待你这样好，你还骂我？"

华文贤的妻子接着说："我们是猪舌头，只配吃粗糠烂食。"

毛主任说："难怪老华有这么多生动的戏剧语言，原来都是你在枕边教的呀！"

孙仲望听不下去，在头里走了。回房后倒头就睡。

十三

半夜醒来，孙仲望口渴得厉害，头也很重。他爬起来拿起水瓶一摇，是空的，再摇另一瓶，有水，却不多。正要往杯子里倒，毛主任在桌子那边说："做梦也想吃呀喝的。留给我，我还要熬通宵呢。明天剧本要上排练场，就只有执笔的老毛着急!"孙仲望放下水瓶，走到卫生间接了几口自来水喝下去。再睡时，身上更难受。

毛主任熬了一个通宵，将剧本改完，天亮时才上床睡。到七点半时，隔壁华文贤夫妻俩也不见起床。孙仲望勉强走到餐厅，喝了一碗粥，就又一个人回房里睡下。

九点时，毛主任起床，叫上华文贤和他妻子，上街过早。他们走时，孙仲望迷迷糊糊的，听有人叫了他一声，却答应不出来。华文贤将妻子送到车站后，就和毛主任一起到剧团去了。

到了十一点，徐局长在剧团打电话到招待所，让孙仲望中午到剧团吃饭。服务员来传达时，孙仲望求她给文化局小杜打个电话。

小杜来到招待所，见孙仲望这个样子大吃一惊，赶忙给徐局长打电话。

不一会儿，徐局长就坐着小汽车来了，见面就说："你没去看排练，我还当你在闹情绪呢!"

小杜说："是小毛说的吧? 他专爱过河拆桥，贪天功为己有。"

徐局长说："你不要这样说，《偷儿记》不仅仅是老孙个人的成绩，也是各方面齐心协力的结果。"

说着，他招呼孙仲望上车，到医院去看病。在车上，徐局长吩咐小杜，该用的药尽管用，药费在发展黄梅戏专项资金里开支。徐局长将孙仲望送到医院门口，就坐车回去了。

小杜领着孙仲望到门诊上找医生看过，知道没什么大问题，只是感染风寒而已。医生开处方时，小杜俯在他耳边说了一阵。医生点头给开了一个很大的处方。小杜去药房拿药，竟是气喘喘地搬来两只纸箱。小杜将一只纸箱递给孙仲望，另一只她放在一个和她挺熟的护士那儿。小杜对孙仲望说，她给他开了五瓶补脑汁，希望能帮助他写出比《偷儿记》更好的剧本，是独立完成的，不用毛主任插手，为他自己，也为她争口气。小杜还让孙仲望对别人说，他害的是急性心肌炎。走到医院门口，徐局长的小汽车已等在那儿。

下午，徐局长来招待所看孙仲望。

徐局长亲手倒了杯水给孙仲望吃药，还问他想吃点什么。

孙仲望想也不想就说："我要吃武昌鱼，一餐一条。"

徐局长对毛主任说："老孙有什么要求，你不用请示，直接去办就行。"

毛主任眨眨眼睛嗯了一声。

剧本改好后，毛主任就不来招待所住。所以孙仲望和华文贤又搬回两人间，孙仲望将电视机要回来了。毛主任和华文贤天天往剧团跑。孙仲望就一个人在房间看电视，《雪山飞狐》播完了，《天龙八部》刚刚开始。

看了三天三夜电视，孙仲望感到有些心烦，武昌鱼也吃得腻了，一动筷子就觉得腥味难闻。小杜却要他最少装一个星期，不然就不像心肌炎。

这天早上，华文贤无意中说今天合排《偷儿记》。孙仲望很想看看自己写的戏，被演成什么模样了，便偷偷跟在华文贤后面，到了剧团排练场。

徐局长已到了，见孙仲望来，忙将他介绍给旁边的两个人："这就是《偷儿记》的原作者，农民作家孙仲望。"

这两个人，一个是分管文教的县委叶副书记，另一个就是写《胜天歌》的汪部长。叶书记问他多大岁数了。孙仲望说五十二岁刚满，吃五十三岁的饭。又问了孙仲望家里有几口人，几头猪，年收入多少，儿媳妇实行计划生育了没有，为什么要写《偷儿记》。孙仲望一一做了回答。叶书记对他的回答很满意，要汪部长组织一批笔杆子，将农村迫切需要精神产品的情况好好报道一番。

徐局长又介绍毛主任和华文贤。

叶书记说他知道，华文贤贩卖过一批不合格的中药材，为这事他爱人还专门跑了一趟西河镇。

孙仲望立即想起那天在华文贤家见到的那个从前的女演员。

叶书记又指着毛主任说："小毛以前在水库工地当广播员，将红旗卷起农奴戟，念成红旗卷起农奴戳。"

这话说得毛主任露出难堪相来。

开锣时，叶书记招呼孙仲望坐到身边，毛主任被挤到后排紧挨叶书记的座位坐下，每逢演员演得不入戏时，他就在叶书记的脑后说这儿本该如何如何。演到最后一场，王家老爹的儿媳妇开始唱那核心唱段时，毛主任说："真正演出时，演员要裸体。"

叶书记一怔，问孙仲望怎么要这样写。

孙仲望说原稿没有，是后来改成这样的。

毛主任忙说："修改时是我执的笔。"

叶书记说："谁让这样改的，这不成了精神污染吗？"

旁边的徐局长忙说："是省里杨主任的意见。"

叶书记这才不吭声。

看完戏，孙仲望有些激动。夏团长过来问演得如何，他一连说了三声好。

叶书记却说："我怎么有一种酸溜溜、哭不出来的感觉！"

毛主任说："真正的悲剧就是要那种让人想哭哭不出来的效果。"

华文贤说："古文上有句话叫大悲无泪。"

一直没说话的汪部长忽然开了口说："大悲无泪的下半句是大辩不语，那年审判张春桥时，他就摆着这种臭样子。"

说了一阵话，便由徐局长做正式小结，表扬了一批人，其中有演儿媳妇的许小文。还让全体剧组人向带病坚持工作的孙仲望学习。

趁大家都听徐局长讲话时，孙仲望瞅空问夏团长，怎么将女主角派给了许小文。

夏团长说，也不知她怎么将杨主任活动出来，打电话举荐她挑大梁。

中午，剧团办了几桌酒菜，宴请参加合排的全体人员。徐局长吩咐，专门为孙仲望做一条武昌鱼。孙仲望拦住要去厨房的夏团长，说他的病已经好了，不能再搞特殊化。大家听说后，都说心肌炎好得这样快，真是一个奇迹。孙仲望心虚，当场红了脸。幸亏叶书记说，他最了解农民，平常小病不吃药，身上没有抗药性，所以吃药时见效快。

从这天下午起，孙仲望也开始往剧团跑，不用看戏，光看剧团那么多好看的女人，心里也舒服极了。夏团长很欢迎他去，说他一露面毛主任就狂妄自大不起来，灰溜溜的，变得主不是主，客不是客。他留心一看，果然是真的。有些地方演员把握不准，毛主任就上去给他们讲戏。好几次，毛主任先说的是"我写这段戏时是这样考虑的"，说了半截又改口，说"我们写这段戏时"如何如何。演员都不爱毛主任指手画脚的样子，特别是许小文，常常把毛主任晾在一边，跑过来问孙仲望。气得毛主任借故将油印的剧本撕了三本。

孙仲望一忙，就发现不了毛主任和华文贤在一旁嘀咕。

那天晚上，华文贤没有回招待所睡，直到第二天上午才在剧团见到他。

孙仲望问缘由，华文贤说夜里在毛主任家消夜，喝醉了酒，就在毛主任家的长沙发上睡了一夜。

十点半时，有人喊孙仲望接电话。是赵宣传委从镇上打来的，说孙仲望家的牛让人偷走了，他妻子要他赶快回去找牛。

十四

孙仲望与毛主任、夏团长说明情况。

夏团长还想挽留他，但毛主任一口答应放他回家找牛，还答应将情况向徐局长汇报。

华文贤也怂恿他越早回去越好，牛是农民的宝贝，宝贝丢了哪有不找回之理。

临走时，毛主任将孙仲望的误工补助，用自己的工资先垫付了。孙仲望心想回家找牛要花钱，而且马上要过元旦了，又得花钱，便收下了。

孙仲望到家时，天快黑了，妻子正在堂屋里急得团团转。

见了他，妻子泪眼婆娑地说，夜里将牛栏锁得好好的，天亮后起来倒粪桶，见牛栏门开了，而且地上有一排新鲜牛蹄印子，儿子又到武汉做工去了，没办法才求赵宣传委给他打电话。

孙仲望喝了一口水就出门去找，找了一个通宵，也没见到牛的踪迹。回家吃了早饭，又带上妻子准备的干粮到远处去找。找了一个星期，一根牛毛也没发现。一头牛上千元钱，孙仲望以为这回蚀大财蚀定了。回到家，妻子递上一封信。写信的人，叫他别为牛的事着急，半个月后，准保原封不动地还他。末尾未署名。孙仲望想，说不定人家是将这条黄牯偷去给母牛配种，或者是无牛户将牛偷偷借去犁田犁地，这样的事，时常发生。有了这线希望，孙仲望索性不找了，一天到晚在家等。

想通后，孙仲望心里宽松了。洗个澡，换了衣服，就到镇文化站去逛逛。

文化站长见他后问："牛找着了？"

孙仲望说："还没有。不过有点线索了。"

文化站长说："其实有没有牛，对你都无所谓了。你和华文贤马上要去县里当合同制作家，还要牛干什么。"

孙仲望说："站长，你别挖苦我。"

文化站长说："你别瞒我，华文贤的妻子从县里回来后，就跟我说，她丈夫要到县里工作了。我想《偷儿记》的主要功劳是你的，华文贤能去，那你更能去。"

孙仲望一愣，说："我真的一点风声也没听到。"

文化站长说："真是这样，你可就要当心点，小心半路上杀出个程咬金。我听说，毛主任有点排挤你，是不是?"

孙仲望点点头，文化站长说："事故可能就出在这儿。牛真的丢了还可以想法再弄一条回。可这找工作的事，你得锲而不舍地找到底，不能错过任何机会。"

孙仲望谢过文化站长的提醒，回家和妻子说这事。妻子说她也听见传闻了，只是这几天忙着找牛，顾不上说这事。孙仲望批评妻子连主和次都分不清。他匆忙打点好行李，去赶回县城的末班车。

车到县城时，到处是亮晃晃的电灯。到招待所一打听，华文贤仍住在原房间，他的铺毛主任并没有退。服务员认得孙仲望，就放他进了屋。

华文贤不在，桌上放着一张印得很漂亮的节目单。"大型现代黄梅戏《偷儿记》"几个字是烫金的，灿烂得很。孙仲望打开节目单，见编剧位置上印着三个名字，毛主任的名字在最前面，后面还带括号，括号里面有执笔两个字。华文贤的名字放在第二，孙仲望的名字排在最后。节目单后面还有毛主任写的一篇创作体会。孙仲望看了一遍，发现毛主任很会编，将他的事都编到自己身上去了。

孙仲望肚子饿，就在房间里找吃的。一拉抽屉，见到一份抄得好好的申请书。是华文贤写的，他果真想来县里当合同制作家。申请书上面毛主任已签了"同意华文贤同志的申请，请转呈徐局长"等一行文字。孙仲望拿起桌上的笔，正准备在毛主任的签字前面加个"不"字，想了一阵，终于没有写。

孙仲望决定先去找小杜了解一下情况。敲开小杜家的门，小杜正领着女儿欲出门。小杜见了他，有些吃惊。

孙仲望坐下后便说："我认识的干部中，就你待我最好，我就不用拐弯抹角了。我想问问这合同制作家的事。"

小杜说："这事就那天听徐局长随便说过一句，以后就再也没有动静。"

孙仲望说："是不是他们有事不公开说，我看见华文贤都写申请书了。"

小杜说："这也难说。不过我想华文贤很可能是受了骗，毛主任只是用这点来引诱他。"

孙仲望说："你若真不知道，我这就去问问徐局长。"

小杜连忙拦住他："你千万不能见徐局长。"

孙仲望很奇怪。小杜就解释说："你用感冒来假冒心肌炎，开补药吃的事，不知怎么地让华文贤知道了，华文贤就报告了徐局长。徐局长大为恼火，一怒之下，还要处分我。没办法，我只好往你头上推，说看病的医生是你的亲戚，是你和医生串通一气做的手脚，我并不知道。老孙，你可不能怪我。我这孤儿寡母的，真的挨了处分，怎么生活呢？"

小杜说着就流出眼泪来。

孙仲望说："我不怪你，我只怪华文贤这狗东西。"

小杜咽着说："《偷儿记》过几天赴省里演出，因为名额有限，你和华文贤只能去一个。华文贤就将这事抖了出来，还说了你妻子在街上寻死，你在招待所踩破了抽水马桶的事。徐局长听了直抽冷气，怕你到省里后会出大洋相，就让华文贤去。赴省人员，今天晚上在剧团里开会。老孙，这后面两件事是真的吗？"

孙仲望愣了一阵，说："我真没想到自己身边埋着一颗定时炸弹。"

小杜说："徐局长这时正在火头上，你找他有理也说不清。不如等从省里演出回来后，再找机会慢慢解释。"

孙仲望听了不作声。小杜说："你若同意就点点头。"

孙仲望真的点了点头。

小杜到卫生间擦了一把脸，转回时身上有很浓的香气。

小杜问："你家的牛找到没有？"

孙仲望摇摇头后，忽然说："你这样维护我，也没什么好报答的，趁着外面的月亮很好，我帮你将柴火锯了吧！"

小杜说："那你不睡觉？"

孙仲望说："我不想到招待所去见姓华的。"

小杜说："那就在我家沙发上睡也行。"

孙仲望说:"那更不行,弄不好他们会用更邪的话伤你。"

小杜觉得有理,就没有坚持,找了一把锯和一张旧凳子给孙仲望,招呼几句,说自己要去开会,就带着孩子走了。

拉了一夜锯,孙仲望将小杜家的柴火全部锯短,并码得整整齐齐的。这时小杜起床了。孙仲望对她说,自己先去招待所拿行李,过一会儿就回。小杜问他早餐吃几个馍。他记起昨天没吃晚饭,就说,七八个可能差不多。

他去敲门时,华文贤还没醒,迷迷糊糊地打开门说:"见行李知道你来了,怎么这半夜才回?"

孙仲望说:"你真是一贯造谣生事混淆黑白。"

华文贤说:"你怎么话里带刺?"

孙仲望说:"这总比你人不做做鬼强多了。莫以为你背后捣鬼无人知晓,我全知道了。今天我俩一对一,当面把话说明了,我还可以宽大你。不然,可就别怪我铁面无情!"

华文贤愣愣地看着孙仲望,脸色一点点地变白,忽然说:"表哥,我实在不是想偷你家的牛,我只是想分散你的精力,使你不能在县里待下去。我把牛藏在后山那个废战备洞里,我妻子每天都去给它喂水喂草。我真的不是偷,我打算关半个月就将它放出来。"

孙仲望吃了一惊:"你知道偷牛是要坐牢的。这主意你不敢想,是不是毛主任替你想出来的?"

华文贤说:"毛主任说他见了你就心烦意乱,要我想个主意将这个问题解决一下。那回我骗你,说是在毛主任家喝醉了,其实我是偷着回家了，是我妻子出的主意。"

孙仲望说："你把一切都坦白出来。"

华文贤说："毛主任说，戏工室只打算聘一名合同制作家，有你就没有我，所以我就和你竞争。"

孙仲望说："你想没想过谋杀我？"

华文贤叫起来："我再坏也坏不到这种地步。再说，我的两个儿子还在上中学呢！"

孙仲望说："你态度还算诚恳。看在你那两个还在读中学的孩子面上，这回我就不去法院告你了。不过，你那妻子可要好好管教一下。"

华文贤说："别人我都管得了，就是管不了她！"

孙仲望说："那就让我来管一回。"

华文贤说："再好不过，只有你才能杀得下去她那傲气。"

孙仲望忽然不说话，怔怔地过了半天才开口："我退出，不同你竞争了。五十三岁的人了，当干部的这个年纪都在筹备退休。我和人反着来，不成了笑话？"

华文贤说："你若成全了我，将来每年过年时，我送你一只肥猪头。"

孙仲望惦记着被华文贤藏起来的牛，拿上行李和那些旧账本，正要走，毛主任进来了。

毛主任见了他一愣，禁不住脱口问："你怎么来了？"

孙仲望随口蒙他一句："徐局长通知我来的，他说你俩都不是这个剧本的合法作者，要我跟剧团一起上省里去演出。"

都腊月了，毛主任额上顿时渗出一层汗珠。

华文贤朝毛主任使了个眼色。

毛主任心里马上明白了，他说："老孙，这次没安排你到省里去，你可不能怪错了人，知人知面不知心啦！本来已决定我们三人都去。名额都分好后，小杜提出她也要去。杨主任还专门从省里打电话来，要徐局长务必安排小杜随剧团到省里去。别人都通知了，无法变更，只有你没有通知，徐局长就将你的名额给了小杜。"

孙仲望半信半疑："你没说我妻子的事？没说怕我上省里去生事添麻烦，给县里丢丑？"

毛主任说："我会搬石头砸自己的脚吗？那件事徐局长若知道了，还不骂我一个狗血淋头。"

孙仲望琢磨半天，不知到底谁说的是真话，他叹了一口气说："你们这些当干部的人说话，总是让人听也不是，不听也不是。"

孙仲望在小杜家吃了早饭，小杜送他一张回西河镇的车票。上车后，他埋头睡了一觉，等醒时，车已到了西河镇。一下车，他就去后山战备洞中将黄枯牵出来。牛一点也没掉膘，似乎还长壮了些。孙仲望牵着牛往华文贤家里走。远远地看见华文贤的妻子在家门口晒太阳打毛线，他顿时冒出一个主意。

华文贤的妻子见他牵着牛走过来，眼睛里就有了呆傻的模样。

华文贤的妻子说："老孙，牛找到了？"

孙仲望说："多亏了文化站长，是他提供了线索。他说他看到有人老往那废了的战备洞里钻，就跟了去，这才发现我家的牛，他说他过两天腾出空来，就去告这个人，让这个人坐半年牢，看她还傲不傲气。"

华文贤的妻子无心打毛线了："他没说是谁？"

孙仲望说："他不肯告诉我。另外，他让我捎个信你，今晚十一点，他要你去他宿舍一趟。"

华文贤的妻子说："他还说别的什么没有？"

孙仲望一边摇头一边牵着牛走了。

妻子见牛回来了，很高兴。进屋后，孙仲望对妻子说了这一切。妻子气得半死，说孙仲望心太软了，人善被人欺，马善被人骑。说了些狠话后，气也消了。妻子开始觉得让华文贤妻子去找文化站长的事不妥。华文贤妻子嫁给华文贤之前已失过节，这事对她不甚重要。关键是文化站长，若是因此将他拖下水，受了处分，那就太对不起人了。孙仲望本想如此帮文化站长一把，让他得些快活，作为报答，没想到倒有了几分危险。孙仲望便想出一个补救措施，让妻子去和文化站长的妻子说，文化站长生病了，要她到站里来料理。

文化站长的家离镇上有十多里路，一来一去，返回时天已黑了。

夜里，华文贤的妻子去敲文化站长的门。

文化站长的妻子开开门后，几句话不对劲，文化站长妻子就甩了华文贤妻子两耳光。

华文贤妻子心虚，不敢还手。

十五

这天，孙仲望正在家吃晚饭，邻居忽然跑过来叫："老孙，快来看，电视里播你写的戏呢！"

孙仲望和妻子放下碗，赶到邻居家时，电视新闻已换了内容。邻居说，《偷儿记》在省里获了奖，还排在第一位，孙仲望不敢全信，怕邻居听错了。

回屋后，没过一会儿，赵宣传委和文化站长就来了，祝贺孙仲望创作的《偷儿记》在省里获了五项大奖。孙仲望则连连表示感谢领导的厚爱和关怀。

孙仲望一激动，夜里可就苦了妻子。

不过妻子也高兴，说再苦再累也心甘。

腊月初八早上，镇广播站的大喇叭里说，县文化局领导班子调整一年以后，全局文化工作面貌一新，新近创作的黄梅戏《偷儿记》引起社会轰动效应，昨天，县剧团赴省演出凯旋而归，受到县委、县政府主要负责同志的亲切接见。接下来是记者的采访，孙仲望听到徐局长、夏团长和毛主任都讲了几句。孙仲望听了半天，没听到有谁提到他的名字，连农民作家这个词也没有出现。上午十点左右，文化站长跑来叫孙仲望赶快到镇委会去，徐局长给他送奖状奖金来了。

孙仲望赶到镇委会会议室，见徐局长、毛主任、夏团长、小杜和华文贤都在。

大家都站起来和他握手。小杜交给他一张奖状和四百元奖金。

小杜说，剧本奖金是一千元，徐局长特地吩咐，给你四百，他们两个一人三百。趁人不注意，小杜又悄悄地说，杨主任在许多场合都讲了，你是《偷儿记》的主要作者。颁完奖，镇长和镇委书记都简短地讲了几句，接下来由徐局长详细介绍《偷儿记》剧组赴省演出的经过。徐局长说，《偷儿记》获奖没有一点争议，不像有的戏，靠走后门拉关系，别人都不服气。所有专家评委一致认为，《偷儿记》是我省戏剧创作的一个里程碑，它在各方面都实现了重大突破。徐局长最后说，为了扩大这个戏的影响，为下一步晋京演出做舆论上的准备，省电视台决定在大年初一上午十点，播送《偷儿记》演出的实况录像，请大家注意收看。

中饭是镇委会准备的。一上桌，小杜就找理由敬孙仲望的酒，她说，没有老孙的当初，就没有我县戏剧界的今日，如果各位领导同意我这个看法，我就用两杯敬老孙一杯，然后各位都敬老孙一杯。说着小杜连喝两杯，几位领导都叫好。于是大家纷纷轮流朝老孙敬酒，连毛主任和华文贤也勉强地喝一杯。徐局长排在最后，他端起酒杯，朝孙仲望、华文贤和毛主任三个人说，我敬你们共同喝一杯，祝你们下次合作成功，为我县戏剧事业的发展更上一层楼做出新贡献。

敬完这一轮酒，大家坐定后，夏团长说小杜的两杯酒，其实有一杯是代杨主任喝的。

徐局长也说，这次拿了这多的奖，多亏杨主任的九鼎之言。

说这话时，他们看小杜的眼色很特别。

徐局长又朝镇长他们敬酒，并说，老华我们借用了多时，现在完璧归赵。

往后的事，孙仲望一概不知，他醉倒在桌椅间不省人事，徐局长他们什么时候走的就更不清楚了。

孙仲望清醒以后，就去找华文贤。也没别的意思，就是想和他说说话。谁知华文贤竟不见他，将房门闩死死的，除了一日三餐以外，连他妻子也不让进房里去。

孙仲望连续跑了三次，到第四次时，华文贤仍不见他。

孙仲望火了，站在门外大声说："常言道事不再三，我这是第四次了。你再不开门，我就对你不客气了。"

华文贤连忙开门让他进去。孙仲望见桌上摆着一叠稿纸，上面写着：大型古装黄梅戏《情比仇深》，编剧华文贤。

孙仲望说："你写剧本怎么这样怕见人？"

华文贤叹口气说："时间太紧了，毛主任要我年底以前再写个剧本交给他，而且限定要古装戏。毛主任说光现代戏还看不出我的艺术功底有多厚，专业作家又比农民作家的条件要高许多，他必须看我的实践，实践是检验真理的唯一标准。"

孙仲望说："毛主任这个人，你得防他一着，别让他骗去卖了还帮着他数钱。"

华文贤说："我以前总认为你太老实，怎么现在也狡猾了。"

孙仲望说："我是为你着想。"

又说了几句，见华文贤想动笔写，孙仲望就起身告辞。华文贤也没留他。

孙仲望用四百元奖金买了一台黑白电视机。腊月里，反正也不做事了，成天坐在屋里看电视。电视里面教英语和日语，他也一样看得有味。

华文贤一直没露面，腊月二十八，镇里提前搞联欢晚会，赵宣传委亲自去请，他才露了一次面。孙仲望见他瘦得只剩下两只眼睛在脸上打转，就劝他把那些事情看空点。华文贤说他要发扬女排的拼搏精神，死命挣一回。华文贤没空演节目。孙仲望上台唱了《偷儿记》中的那段"无儿点灯灯不亮"，博得全场喝彩，好多人说这段戏文说出了他们的心里话。

正月初一上午，镇上没电视机的人都到有电视机的人家去拜年。孙仲望家里也来了十几个人，一见到屏幕上闪出《偷儿记》几个字时，大家就开始鼓掌，第一场落幕时，孙仲望问戏写得怎么样，大家都说好。第二场落幕时，大家依然说好。第三场以后，大家的情绪就变了。孙仲望的妻子觉得不对劲，趁他上厕所的机会，要他琢磨一下。孙仲望说，不要紧，悲剧效果就是这样。

第五场开始时，孙仲望说："等会儿王家老爹的儿媳妇要将身上的衣服脱光，你们认真看一下，看是不是真脱光了！"

电视里，女主角一出现，几个小孩就嚷："真脱光了！真脱光了！"

孙仲望的妻子说："你也真大胆，写这不要脸的戏，还有不要脸的女人来演，是不是花钱雇的婊子？"

孙仲望说："真是乡下女人少见多怪，这演员身上还穿着一层衣服呢。"

屋里的大人都惊奇地叫一声："那这做衣服的布是不是比纸还薄?"

再往下看，大家全都不作声了。

只有孙仲望的妻子不时问："怎么又死了一个，还能活吗?"

孙仲望说："死了怎么能活呢!"

妻子说："那老戏上许多人不都是死了又活过来吗?"

孙仲望说："那些戏其实都是在骗观众荷包里的钱，我这戏是给人以艺术享受。"

正说着，有人起身走了。

孙仲望："戏还没完呢，怎么就走?"

跟着来拜年的人都走了，几个小孩不肯走，被大人强行拉出门去。

孙仲望将大家送出大门，回转身继续看。忽然听见大门口哗啦一声响，跟着一股恶臭冲进屋来。

孙仲望回头一看，有人将一桶大粪设在他家门槛上。

没待他发火，门外又响起一声声的叫骂，说："孙仲望，你这个没长屁眼的，大年初一让我们看这样的电视，今年若是不行时，不走运，非要找你算账不可。"

孙仲望走出门看时，当街站了黑压压一片人，再细看，还有妻子娘家的人。

孙仲望说："你们行不行时，走不走运，怎么怪得到我头上了，莫以为我姓孙的是小姓，好欺负?"

有人说："是你先欺负所有人的，你让戏中的人都死光了，大年初一里，让我们去看，你的天理良心叫狗吃了么?"

孙仲望听后，一句话也说不出来了，只在心里对自己说，我怎么将乡风民俗忘了呢。

这时，有人拿来一副白对联，要贴到孙仲望家的大门上，

孙仲望的妻子拿了一把菜刀冲出来，要找那人拼命。

幸好文化站长走过来，从中拦住二人，并说："这个戏是有很严重的问题，但不该老孙负责，怪只怪别人趁老孙回家找牛时，动手改了剧本，篡改了老孙的原意。"又对老孙说，"你也不要太生气，大家找你闹，而不去找华文贤闹，正说明了你在大家心里的分量。你要更加勤奋，写出一个让大家喜爱的戏来才是。"回头再对大家说，"老孙现在是镇领导的红人，是我们镇的骄傲，你们这样做，不是往自己脸上抹黑吗?"两边一劝，将大家劝走了。

文化站长帮忙将大门上的大粪清扫干净，孙仲望的妻子则弄了许多陈年艾叶，将里里外外熏了一遍。做完这些事，妻子留文化站长在家吃中饭。文化站长不肯，说他还要到站里去筹划业余剧团演出的事。

孙仲望已经好久没说一句话了。

文化站长试探地朝他说，他今天一看电视里的《偷儿记》就觉得不对劲，这种戏只有城里的老爷才会看，这是毛主席早就批评过的。他要孙仲望还《偷儿记》的本来面目，那才是群众所喜

闻乐见的。文化站长说了半天，孙仲望只还了一句，他说他现在讨厌写戏。文化站长走时，要他再详细想一想，不能让自己农民作家的称号白白葬送了。

下午，夫妻俩在家里看着电视，妻子又说："你写的《偷儿记》，开始那一稿，我这个群众不是很喜欢吗，为什么后来要改呢？"

孙仲望说："后来，教他们一说，我就头脑发热，弄得思想里通货膨胀了。"

妻子说："那你为什么不将开始写的真正的《偷儿记》，给文化站的剧团演一演呢？也让大家看看你的真本事嘛！"

孙仲望说："我觉得他们的水平太低。"

妻子说："你若这样想，说不定过几天就要嫌我不够格做你老婆了。"

孙仲望说："你的想象力再丰富一点，也可以当农民作家了。罢！我这就去和文化站长商量行不行？"

妻子说："我还有个建议。你开始写的那一稿里，不是说王家老爹的儿媳妇，生了个儿子，被不知情的公公偷走了，她就把别人的女儿认作自己的亲生骨肉吗？我看啦，干脆改成，这一儿一女都是她生的。"

孙仲望想了想说："这个建议好，很顺民心。有这个建议，我就更有把握了。"

孙仲望去找文化站长，正巧赵宣传委和业余剧团的几个演员都在那里议事。听孙仲望一说，大家都高兴起来，当即决定，从初二起，一边配曲，一边修改，一边排练，争取初六镇里各机关单位收假上班时，开始演出。

孙仲望打算等华文贤来给他拜年时，再同他说这事，可是等到初三还不见华文贤来。按辈分，孙仲望是不能先去给华文贤拜年的，可《偷儿记》在镇里演出是件大事，并且作者如何署名也要商量，他不能像毛主任和华文贤那样躲躲闪闪的，生怕好处被别人占去了。孙仲望决定主动去和华文贤说说。他走到华文贤门前十丈左右的地方，停下来叫着华文贤的名字。叫了三声，华文贤的妻子出来说，华文贤到县里给徐局长和毛主任拜年去了。

反正礼节到了，华文贤也不好怪自己了。

孙仲望不去想这些了，一门心思按妻子的主意去修改剧本。

初六晚上，《偷儿记》在镇礼堂正式演出。排练时间太短，演员的道白和唱腔不熟悉，出了好几次差错，孙仲望在后台急出了一身汗。总算结结巴巴地演完了，王家老爹一家和怀抱着一儿一女双胞胎的儿媳，在台上唱着最后一曲：

亲亲女儿的脸，

摸摸儿子的身，

叫一声娘的肝，

喊一声爷的心，

一儿一女一枝花，

全家老少喜呀喜呀喜扭了筋！

大幕还没关，台下的掌声像打雷一样响了起来。

镇长笑眯眯地上台来接见演员，他拍着孙仲望的肩膀说："到底是农民作家，能想群众之所想，往后，你要多写这样受农民欢迎的好作品，再不要搞那种只有上面的人才感兴趣的东西了。"

孙仲望听了直点头。镇长又将他和文化站长扯到一旁，小声说："初八我儿子结婚，原打算放一场电影，现在我改主意了，就请你们剧团到村里去演《偷儿记》。"

见台下的人还没散去。镇长转身对台下大声说："我们的人写，我们的人演，弄了这么一个好戏，我很高兴。大家家里有喜事什么的，为什么不请他们去演一演呢，这可比放电影和录像热闹多了。我带头，初八我请他们，其余时间，你们去竞争，去商量！"

镇长的话提醒了大家，不少人立刻拥上台来，结婚，做寿，华厦落成，生意开张事各样理由，将孙仲望和文化站长吵昏了头，吵到天亮，总算将各家的日子定了下来，一算时间账，已排到正月底了。文化站长现场收和定光就有九百多元。

初八下午，镇长家将一头煺了毛、开了膛的大肥猪送到文化站，按规矩送邀台要等戏锣响了以后才开始，镇长家里人担心领导干部这样做影响不好，就破了规矩提前送到站里来，希望大家原谅。文化站长当即叫人将猪肉按人头分下去。

孙仲望拿上他的一份往家里走时，半路上碰见垂头丧气的华文贤。

华文贤见了孙仲望也不说话，只是轻轻地叹口气。

孙仲望本来想说，是不是拍马屁拍到马屁眼上，弄得一手屎。但见华文贤气色不对，又不忍心说。

二人一前一后走了一段，孙仲望才说："你去拜年，怎么花了这几天？"

华文贤说："我将《情比仇深》交给毛主任，等他看完后，又改了一下，这才去见徐局长。"

孙仲望说："说了你当专业作家的事吗，怎么样了？"

华文贤又叹了一声："徐局长不同意。他说农民作家首先是农民，其次才是作家，农民作家不能离开培养他的泥土。"

孙仲望说："我看你是被毛主任玩弄了。"

华文贤说："不会，他答应让县剧团演我的《情比仇深》，作为补偿。还说等我的名气再大一些，徐局长想卡也卡不住了。"

华文贤说着，脸上又泛出红色来。

孙仲望说："徐局长和毛主任知道镇上在演《偷儿记》的事吗？"

华文贤说："知道。他们只是笑了笑，什么也没说。"

华文贤又说："你现在不能叫毛主任了，要叫毛局长。"

孙仲望说："他提拔了？"

华文贤说："不光他，小杜也当副局长了。他俩因对我县黄梅戏事业做出较大贡献，同时提升为副局长。"

孙仲望听了，半天无话可说。二人分手后，华文贤又追上来，递了一包糖给孙仲望，说是小杜今晚结婚，这是她托他带来的喜糖。孙仲望问新郎是谁。华文贤说就是杨主任，腊月里，省里会演一结束，杨主任就和他先前的老婆离了婚。

孙仲望一边啧了好几声，仍很感激小杜没有忘记自己，就向华文贤说："其实杜局长比毛局长好。"

华文贤说："这是你的观点，我的观点与你的相反。"

华文贤忽然说，我一直忘了问："那次你家的牛没弄出什么毛病吧?"

孙仲望说："若有毛病我会饶你?"

二人像是相逢一笑泯恩仇那样笑了。

晚上，镇里的广播喇叭里说，县劳模大会开幕了，县文化局徐局长因工作成绩突出，被树为全县十面红旗之一，并晋升一级工资。

孙仲望随剧团到镇长家演《偷儿记》，很晚才回。他一边洗脚一边对妻子说："毛主任当了副局长，就更不会调华文贤去当专业作家了。"妻子问理由。他解释说："华文贤太了解毛主任的底细了，他会在身边留下这样一颗定时炸弹?"

妻子不仅点头称是，还说孙仲望的思想水平一下子提高了很多。

孙仲望却转换话题，问儿子大明明天是不是真的去县城。妻子说，他们两口子吃了早饭一起搭车去。

孙仲望说："那明天早上你送二十元钱过去，让大明回来时，给你带一条武昌鱼。"

妻子说："你怎么还记得这件事?"

　　孙仲望说："本不记得，在镇长家吃晚饭时，见中学的语文老师给镇长儿子的新房写了一副对联，是才饮长沙水，又食武昌鱼两句，才让我想起来。"过了一会儿，他又说："那对联的横批是水调歌头。"

　　妻子不理解，好好的办婚事，怎么写这种八不相干的对联。孙仲望说，一开始他也不明白，后来看见语文老师，脸上有种色迷迷的笑，才想清楚这对联中的含义。孙仲望贴着妻子的耳朵解释了一会儿，妻子红着脸，像年轻女子那样露出一些娇羞来。

1992 年 5 月于香炉山